Margaret Mallory a abandonné une carrière de juriste pour se lancer dans la romance, et ne comprend pas pourquoi cela surprend tout le monde. En effet, qui ne préférerait pas passer ses journées en compagnie de beaux Highlanders plutôt qu'à rédiger dossiers et mémos ?

Du même auteur, chez Milady :

Le Retour des Highlanders :
1. *Le Gardien*
2. *Le Séducteur*
3. *Le Guerrier*
4. *Le Chef*

CE LIVRE EST ÉGALEMENT DISPONIBLE AU FORMAT NUMÉRIQUE

www.milady.fr

Margaret Mallory

Le Séducteur

Le Retour des Highlanders – 2

Traduit de l'anglais (États-Unis)
par Constance de Mascureau

Milady Romance

Milady est un label des éditions Bragelonne

Titre original : *The Sinner*

ISBN : 978-2-8112-0816-5

Bragelonne – Milady
60-62, rue d'Hauteville – 75010 Paris

E-mail : info@milady.fr
Site Internet : www.milady.fr

Ce livre est dédié aux sœurs Wallace,
sur cette terre et au Paradis : ma mère Audrey,
et mes tantes, Priscilla et Dorothy.

Remerciements

Je tiens à exprimer ma profonde gratitude envers mon éditrice, Alex Logan, qui m'a permis de tirer le meilleur de moi-même et a contribué à améliorer la qualité de ce livre. Je la remercie ainsi que toute l'équipe de Grand Central Publishing pour tout ce qu'ils ont fait. Un grand merci également à mon agent, Kevan Lyon, pour sa patience à toute épreuve, ses conseils avisés et son soutien enthousiaste.

Je dois beaucoup à Anthea Lawson, ma complice et critique, ainsi qu'à Ginny Heim, qui lit tous mes manuscrits. Je vous remercie de tout mon cœur. Quand je perdais confiance, Erynn Carter, Theresa Scott et Chris Trujillo m'ont gentiment donné un coup de main en lisant le brouillon de mon manuscrit pour moi. Je suis également reconnaissante aux amis de mon groupe de RWA (Romance Writers of America) et à mes collègues auteurs de romance, qui ne cessent de me conseiller et de me guider.

Un merci tout particulier à Josephine Piraneo de GlassSlipperWebDesign.com, pour le magnifique site Internet qu'elle a réalisé pour moi et pour ses

mises à jour quotidiennes. Merci également à Sharron Gunn pour l'aide précieuse qu'elle m'a apportée avec le gaélique – s'il reste des erreurs, ce sont cependant les miennes – et à Mark Steven Long, le relecteur dont rêvent tous les auteurs.
Je tiens à m'excuser auprès de mon mari pour toutes les soirées qu'il a dû passer avec le chien pour seule compagnie pendant que j'écrivais. J'ai la chance d'avoir une famille qui me soutient à cent pour cent dans cette aventure. Enfin, je voudrais remercier chaleureusement tous les lecteurs qui m'envoient des messages pour me faire savoir qu'ils apprécient mes livres. Grâce à vous, le jeu en vaut vraiment la chandelle.

Chan ann leis a'chiad bhuille thuiteas a'chraobh.
L'arbre ne tombe pas au premier coup de hache.
Proverbe gaélique.

Prologue

Sur un bateau au large de la côte est de l'Écosse
Mai 1515

— Arrête de pleurer, dit la femme. Ça ne sert à rien. Si tu veux monter, calme-toi.

Claire s'essuya les yeux avec sa manche et se leva avec empressement.

— Tu vas devoir t'aguerrir si tu veux aller là-bas, poursuivit la femme en rassemblant ses jupes pour grimper à l'échelle de corde. Il paraît qu'en Écosse, on rencontre partout des guerriers sauvages plus prompts à vous trancher la gorge qu'à vous souhaiter une bonne journée.

Les barreaux de l'échelle étaient trop espacés pour Claire, et elle était gênée dans son ascension par les lourdes jupes de la femme qui lui balayaient la tête. Quand le bateau se mit à tanguer, Claire perdit pied. Terrifiée, elle resta un long moment suspendue par les bras en agitant désespérément les pieds, jusqu'à ce qu'elle réussisse à reprendre appui sur le barreau.

Elle entendit la voix assourdie de la femme au-dessus d'elle :

— Je ne comprends pas comment les Écossais peuvent se dire chrétiens alors qu'ils croient à la présence de fées maléfiques derrière chaque rocher.

Claire sentit le vent frais de la nuit lui fouetter le visage et rejeter ses cheveux en arrière.

— Surtout, ne parle pas, ordonna la femme en lui attrapant brutalement le poignet, sinon la maîtresse me congédiera et tu n'auras plus personne pour prendre soin de toi.

Claire leva la tête pour regarder les étoiles. Tous les soirs, quand la femme lui apportait de quoi manger et l'autorisait à monter pendant un court moment, elle cherchait l'étoile du berger et faisait le vœu de rentrer chez ses grands-parents.

Elle ne comprenait pas pourquoi ils avaient laissé cette femme l'emmener, ni pourquoi, alors qu'elle s'adressait à l'étoile de loin la plus brillante, elle ne se retrouvait jamais dans son lit le lendemain matin. Elle était cependant certaine que grand-père et grand-mère n'approuveraient pas la façon dont la femme traitait leur petite-fille chérie. Aussi décida-t-elle, ce soir-là, d'exprimer un nouveau vœu.

Je vous en prie, envoyez quelqu'un de plus gentil pour veiller sur moi.

Chapitre premier

Sur la côte opposée de l'Écosse
Le lendemain

— Tu es un monstre, Alex Bàn MacDonald!

Alex rattrapa la botte que la jeune femme lui avait jetée à la figure. Il s'arrêta dans l'escalier pour l'enfiler, quand la deuxième vint heurter le mur de pierre derrière lui avant de dégringoler les marches.

— Janet, j'aurais aussi besoin de ma chemise et de mon plaid, s'il te plaît, lança-t-il.

Elle se pencha dans l'escalier, ses longs cheveux bruns tombant en cascade sur ses épaules, et lui jeta un regard furieux.

— Je ne m'appelle pas Janet!

Bon sang. Janet était la précédente.

— Je suis désolé, Mary. Mais tu n'as certainement pas envie qu'on me voie quitter ta maison le derrière à l'air, alors sois gentille et lance-moi mes habits.

— Tu ne sais même pas pourquoi je suis en colère, n'est-ce pas?

Le timbre de sa voix mit Alex mal à l'aise. Seigneur, il détestait quand une femme se mettait à pleurer. Il envisagea un instant de partir sans ses vêtements.

— Je dois y aller, dit-il. Mon ami est là avec le bateau, il m'attend.

— Tu ne vas pas revenir, je présume ? demanda Mary.

Il n'aurait pas dû venir du tout. Il avait évité la jeune femme pendant des semaines mais, la veille au soir, elle l'avait retrouvé dans la maison de son père, ivre et désespéré. Et, après une semaine passée chez ses parents, il aurait suivi un démon en enfer pour pouvoir s'échapper de chez eux.

— J'étais prête à quitter mon mari pour toi, lui cria Mary du haut de l'escalier.

— Pour l'amour du ciel, ne dis pas de bêtises !

Alex se mordit la langue pour ne pas lui rappeler que c'était elle qui lui avait couru après. Elle lui avait alors clairement fait comprendre que tout ce qui l'intéressait, c'était ce qu'il avait entre les jambes.

— Je suis sûr que ton mari est un homme bien.

— C'est un idiot !

— Idiot ou pas, je doute qu'il apprécie de découvrir les vêtements d'un autre homme dans votre chambre à coucher, dit Alex avec la même voix calme qu'il employait pour apaiser les chevaux. Alors Mary, je t'en prie, donne-les-moi pour que je puisse m'en aller.

— Tu vas me le payer, Alexander Bàn MacDonald !

Il le payait déjà.

Sa chemise et son plaid volèrent jusqu'à lui, et la porte claqua en haut. Tandis qu'il s'habillait, Alex sentit son estomac se nouer. D'ordinaire, il parvenait à se séparer en bons termes des femmes dont il partageait la couche. Il les aimait bien, elles l'aimaient bien, et elles étaient parfaitement conscientes que ça n'irait pas au-delà d'un peu de bon temps ensemble. Mais il s'était mépris sur les intentions de Mary.

— Alex ! (La voix lointaine de Duncan, qui attendait sur la côte, lui parvint aux oreilles par la fenêtre ouverte.) Un homme est en train de remonter le chemin. Fiche le camp d'ici !

Alex sortit par la fenêtre et courut jusqu'au bateau, pas très fier de lui. Il se mit à la barre pendant que Duncan hissait la voile, puis ils prirent le large.

Duncan était d'une humeur massacrante, comme souvent d'ailleurs. Il arpenta le bateau en s'assurant que les cordages étaient correctement attachés.

— Tu n'es pas fatigué de toutes ces frasques avec les femmes ? demanda-t-il enfin à Alex. Parce que moi, Dieu sait que je le suis.

Alex ressentait en effet une profonde lassitude, mais il n'était pas près de l'admettre.

— C'était plus facile en France, répondit-il simplement.

Alex et Duncan avaient passé cinq années en France avec les cousins d'Alex, Connor et Ian, à conquérir des territoires et des femmes. La grande époque. Une fois qu'une aristocrate française avait donné un héritier à son époux, personne ne se scandalisait si elle prenait discrètement un amant. On s'y attendait presque. À vrai dire, les Highlanders n'étaient guère plus fidèles, mais, quand une femme mariée avait une liaison, cela se terminait bien trop souvent par des effusions de sang et des guerres de clans.

— Comment as-tu su où me trouver ? ne put s'empêcher de demander Alex.

— Hier soir, en arrivant, j'ai vu Mary te traîner complètement ivre, répondit Duncan. Tu ne semblais pas en état de faire des prouesses, mais c'est vrai qu'elle n'a pas l'air très exigeante.

Alex tourna les yeux vers l'horizon lorsque le bateau passa devant les maisons de ses parents. Quand sa mère avait quitté son père, elle n'était pas allée bien loin. Elle s'était installée de l'autre côté de la crique afin de pouvoir garder un œil sur lui, et payait des serviteurs pour aller l'espionner. Mais ça, son père le faisait aussi.

— Pourquoi ma mère tient-elle absolument à revenir chez mon père quand je suis là ? demanda Alex, sans s'attendre à une réponse. J'ai encore les oreilles qui bourdonnent de leurs cris.

Quand ils furent en pleine mer, Alex s'allongea pour profiter du soleil et de la brise marine. Une longue traversée les attendait, entre leur île natale de Skye et les Hébrides extérieures.

— Rappelle-moi comment Connor nous a convaincus d'aller rendre visite aux MacNeil ? demanda Alex.

— Nous nous sommes portés volontaires.

— Quelle bêtise, sachant que le chef du clan MacNeil est à la recherche de maris pour ses filles.

— En effet.

Alex ouvrit un œil pour regarder son ami, un grand gaillard aux cheveux roux.

— On était soûls au point d'accepter ça ?

— Oui, répondit Duncan en arborant l'un de ses rares sourires.

Duncan était un homme bon, bien qu'un peu maussade ces derniers temps, preuve que l'amour était capable de terrasser le plus fort des hommes.

— Et ce n'est qu'après nous avoir fait miroiter la perspective d'une chasse aux pirates qu'il nous a demandé d'aller voir les MacNeil pendant notre passage dans les Hébrides extérieures, lui rappela Duncan.

— Depuis que Connor est devenu chef, j'ai l'impression qu'il est de plus en plus manipulateur, fit remarquer Alex.

— Tu pourrais résoudre le problème en épousant l'une des filles MacNeil, répliqua Duncan en esquissant un sourire.

— Je vois que tu n'as pas perdu ton sens de l'humour.

Peu d'hommes osaient taquiner Duncan, aussi Alex faisait-il son possible pour compenser.

— Tu sais que c'est ce que Connor voudrait, dit Duncan. Il n'a pas de frères pour sceller des alliances avec d'autres clans, il faudra donc se contenter d'un cousin. Si les filles de MacNeil ne te plaisent pas, le choix ne manque pas parmi les autres filles de chefs.

— J'accepterais de donner ma vie pour Connor, déclara Alex, soudain sérieux, mais pas de prendre une femme.

— Connor sait comment arriver à ses fins. Je parie que d'ici à six mois tu seras marié.

Alex se redressa et sourit à son ami.

— Et qu'est-ce qu'on parie ?

— Ce bateau, déclara Duncan.

— Parfait.

Alex aimait beaucoup cette petite galère élégante qui fendait les eaux tel un poisson. Duncan et lui se la disputaient depuis qu'ils l'avaient volée à Shaggy MacLean.

— Je sens que ce cher bateau va beaucoup te manquer.

— Tu ne pourrais pas coudre un peu plus vite ? demanda Glynis en jetant un coup d'œil par la fenêtre. Leur bateau a presque atteint la jetée.

— Votre père va vous tuer.

Malgré son visage sévère, la vieille Molly continuait de passer l'aiguille avec agilité le long de la fente au niveau de la taille de Glynis.

— Plutôt mourir que de me remarier, marmonna la jeune femme.

— Votre stratagème ne fonctionnera qu'une fois, si tant est qu'il fonctionne.

La vieille Molly s'arrêta un instant pour nouer le fil et le renfiler dans le chas de l'aiguille.

— C'est un jeu perdu d'avance, jeune fille.

Glynis croisa les bras d'un air buté.

— Il peut toujours essayer de me faire épouser quelqu'un d'autre, je refuse !

— Votre père est tout aussi obstiné que vous, et c'est lui le chef. (La vieille Molly leva les yeux de son ouvrage pour regarder fixement Glynis de ses yeux délavés.) Vous savez, tous les hommes n'ont pas le cœur de pierre de votre premier mari.

— Peut-être que non, dit Glynis d'un air peu convaincu. Mais les MacDonald de Sleat sont des coureurs de jupons notoires. Je le jure sur la tête de ma grand-mère, jamais l'un d'eux ne deviendra mon époux.

— Ne jurez pas sur n'importe quoi, ma fille. Je connaissais bien votre grand-mère et la respectais beaucoup. Je ne voudrais pas que, par votre faute, elle se retourne dans sa tombe.

Soudain, on frappa brutalement à la porte. La vieille Molly sursauta.

— Aïe ! glapit Glynis en sentant l'aiguille s'enfoncer dans sa peau.

— Descends immédiatement, Glynis ! cria son père de l'autre côté de la porte. Nos invités seront bientôt là.

— J'arrive dans une minute, papa, répondit Glynis en se faufilant vers la sortie.

— N'essaie pas de m'amadouer avec ta petite voix. Qu'est-ce que tu fais là-dedans ?

Glynis se risqua à entrouvrir la porte et à sortir la tête. Son père, un homme à la carrure imposante, semblait d'une humeur exécrable, à la hauteur de sa réputation.

— Tu m'as ordonné de me vêtir de façon à faire forte impression sur ces maudits MacDonald, répondit-elle. Cela demande du temps à une femme, papa.

Il la regarda en plissant les yeux, mais ne répliqua pas. Malgré toutes ces années passées aux côtés de son épouse et de ses filles, la gent féminine demeurait un mystère pour lui. Dans la lutte qui l'opposait à son père, Glynis était déterminée à tirer profit du moindre avantage.

— Le nouveau chef n'est pas venu en personne, déclara son père d'une voix qui, pour lui, était basse. Mais c'était impensable qu'un chef te prenne pour épouse alors que tu t'es couverte de honte. Il faudra se satisfaire d'un de ceux présents aujourd'hui.

La gorge nouée, Glynis déglutit péniblement. Son père lui reprochait l'échec de son mariage et estimait qu'elle avait déshonoré sa famille, et c'était pour elle une blessure plus grande que toutes celles que son mari avait pu lui infliger.

— Je n'ai rien fait de honteux, dit-elle en serrant les dents. Mais ça peut encore arriver si tu me contrains à me remarier.

Suivant la vieille coutume du mariage à l'essai dans les Highlands, Glynis était tout à fait dans son droit quand elle avait rompu son union. Malheureusement, sa décision n'avait été bien acceptée ni par son père ni par son ancien époux.

— Tu as toujours été têtue comme une mule, cria son père dans l'entrebâillement de la porte. Mais je suis ton père et ton chef, et tu agiras selon ma volonté.

— Quel homme voudra d'une femme déshonorée ? s'écria-t-elle avec hargne.

— Ah ! mais la beauté rend les hommes stupides, répondit son père. Malgré ce qu'il s'est passé, il te reste cela.

Glynis claqua la porte au nez de son père et la barra violemment.

— Tu feras ce que je te dis, ou je te jetterai à la rue et te laisserai mourir de faim ! hurla son père.

Ce furent les seules paroles qu'elle put saisir parmi une longue bordée de jurons. Elle entendit l'écho de ses pas s'éloigner dans l'escalier de pierre en colimaçon.

Glynis cligna des yeux pour refréner ses larmes. Elle avait déjà assez pleuré.

— J'aurais dû vous offrir du poison pour votre mariage, ainsi vous seriez revenue veuve chez votre père, dit la vieille Molly derrière elle. J'avais pourtant prévenu le chef qu'il vous mariait à un homme mauvais, mais il est aussi obstiné que sa fille.

— Nous n'avons plus de temps à perdre. (Glynis s'empara du petit bol sur la console et le tendit à Molly.) S'il perd patience et remonte pour me traîner en bas, nous aurons fait tout cela pour rien.

La vieille Molly poussa un profond soupir, puis plongea ses doigts dans la pâte d'argile rouge.

Chapitre 2

Château des MacNeil, île de Barra

Alex guida le bateau vers la jetée située près de l'entrée du château des MacNeil, une forteresse édifiée sur un îlot rocheux tout près de la côte. En quelques instants, Duncan et lui furent encerclés par un groupe de guerriers MacNeil lourdement armés, qui les escortèrent jusqu'au donjon.

— Nous leur avons fait peur, murmura Alex à Duncan.

— Nous pourrions avoir le dessus, grommela celui-ci.

— Tu n'as pas remarqué qu'ils étaient douze ?

— Je n'ai pas dit que ce serait facile.

Alex éclata de rire, et tous les MacNeil portèrent la main à leur épée comme un seul homme. Alex s'amusait. Malgré tout, il espérait qu'ils n'auraient pas à se battre. Ces hommes étaient des guerriers des Highlands, et non des Anglais ou des Lowlanders, les habitants des plaines. De surcroît, les MacNeil avaient la réputation d'être des combattants féroces et retors.

Presque autant que les MacDonald.

L'arsenal des MacNeil comptait cependant des armes plus dangereuses. Alex entendit Duncan grogner derrière lui à la vue du spectacle qui les attendait dans la grande salle.

— Que Dieu nous vienne en aide ! laissa échapper Alex.

Attablées à la table d'honneur, trois jeunes filles babillaient avec entrain. Elles étaient jolies, mais d'une innocence naïve qui l'irritait au plus haut point.

L'une d'elles lui fit un petit signe de la main. Sa sœur lui donna alors un coup de coude dans les côtes, et toutes trois se mirent à pouffer en se couvrant la bouche.

La soirée s'annonçait longue.

— Ça suffit ! tonna le chef du clan MacNeil en direction de ses filles, qui se turent en pâlissant.

Après avoir salué Alex et Duncan, MacNeil leur présenta son épouse, une séduisante femme toute en rondeurs qui avait la moitié de son âge, ainsi que son jeune fils, assis sur les genoux de sa mère.

— Voici mes trois cadettes, dit le chef en désignant les jeunes filles. Mon aînée se joindra à nous d'un instant à l'autre.

La dernière devait être celle dont ils avaient entendu parler. On racontait que c'était une beauté rare, qui avait été mise en disgrâce par son mari.

Le type de femme d'Alex, a priori.

Sans laisser au chef le temps de leur indiquer où s'asseoir, Alex et Duncan prirent place le plus loin possible des jeunes filles. Après une rapide prière, on leur servit du vin et de la bière, et les premiers plats furent apportés.

Alex avait envie de s'acquitter de la mission que leur avait confiée Connor pour pouvoir partir.

— Notre chef désire renforcer les liens entre nos deux clans et nous a envoyés ici en gage de notre amitié.

Le chef du clan MacNeil ne paraissait pas écouter un traître mot de ce qu'il disait et ne cessait de jeter des coups d'œil nerveux vers la porte, se rembrunissant un peu plus chaque fois. Mais Alex poursuivit.

— Il s'engage à vous aider à combattre les pirates qui attaquent continuellement vos côtes.

Ces paroles attirèrent l'attention de MacNeil.

— Le pire d'entre eux est son propre oncle, Hugh Dubh, fit-il remarquer.

Il faisait allusion à Hugh Dubh MacDonald, surnommé « le Noir », en raison de la noirceur de son âme.

— Hugh n'est que le demi-frère de son père, intervint Duncan, comme si cela expliquait tout. Ses deux autres demi-frères ont également rejoint les rangs des pirates.

— Comment puis-je être sûr que ce n'est pas sur les ordres de votre chef que ces pirates MacDonald violent nos femmes et pillent les Hébrides extérieures ? demanda MacNeil.

Connor redoutait justement que les autres chefs ne le tiennent pour responsable.

— Parce qu'ils ont attaqué notre propre clan à North Uist, répondit Alex. Nous ne pouvons pas savoir où et quand Hugh frappera de nouveau ; la meilleure façon de lui mettre la main dessus est donc de trouver son campement. Avez-vous entendu des rumeurs à ce sujet ?

— On raconte que Hugh Dubh a des masses d'or dissimulées dans son campement, et qu'il le fait garder par un monstre marin, répondit l'une des filles MacNeil, s'immisçant dans la conversation.

Elle ressemblait tant à ses sœurs qu'il était difficile de les différencier.

— Mais personne ne sait où le trouver, ajouta une autre fille en regardant Alex de ses grands yeux bleus, parce qu'il a le pouvoir de faire descendre du ciel une brume marine et de disparaître.

— Alors c'est simple, je n'ai qu'à chercher un monstre marin dans le brouillard, dit Alex aux filles, déclenchant un autre concert de gloussements qui lui valut un regard noir de Duncan.

— En voilà assez de ces stupides légendes ! cria le chef des MacNeil à ses filles. (Il se retourna vers Alex et Duncan.) Il est vrai que le bateau de Hugh a la pénible manie de s'évanouir dans la brume, et que le lieu de son campement demeure un mystère.

S'emparant de son gobelet, MacNeil pencha la tête en arrière et but une longue lampée. Soudain, il le reposa brutalement sur la table, toussant et crachant.

Alex suivit la direction de son regard et faillit s'étouffer à son tour dans sa bière en voyant la jeune femme qui venait d'entrer. La pauvre fille avait été frappée par le pire cas de variole qu'il ait jamais vu. Tête basse, la malheureuse traversa la pièce à vive allure et vint s'asseoir au bout de la table, à côté d'Alex, qui dut s'écarter pour lui faire de la place. Elle était assez plantureuse, mais ses rondeurs n'étaient pas séduisantes.

Se tournant vers elle pour la saluer, Alex s'efforça de ne pas regarder fixement son visage grêlé. Mais il ne parvenait pas à en détacher ses yeux, d'autant que les cicatrices n'étaient pas vieilles : les pustules étaient encore purulentes ! La vue du sang ne l'avait évidement jamais dérangé, mais celle de ces plaies suintantes lui donna presque la nausée.

— On m'appelle Alexander Bàn.

« Alexandre le Blond », en gaélique. Il afficha un grand sourire et attendit. Mais elle demeura silencieuse, le regard rivé sur la table.

— Et vous êtes ? finit-il par lui demander.

— Glynis.

Comme elle refusait de lever les yeux vers lui, Alex put l'examiner à loisir. Plus il l'observait, plus il était certain que les traces de variole n'étaient pas en train de suinter, mais de fondre. Amusé, il ne put réprimer un sourire.

— Je vous avoue être très intrigué, lui murmura-t-il à l'oreille. Qu'est-ce qui peut bien pousser une jeune femme à se couvrir délibérément le visage de cicatrices ?

Glynis releva brusquement la tête et le dévisagea. Malgré les pustules rouges qui dégoulinaient sur son visage, Alex ne put s'empêcher de remarquer la beauté de ses yeux gris.

— Il n'est pas très charitable de se moquer du physique d'une dame, dit-elle.

Il était troublant d'entendre une si jolie voix sortir de la bouche d'une personne au visage si repoussant. Alex laissa glisser son regard sur Glynis, s'attardant sur sa nuque gracieuse et ses doigts fins qui enserraient son verre de vin.

— Ne vous inquiétez pas, ma chère, votre secret sera bien gardé, murmura-t-il. Mais j'ai le sentiment que votre famille sait déjà qu'il s'agit d'un déguisement.

Il espérait la dérider, mais elle resta de marbre.

— Allez, l'encouragea-t-il. Racontez-moi pourquoi vous avez fait cela.

Elle prit une longue gorgée de vin puis déclara :

— Pour vous faire passer l'envie de m'épouser.

Alex éclata de rire.

— Je crains que vous ne vous soyez donné beaucoup de mal pour rien, car je n'ai nullement l'intention de rentrer chez moi avec une épouse. Mais vous arrive-t-il souvent qu'un homme veuille vous épouser dès le premier regard qu'il pose sur vous ?

— Mon père a coutume de dire que les hommes sont stupides devant la beauté, je ne pouvais donc pas prendre de risque.

Elle avait prononcé ces paroles avec le plus grand sérieux. Alex ne s'était pas diverti à ce point depuis longtemps, et pourtant il était d'un naturel enjoué.

— Quelle que soit votre beauté sous ce rembourrage et cette pâte, rassurez-vous, ce n'est pas à mon côté que vous goûterez au bonheur conjugal.

Elle scruta son visage, comme si elle cherchait à savoir si elle pouvait vraiment lui faire confiance. Devant la gravité de ce visage constellé de gouttes visqueuses, Alex eut beaucoup de mal à réprimer un fou rire.

— Mon père était certain que votre nouveau chef voudrait consolider les liens entre nos clans par un mariage, pour témoigner de sa bonne foi à la suite des troubles causés par les pirates MacDonald, finit-elle par avouer.

— Il n'a pas tort. Mais mon chef, qui est également mon cousin et un ami proche, sait parfaitement ce que je pense du mariage.

Alex prit soudain conscience que sa discussion avec cette jeune femme si peu ordinaire l'avait tellement absorbé qu'il en avait oublié son hôte et le reste de la tablée. Se tournant alors pour se joindre à leur conversation, il constata que personne ne parlait. Tous les membres de la famille de Glynis avaient les yeux rivés sur eux.

Alex supposa que c'était la première fois que Glynis testait cette méthode peu conventionnelle pour décourager un soupirant potentiel.

Glynis lui donna un petit coup de coude. Quand il se retourna vers elle, elle fit un signe de tête en direction de Duncan qui, comme à son habitude, engloutissait des quantités impressionnantes de nourriture.

— Qu'en est-il de votre ami ? demanda-t-elle à voix basse. Cherche-t-il une épouse ?

Duncan ne désirait qu'une seule femme. Malheureusement, celle-ci vivait en Irlande avec son mari.

— Non, vous n'avez rien à craindre de lui non plus.

Glynis détendit ses épaules et ferma les yeux, comme s'il venait de lui annoncer qu'un être aimé qu'elle croyait mort avait été retrouvé sain et sauf.

— C'est un plaisir de parler avec une femme presque autant opposée au mariage que moi. (Alex leva son verre.) Que Dieu nous préserve de cette union sacrée.

Glynis ne semblait pas en mesure de lui accorder un sourire, mais elle trinqua malgré tout avec lui.

— Comment avez-vous su que ma robe était rembourrée ? demanda-t-elle.

— Je vous ai pincé les fesses.

Elle resta un instant bouche bée.

— Vous n'auriez pas osé.

— Mais bien sûr que si, mentit-il. Et vous n'avez rien senti.

— Comment savez-vous que je n'ai rien senti ?

— Eh bien, voilà pourquoi, répondit-il en se penchant vers elle, appuyé sur ses coudes. Un homme qui pince une dame récolte soit une gifle, soit un clin d'œil, et je n'ai eu ni l'un ni l'autre.

Le rire de Glynis lui parut d'autant plus charmant qu'il était inattendu.

— Vous êtes diabolique, dit-elle en lui donnant un petit coup sur le bras.

À la vue de ces longs doigts fins, il se demanda à quoi ressemblait le corps de Glynis sans le rembourrage. Alex était un homme doué d'une grande imagination.

— Et qu'est-ce que vous obtenez le plus souvent, un clin d'œil ou une gifle ? demanda-t-elle.

— Un clin d'œil à tous les coups, ma chère.

Glynis éclata de nouveau de rire, sans remarquer les regards étonnés de son père et de ses sœurs.

— Vous êtes un homme vaniteux, c'est incontestable, dit-elle en s'emparant d'une cuisse de poulet.

Alex se rendit compte qu'il n'avait pas avalé une seule bouchée depuis que Glynis les avait rejoints.

— C'est uniquement parce que je connais les femmes, expliqua-t-il en piquant un pavé d'agneau grillé avec son couteau. Ainsi, je sais d'avance celles qui se laisseront volontiers pincer.

Glynis brandit son morceau de poulet vers lui.

— Vous m'avez pincée, et pourtant je n'en avais pas envie.

— J'ai pincé votre rembourrage, cela ne compte pas, répliqua Alex. Mais vous m'auriez adressé un clin d'œil si je vous avais pincée, Glynis. Vous ne le savez peut-être pas encore, mais je peux vous l'assurer.

Il s'attendait à la voir rire et le traiter de nouveau de vaniteux mais, au lieu de cela, le visage de Glynis se figea.

— Je n'aime pas la façon dont mon père nous regarde.

— Que voulez-vous dire ?

— Il a l'air plein d'espoir.

Alex et Duncan dormirent sur le sol de la grande salle, au son des ronflements des hommes de MacNeil. Au lever du jour, Alex fut réveillé par un bruit de pas feutrés qui s'approchaient. Il roula sur le côté et se leva d'un bond, échappant de justesse au coup de pied de son hôte.

— Tu es rapide, constata le chef des MacNeil d'un air approbateur. Je voulais seulement te réveiller.

— Cela aurait pu vous coûter la vie, dit Alex en remettant son dirk à sa ceinture. Et il m'aurait alors été compliqué de quitter votre agréable demeure.

Duncan faisait semblant de dormir mais il était en alerte, la main sur le manche de sa dague. Au moindre signe d'Alex, il trancherait la gorge de leur hôte et, avant même que quelqu'un dans la salle ait eu le temps de comprendre ce qui s'était passé, ils seraient tous deux déjà loin.

— Viens faire un tour avec moi, proposa MacNeil. J'ai quelque chose à te montrer.

— Un peu d'air frais ne me fera pas de mal, après tout le whisky que vous m'avez servi hier soir.

Parce qu'il est difficile de connaître les intentions réelles d'un homme quand il est sobre, Alex avait suivi MacNeil verre après verre jusque tard dans la nuit. Son hôte avait sans nul doute la même idée derrière la tête.

— Personne ne t'a forcé à boire, fit remarquer MacNeil quand ils quittèrent la salle.

— Ah ! mais vous connaissez les MacDonald, rétorqua Alex. Nous n'aimons pas perdre, qu'il s'agisse de jeux d'alcool ou de batailles.

MacNeil haussa un sourcil.

— Ou de femmes ?

Alex ne mordit pas à l'hameçon. Son problème n'avait jamais été de perdre une femme, mais de trouver une manière élégante de mettre un terme à une liaison le moment venu, moment qui ne manquait jamais d'arriver.

Alex sortit du château derrière MacNeil et emprunta avec lui la chaussée étroite qui reliait la forteresse à l'île principale.

MacNeil s'arrêta alors et pointa un doigt vers la plage.

— C'est ma fille Glynis, là-bas.

Captivé, Alex regarda la fine silhouette qui longeait la côte, dos à eux. Quel joli tableau. La jeune femme, pieds nus, ses longs cheveux volant au vent, s'arrêtait régulièrement pour ramasser quelque chose sur la plage. Alex avait un faible pour les femmes qui n'avaient pas peur de se mouiller.

— Tu m'as l'air d'être quelqu'un de curieux, reprit MacNeil. Tu n'as pas envie de voir à quoi elle ressemble vraiment ?

Alex en avait bien sûr envie. Mais il regarda MacNeil d'un air soupçonneux. Il était plus habitué à ce que les pères cachent leurs filles quand il était dans les parages.

— Vous ne tenez donc pas à votre fille ?

— Glynis est la seule enfant que m'a donnée ma première épouse. Elle ressemble beaucoup à sa mère, qui était la femme la plus compliquée que j'ai jamais rencontrée. (Il soupira.) Pourtant, Dieu sait que je l'ai aimée.

C'était une énième preuve, pour Alex, que l'amour ne pouvait conduire qu'à la souffrance.

— Mes autres filles sont douces et dociles, elles diront volontiers à leurs maris qu'ils sont sages, intelligents et qu'ils ont toujours raison, que cela soit vrai ou non, poursuivit le chef. Mais Glynis est différente.

Alex songea que ces jeunes demoiselles semblaient bien fades.

— J'ai pourtant élevé Glynis de la même façon que ses sœurs, fit remarquer MacNeil, mais elle est comme ça. Si je venais à être tué dans une attaque, mes autres filles pleureraient et se lamenteraient, pauvres créatures sans défense qu'elles sont. Mais Glynis, elle, s'armerait d'une épée et combattrait comme une louve pour défendre les autres.

— Alors pourquoi êtes-vous si désireux de la voir mariée ? demanda Alex.

À ses yeux, elle paraissait être la seule qu'il valait la peine de garder à son côté.

— Sa relation avec sa belle-mère est très conflictuelle. Il lui faut son propre foyer, car elle ne supporte pas d'être dominée par une autre femme.

— Ni par un homme, ajouta Alex, si j'en crois ce que j'ai entendu sur ce qu'elle a fait à son ancien mari.

— Quelle idée d'aller raconter ça, dit MacNeil avec un geste d'agacement. Quel homme avec un tant soit peu de fierté aurait avoué que sa femme lui a enfoncé un couteau dans la hanche ? Inutile de te préciser quelle partie de son corps elle visait.

Alex grimaça. Il avait déjà fait pleurer nombre de femmes, et reçu des objets à la figure de quelques autres. Mais jamais aucune n'avait essayé de s'en prendre à sa virilité.

Il est vrai qu'Alex n'avait jamais été marié.

Chapitre 3

Alex avait laissé le chef MacNeil rentrer seul au château. Respirant l'odeur pénétrante de la marée basse, il marchait à présent derrière Glynis le long de la côte, sur les rochers couverts de bernacles. Chaque fois que le vent soufflait dans ses jupes et dévoilait ses jambes délicates, il souriait intérieurement. Elle était si occupée à ramasser des coquillages qu'elle ne semblait pas l'entendre approcher, au milieu des cris des mouettes et du fracas régulier des vagues.

La jeune femme remonta son jupon pour former un panier improvisé où déposer ses coquillages, et Alex laissa échapper un soupir d'aise. Il ne pouvait rien voir de plus que ses chevilles fines et quelques centimètres de son mollet, mais il promena son regard plus haut, imaginant ses longues jambes galbées.

Glynis s'arrêta au-dessus d'une petite flaque. Quelque chose avait attiré son attention et elle s'accroupit pour regarder de plus près, en mettant ses bras autour de ses genoux. Ses cheveux d'un brun chaud lui cachaient la figure, empêchant Alex de distinguer ses traits. Le visage de la jeune fille allait-il se révéler aussi séduisant que sa silhouette mince et élancée ?

Il était temps de satisfaire sa curiosité. En quelques enjambées, il fut devant elle.

— Vous avez trouvé une étoile de mer violette, constata Alex. Cela signifie que la chance va vous sourire.

C'était une invention, évidemment.

Glynis leva la tête vers lui, et le cœur d'Alex cessa de battre pendant quelques instants, avant de redémarrer à toute allure, tambourinant dans sa poitrine. Il avait déjà remarqué la beauté de ses grands yeux gris la veille au soir. Mais, dans ce visage, ils étaient tout simplement saisissants.

Des traits de la jeune femme se dégageait un charmant mélange d'innocence et de sensualité, de son nez parsemé de délicates taches de rousseur à ses lèvres roses et charnues. Ce mariage inhabituel déclencha en lui des désirs conflictuels. Il ressentait une envie sauvage de l'allonger sur le sable et de lui faire des choses inconvenantes en regardant ses yeux gris briller de plaisir. Et, en même temps, il éprouvait l'étrange besoin de la protéger.

Alex savait qu'il était censé lui dire quelque chose pour la rassurer car il l'avait effrayée, mais les mots ne lui venaient pas. Cela ne lui ressemblait tellement pas qu'il se demanda un instant si une fée ne lui avait pas jeté un sort.

C'est alors que la jeune femme tomba sur les fesses, et Alex sut qu'elle était humaine.

Glynis sursauta en entendant une voix masculine. Elle leva les yeux, le cœur battant.

Elle reconnut l'homme qui avait surgi devant elle. C'était Alex MacDonald, le guerrier aux cheveux d'or à qui elle avait parlé la veille au soir. Une partie d'elle au moins savait que c'était lui. Mais, sous la lumière du soleil matinal, il avait l'air d'un glorieux Viking tout droit sorti des histoires que le *sennachie*, ou barde, de son père lui racontait quand elle était petite.

Elle l'imaginait debout sur la proue de son navire, ses cheveux blonds flottant au vent, des bracelets d'or sculptés entourant ses bras nus et musclés. Quand il posa sur elle ses yeux d'un vert profond, elle eut comme un coup au cœur et tomba à la renverse.

Le contact de l'eau froide la fit sortir brutalement de sa transe. Elle prit conscience qu'elle était assise dans une flaque d'eau, les fesses trempées, et sentit le rouge lui monter aux joues.

— Je suis désolé, mademoiselle. Je n'aurais pas dû vous surprendre ainsi.

Il lui présenta sa main avec une lueur amusée dans les yeux qui ne suffit pas à rassurer la jeune femme.

Glynis déglutit et lui tendit une main recouverte de sable. Il l'aida à se relever sans difficulté, comme si elle était aussi frêle que ses sœurs. Bien qu'elle soit plutôt grande, Glynis dut lever la tête pour lui faire face. Elle avait vaguement conscience de le dévisager, mais semblait incapable de s'en empêcher.

Comment Dieu avait-il pu permettre à un homme d'être aussi beau ?

Alex se tenait si près d'elle qu'elle sentit la chaleur de son corps et un frisson la parcourut. Son air rieur avait disparu pour laisser place à quelque chose de plus mystérieux, qui attirait Glynis vers lui comme un courant vers le large.

— Vous devriez être plus vigilante, jeune fille, dit Alex, qui se tenait toujours beaucoup trop près d'elle. J'aurais pu être un homme dangereux.

— Et vous ne l'êtes pas ? demanda-t-elle.

— Moi ? (Il avait un sourire aussi éblouissant que les rayons du soleil en été.) Si, très.

— Les gardes de mon père peuvent nous voir du château.

Alex jeta un coup d'œil par-dessus son épaule.

— J'aurais le temps de vous emporter derrière les arbres ou sur mon bateau avant même qu'ils soient sortis. (Il s'arrêta un instant, les yeux brillants.) Surtout si vous ne vous y opposiez pas.

Elle leva les yeux au ciel.

— Aucune chance.

— En êtes-vous certaine ? demanda-t-il d'une voix rauque qui résonna jusqu'au creux du ventre de Glynis.

La jeune femme retint sa respiration, comme pétrifiée, en voyant Alex approcher la main de son visage. Même si elle s'attendait à ce geste, son estomac se noua quand il effleura sa joue du dos de ses doigts. Glynis baissa les yeux vers sa bouche sensuelle et sentit sa gorge s'assécher. Cet homme devait savoir comment embrasser correctement une femme. Pas comme Magnus Clanranald, ce misérable qu'elle avait épousé.

Prenant soudain conscience qu'elle se penchait lentement en avant, elle recula brusquement la tête.

—Je vous préviens, je suis armée d'un dirk et je n'ai pas peur de m'en servir.

—C'est ce que j'ai entendu dire, mais vous n'en aurez pas besoin, dit Alex. Je n'aime les femmes que lorsqu'elles sont consentantes.

Glynis pensa qu'elles devaient être nombreuses.

—Vous n'avez rien à craindre, ajouta-t-il. Je ne fais jamais de mal aux femmes.

—Leur briser le cœur ne compte pas ?

Glynis ne comprit pas ce qui l'avait poussée à dire cela. Mais il se raidit en entendant ces paroles et elle lut la vérité dans ses yeux. Alex MacDonald avait effectivement brisé des cœurs, mais il n'en tirait aucune gloire. Bien au contraire, cela l'attristait.

Naturellement, il n'en parut que plus charmant à ses yeux. Il serait plus facile de résister à un homme sans cœur.

—Vous n'avez nul besoin d'avoir peur de moi. (Le séducteur sommeillant en Alex se réveilla, et il lui adressa un clin d'œil.) Je ne m'intéresse pas aux femmes qui cherchent un mari.

—Je ne cherche aucun mari, protesta-t-elle. (À peine eut-elle prononcé ces mots qu'elle se sentit rougir.) Mais je ne souhaite pas non plus de… de…

Elle avait beau essayer, elle était incapable de prononcer le mot « aventure ».

—Je ne peux pas en dire autant, répliqua-t-il avec un sourire enjôleur qui mit les sens de la jeune fille en ébullition. Peut-être que vous ne cherchez pas de mari, mais votre père, lui, vous en cherche un, ce qui revient au même. Par ailleurs, vous méritez mieux que moi.

— En effet, approuva-t-elle sèchement. Dieu me préserve d'un autre bellâtre coureur de jupons.

Une lueur sauvage passa dans les yeux d'Alex, mais le jeune homme retrouva rapidement son sourire. Bien qu'aveuglée par sa beauté, Glynis se surprit à se demander ce qu'Alexander MacDonald cachait au reste du monde.

Elle se sentit coupable d'avoir été si sèche avec lui alors qu'il n'avait fait que la taquiner, aussi lui demanda-t-elle :

— Voulez-vous que je vous montre mon endroit préféré ?

— Ce serait plus amusant si je le découvrais par moi-même, répliqua-t-il.

Le souffle coupé, elle resta quelques instants silencieuse tandis qu'Alex l'examinait de la tête aux pieds.

— Je voulais dire sur la plage ! (Elle donna un coup sur son bras, qui lui sembla aussi dur que du fer). Vous êtes le pire fripon que j'aie jamais rencontré.

Il éclata de rire et lui prit la main.

— Conduisez-moi où bon vous semble, ma belle dame.

La paume d'Alex était chaude et puissante. Glynis n'avait jamais marché main dans la main avec un homme auparavant, et elle eut l'impression de faire quelque chose d'indécent, mais néanmoins agréable.

Elle l'emmena tout au bout de la baie.

— Les phoques aiment bien se rassembler ici, expliqua-t-elle en montrant du doigt un énorme rocher plat qui émergeait de l'eau à quelques mètres de la côte.

Ils s'assirent un peu plus haut sur la plage, là où le sable était sec. Glynis retira sa main de celle d'Alex et laissa son regard glisser sur son bras, remarquant les poils dorés sur sa peau hâlée. Alex étendit ses longues jambes musclées, recouvertes du même duvet blond.

— Vous devriez vous allonger sur le ventre pour que le soleil sèche l'autre côté de votre robe, dit-il.

Glynis était tentée de suivre son conseil. Sa belle-mère ne manquerait pas de faire des remarques désobligeantes sur son aspect négligé si elle rentrait au château avec le derrière trempé. Mais l'idée de s'allonger au côté d'un homme la mettait mal à l'aise.

— Je ne voudrais pas qu'en vous voyant de dos votre père pense que je vous ai possédée sur le sable, dit Alex. Nous nous retrouverions mariés avant que midi n'ait sonné.

Glynis s'allongea sur le ventre et s'appuya sur ses coudes. Un agréable silence les enveloppa tandis qu'ils observaient les phoques se hisser hors de l'eau pour aller sommeiller sur le rocher plat.

Alex la poussa doucement du genou.

— À quelles autres combines avez-vous eu recours pour éconduire des maris potentiels ? demanda Alex.

— Je leur dis que je ne peux pas avoir d'enfants, répondit-elle d'une voix neutre pour masquer sa douleur. Cela suffit à décourager la plupart d'entre eux.

— Vous ne pouvez pas en être certaine, si ? Vous êtes encore jeune.

Glynis haussa les épaules. Puisqu'elle n'allait jamais se remarier, cela ne changeait rien.

— Et les hommes qui ont déjà des héritiers ? demanda-t-il. Comment faites-vous pour vous en débarrasser ?

— Je frotte des oignons sur mes vêtements et je mâche de l'ail. (Elle soupira.) Et si cela ne les décourage toujours pas, je leur dis que j'ai rêvé que je portais des habits de veuve à mon prochain anniversaire.

Alex éclata d'un rire profond et guttural, qui surprit agréablement Glynis.

— Est-ce vous qui avez fait courir le bruit que vous aviez poignardé votre mari ? demanda-t-il encore.

— Je crains que cette histoire ne soit vraie, confessa-t-elle. Mais il est vrai qu'elle est efficace.

Cette fois, le rire d'Alex réveilla deux ou trois phoques, qui levèrent la tête dans leur direction avant de replonger dans leur sommeil.

— Je ne pense pas que votre père veuille vous marier pour vous faire souffrir, dit Alex. Il a besoin de former des alliances, tout comme mon chef.

— S'allier aux mauvais clans aura des conséquences désastreuses, répliqua Glynis. J'ai conseillé à mon père de ne pas se joindre à la rébellion, mais il ne m'a évidemment pas écoutée.

La moitié des clans des Hébrides extérieures s'étaient soulevés contre la domination de la couronne écossaise, dans une révolte pourtant vouée une fois de plus à l'échec.

— La rébellion finira pas être matée, affirma Alex. Mais, en attendant, tout clan qui prend position en faveur de la couronne risque d'être attaqué par ses voisins.

— Votre chef est bien avisé de se laisser courtiser par les deux camps.

— Se laisser courtiser ? Connor a le sentiment d'être assis sur deux monstres marins qui essaient tous deux de lui trancher la tête et de le jeter à la mer.

Elle ne put réprimer un sourire en entendant cette description pittoresque, mais elle s'inquiétait réellement pour son clan.

— Vous avez de la chance d'être un homme. Vous pouvez servir votre clan autrement qu'en étant acheté et vendu comme du bétail.

— Je n'ai jamais rencontré quelqu'un qui avait une si piètre opinion du mariage. À l'exception de ma mère, ajouta-t-il dans un murmure.

— Je suis prête à tout pour mon clan, sauf à me marier, déclara Glynis.

— Puisque nous sommes d'accord sur ce point, nous pouvons être amis, si vous le voulez bien.

Elle tourna la tête pour le regarder.

— Vous êtes sérieux ? demanda-t-elle.

— Généralement, je ne deviens ami avec une femme qu'après avoir partagé son lit. Mais, je peux faire une exception pour vous.

— Vous me taquinez encore.

— Vous êtes si sérieuse que je ne peux m'en empêcher, répondit-il doucement. Mais, si nous devons nous revoir un jour, sachez que je vous le demande en toute sincérité.

Leurs regards se croisèrent.

— Alors j'accepte votre amitié, Alex MacDonald.

Quand elle posa de nouveau les yeux sur les phoques, plusieurs d'entre eux levèrent la tête. Puis, un par un, ils commencèrent à glisser dans l'eau.

— Levez-vous, ordonna Alex d'une voix dure.

Avant qu'elle ait pu faire le moindre mouvement, il la prit par la taille et la hissa sur ses pieds.

— Damnation ! jura Alex entre ses dents à la vue de la galère de combat qui contournait la pointe de la baie.

— Peut-être viennent-ils en paix, hasarda Glynis, qui sentait cependant son cœur marteler sa poitrine.

— C'est le bateau de Hugh MacDonald, déclara Alex, les yeux rivés sur le navire. Nous allons essayer de les distancer et de revenir au château.

Il lui prit la main et ils partirent en courant à toute allure sur le sable et les rochers. La galère des pirates avait aussi dû être repérée par les hommes de MacNeil. De l'autre côté de la petite baie, une vingtaine d'hommes surgirent de la forteresse. Les pirates se dirigeaient vers la plage qui séparait Alex et Glynis du château, pour tenter de leur couper la route avant l'arrivée des hommes du clan.

Et il semblait bien qu'ils allaient y parvenir. Malgré les bernacles qui lui écorchaient les pieds, Glynis courait de plus en plus vite. Mais les gardes étaient trop loin… et les pirates trop proches.

Les gardes se trouvaient encore à quelques centaines de pieds d'eux quand le bateau des pirates échoua. Glynis s'arrêta en tressaillant et observa avec horreur les hommes qui se laissaient tomber par-dessus bord et avançaient vers le rivage.

Alex la porta sur un grand rocher.

— Restez ici pour que je sache où vous êtes, ordonna-t-il. Je ne les laisserai pas arriver jusqu'à vous.

Sur ces mots, Alex fit volte-face et dégaina la claymore fixée dans son dos. La lame d'acier tournoya dans les airs.

— *Fraoch Eilean* !

Son cri de guerre résonna aux oreilles de Glynis tandis qu'il fonçait sur les pirates, qui s'avançaient vers eux en fendant les vagues.

Alex tua les deux premiers hommes sans même stopper sa course. Après avoir fait sauter l'épée d'un troisième, il lui enfonça sa claymore dans le flanc.

Glynis hurla en voyant un autre pirate charger Alex. Celui-ci n'avait pas eu le temps de remettre en position la lourde épée qu'il tenait à deux mains. D'un geste fluide, Alex lâcha sa claymore d'une main, tira son dirk de sa ceinture et le planta dans la poitrine de l'homme. Son assaillant s'écroula à genoux dans un râle, son sang se répandant dans l'eau autour de lui, créant des nuages pourpres.

Alex jeta un coup d'œil à Glynis par-dessus son épaule, comme pour vérifier qu'aucun des pirates n'avait réussi à le dépasser. Ses yeux brillaient d'un éclat meurtrier, et chaque muscle de son corps était tendu, prêt à l'attaque.

Il ne ressemblait plus en rien à l'homme enjoué qui, quelques instants auparavant, regardait les phoques avec Glynis. Non, il était redevenu Alexander Bàn

MacDonald, redoutable guerrier des Highlands ; et cela lui allait à merveille.

Les hommes de MacNeil, Duncan MacDonald à leur tête, n'étaient plus qu'à quelques mètres. Les deux groupes se heurtèrent dans un fracas d'épées s'entrechoquant, de cris et de grognements.

Glynis n'arrivait pas à détacher ses yeux des MacDonald. Les pirates étaient plus nombreux, mais les deux guerriers étaient d'une efficacité redoutable. Ils contraignirent les pirates à reculer petit à petit, sous le coup d'un assaut sauvage, parfaitement coordonné. Les hommes de son père étaient également d'adroits combattants, mais ils luttaient individuellement, tandis que leurs deux invités formaient une équipe impitoyable.

Leur violence était empreinte d'une grâce et d'une maîtrise qui témoignaient de nombreuses années de pratique. À force de les observer, Glynis finit par comprendre certains des signaux silencieux qu'ils échangeaient. *Tu t'occupes de celui-ci, et moi de celui-là.* Les pirates s'écroulaient devant eux les uns après les autres.

Quelque chose détourna soudain l'attention de Glynis de la bataille féroce qui faisait rage sur la plage et attira son regard vers le bateau des pirates. Un homme se tenait debout sur la proue, seul, les bras croisés sur sa large poitrine. Il la toisait. Quand leurs yeux se croisèrent, Glynis sentit un frisson glacé lui parcourir l'échine.

Elle sentit que cet homme lui voulait du mal. Plus qu'à n'importe qui d'autre. Elle n'aurait su dire pourquoi, mais elle eut soudain l'impression qu'il était en train d'imprimer son visage dans sa mémoire, comme s'il lui réservait un sort particulièrement diabolique.

Les yeux toujours rivés sur Glynis, l'homme porta les doigts à sa bouche et émit un sifflement strident. Les pirates sur la plage coururent vers le bateau et en escaladèrent la coque comme une colonie de rats.

Alex les poursuivit dans les vagues jusqu'à ce qu'il ait de l'eau jusqu'à la taille.

— Hugh Dubh MacDonald, hurla-t-il en agitant sa claymore dans les airs. Reviens te battre, misérable lâche !

— Dis à mon neveu que son arrêt de mort est signé, lui cria l'homme sur la proue.

Il se baissa brusquement, esquivant le dirk d'Alex qui fendit l'air à l'endroit même où se trouvait sa tête un instant auparavant.

Tandis que les hommes du clan MacNeil se félicitaient de la déroute des pirates et que Duncan nettoyait son épée, Alex, toujours dans l'eau, déversa une pluie d'injures sur le bateau qui s'éloignait. Enfin, il fit demi-tour au milieu des vagues pour revenir sur la plage, les cheveux brillant sous le soleil et les yeux étincelant.

— Vous pouvez maintenant rentrer sans danger au château, mademoiselle Glynis, dit l'un des hommes de son père. Laissez-moi vous aider à descendre.

L'homme leva les bras pour l'attraper par la taille, mais il fut soudain arrêté par le cri d'Alex.

— Retire tes sales pattes de là !

Le garde recula d'un bond et se retourna vers Alex. Le cœur de Glynis manqua un battement quand elle le vit remonter la plage telle une furie, dégoulinant d'eau et de sang, ressemblant à l'un de ses ancêtres vikings qui autrefois terrorisaient ces côtes. Il la regardait avec intensité, comme s'ils étaient seuls au monde.

Quand Alex arriva devant le rocher, il la prit par la taille et la souleva. Il ne quitta pas son visage des yeux quand il la fit glisser le long de son corps musclé et brûlant, si près qu'il pouvait deviner la moindre de ses formes. La jeune femme sentit ses genoux faiblir avant même que ses pieds touchent le sol.

Les yeux d'Alex flamboyaient d'une telle violence et d'une telle avidité que Glynis crut que son cœur allait l'abandonner.

— Oui, murmura-t-elle en s'accrochant à lui quand il la fit basculer en arrière.

Le plaisir de la bataille palpitait encore dans les veines d'Alex et avait mis tous ses sens en éveil. Quand il se retourna et vit Glynis sur son rocher, il se dit qu'il serait capable de tuer pour la posséder. Il n'avait jamais eu envie d'une femme autant qu'il désirait Glynis MacNeil à cet instant-là.

Dès que leurs corps se touchèrent, il eut le sentiment qu'ils avaient été créés l'un pour l'autre. Alex embrassa la jeune femme avec fougue, d'une langue avide et exigeante. Il devait la faire sienne.

L'esprit obscurci par le désir, il entendit Duncan l'appeler mais ne prit pas la peine de lui répondre. La seule et unique chose qui comptait pour lui à ce moment-là était la bouche tendre de cette femme contre la sienne. Entre ses mains, Glynis répondait à son baiser avec une passion naissante, merveilleuse. Il avait une folle envie de l'étendre sur le sable pour lui faire l'amour.

La piqûre aiguë d'une pointe d'acier dans son dos fut un peu plus difficile à ignorer que l'appel de Duncan.

— Je te suis très reconnaissant d'avoir sauvé ma fille de ces misérables pirates de ton sang, murmura le chef du clan MacNeil à l'oreille d'Alex. Mais, à moins que tu ne souhaites quitter cette île avec une épouse, tu ferais mieux de la lâcher immédiatement.

Alex la désirait tellement qu'il était presque prêt à accepter de rester enchaîné toute sa vie juste pour la posséder une fois. Mais, quand il vit les yeux de Glynis écarquillés de panique, il reprit ses esprits. Lentement, il se redressa et se résolut à la lâcher.

Glynis chancela comme si ses jambes se dérobaient sous elle. Alex fit mine de la soutenir, mais MacNeil l'arrêta d'un regard et posa un bras ferme autour des épaules de sa fille.

Alex jeta un coup d'œil alentour et constata qu'un cercle d'hommes s'était formé autour d'eux. Quelle folie s'était emparée de lui pour qu'il embrasse ainsi la fille du chef, devant tous les guerriers de son père ? Alex n'avait pas pensé un seul instant aux autres hommes sur la plage. En réalité, il ne les avait même pas vus.

MacNeil ne le tuerait probablement pas, car un baiser volé à une jeune fille consentante ne représentait pas une offense grave. D'un autre côté, il n'avait vraiment pas choisi le bon moment, et tout le monde avait dû comprendre qu'il ne comptait pas s'arrêter là.

— Qu'as-tu à dire pour ta défense, Alex Bàn MacDonald ? demanda MacNeil.

— Si je vous dis que je suis désolé d'avoir embrassé votre fille, nous saurons tous deux qu'il s'agit d'un mensonge, répondit Alex. (Il se tourna alors vers Glynis, qui paraissait aussi abasourdie que lui.) Je suis désolée, demoiselle, si je vous ai mis dans l'embarras.

Alex aurait souhaité pouvoir lui parler pour savoir comment elle allait, loin de toutes ces paires d'yeux qui les observaient. Mais, s'il se retrouvait seul avec Glynis MacNeil, il savait pertinemment qu'ils ne perdraient pas de temps à discuter.

Chapitre 4

Dunscaith Castle, île de Skye
Deux mois plus tard

Alex fit un signe de la main à son cousin, le chef des MacDonald de Sleat, qui venait à sa rencontre sur le chemin menant de Dunscaith Castle au rivage. Les longs cheveux noirs de Connor flottaient derrière lui tandis qu'il sautait de rocher en rocher.

— Regrettes-tu déjà d'avoir pris la tête du clan ? demanda Alex à Connor, qui l'aidait à tirer le bateau sur la plage.

— Tous les jours, répondit Connor avec un rire sans joie. Comment vont les nôtres à North Uist ?

— Les pillards leur ont pris beaucoup, mais ils ne mourront pas de faim, répondit Alex. La pêche est bonne, et les vivres que je leur ai apportés devraient leur suffire jusqu'à la prochaine récolte.

Après avoir gravi la colline, les deux hommes traversèrent l'étroit pont menant au château, érigé sur un rocher à quelques mètres seulement de la côte.

— Ian et Duncan sont également ici, annonça Connor. Nous avons à discuter des affaires du clan.

À l'intérieur du donjon, le sol de la grande salle était recouvert de joncs frais et les domestiques étaient sobres. Rien de commun avec le château tel qu'ils l'avaient repris des mains de Hugh, l'oncle de Connor. L'ordre et la propreté qui y régnaient désormais étaient l'œuvre d'Ilysa, la sœur de Duncan. Bien qu'elle n'ait pas de liens familiaux avec Connor, Ilysa était la personne qui se rapprochait le plus d'une parente pour lui et qui, à défaut d'une épouse, en remplissait les fonctions dans le château.

Ian, le cousin d'Alex et de Connor, était assis à la table d'honneur avec Duncan. Il ressemblait tant à leur chef qu'il aurait pu passer pour son frère.

— Ian, tu as une mine à faire peur, lui dit Alex en guise de salut.

Ian sourit.

— Les jumelles nous empêchent de dormir la plupart des nuits, Sìleas et moi. Elles ont de nouvelles dents qui poussent.

Oh, non! La dernière fois qu'Alex avait vu les filles d'Ian, l'une d'elles était venue à quatre pattes planter ses dents dans son genou, s'y accrochant comme une bernique.

— Les problèmes que ces deux mignonnes vont te causer ne font que commencer, dit Alex. Tu en es conscient ?

— Oui, répondit Ian avec un sourire fatigué. Elles sont belles, n'est-ce pas ?

La seule pensée d'élever des enfants faisait frissonner Alex, pourtant Ian avaient les yeux qui brillaient quand il parlait de ces petites diablesses aux cheveux flamboyants.

Sur le signal de Connor, les autres hommes qui se trouvaient dans la grande salle sortirent pour laisser les quatre compères parler entre eux. Connor avait déjà tenu un conseil officiel avec les anciens, comme on l'attendait de lui, mais tout le monde savait qu'Ian, Alex et Duncan étaient ses plus proches conseillers.

— Nous devons forger des alliances fortes pour survivre en ces temps troublés, déclara Connor en prenant place à la table, en face d'Alex. Notre clan est affaibli et ne s'est toujours pas remis de la mort de mon père et de tant d'autres de nos hommes à la bataille de Flodden.

Les quatre jeunes hommes étaient en France quand ils avaient reçu la nouvelle de la sanglante défaite des Écossais à Flodden face aux forces d'Henri VIII. De retour chez eux, ils avaient découvert que leur roi et leur chef avaient été tués et avaient retrouvé leur clan dans un état désespéré.

— Nous sommes parvenus à chasser Hugh du château du chef, fit remarquer Alex.

Il ne souleva pas le fait que l'oncle de Connor demeurait une source de discorde au sein du clan. Certains des membres prenaient la brutalité de Hugh pour de la force et, si l'occasion se présentait, ils le soutiendraient pour qu'il devienne chef.

— Il nous reste encore beaucoup à accomplir, rétorqua Connor d'une voix dure. Nous ne pourrons trouver le repos tant que nous n'aurons pas repris le contrôle de toutes les terres qui reviennent de droit à notre clan.

— Bien dit ! s'exclama Duncan en levant son gobelet avec les autres.

Ils avaient établi leur base sur l'île de Skye. Connor occupait Dunscaith Castle d'un côté de la péninsule de Sleat, tandis qu'Ian habitait Knock Castle, de l'autre côté. Ils étaient cependant tous très affligés que les MacLeod aient mis la main sur la péninsule de Trotternish alors qu'ils étaient encore en France. Et, à présent, ils devaient faire face à Hugh et sa bande de pirates qui ravageaient leurs terres sur l'île de North Uist.

— Nous ne sommes pas encore assez puissants pour contraindre les MacLeod à nous rendre le reste de nos terres à Skye, dit Ian. Le jour où nous le serons, la bataille sera sanglante.

— Notre premier devoir est de protéger les MacDonald à North Uist, déclara Alex. Ils y vivent à la merci des pirates.

Il était rongé de l'intérieur à l'idée que les membres de son clan puissent être attaqués et chassés sans relâche.

— Je suis d'accord, approuva Connor. Avant la récolte automnale, je voudrais que l'un d'entre vous parte pour faire reconstruire notre château à North Uist et y reste pour défendre les nôtres.

— Il est grand temps que nous en finissions une fois pour toutes avec ton oncle et ses pillages incessants. (Alex ressentait un désir brûlant d'étrangler Hugh de ses propres mains, pour venger les siens à qui l'on ôtait la nourriture de la bouche.) Donne-moi quelques guerriers, et je lèverai les voiles dès demain.

— S'il n'y avait pas cette maudite rébellion, je t'enverrais sans hésiter à North Uist, dit Connor en secouant la tête. Malheureusement, d'autres affaires urgentes réclament notre attention.

— De quoi veux-tu parler ? demanda Duncan.

— Le nouveau régent m'a convoqué à la cour d'Édimbourg, annonça Connor.

Au moment de sa mort à Flodden, le roi d'Écosse avait laissé pour seul héritier un nouveau-né, et les factions de la Cour se battaient depuis lors pour prendre le pouvoir. La veuve du roi, sœur du détesté Henri VIII, avait pris la régence pendant un temps. Mais, lorsqu'elle s'était remariée, elle avait dû céder la place à John Stuart, duc d'Albany, qui vivait alors en France et avait été rappelé en Écosse par le Conseil.

— Albany souhaite voir le nouveau chef des MacDonald de Sleat se mettre à genoux et prêter allégeance à la couronne, expliqua Ian.

— Ah non ! n'y va pas, dit Duncan. Inutile de te rappeler combien de fois un chef de clan des Highlands, obéissant à une convocation de ce genre, a terminé mort ou en prison.

— Nous ne pouvons prendre le risque de te perdre, ajouta Ian.

Ils ne parlaient pas uniquement par affection pour Connor. Selon la tradition, seul un membre du clan du même sang que le chef pouvait devenir chef à son tour. Ian et Alex étaient parents de Connor par leur mère, et ne pouvaient donc le remplacer, Dieu soit loué! Mis à part Connor, seul l'un des frères de son père pourrait être chef, mais leur clan ne survivrait pas sous la domination de l'un d'eux.

— C'est vrai mais, si je n'y vais pas, Albany pensera que j'ai rejoint la rébellion. (Connor poussa un profond soupir.) Il devient de plus en plus difficile de rester neutre dans cette lutte entre la couronne et les rebelles. Je ne vois cependant pas ce que notre clan gagnera à prendre parti pour l'un ou l'autre camp.

— Envoie l'un de nous à ta place, proposa Ian. Celui que tu choisiras pourra inventer une excuse pour justifier ton absence, et apaiser le régent en l'assurant de ta bonne volonté sans trop s'avancer.

Ian était presque aussi calculateur que Connor.

— Ton émissaire risque d'être gardé en otage par la couronne, fit remarquer Alex, mais c'est une bonne idée.

— Les rebelles me pressent également de prendre parti, dit Connor. Un rassemblement de leurs clans va avoir lieu dans le château des MacLean. Si je ne suis pas présent, nous nous exposons à une attaque des clans voisins qui soutiennent la rébellion. Les MacLeod notamment n'attendent qu'un prétexte pour essayer de nous voler encore davantage de terres.

— Envoie l'un de nous, répéta Ian. Il nous faut gagner du temps pour éviter de prendre parti maintenant.

— Voilà qui nous ramène à la nécessité de faire des alliances, dit Connor en se tournant vers Alex. Par le mariage.

— Hors de question, déclara Alex en regardant son cousin dans les yeux. Tu n'exigeras pas cela de moi.

Connor se passa la main sur le visage. Il avait l'air encore plus épuisé qu'Ian, et beaucoup moins heureux.

— Voici ce que je propose, dit-il enfin. Alex épousera la fille d'un chef de clan en faveur des rebelles, tandis que Duncan prendra femme dans un clan qui soutient la couronne.

Duncan regarda Connor d'un air glacial.

— Tu croyais qu'il t'avait oublié, n'est-ce pas, Duncan ? dit Alex.

— Aucun chef ne voudra de moi comme gendre, affirma Duncan à Connor. Je ne suis que le fils de ton ancienne bonne.

— Tu es le capitaine de ma garde, et comme un frère pour moi, répliqua Connor. Tu es un très bon parti pour un chef qui a des filles à marier.

Duncan plongea les yeux au fond de son verre sans protester, mais il n'en pensait pas moins qu'Alex à ce sujet.

— Vous vous marierez tôt ou tard, comme tous les hommes, déclara Connor en versant de nouveau du whisky dans les verres d'Alex et de Duncan. Je vous suggère simplement de le faire plus tôt.

— Je refuse, dit Alex d'une voix dure. Pas maintenant. Ni jamais.

— Nous avons besoin d'alliés, répéta Connor.

— Alors je te chercherai une épouse, rétorqua Alex.

Si quelqu'un avait besoin d'une femme, c'était bien Connor. Il n'en avait pas touché une seule depuis qu'il était devenu chef.

— Je suis même prêt à partager le lit des filles de chef juste pour pouvoir te dire laquelle sera assez ennuyeuse pour toi.

— Les autres chefs verraient dans ce mariage une prise de parti dans la rébellion, objecta Connor, et je ne suis pas encore prêt à choisir notre camp.

Bon sang! Connor avait réponse à tout ces derniers temps.

— Je vois, dit Alex. Tu souhaites que les deux camps se disputent tes faveurs le plus longtemps possible.

Connor soupira.

— La seule chose que je te demande pour l'instant, c'est de rencontrer les filles de ces chefs et de voir si l'une d'elles te convient.

— Nous avons dressé une liste des femmes en question, dit Ian en sortant un parchemin qu'il étala sur la table.

— Quoi? s'exclama Alex.

— Comme tu peux le constater, tu n'as que l'embarras du choix, poursuivit Ian. Je les ai classées selon leur appartenance à un clan favorable ou non à la rébellion.

— Nous avons mis de côté les Campbell parce qu'il nous semblait trop ambitieux de viser une fille de comte, dit Connor avec des yeux pétillants. Mais, si tu arrives à en séduire une, je n'y verrai aucune objection.

Alex se resservit du whisky en se demandant quand cette conversation allait prendre fin.

— J'aimerais que vous vous rendiez tous les deux au rassemblement des rebelles à Duart Castle sur l'île de Mull, annonça Connor à Alex et Duncan. Puis l'un d'entre vous pourra partir directement à Édimbourg pour voir le régent.

— Un agréable séjour à Duart Castle en perspective, au milieu des rebelles et d'un hôte qui a tenté de nous assassiner, ironisa Alex, déclenchant un éclat de rire général.

Connor tapota le parchemin du doigt.

— Vous pourrez en profiter pour faire la connaissance de certaines épouses potentielles que nous avons sélectionnées.

Connor poussa la liste vers Duncan et Alex. Aucun d'entre eux ne voulut s'en emparer, mais ils y jetèrent malgré tout un coup d'œil.

— Ah, ah ! la fille aînée de MacNeil figure en haut de la liste, constata Duncan.

— Alex, j'ai cru comprendre que cette jeune fille ne t'avait pas laissé indifférent, dit Connor. Tu l'as embrassée devant son père et les membres de son clan, c'est bien ça ?

— Traître ! lança Alex à Duncan avec un regard noir.

— Dois-je envoyer un message à son père ? demanda Connor avec une lueur malicieuse dans les yeux.

— Ce baiser ne signifiait rien, protesta Alex. Tu sais bien que j'ai un faible pour les jolies filles. Je me suis oublié pendant un instant, voilà tout.

Duncan, sans se presser, but une gorgée de whisky puis reposa son verre.

— C'était pourtant un long baiser, Alex.

Alex prit part malgré lui à l'hilarité générale, tout en se disant qu'il aurait volontiers prolongé ce baiser.

— Au fait, Alex, j'allais oublier, dit Connor en fouillant dans sa chemise. Le père Brian est passé, et il m'a remis une lettre pour toi.

Chapitre 5

— Qui donc peut bien m'écrire ? s'interrogea Alex.

Si quelqu'un avait quelque chose à lui dire, il lui suffisait de prendre son bateau et de venir le trouver.

— J'ai l'impression que cette lettre est passée entre de nombreuses mains avant d'arriver jusqu'ici, fit remarquer Connor en lui tendant le parchemin usé. Reconnais-tu le sceau ?

En examinant la rose sur le cachet, de lointains souvenirs de la France, de missives parfumées et de rendez-vous galants revinrent à l'esprit d'Alex. Il porta la lettre à son nez ; une très légère odeur de lavande était encore perceptible.

Alex brisa le sceau et déplia le parchemin, rédigé en français. Cette écriture fantaisiste lui était familière. Cette fois, l'image d'une poitrine aussi belle que généreuse surgit dans sa mémoire.

— Tu comptes nous faire attendre encore longtemps ? demanda Connor.

— Je savoure le moment, répondit Alex. Te souviens-tu de Sabine de Savoisy, la comtesse qui m'a attiré dans son lit peu de temps après notre arrivée en France ?

— Comment veux-tu que je me souvienne de toutes les femmes que tu as séduites ? demanda Connor. Je ne sais pas compter si loin, alors pour ce qui est de retenir leurs noms…

— Il n'y a eu qu'une seule comtesse. Rappelle-toi… Sabine, qui avait cette vaste demeure à l'extérieur de Paris.

Connor hocha la tête d'un air entendu.

— Et cette poitrine magnifique.

Cela ne ressemblait pas à Connor de parler aussi crûment devant une femme, mais il ne parut pas avoir remarqué la présence d'Ilysa.

— Tu t'en souviens donc très bien.

Alex examina la date inscrite sur la lettre. « Le 10 mai de l'an de grâce 1515. »

— Elle a mis du temps à arriver, constata-t-il.

Connor, Alex, Duncan et Ian n'avaient presque aucun secret l'un pour l'autre, aussi Alex commença-t-il sa lecture à haute voix.

« Je suis à Édimbourg en séjour chez l'épouse de l'ambassadeur de France. Avec ce climat maussade et humide et le manque de distractions, je m'ennuie à mourir. Aussi serais-je ravie que vous veniez me rendre visite. »

— Tu as dû faire forte impression sur cette femme pour qu'elle te demande de faire un si long voyage pour le seul plaisir de t'avoir dans son lit, dit Ian.

— J'ai beau être doué, objecta Alex d'un air pensif, Sabine possède les arguments nécessaires pour trouver un homme à Édimbourg si c'est là son unique objectif. Elle doit avoir autre chose en tête.

Il poursuivit sa lecture :

« Je vais encore me languir dans cette ville épouvantable jusqu'au mois de juillet. Ayez pitié de moi et venez au plus vite. Votre ami d'Arcy est également ici, ce qui n'arrange rien. »

Ils avaient combattu aux côtés de d'Arcy en France.

— D'Arcy est très proche d'Albany, dit Connor.

Sabine aussi, mais Alex se garda bien de l'évoquer. Il but une rasade de whisky puis termina sa lecture.

« J'ai un cadeau très spécial pour vous. Je sais à quel point vous aimez les surprises, alors venez vite, sinon je peux vous promettre que vous le regretterez. »

Alex reposa son verre et relut la lettre à deux reprises pour lui-même. Le message était obscur, la signature imprécise et le sceau n'était pas celui de la comtesse. Mais il est vrai qu'elle avait toujours fait preuve d'une grande prudence.

— As-tu une idée de ce que pourrait être ce « cadeau très spécial » ? demanda Connor en lisant par-dessus l'épaule d'Alex. Mis à part ce à quoi je pense.

Alex secoua la tête.

— Pas la moindre, mais je vais me rendre à Édimbourg pour toi et le découvrir.

— Tu devrais apporter la lettre à Teàrlag, intervint Ilysa.

Connor sursauta en entendant sa voix.

— Pardonne-moi, Ilysa, je n'avais pas vu que tu étais là. Qu'en dis-tu, Alex ? Demander l'avis de la vieille voyante ne pourra pas te faire de mal.

Les cheveux fouettés par le vent, Connor borda la voile.

— Qu'il est bon d'être sur l'eau.

— Tu devrais naviguer plus souvent.

Alex s'inquiétait pour son cousin. Le poids de ses responsabilités se lisait sur son visage, creusé par la fatigue.

La traversée fut brève, et bientôt ils distinguèrent la maisonnette de la voyante, qui se dressait sur une saillie rocheuse entre les montagnes et la mer. Dans leur jeunesse, les quatre garçons avaient effectué ce trajet un nombre incalculable de fois mais, ce jour-là, seuls Alex, Connor et Ilysa étaient sur le bateau. Duncan était allé avec Ian rendre visite à Sìleas et aux jumelles, en dépit des avertissements d'Alex, qui l'avait mis en garde contre ces deux petits monstres. Quel homme courageux.

— Comment cela se fait-il que le bateau de Shaggy te soit revenu à toi et non à moi ? demanda Connor.

— Parce que c'est moi qui lui témoigne le plus d'attention, répondit Alex en caressant le bastingage.

Connor se mit à rire, ce qui réjouit Alex et Ilysa. Cette dernière s'inquiétait plus que quiconque au sujet de leur chef, et jeta un regard reconnaissant à Alex.

Quelques instants plus tard, après avoir tiré le bateau dans la petite crique située derrière la maison de Teàrlag, ils gravirent les marches glissantes taillées dans la falaise. La voyante les attendait devant sa maison. Malgré la douceur de cette journée printanière, elle était emmitouflée dans deux châles,

les épaules rentrées, comme si elle voulait se protéger d'un vent cinglant.

— Je vous ai vus arriver, leur déclara-t-elle en guise de salut.

Avec son unique œil valide, la vue de Teàrlag était assez limitée, mais sa réputation de voyante n'était plus à faire. La plupart des gens préféraient l'éviter, car elle avait la fâcheuse tendance de prédire la mort.

Ils pénétrèrent chez la voyante. Ilysa se débarrassa du panier de vivres qu'elle avait apporté, tandis qu'Alex et Connor s'asseyaient avec Teàrlag autour d'une petite table.

— Calme-toi, ils ne vont pas rester longtemps, dit Teàrlag à sa vache, qui meuglait plaintivement de l'autre côté du muret séparant la maisonnette en deux. Ilysa, va me chercher mon whisky. Ce n'est pas tous les jours que je reçois la visite de notre chef.

— Nous avons besoin de ton aide au sujet de cette lettre, déclara Connor une fois qu'ils eurent terminé leurs verres.

Alex déplia le parchemin et le tint à plat sur la table. La voyante ne savait naturellement pas lire, mais ce n'était pas pour cela qu'ils étaient venus la consulter.

— Cette lettre m'a été écrite par une femme qui affirme avoir un cadeau spécial pour moi, expliqua Alex. Peux-tu me dire de quoi il pourrait s'agir ?

Teàrlag ricana.

— Un cadeau spécial ? C'est ainsi qu'on appelle cela maintenant ?

Même la vieille voyante ne pouvait s'empêcher de plaisanter.

Ilysa aida Teàrlag à s'approcher de l'âtre, attrapa un petit bol rempli d'herbes sur l'étagère et en jeta une pincée dans le feu. La vieille femme respira à pleins poumons le jet de fumée âcre, puis revint à pas traînants vers son tabouret et posa les mains sur la lettre.

— Je vois trois femmes, Alex Bàn MacDonald, déclara-t-elle d'une voix lointaine.

Seulement trois ? Alex n'avait pas besoin d'une voyante pour savoir qu'il y aurait des femmes dans sa vie. D'ailleurs, Teàrlag voyait des femmes dans son avenir depuis qu'il avait douze ans.

— Pendant ton voyage, trois femmes t'appelleront à leur secours, et tu devras les aider, prédit-elle. Mais sois prudent ! L'une sera source de danger, et l'autre de tromperie.

Ces paroles n'inquiétèrent pas Alex, à qui il arrivait rarement de refuser quelque chose à une femme. Et un peu de danger et de malhonnêteté ne rendrait son voyage que plus intéressant.

— Qu'en est-il de la troisième ? demanda-t-il.

— Ah ! (Teàrlag lui lança un regard mauvais.) La troisième aura le pouvoir de satisfaire tes désirs les plus profonds.

Alex sourit.

— Danger, malhonnêteté et satisfaction de mes plus profonds désirs : je suis impatient de me mettre en route.

Teàrlag ferma les yeux et se balança d'un côté à l'autre, laissant échapper un étrange fredonnement. Alex s'était souvent demandé si la voyante n'en rajoutait pas un peu dans le dessein d'impressionner ses visiteurs.

— Tu es un pécheur, Alexander Bàn, déclara-t-elle. Et le jour où tu devras payer pour tes péchés approche.

Teàrlag n'était pas la première à lui faire cette prédiction, mais sur l'instant, Alex prit surtout cela comme un sermon, puisqu'elle lui faisait la morale depuis des années.

— Et le cadeau ? demanda Connor.

Teàrlag resta silencieuse pendant si longtemps qu'Alex crut qu'elle s'était endormie.

— Je vois quelque chose qui brille, comme un rayon de lune, dit Teàrlag en agitant la main devant son visage.

Alex lâcha un grognement. Un rayon de lune. Quel cadeau inutile. Mais s'il s'agissait d'une épée, c'était autre chose. Un homme avait toujours besoin d'une bonne arme.

— Ce n'est pas une épée, affirma Teàrlag en ouvrant soudain les yeux. C'est un cadeau d'une grande importance, que tu dois aller chercher. Maintenant, va !

Laissant Ilysa avec Teàrlag, qui lui enseignait la science des vieux remèdes, les hommes se retirèrent. Duncan avait interdit à sa sœur de traîner avec la vieille voyante, mais Ilysa était l'une des rares créatures sur cette terre à ne pas se laisser intimider par lui.

— C'était encore plus bizarre que de coutume, fit remarquer Alex dès qu'ils furent sortis. Mais j'espère que tu as pu constater que Teàrlag n'a pas prédit de mariage pour moi.

— Je désire que Duncan aussi cherche une épouse au rassemblement des rebelles, déclara Connor, toujours aussi résolu.

— Il ne le fera pas, dit Alex. Duncan est toujours amoureux de ta sœur.

— Moira est mariée, répliqua Connor. Il est temps pour Duncan de l'oublier et de trouver une femme.

— Il refusera, prédit Alex.

— Notre devoir à tous est de faire tout ce qui est en notre pouvoir pour protéger le clan.

Connor parlait de plus en plus comme un chef.

— Et Alex, poursuivit-il, tu as la mauvaise habitude de choisir des femmes qui finissent par t'attirer des ennuis. Essaie de ne pas te faire de nouveaux ennemis pendant ce voyage, nous en avons déjà suffisamment.

Chapitre 6

Duart Castle, île de Mull

En entrant avec son père dans la cour du château, déjà remplie d'invités, Glynis descendit le capuchon de sa cape sur son visage. Les MacNeil de Barra et les MacLean de Duart entretenaient des liens d'amitié depuis longtemps, et elle s'était déjà rendue à Duart Castle à de nombreuses reprises. C'était cependant la première fois qu'elle assistait à un grand rassemblement de clans depuis la fin de son mariage.

Quand le chef du clan MacLean aperçut son père, il se détacha du groupe pour venir le saluer.

— Chef MacNeil, je te souhaite une nouvelle fois la bienvenue chez moi.

Peu de gens mettaient Glynis mal à l'aise, mais Lachlan Cattanach MacLean, plus connu sous le nom de Shaggy, en faisait partie. Elle était habituée à fréquenter de féroces guerriers, mais Shaggy était imprévisible. En vérité, elle était persuadée qu'il n'avait pas toute sa tête.

— J'ai dû laisser mon épouse à la maison car elle attend un enfant, dit le père de Glynis.

— Une femme qui accomplit son devoir en donnant des enfants à son mari est le seul genre d'épouse qu'il vaut la peine de garder, déclara Shaggy.

Glynis n'aurait su dire si l'homme avait eu l'intention de l'insulter elle ou son épouse actuelle, Catherine Campbell.

— Comme tu peux le voir, je suis venu avec Glynis à la place, dit son père. J'espère lui trouver un nouveau mari.

En dépit d'une furieuse envie de frapper son père, Glynis baissa la tête, se cachant encore un peu plus.

— Ta fille est devenue timide, constata Shaggy.

MacNeil masqua son embarras en toussant.

— Alors, il paraît que tu as arrêté de taper les garçons comme autrefois ? lui demanda Shaggy. Tu les poignardes maintenant, c'est ça ?

— Seulement ceux qui me provoquent, murmura-t-elle.

Shaggy éclata de rire tandis que MacNeil donnait un coup de coude dans les côtes de sa fille.

— Si mon épouse, la fille du comte, déclara Shaggy avec un sarcasme non dissimulé, daignait saluer mes invités, je suis sûr qu'elle te montrerait la chambre réservée aux jeunes femmes.

— Glynis la trouvera toute seule, intervint son père. Mais nous allons d'abord nous rendre dans la grande salle pour saluer les autres invités.

Ils venaient d'arriver, et pourtant Glynis comptait déjà les heures qui les séparaient du départ. Une fois dans le donjon, ils s'arrêtèrent à l'entrée de la grande salle et parcoururent la pièce bruyante du regard. À en juger par le nombre d'hommes vêtus de chemises safran et de plaids en belle laine portés par les membres de haute lignée, les clans représentés étaient nombreux.

— Le jeune chef des MacDonald de Sleat est un homme insaisissable, dit son père sans cacher son mécontentement. Il ne semble pas s'être déplacé.

— Tu n'aurais pas dû venir non plus, papa, dit Glynis. Rejoindre les rangs de la rébellion était une erreur, et tu devrais changer d'avis sans tarder.

— Je ne me rappelle pas t'avoir demandé conseil, ma fille. Ce genre de décision n'appartient pas aux femmes.

— Je t'en prie, papa, implora Glynis en le tirant par le bras. Ne va pas plus loin.

Elle voulait tenter de convaincre son père de cesser de s'impliquer dans cette rébellion. C'était d'ailleurs la seule et unique raison pour laquelle elle avait accepté de l'accompagner à ce rassemblement.

— Les chances pour que tu épouses un chef de clan sont minces désormais, dit son père en scrutant la pièce. Si tu t'étais révélée plus féconde, la situation serait peut-être différente.

Son père ne se rendait sans doute pas compte qu'en lui rappelant sans cesse son incapacité à concevoir, il lui plantait chaque fois un couteau en plein cœur. S'il le faisait consciemment, elle ne pourrait jamais lui pardonner.

— Rappelle-toi, dit-il. Le miel a beau être doux, personne ne vient le lécher sur des ronces.

Glynis retint soudain sa respiration.

— Qu'y a-t-il ? demanda son père.

Les mains tremblantes, elle rajusta ses jupes et s'efforça de retrouver son sang-froid. Son ancien mari, Magnus Clanranald, l'homme qui l'avait humiliée et déshonorée, se trouvait dans la grande salle. Elle ne l'avait pas vu depuis la nuit où elle l'avait quitté et, visiblement, il avait gardé ses vieilles habitudes : il avait les yeux plongés dans le décolleté d'une jeune fille plantureuse assise sur ses genoux.

— Je ne savais pas que Magnus serait là, dit son père en suivant son regard.

Elle sentit son visage s'empourprer et les larmes lui monter aux yeux. Elle aurait dû enfoncer sa lame dans le cœur de pierre de Magnus quand elle en avait eu l'occasion.

— Menteur ! s'écria-t-elle. Tu savais parfaitement qu'il serait là.

Glynis tourna les talons et sortit du donjon en courant.

— Comment Connor a-t-il réussi à nous convaincre d'aller chez Shaggy MacLean ? demanda Alex, le regard tourné vers Duart Castle, perché sur un rocher escarpé.

Duncan ne prit pas la peine de répondre car il était en train de jouer de la flûte. Un air triste, bien sûr.

— J'espère que nous serons mieux logés que lors de notre précédente visite, ironisa Alex.

La dernière fois qu'ils s'étaient rendus au château de Shaggy MacLean, ils avaient été faits prisonniers dans son donjon.

Duncan rangea sa flûte dans sa chemise.

— Alors garde tes distances avec la femme de Shaggy, cette fois.

— Je n'y étais pour rien, dit Alex. Elle a profité de l'état de faiblesse dans lequel je me trouvais après avoir été roué de coups. Je n'avais pas la force de lui résister.

— Tu n'as jamais la force de résister à une femme consentante.

— Consentante ? Le mot est faible. Si elle avait pu, elle m'aurait dévoré tout cru. Et d'ailleurs tu me dois des remerciements, sans elle, nous n'aurions jamais pu nous échapper du donjon de Shaggy.

— Nous aurions trouvé une autre issue, répliqua Duncan. Comme toujours.

— L'épouse de Shaggy est une Campbell, dit Alex pour énerver Duncan. Il est de mon devoir d'œuvrer pour rapprocher les MacDonald d'un clan aussi puissant.

Shaggy avait épousé la sœur du chef des Campbell dans le dessein de rétablir la paix entre leurs deux clans. Ils continuaient malgré tout à se détester, ce qui, pour Alex, était la preuve qu'un mariage ne suffisait pas à former une alliance.

Cela le fit penser à celui, désastreux, de Glynis MacNeil. En vérité, il pensait étrangement souvent à la jeune femme. Elle l'intriguait profondément, bien qu'elle ne corresponde pas du tout à son type de femmes. Il les préférait avec un tempérament facile… et une vertu plus facile encore.

— Pourquoi ne prends-tu pas simplement une maîtresse comme beaucoup d'autres hommes ? demanda Duncan.

Alex grimaça.

— Ah, non ! Maîtresse et épouse sont bien trop souvent les deux faces d'une même pièce.

Il n'avait que trop bien connu cette situation. Quand il était plus jeune, c'était toujours sur son épaule que les femmes venaient pleurer quand son père les renvoyait. Alex avait beau les mettre en garde, au bout de quelques mois, elles s'attendaient toujours à un arrangement plus permanent.

— Moi, au moins, j'aime bien les femmes avec qui je couche. Il m'arrive même de discuter avec elles. Tu devrais essayer, ironisa Alex. Est-ce qu'il t'arrive de dire d'autres mots à ta maîtresse que « passe-moi le poisson » et « déshabille-toi » ?

— Il est temps de baisser les voiles, les gars, ordonna Duncan aux autres hommes. Prenez une rame.

Ils naviguaient sur l'une des galères de combat, car il leur était malheureusement impossible d'arriver chez Shaggy avec le bateau qu'ils lui avaient volé. Elle était assez grande pour contenir cinquante guerriers, mais Connor n'avait pu leur fournir que les dix-huit hommes nécessaires pour manœuvrer les rames.

— En dépit de ton mutisme, je parie que Rhona s'imagine que tu tiens beaucoup à elle, dit Alex en se penchant sur le gouvernail. Elle a partagé ton lit pendant des mois, et pourtant cela te serait égal si elle partait demain, n'est-ce pas ?

— Elle ne me dérange pas, répondit Duncan en haussant les épaules. Nous répondons à nos besoins mutuels, et contrairement aux femmes que tu fréquentes, elle ne fait pas d'histoires.

— « Nous répondons à nos besoins mutuels », répéta Alex en grommelant. On dirait que vous vous amusez bien.

— Reposez les rames, cria Duncan alors qu'ils arrivaient sur le rivage en contrebas du château.

Alex en avait déjà assez d'écouter les hommes rassemblés dans la cour. Comme toujours, on n'entendait que de vaines discussions sur la nostalgie de l'époque glorieuse où la moitié des Highlands était dirigée par le Seigneur des Îles et non par le roi d'Écosse.

Pendant un siècle et demi, le Seigneur des Îles avait été à la tête de toutes les branches du clan MacDonald et de leurs vassaux, qui comprenaient les MacLean, les MacLeod, les MacNeil et les autres. Sous sa domination, les clans suivaient les anciennes lois et traditions celtiques. Sur ce point, la situation n'avait pas beaucoup changé, car les clans ne tenaient toujours pas compte des lois et des directives écossaises promues par l'église de Rome, sauf quand cela les arrangeait.

Mais cela faisait plus de vingt ans à présent que le Seigneur des Îles avait été contraint de se soumettre à la couronne. En l'absence d'un chef unique, les luttes entre les clans étaient incessantes. Cela ne les empêchait toutefois pas de s'insurger régulièrement contre la couronne.

— Nous allons mettre le feu à Inverness ! s'écria un jeune homme, le poing levé.

— Encore ? soupira Alex en se tournant vers Duncan. Combien de fois Inverness a-t-elle déjà été brûlée ?

— Un groupe d'hommes s'entraîne dans le champ derrière le château, dit Duncan. Puisque nous aurons peut-être un jour à nous battre contre ces rebelles, allons voir comment ils se débrouillent.

En voyant arriver Alex et Duncan, les hommes s'interrompirent. Vingt paires d'yeux hostiles se posèrent sur eux.

— Que font les MacDonald de Sleat ici ? demanda un homme, assez fort pour être entendu de tous.

C'était un guerrier MacLeod, au visage traversé par une longue balafre.

— Nous ne sommes pas vos ennemis, dit Alex.

— Dans ce cas, pourquoi votre clan n'a-t-il pas rejoint la rébellion ? demanda un autre homme.

— Parce que nous débordons de bienveillance envers tout le monde, répondit Alex en écartant les bras.

La majorité des hommes présents se mirent à rire, et ils auraient pu s'en tirer ainsi si un jeune homme à la barbe clairsemée et aux yeux sournois n'était pas intervenu.

— Si les MacDonald de Sleat refusent de se rallier à notre cause, je dis que c'est parce qu'ils ne savent pas se battre. (L'homme s'arrêta un instant.) Ou alors ce sont simplement des lâches.

— En voilà assez, éclata Duncan en dégainant sa claymore. Qui veut passer le premier ?

— Moi, déclara le jeune imbécile qui venait de le provoquer en s'avançant vers Duncan.

— Et ensuite ? demanda Alex en tirant son épée.

Il ne pouvait laisser Duncan défendre seul l'honneur du clan.

— Toi par exemple, le vilain ?

Tout en se battant contre le guerrier MacLeod, Alex regardait Duncan du coin de l'œil. Son ami se battait avec son calme et sa maîtrise habituels tandis que son adversaire, le visage rougi, reculait de plus en plus en jurant, sous les assauts incessants de la claymore de Duncan. En un rien de temps, l'homme se retrouva à terre, le pied de Duncan sur sa poitrine et la pointe de son épée sur sa gorge.

Après les victoires d'Alex et Duncan sur trois ou quatre guerriers chacun, l'atmosphère se détendit et les autres hommes reprirent leur entraînement comme si de rien n'était.

— Cela m'a fait du bien, dit Alex, adossé au mur du château avec Duncan.

Ils observèrent les hommes se battre, commentant à voix basse leur savoir-faire ou leur incompétence.

Mais l'attention d'Alex fut soudain attirée par une femme qui sortait du château. Elle tourna brusquement et marcha dans leur direction à vive allure, la tête baissée.

— Ne serait-ce pas Glynis MacNeil ? demanda Duncan.

— C'est bien elle. Au nom du ciel ! que fait-elle ici toute seule ?

D'autres femmes étaient présentes au rassemblement, mais elles avaient le bon sens de rester à l'intérieur du donjon ou de ne pas trop s'éloigner des hommes de leur clan.

Alex l'attrapa par le bras quand elle passa en trombe devant lui.

— Vous ne pouvez pas aller...

Les mots s'évanouirent sur ses lèvres. Il avait oublié l'effet que son visage faisait sur lui. Il s'efforça de se convaincre qu'elle n'avait rien de plus que de nombreuses femmes qu'il connaissait ; pourtant, il y avait quelque chose chez elle qui lui faisait perdre la raison.

Glynis plongea ses grands yeux gris dans les siens. Il savait que c'était une erreur, mais il ne put s'empêcher de laisser son regard glisser sur sa bouche. Ses lèvres étaient entrouvertes, et le souvenir de leur baiser sur la plage lui revint avec une telle force qu'il en fut troublé.

Alex se secoua intérieurement. Il ne pouvait pas se laisser aller ainsi de nouveau.

— Vous avez l'air contrariée, dit Alex. Que se passe-t-il ?

— Rien, répondit-elle.

Elle jeta un coup d'œil vers l'entrée du château et devint brusquement blanche comme un linge.

Un guerrier aux muscles puissants, à la barbe sombre et drue et aux yeux aussi noirs que du charbon, venait d'arriver dans le champ. Sa claymore était attachée dans son dos et il semblait vouloir se joindre à l'entraînement. Son regard se posa alors sur

Glynis, et il s'arrêta brutalement. La tension entre eux était palpable.

— Qui est-ce ? demanda Alex.

— Le chef des Clanranald, répondit-elle d'une voix si faible qu'il eut du mal à la comprendre. Magnus, mon ancien mari.

— Il semble nourrir une certaine rancœur à votre égard, fit remarquer Alex.

— Il ne m'a jamais pardonné de l'avoir quitté.

— Toi ! rugit Magnus en dégainant sa claymore.

— Emmène-la, ordonna Alex à Duncan en poussant Glynis vers lui.

Il s'avança de quelques pas et prit position, l'épée prête à frapper.

— Attention à toi, dit Duncan à voix basse derrière lui. Celui-ci sait se battre.

Brandissant sa claymore au-dessus de sa tête, Clanranald se rua vers eux en hurlant. Son premier coup fut si violent qu'Alex ressentit une vibration dans tout son corps.

— Vous oubliez que vous êtes un invité, ici, grogna Alex tandis que leurs lames s'entrechoquaient.

Les yeux étincelant de rage, Magnus maniait son épée avec la force d'un rocher s'écrasant du haut d'une falaise. Pour un homme de cette carrure, il était d'une étonnante agilité. Alex dut faire appel à toute sa technique et sa puissance pour réussir à le faire reculer jusqu'au milieu du champ. Il se risqua alors à jeter un coup d'œil vers le château pour s'assurer que Duncan avait bien conduit Glynis à l'intérieur.

Bien que très bref, cet instant d'inattention fut une erreur. Alex dut se jeter à terre pour esquiver le coup suivant de Clanranald, et sentit la lame lui frôler les cheveux. Avant d'avoir eu le temps de se relever, il vit son adversaire abattre son épée sur lui avec un grognement sonore. Alex roula sur le côté juste avant que la lame heurte le sol dans un bruit sourd.

Ce combat n'avait rien d'un entraînement : Clanranald essayait de le tuer.

La lutte se poursuivit dans le champ, les deux guerriers avançant et reculant à tour de rôle. Tournant soudain sur lui-même, Alex passa derrière Magnus et, du plat de son épée, le frappa sur le dos avec une telle puissance qu'il faillit le faire tomber. Des acclamations retentirent, et Alex prit conscience qu'une foule s'était rassemblée autour d'eux.

Mais, cette fois, Alex n'était pas là pour se donner en spectacle. Il combattait pour rester en vie.

Le dos trempé de sueur, il contrait les coups d'épée de Magnus et ripostait sans relâche. Tout au moins sentait-il son opposant faiblir. Croisant leurs lames, ils se penchèrent l'un vers l'autre, leurs visages se touchant presque.

— Seul un homme faible se mettrait dans une telle colère pour une femme, railla Alex.

— Je ne suis pas en colère, siffla Magnus, ses yeux noirs brillant de fureur.

Quand enfin ils écartèrent leurs épées, Magnus l'attaqua de nouveau avec violence, mais ses mouvements étaient moins contrôlés. Sans cesser de lui assener des coups, Alex tournait autour de lui avec légèreté, épuisant petit à petit son adversaire.

— J'ai entendu dire qu'elle vous avait coupé les parties, dit Alex juste assez fort pour être entendu de Magnus. Est-ce qu'on vous appelle encore monsieur ?

Cette fois, quand Magnus le chargea, Alex s'écarta et tendit le pied. Clanranald mordit la poussière. En un instant, Alex fut à califourchon sur son dos, lui tenant la tête par les cheveux. Duncan apparut avec un seau rempli d'eau et le déversa sur le chef du clan Clanranald, qui hoqueta et toussa.

— Vous pouvez me remercier. Sans moi, vous auriez assassiné une femme qui censément ne vous met pas en colère, dit Alex, la respiration encore pénible. Et, à propos, je crois que nous sommes des cousins éloignés. Ma mère est une Clanranald.

— Pousse-toi de là.

Alex se pencha à l'oreille de Magnus.

— Ne vous avisez plus de vous approcher de Glynis MacNeil. La prochaine fois, je ne ferai pas preuve d'une telle clémence ; et désormais vous savez de quoi je suis capable.

Magnus Clanranald était un chef et, surtout, quelqu'un de très fier. Il n'était pas très sage de le menacer ainsi, mais c'était nécessaire. Alex se releva, laissant l'homme le nez dans la terre.

— Allons nous baigner, dit Alex à Duncan alors qu'ils s'éloignaient du champ. Connor nous a demandé de nous faire des amis dans le camp des rebelles, je crois que nous nous en sortons à merveille.

— Il est bon de leur rappeler que nous autres MacDonald savons nous battre. Mieux vaut être respecté qu'apprécié.

— J'ai cependant réussi à me retenir de tuer Clanranald, souligna Alex.

— C'était sans doute une erreur. J'ai observé les membres de son clan pendant que vous vous battiez, et près de la moitié d'entre eux semblait sur le point de te remercier de les débarrasser de lui.

Duncan lui avait ordonné de rentrer dans le donjon, mais Glynis ne pouvait s'y résoudre. Fascinée, elle resta devant la porte ouverte à regarder Alex et Magnus. Le capitaine de la garde du clan MacDonald semblait habitué à ce qu'on lui obéisse, car il s'éloigna sans même jeter un œil en arrière.

— Venez voir le combat ! cria quelqu'un.

Les gens sortirent du château en la bousculant et coururent en direction du champ. Heureusement, personne ne parut se rendre compte qu'elle était à l'origine de l'affrontement. Un large cercle se forma autour des deux hommes, qui croisaient leurs épées avec violence.

— Je ne vous blâme pas de regarder, dit une voix féminine riche et profonde à côté d'elle. Alex MacDonald est beau à se damner.

Glynis sursauta. Tournant la tête, elle constata qu'il s'agissait de la belle et mystérieuse lady Catherine Campbell, l'épouse de Shaggy MacLean. Avec ses cheveux noirs ondulés et ses courbes voluptueuses, elle dégageait une telle sensualité qu'elle mettait tous les hommes en émoi. Catherine était la femme dont ils rêvaient tous, et elle le savait.

En comparaison, Glynis avait l'impression de ressembler à cette poupée que son père lui avait fabriquée un jour avec des bâtons et de la corde effilochée.

— Dieu soit loué ! laissa échapper Glynis en voyant Alex et Duncan s'éloigner, et Magnus étendu à terre.

— Je savais qu'Alex serait vainqueur, dit Catherine. Il sait non seulement se battre comme personne, mais possède en plus une chance de tous les diables.

Voyant que Magnus commençait à se relever, Glynis se hâta de rassembler ses jupes pour se faufiler à l'intérieur avant qu'il puisse la voir. Mais, alors qu'elle se tournait vers la porte, un éclat métallique renvoyé par les rayons du soleil attira son regard. Magnus était en train de tirer une petite dague de sa manche.

— Alex ! hurla Glynis.

Son avertissement ne fut pas nécessaire. Alex avait deviné les intentions de Magnus et se retournait déjà. Ses mouvements étaient d'une telle rapidité qu'il était difficile de les décomposer, mais son pied vint heurter la main de Magnus avec une telle violence qu'il envoya son dirk dans les airs.

Un instant plus tard, les hommes du clan Clanranald saisirent leur chef par les bras et l'emmenèrent malgré sa résistance. Tenter de poignarder un autre invité dans le dos constituait une sérieuse infraction aux règles d'hospitalité en usage dans les Highlands.

Alex s'essuya le front avec sa manche et descendit vers la mer avec Duncan. Glynis regarda les deux hommes entrer dans l'eau et nager quelque temps. Lorsqu'elle vit Alex sortir de l'eau après sa baignade, sa chemise collée sur son large torse et les cheveux en arrière retombant sur ses épaules, elle ne put retenir un petit gémissement.

— Si vous ne voulez pas avoir le cœur brisé, évitez de jeter votre dévolu sur Alex MacDonald, l'avertit Catherine. Vous n'êtes pas du tout son genre de femme.

Elle avait complètement oublié la présence de Catherine.

— Je n'ai jeté mon dévolu sur aucun homme, rétorqua Glynis, étrangement contrariée par ces paroles. Et que voulez-vous dire, je ne suis pas son genre de femme ?

— Vous avez beau avoir vingt ans, vous êtes encore une jeune fille, dit Catherine d'une voix rieuse. Un homme comme Alex a besoin d'une femme.

Chapitre 7

En rentrant au château avec Duncan, Alex chercha Glynis du regard, estimant avoir mérité un baiser de sa part. Il était prêt à prendre le risque de l'embrasser, mais cette fois pas devant son père. Glynis ne faisait cependant pas partie de la foule qui le félicitait.

— C'était un bien beau duel, le complimenta Shaggy MacLean en lui donnant une claque dans le dos.

Alex se retint de demander à Shaggy de ne pas le toucher avec ses sales pattes. Il n'avait pas oublié que celui-ci avait aidé Hugh dans sa tentative de prendre la place de chef de Connor.

— J'ai entendu dire que les hommes avaient également mis ton courage à l'épreuve, poursuivit Shaggy en posant la main sur l'épaule de Duncan, sans se rendre compte qu'il risquait sa vie. Nous avons besoin de guerriers comme vous deux dans les rangs des rebelles.

— Nous allons en discuter avec notre chef, dit Duncan.

Alex et Duncan prirent congé et se dirigèrent vers le puits au milieu de la cour pour se rincer de leur baignade. Puis Alex monta les marches du donjon à la recherche d'une chambre vide où il pourrait s'étendre un moment, à l'écart du bruit qui régnait dans la grande salle. Il aurait dû demander à leur hôtesse, mais il voulait à tout prix éviter Catherine Campbell aussi longtemps que possible.

Alex retira ses vêtements mouillés et enfila la chemise sèche qu'il était allé chercher dans leur bateau. Il sentait dans ses muscles l'agréable sensation de l'effort passé. Il s'allongea sur le lit sans même le défaire en poussant un soupir d'aise.

Il n'avait pas la moindre idée du temps qu'il avait passé à dormir lorsque la délicieuse caresse d'une main de femme sur son ventre le réveilla. Il sourit intérieurement en s'abandonnant à un fantasme des plus inconvenants : il s'imagina qu'il s'agissait des doigts de Glynis MacNeil sur sa peau.

Ah ! que c'est bon, Glynis.

Il sentit de longs cheveux lui chatouiller le torse, et il se représenta sa chevelure brune glissant sur lui. *Oui.*

Certain d'être déçu, il se dit néanmoins qu'il était temps de savoir de qui il s'agissait. Ouvrant les yeux, il découvrit Catherine Campbell penchée sur lui, ses cheveux éparpillés sur son torse.

— Je t'ai cherché partout, dit-elle de sa voix rauque. Et maintenant, je t'ai trouvé.

En effet, elle l'avait bien trouvé. Sa main était posée sur son sexe.

Catherine était une femme superbe, et Dieu sait qu'elle ne le laissait pas indifférent. Ni lui ni son corps.

Mais, contrairement à l'opinion que beaucoup avaient de lui, Alex respectait certaines règles.

— Je ne peux pas, Catherine, dit-il. Pas quand je suis invité dans la maison de ton mari.

— Cela ne t'a pourtant pas gêné la dernière fois.

Elle commença à mouvoir sa main sur son sexe. Au prix d'un effort considérable, il l'arrêta en lui prenant le poignet.

— J'étais prisonnier dans le donjon de Shaggy, et non invité, rétorqua-t-il. Les règles habituelles de courtoisie ne s'appliquaient pas.

Catherine éclata d'un rire de gorge. Alex lutta pour ne pas prêter attention à ses jupes relevées qui laissaient apparaître ses magnifiques cuisses, ni à son corsage contre lequel se pressaient ses seins splendides chaque fois qu'elle se penchait sur lui.

— Tu n'as pas de soucis à te faire pour Shaggy, annonça Catherine. J'ai l'intention de le quitter.

Alex déglutit avec difficulté tandis qu'elle faisait glisser ses mains de ses seins à ses hanches, puis jusqu'au haut de ses cuisses dénudées.

— Tu vois, j'ai besoin d'un homme capable de me satisfaire.

Connor serait comblé de voir leurs liens avec les Campbell se resserrer. Et Catherine faisait clairement allusion à une relation de la sorte entre eux.

— Mais tu n'as pas encore quitté ton mari, dit-il. Alors laisse-moi me lever.

Comme elle ne bougeait pas, Alex voulut l'écarter lui-même, mais il ne savait pas où poser ses mains sans que cela devienne compromettant.

— Déshabillons-nous, Alexander.

Elle se pencha vers lui et pressa sa poitrine généreuse contre son torse, puis passa ses bras autour de son cou.

Dire non à une belle femme qui demandait à le voir nu ne ressemblait pas à Alex. Il avait pour credo de respecter le vieil adage : « Quand une rame est à portée de main, prends-la et rame. ».

Catherine se frottait à présent contre lui, et le corps d'Alex était à deux doigts de céder. Pourtant, il ne désirait pas sincèrement Catherine. Ce n'était pas uniquement parce que coucher avec la femme de son hôte allait à l'encontre de l'un de ses rares principes, ou parce qu'il se sentait utilisé, bien que ce soit le cas. Catherine voulait punir son mari. Et, pire encore, il la soupçonnait d'avoir envie de se faire surprendre.

C'était une femme splendide et consentante. Alex n'arrivait toutefois pas à s'en débarrasser suffisamment vite à son goût. Il s'assit sur le lit, la prit par la taille et la déposa par terre. *Voilà.*

Quand il se leva, Catherine l'imita et se mit derrière lui, entourant la taille du jeune homme de ses bras. Elle lui caressa le torse et les hanches, et Alex eut besoin d'un moment de réflexion pour se rappeler pourquoi il s'agissait d'une mauvaise idée. Quelques instants de trop, qui laissèrent à Catherine le temps de faire passer sa chemise au-dessus de sa tête.

— Catherine. Je te le répète, je ne peux pas faire ça.

Il se retourna pour lui reprendre sa chemise, mais elle se serra contre lui. Ah ! cette femme serait capable de faire se damner un saint. À peine eut-il retiré ses mains de son cou qu'il les sentit sur ses fesses.

C'était si agréable. Elle se mit à couvrir son torse de baisers et il ferma les yeux, vérifiant sa détermination.

— Tu sais que tu as envie de moi, dit-elle, caressant sa peau de ses lèvres.

— Pas maintenant, Catherine, dit-il en la repoussant doucement.

Avant qu'elle ait eu le temps de le reprendre dans ses bras, Alex rassembla le reste de ses vêtements posés sur la banquette. Quand il se tourna vers la porte, il constata qu'elle était déjà ouverte. *Oh, mon Dieu ! non.*

Chapitre 8

Le brouhaha des conversations s'assourdit au fur et à mesure que Glynis gravissait l'escalier circulaire en pierre. Elle aurait dû aller dans la grande salle pour y trouver Alex et le remercier pour ce qu'il avait fait, mais elle ne voulait pas prendre le risque de revoir Magnus si vite. En arrivant au deuxième étage, elle s'arrêta, essayant de se souvenir de la chambre à coucher que les MacLean réservaient généralement aux invitées de haut rang.

Elle n'avait pas à s'inquiéter de déranger qui que ce soit puisque tout le monde était en train de déjeuner dans la grande salle, aussi ouvrit-elle la porte qui se trouvait sur sa droite. Glynis fit un pas dans la pièce puis s'arrêta, pétrifiée. Quelque part au fond de son esprit, une petite voix lui intimait de sortir. Mais ses pieds refusaient d'obéir.

Alexander Bàn MacDonald se tenait debout dos à la porte, dans son plus simple appareil. Comment avait-elle deviné qu'il s'agissait de lui de dos ? Voilà une question qu'elle se poserait plus tard. Toujours est-il qu'un seul coup d'œil sur ses cheveux blonds, ses larges épaules, ses longues jambes musclées et ses fesses viriles et parfaites lui avait suffi pour le reconnaître avec certitude.

Des doigts de femme étaient entrelacés sur sa nuque. Glynis ne parvenait toujours pas à effectuer le moindre geste. Sa main était restée posée sur le loquet de la porte comme si elle y était collée. Elle se força à baisser le regard, mais ne put rien faire pour ralentir le rythme effréné de son cœur. Quand la femme éclata d'un rire rauque, Glynis releva les yeux malgré elle.

Ce qu'elle vit lui coupa le souffle. La femme avait les mains sur les fesses nues d'Alex. Glynis pensa à ce qu'elle ressentirait à sa place.

— Pas maintenant, Catherine.

La voix d'Alex la fit sortir de sa torpeur.

Glynis devait partir avant qu'Alex ne la voie. Mais elle avait toujours la sensation que ses pieds étaient cloués au sol.

Alex se retourna.

Mon Dieu, comment un homme pouvait-il être aussi beau ? C'était une véritable injustice. Elle promena lentement son regard sur son corps, depuis ses cheveux blonds encore humides encadrant son remarquable visage jusqu'à son large torse. Elle brûlait d'envie de le caresser pour sentir le dessin de ses muscles sous ses mains. Puis ses yeux se posèrent un peu plus bas.

Bouche bée, elle sentit une étrange contraction en elle à la vue de ce membre dressé. Mais, prenant soudain conscience de ce qu'elle était en train de faire, elle releva brusquement les yeux vers son visage.

Un sourire mystérieux sur les lèvres, Alex la regardait sans bouger.

— Glynis.

Il prononça son nom lentement, comme pour en goûter chaque lettre. Sa voix, comme le reste de sa personne, lui évoquait un miel épais et doré.

Glynis était si envoûtée qu'elle en avait oublié qu'ils n'étaient pas seuls dans la pièce. Quand la femme apparut au côté d'Alex et glissa son bras autour de sa taille, il eut l'air aussi surpris que Glynis.

C'était Catherine Campbell, la femme du chef des MacLean. Avec sa chevelure de jais en désordre, sa robe qui laissait apparaître le haut de sa poitrine généreuse et ses yeux noirs brûlants de désir, elle était stupéfiante.

Alex appela Glynis qui s'était enfuie dans l'escalier. L'écho de sa voix résonna contre les murs de pierre et dans sa tête, mais elle continua sa course. Elle sortit du donjon, traversa la cour et se précipita hors du château. Elle ne s'arrêta qu'une fois descendue jusqu'au rivage. Elle s'assit alors sur un rocher et porta la main à son cœur, essayant de reprendre sa respiration. Ses mains tremblaient, et son cœur tambourinait si fort dans sa poitrine qu'elle avait l'impression qu'il allait exploser.

Pourquoi était-elle aussi bouleversée ? Elle connaissait à peine Alex MacDonald. Les rumeurs à son sujet étaient nombreuses, elle n'aurait donc pas dû s'étonner de le trouver au lit avec une femme. Pourtant, elle avait éprouvé un choc en les découvrant ainsi dans la chambre. Elle se couvrit le visage de ses mains en repensant à la façon dont elle l'avait examiné alors qu'il était nu. Dieu, elle avait même regardé sa virilité ! Comment avait-elle pu ?

Évidemment, Alex avait choisi la plus belle femme des Highlands. Mais bon sang, c'était l'épouse de son hôte ! C'était sans doute idiot de sa part, mais quelque part, le comportement du jeune homme avait déçu Glynis.

Dès qu'il parvint à échapper aux griffes de Catherine, Alex partit à la recherche de Glynis. Pour une raison qu'il ignorait, il ressentait le besoin de se justifier auprès d'elle. Il ne voulait pas qu'elle le tienne pour quelqu'un de plus immoral encore qu'il ne l'était réellement.

Quand il entra dans la grande salle avec Duncan pour le dîner, il n'avait toujours pas retrouvé Glynis. Il passa en revue les invités qui se trouvaient dans la pièce. Il ne lui restait plus beaucoup de temps, car il devait se mettre en route pour Édimbourg le lendemain matin.

— Qui est-ce que tu cherches ? demanda Duncan.

— Personne, répondit Alex.

— Hum, grogna Duncan sans insister. Les rebelles manigancent quelque chose. Donald Gallda et les autres chefs ont fait une petite réunion privée cet après-midi.

Donald Gallda MacDonald de Lochalsh était le dernier MacDonald à avoir pris le commandement de la rébellion. Après la révolte de son père, le roi avait confié son éducation à une famille vivant dans les basses terres, les Lowlands. C'était pour cela que les Highlanders le surnommaient Donald *Gallda*, « l'Étranger ».

— Partons chacun de notre côté pour tenter d'en savoir plus, proposa Alex.

— Je vais aller voir si ce groupe d'ivrognes peut m'apprendre quelque chose, dit Duncan en désignant du menton la table des guerriers MacLean. Je suppose que tu comptes aller parler aux MacNeil.

Alex s'apprêtait à demander à Duncan ce qu'il entendait par là, mais celui-ci avait déjà disparu.

Alex trouva le chef du clan MacNeil près de l'âtre. À en juger par la chaleur avec laquelle l'homme le salua, il lui avait pardonné d'avoir embrassé sa fille sur la plage.

— Je dois te prévenir, dit doucement MacNeil, la voix couverte par le brouhaha qui régnait dans la salle. Seuls les chefs sont déjà au courant, mais nous allons attaquer Mingary Castle demain.

— Autant donner un coup de bâton dans un nid de frelons.

Mingary était tenu par les MacIain, qui étaient de proches alliés de la couronne. Celle-ci riposterait à coup sûr, il était donc d'autant plus important qu'Alex se rende à Édimbourg pour rassurer le régent.

— Si vous ne voulez pas participer, quittez le château d'ici à demain matin. (MacNeil regarda furtivement autour de lui pour s'assurer que personne ne les écoutait.) Vous battre à nos côtés ou être les premiers à mourir dans la bataille, c'est le seul choix que les autres chefs ont l'intention de vous laisser.

Si le cousin du chef des MacDonald et le capitaine de sa garde participaient à l'attaque, les alliés de la couronne l'apprendraient et leur clan serait assimilé à la rébellion.

— Les chiens vicieux.

Alex aurait dû s'y attendre.

— Je n'approuve pas cette façon de procéder. On ne force pas la main d'un chef, dit MacNeil. Mais, après votre prestation sur le terrain d'entraînement ce matin, ils ont décidé de vous avoir dans leur camp ou de vous voir mourir.

— Je vous remercie de m'avoir averti.

Ils allaient devoir mettre les voiles le soir même. Lui vers Édimbourg, et Duncan et le reste des hommes vers Skye.

— Les autres chefs restent des Highlanders, et seront d'autant plus impressionnés si vous réussissez à vous échapper d'ici sous leur nez, dit MacNeil.

— Ils n'y verront que du feu, affirma Alex avec un clin d'œil.

Il était pressé de parler avec Duncan, mais ça allait devoir attendre la fin du repas.

— Allons trouver votre fille et prenons place, voulez-vous ?

— Elle est assise à la table d'honneur ce soir.

Se retournant, Alex y aperçut effectivement Glynis, assise à côté du jeune homme sournois à la barbe clairsemée.

— Qui est-ce ?

— Le deuxième fils de Shaggy, Alain. (MacNeil lui donna un coup de coude.) Il ferait un mari idéal pour ma Glynis.

— Lui ?

Alex observa Glynis et son voisin un long moment, en se demandant si le chef MacNeil plaisantait ou non.

— Oui, répondit MacNeil en hochant la tête. Alain est le fils du chef d'un clan puissant qui soutient la rébellion, et Glynis le connaît depuis toujours.

— Je n'ai pas l'impression que ce soit un homme de confiance, dit Alex.

Pendant un court instant, Glynis croisa son regard. Mais, lorsque Alex lui sourit en la saluant d'un signe de tête, elle se détourna.

— Tandis que toi oui ?

— Moi quoi ? demanda Alex, les yeux toujours posés sur Glynis.

— Es-tu un homme de confiance ?

MacNeil avait attiré l'attention d'Alex. Celui-ci savait très bien de quoi le chef voulait parler. Il entendit la voix de sa mère résonner dans sa tête, comme si elle se trouvait juste à côté de lui : *« Tu finiras exactement comme ton père ! »*

Alex était en effet devenu comme son père. Il aimait les femmes, mais jamais la même pendant bien longtemps. Malgré tout, il était déterminé à être différent. Il ne ferait pas comme lui l'erreur d'épouser une femme honnête pour ensuite s'en faire détester.

— Votre fille m'enfoncerait sa dague dans la chair en un rien de temps. Et cela serait mérité.

— Alain fera l'affaire, déclara MacNeil. Bien sûr, je préférerais que tout s'arrange avec Magnus Clanranald.

Alex se tourna pour le regarder dans les yeux.

— Vous n'êtes pas sérieux, dit-il en s'efforçant à grand-peine de ne pas élever la voix. Magnus est un homme mauvais et dangereux.

— Mais non, répliqua MacNeil avec un geste de la main. Ils ont pris un mauvais départ, c'est tout. Tout ce qu'il leur faut, c'est un peu de temps… et un bébé bien sûr. Un bébé résoudrait le problème. On ne peut blâmer Magnus de vouloir un héritier. C'est le cas de tous les hommes.

Serait-il vraiment capable de la renvoyer à Magnus ? Alex dut se retenir pour ne pas cogner la grosse tête de MacNeil sur la table, mais il savait qu'il était impossible de faire entendre raison à cet homme.

Alex termina sa bière, regrettant que Shaggy ne serve pas du whisky à la place.

La barre de la porte grinça quand Glynis l'abaissa doucement. Par-dessus les battements précipités de son cœur qui résonnaient à ses oreilles, elle entendit l'une des femmes soupirer sur le lit derrière elle. Les mains tremblantes, elle attendit.

Il y eut un bruit de draps et Glynis retint sa respiration. Mais le silence retomba de nouveau sur la pièce plongée dans l'obscurité. Se déplaçant aussi vite que possible, Glynis ramassa le sac en tissu qu'elle avait laissé près de la porte, récupéra sa cape sur la patère et se faufila hors de la chambre.

Soudain, la panique l'envahit lorsqu'elle sentit une grande main se plaquer sur sa bouche.

Chapitre 9

— Ne criez pas, c'est moi.

Alex attendit qu'elle hoche la tête pour retirer sa main.

— Je vous avais demandé de me retrouver devant les cuisines, murmura-t-elle.

— Chut. Nous ne pouvons pas parler ici.

Il passa son bras autour de ses épaules et l'entraîna dans l'escalier avant que quelqu'un les entende et sorte pour voir ce qui se passait.

Ils descendirent jusqu'au sous-sol. Le château était si plein d'invités qu'ils risquaient à tout instant de croiser des domestiques en train de travailler ou de dormir dans les cuisines. Alex décrocha une torche allumée du mur et entraîna Glynis dans une remise.

— Qu'est-ce qui vous a pris de me demander de vous retrouver à cette heure-ci ? demanda Alex en replaçant le brandon dans une applique.

Un peu plus tôt, alors qu'il était sur leur galère en train d'organiser ses provisions pour son voyage vers Édimbourg, un jeune garçon était venu le trouver pour lui annoncer qu'une dame souhaitait le retrouver à minuit devant les cuisines. Habitué à ce genre de requêtes, il s'apprêtait à renvoyer le garçon quand quelque chose l'avait poussé à lui demander de décrire la femme.

— Je suis heureuse que vous soyez venu, dit Glynis.

— Vous ne m'avez pas vraiment laissé le choix, répliqua-t-il. Je pouvais difficilement vous laisser déambuler à ma recherche dans un château obscur rempli de guerriers à moitié ivres.

Il inspira profondément. Il avait l'intention de lui faire ses adieux et de lui donner des explications sur ce qu'elle avait vu dans la chambre avec lady Catherine. Mais le temps pressait. Il devait bientôt retrouver Duncan et partir.

— Pourquoi souhaitiez-vous me voir ? demanda-t-il.

— J'ai parlé avec votre ami Duncan cet après-midi et il m'a dit que vous comptiez vous rendre à Édimbourg.

Comment avait-elle réussi à faire parler le taciturne Duncan ?

— Je veux que vous m'emmeniez avec vous, déclara-t-elle.

Alex n'aurait pas été plus stupéfait si elle s'était subitement transformée en fée et envolée au-dessus des casseroles et des sacs de céréales. Que suggérait-elle au juste ? Son cœur fit un bond dans sa poitrine quand il songea qu'elle voulait peut-être réellement s'enfuir avec lui. Apparemment, elle avait aimé ce qu'elle avait vu de lui plus tôt dans la journée.

Cette possibilité semblait si improbable qu'il ne put s'empêcher de lui demander :

— Pourquoi ?

— J'ai décidé d'aller vivre avec la famille de ma mère, répondit-elle. Ce sont des Lowlanders, et ils habitent à Édimbourg.

Alex s'attendit à être soulagé d'apprendre que sa requête n'avait rien à voir avec lui, mais il n'en fut rien. C'était mauvais signe.

— Vous savez très bien que je ne peux pas m'enfuir comme ça avec vous à travers l'Écosse.

— Vous le devez, dit-elle en serrant les poings. Mon père veut me marier à Alain.

Alex avait envie de donner un coup de poing dans le mur. Il n'avait pas le temps de s'occuper de cette histoire, et le père de la jeune femme ne l'avait pas écouté quand il avait essayé de lui faire entendre raison. Pourtant, il avait envie d'aider Glynis.

— Savez-vous où se trouve votre père ? Je lui parlerai.

— Mon père vous paraît-il être le genre d'homme qui apprécie qu'on lui donne des conseils ?

Elle n'avait pas tort.

— Je peux être très convaincant, répliqua-t-il cependant.

— C'est ce que j'ai cru comprendre, dit Glynis sur un ton pour le moins sarcastique. Mais cela ne servira à rien. Mon père est bien trop têtu.

Tel père, telle fille.

— Avez-vous envisagé un compromis ? N'y a-t-il aucun homme que vous accepteriez pour époux ?

Glynis secoua résolument la tête et croisa les bras.

— Vous aviez dit que vous seriez mon ami.

— Voler une fille à son père n'est pas une preuve d'amitié, objecta-t-il. Mais ses mots sonnèrent faux.

La famille de la mère de Glynis pouvait difficilement être pire que son père.

— Emmenez-moi, Alexander Bàn MacDonald. (Son regard gris se durcit.) Ou je m'en vais de ce pas révéler au chef MacLean que je vous ai surpris au lit avec sa femme.

— Ce n'est pas du tout ce que vous croyez ! (Alex était tellement habitué à être coupable de ce dont on l'accusait qu'il avait peine à se défendre.) Il est important pour mon clan d'être en bons termes avec les Campbell, je ne pouvais pas l'offenser.

— Vous vous êtes sacrifié pour le bien de votre clan, c'est ça ?

— Je n'ai pas fait ce que vous croyez avoir vu, protesta Alex. Et pourtant ce n'était pas facile de résister, croyez-moi.

À en juger par son air sévère, Glynis n'était pas le moins du monde impressionnée par cet effort.

— Catherine est très proche de ses frères, expliqua-t-il. Et peut-être avez-vous oublié que l'un d'eux est le comte d'Argyll, et l'autre celui de Cawdor. J'ai donc dû faire très attention à la manière dont je lui disais « non ».

— De là où je me trouvais, ça ressemblait pourtant à un « oui ». Vous étiez nu comme un ver.

Le ton de Glynis était bien persifleur, ce soir-là. Elle fit un pas dans sa direction et pointa son doigt sur son torse. Malgré la colère qu'Alex lisait dans ses yeux, une vague de chaleur le parcourut à son contact.

— Et si je rapportais à Shaggy ce que j'ai vu, et que je le laissais décider ce qu'il en pense ? demanda-t-elle.

Que Dieu lui vienne en aide ! cette femme était d'une détermination redoutable. Si elle s'empressait d'aller trouver Shaggy pour lui raconter cette histoire, ni lui ni Duncan ne pourraient s'échapper. Alex se passa la main dans les cheveux. La première possibilité était de la ligoter et de l'abandonner dans la remise. Mais il n'aimait pas l'idée de la laisser ainsi, sans savoir combien de temps elle resterait ici, ni qui la trouverait.

— Si vous racontez ça à Shaggy, il me tuera, dit Alex, tentant de la raisonner.

— Je ne serais pas responsable, rétorqua-t-elle. Les hommes devraient payer pour leurs péchés.

Teàrlag ne lui avait-elle pas dit quelque chose de cet ordre-là ?

— Vous ne feriez pas preuve d'une telle cruauté, affirma-t-il, bien que l'expression de Glynis lui laisse penser le contraire. Et, je vous le répète, je n'ai pas péché avec Catherine.

Pas cette fois, du moins.

— Je ferai ce que j'ai à faire, répliqua Glynis, opiniâtre. Des centaines d'hommes se trouvent dans le château en ce moment. Mon père ne saura pas que c'est avec vous que je suis partie, si c'est ce qui vous inquiète.

Occupé à attaquer Mingary Castle, le père de Glynis ne remarquerait sans doute pas avant plusieurs jours la disparition de sa fille. Ça n'en demeurait pas moins une entreprise insensée.

— La vérité finit toujours par se savoir, déclara Alex en croisant les bras. Avez-vous songé à la réaction de votre père s'il découvre que c'est moi qui vous ai emmenée ? Il sera dans une telle rage qu'il exigera que nous nous mariions.

Pour la première fois, Glynis sembla douter. Alex ressentit une certaine irritation en constatant que la seule raison de son hésitation était de savoir qu'elle risquait d'être contrainte à l'épouser.

— C'est un risque à prendre, dit-elle d'une voix dure. Maintenant, dites-moi si je dois aller frapper à la porte de Shaggy ou si vous m'emmenez avec vous ?

Chapitre 10

— Allons-y, ordonna Alex.

Glynis retint sa respiration lorsque Alex la prit par la taille. Ils passèrent devant les cuisines et commencèrent à monter l'escalier, mais il la serrait si fort que ses pieds ne touchaient presque plus le sol.

Que lui prenait-il de mettre ainsi sa vie entre les mains d'un homme qu'elle connaissait à peine ? Qu'est-ce qui la poussait à faire confiance à ce guerrier presque trop beau pour être vrai et qui n'appartenait même pas au même clan qu'elle ? Il n'avait aucune raison de lui être loyal. Et il lui en voulait de l'avoir ainsi forcé à l'emmener avec lui. Et s'il décidait de l'abandonner au beau milieu de nulle part ?

Elle n'avait jamais rien fait d'aussi scandaleux, mis à part peut-être poignarder son ex-mari. Mais, cette fois-là, son coup de dague avait été spontané, et non planifié.

Lorsqu'ils sortirent du donjon, l'air frais de la nuit lui fouetta le visage. Mais, réchauffée par la chaleur qui émanait d'Alex, elle n'avait pas froid. Il avait le corps d'un guerrier, puissant et agile, et il la tenait avec une telle assurance qu'elle sentait son cœur tambouriner dans sa poitrine.

Alex allait-il s'attendre à être plus que son escorte ?

Ce n'était pas impossible, surtout s'il faisait partie de ces hommes habitués à ce que les femmes s'offrent à eux. Or, si ne serait-ce que la moitié de ce qu'elle avait entendu sur Alex Bàn MacDonald était vrai, il faisait partie de cette catégorie.

— Si quelqu'un nous voit, dit Alex à voix basse, il faudra que nous donnions l'impression d'être un couple d'amoureux qui s'échappe du château pour un rendez-vous galant.

Alex signifiait simplement qu'ils devaient faire semblant. Glynis fut bien évidemment soulagée qu'il ne se soit pas mépris sur ses intentions.

— C'est une chance que je sois tombée sur un homme d'expérience, murmura-t-elle.

— Gardez la tête baissée, ordonna Alex. Il ne faut surtout pas que quelqu'un vous reconnaisse.

— Quant à vous, je suppose que ce n'est pas grave si l'on vous reconnaît, dit-elle. D'ailleurs, il semblerait même suspect qu'une nuit s'écoule sans que l'on vous voie vous éclipser avec une jeune femme.

— Chhhh.

Ils marchaient le long de l'enceinte en direction de la porte de la forteresse, qu'ils distinguaient à présent. Le cœur de Glynis s'emballa. Les gardes allaient-ils les arrêter ? Allaient-ils exiger de savoir qui elle était et appeler son père ? Alex ralentit le pas. Quand il se pencha vers elle, son souffle chaud dans son oreille la fit frissonner des pieds à la tête.

— Jouez le jeu, murmura-t-il.

Glynis faillit lâcher un petit cri quand il glissa la main sous sa cape et la posa au-dessus de sa taille, bien trop près de sa poitrine à son goût.

— Votre main m'empêche de respirer, siffla-t-elle en lui attrapant le poignet.

Il eut un petit rire guttural mais ne retira pas sa main, et enfouit son visage dans son cou.

— Avez-vous changé d'avis ? demanda-t-il, caressant sa peau de ses lèvres. Parce que, si vous voulez vraiment aller à Édimbourg, nous devons d'abord vous faire sortir du château.

Elle entendit un bruit de pas en provenance du donjon. Tout à coup, Alex la plaqua contre la muraille et pressa sa bouche contre la sienne, avant même qu'elle ait eu le temps de penser : *Oh, mon Dieu, il va m'embrasser !*

Le baiser d'Alex n'avait rien d'un simulacre. Son corps était ferme contre le sien, mais sa bouche tendre et chaude. Alors qu'il l'embrassait longuement, elle sentit ses genoux faiblir au point de devoir mettre ses bras autour de son cou pour ne pas tomber. Il la serra plus étroitement encore tandis que ses baisers se faisaient plus profonds et sa langue plus insistante.

Glynis, comme prise de vertige, eut l'impression de se liquéfier intérieurement. Ainsi, ce que les autres femmes racontaient sur les baisers étaient donc vrai. Ce fut sa dernière pensée cohérente.

Alex promena ses mains sous sa cape, s'agrippant à ses hanches avant de remonter vers ses seins. Quand elle sentit son sexe dur contre son ventre, elle laissa échapper un gémissement. Elle enfouit ses doigts dans ses cheveux, l'attirant plus près encore.

Soudain, Alex s'écarta. Il respirait lourdement et la tenait toujours plaquée contre le mur, si près qu'elle pouvait sentir la chaleur de son corps malgré les couches de vêtements qui les séparaient.

Prenant son visage entre ses mains, il plongea son regard dans le sien. Elle cligna des yeux, essayant de comprendre ce qui venait de se passer.

— Croyez-vous que nous avons convaincu les gardes ? demanda-t-il en lui caressant la joue avec son pouce, ou dois-je continuer pour en être sûr ?

Elle se sentit rougir d'humiliation. Il ne s'agissait que d'une plaisanterie pour lui.

Comment avait-il pu perdre ainsi le contrôle de lui-même ? Dieu sait qu'il avait dû se faire violence pour ne pas soulever les jupes de Glynis et la posséder sans attendre contre la muraille du château, malgré la ronde des gardes autour d'eux.

Alex avait cru pouvoir compter sur le bon sens de Glynis pour l'arrêter. Quelle erreur ! À peine avait-il effleuré ses lèvres qu'elle avait fondu dans ses bras… et lui perdu la tête.

Comment allait-il réussir à se rendre jusqu'à Édimbourg sans la toucher ?

C'était la faute de Teàrlag. Au lieu d'aider les femmes qui l'appelaient à la rescousse, comme la voyante le lui avait ordonné, il aurait dû ligoter Glynis et filer. Car, s'il agissait selon les désirs profonds qui l'habitaient, elle allait certainement représenter un danger pour lui. Coucher avec une fille de chef non mariée était un grave délit, qui serait puni par le plus sévère des châtiments – la mort ou le mariage.

Alex ne prêta pas attention aux moqueries des gardes qui les autorisèrent à sortir du château. Glynis essaya de retirer sa main de celle d'Alex, mais il ne la laissa pas faire. La tenant fermement, il la conduisit jusqu'au rivage.

— Par ici, appela Duncan.

Alex suivit la voix jusqu'à voir apparaître la silhouette de son ami dans l'obscurité.

— J'ai « emprunté » cette petite embarcation aux MacLean pour toi, annonça Duncan. Elle n'est plus toute jeune, mais devrait te permettre d'arriver jusqu'au continent.

— Merci pour tout, dit Alex. Tu ferais mieux de partir aussi sans attendre.

Prêts à mettre les voiles, les hommes du clan MacDonald attendaient Duncan sur la galère, dans la crique voisine. En dépit de la présence de Glynis, tout s'était déroulé sans encombre pour le moment. Mais, à tout instant, quelqu'un pouvait se réveiller dans la grande salle et remarquer l'absence de tous les MacDonald de Sleat.

Duncan regarda Glynis et Alex à tour de rôle d'un air interrogateur.

— Oublie que tu l'as vue, le somma Alex. C'était son plan et non le mien. Elle veut que je l'emmène jusqu'à Édimbourg pour voir sa famille.

— Dame Glynis, êtes-vous certaine que c'est ce que vous souhaitez ? demanda Duncan.

— Je peux encore vous ramener au donjon, et personne ne saura jamais ce qui s'est passé, ajouta Alex.

Retenant sa respiration, il attendit sa réponse.

— Je pars avec vous, déclara Glynis en grimpant sur le bateau.

Alex n'était pas au bout de ses peines. Teàrlag avait prédit que trois femmes auraient besoin de son aide, mais il priait pour que la vieille voyante ait mal compté.

— Nous ne sommes pas les seuls à partir cette nuit, dit Duncan à Alex quand ils se furent éloignés pour échanger quelques mots seul à seul. J'ai vu un autre bateau mettre les voiles il y a deux ou trois heures.

Alex attendit, sentant que Duncan voulait ajouter quelque chose.

— Glynis est une femme bien, finit-il par dire.

— Je le sais, répondit Alex. Et je n'ai pas l'intention de profiter de la situation.

— Bon courage, dit Duncan en posant la main sur l'épaule d'Alex. Je crois que tu vas en avoir besoin.

La lune scintillait entre les nuages qui filaient dans le ciel nocturne, laissant apparaître çà et là des rochers émergeant de l'eau. Alex les contournait sans difficulté avec le bateau, bien qu'il ne connaisse pas les environs de Mull aussi bien que ceux des îles du Nord et de l'Ouest. Mais le sang viking qui coulait dans ses veines lui donnait comme un sixième sens sur l'eau.

Seul le clapotis des rames venait troubler le silence ambiant. La mer était calme et, depuis qu'ils avaient quitté la côte une heure auparavant, Glynis et lui n'avaient pas échangé un mot.

— Vous n'étiez pas obligé de m'embrasser, dit enfin Glynis.

Il sourit intérieurement. Comme lui, Glynis semblait avoir beaucoup médité la question.

— Vous auriez pu faire semblant, poursuivit-elle. Il faisait trop sombre pour que les gardes puissent faire la différence.

— Et pourquoi diable aurais-je voulu faire semblant ? demanda-t-il.

Glynis s'éclaircit la voix.

— Je crains de ne pas avoir été très claire. Quand je vous ai demandé de m'emmener avec vous, je…

— Forcé, vous voulez dire, l'interrompit Alex. Quand vous m'avez forcé à vous emmener.

— Eh bien, ce n'était pas une invitation à… à…

Alex ne put s'empêcher de dire :

— À vous faire l'amour matin, midi et soir pendant toute la durée de notre voyage jusqu'à Édimbourg ?

— Alex !

Glynis parut si scandalisée qu'il se mit à rire.

— Ne vous jetez pas par-dessus bord… Je sais que vous recherchiez simplement quelqu'un pour vous escorter.

Il ajouta pour lui-même :

— C'est pourtant bien dommage.

Vraiment dommage. Le voyage s'annonçait long.

— Que savez-vous de la famille de votre mère ? demanda-t-il pour se changer les idées.

— Je ne les ai jamais rencontrés, mais je sais qu'il s'agit d'une famille de marchands aisée et respectée, répondit-elle. L'un de mes oncles est prêtre.

Alex voulait s'assurer que la famille de sa mère était des gens convenables avant de la laisser entre leurs mains. S'il s'avérait que ce n'était pas le cas, Dieu seul sait ce qu'il allait bien pouvoir faire d'elle.

— Et vous, pourquoi allez-vous à Édimbourg ? demanda Glynis.

— J'ai des affaires à régler pour mon chef, répondit Alex. Et pour moi-même également.

Il regretta immédiatement la deuxième partie de sa phrase. Avant qu'elle ait eu le temps de demander des précisions, il reprit :

— Ce monde est dangereux, Glynis. Que cela vous plaise ou non, vous avez besoin d'un mari pour vous protéger.

En prononçant ces mots, il éprouva une sensation désagréable dans son estomac.

— De la même façon que mon ancien mari m'a protégée ? Non merci, rétorqua Glynis. La famille de ma mère prendra soin de moi. Par ailleurs, Édimbourg semble être une ville civilisée.

Alex n'aimait pas l'idée de la savoir seule avec une famille de Lowlanders et de prêtres pour la protéger.

— Vous devriez vous trouver un homme des Highlands, quelqu'un de fort.

— Celui que j'ai connu m'a suffi.

Un brouillard à couper au couteau s'était abattu sur la mer. Soudain, Alex entendit au loin un faible gémissement. Arrêtant de ramer, il tendit l'oreille.

— Qu'est-ce que c'est ? demanda Glynis d'une voix étouffée. On dirait un chat coincé dans un arbre.

Ça n'était pas un chat. Alex se mit à ramer en direction de la voix à travers la brume épaisse.

Chapitre 11

— Au secours ! À l'aide !

Les cris percèrent la nappe de brouillard.

— C'est une voix de femme, dit Glynis en se penchant pour s'agripper à Alex.

— Oui.

Il avait tout de suite reconnu qu'il s'agissait d'une voix féminine. La question était à présent de savoir de quel genre de femme il s'agissait.

Alex n'était pas un homme superstitieux, pour un Highlander du moins, mais, tandis qu'ils s'approchaient, toutes les histoires qu'ils avaient entendues sur les selkies lui revinrent en mémoire. Une selkie était une créature marine qui prenait forme humaine sous les traits d'une femme magnifique dans le dessein d'attirer les marins puis de les faire périr. Dans presque toutes les histoires, les selkies apparaissaient aux hommes lorsque la mer était recouverte d'une brume épaisse.

— Aidez-moi !

Devant eux, la forme noire d'un rocher surgit dans l'obscurité.

— Je la vois ! s'écria Glynis en se levant, le bras tendu. Elle est cramponnée au rocher.

Alex distingua le contour d'un buste féminin et de longs cheveux flottant au-dessus de l'eau. Ses jambes – ou sa queue – étaient sous l'eau.

— Tenez bon, cria-t-il. Nous arrivons !

— Elle est juste là !

— Mettez-vous à l'arrière du bateau.

Sachant que Glynis n'était pas du genre à suivre des ordres aveuglément, il ajouta :

— Ainsi le bateau restera stable pendant que je la hisserai à l'intérieur.

Évidemment, si Alex apercevait une queue à ce moment-là, il s'empresserait de relâcher la créature dans l'eau.

Guidant l'embarcation vers le rocher, il se pencha vers la femme. Mais, quand il voulut la soulever, elle resta agrippée au rocher. Ouf, ce n'était pas une selkie. La pauvre tremblait comme un agneau qui venait de naître.

— Vous pouvez lâcher prise maintenant, dit-il d'une voix douce et apaisante. Je vous tiens.

Le rocher n'émergeait plus qu'à peine de l'eau, et la marée continuait de monter. Une ou deux heures plus tard, il disparaîtrait dans l'eau. Depuis combien de temps cette femme était-elle ici, accrochée à cet écueil tandis que l'eau montait autour d'elle ? Il n'était pas étonnant qu'elle ait peur de le lâcher.

— Ne vous inquiétez pas, jeune fille, dit-il. Vous n'avez plus rien à craindre désormais.

— Alex ? demanda la femme d'une voix rauque. C'est toi ?

Bonté divine, la femme sur le rocher était Catherine Campbell !

— Oui, c'est moi, répondit-il. Mets tes bras autour de mon cou. Je te promets que je ne te laisserai pas tomber.

Catherine, les jupes alourdies par l'eau, se laissa hisser sur le bateau. Alex se débarrassa prestement de son plaid et l'enroula autour des épaules de Catherine et des siennes, puis il lui frictionna le dos, les bras et les jambes. Elle était si transie qu'elle tremblait de tous ses membres.

Glynis trouva une couverture et y emmitoufla Catherine.

— Catherine, que s'est-il passé ? demanda Alex. Comment t'es-tu retrouvée là ?

— C'est Sh… Sh… Shaggy, balbutia-t-elle en claquant des dents. Il… il m'a emmenée jusqu'ici et m'a abandonnée.

— Est-ce que tu es en train de me dire qu'il voulait que tu te noies ?

Elle hocha la tête, blottie contre son torse.

Dieu tout puissant ! Alex avait été témoin de beaucoup de violence dans sa vie, et il connaissait des hommes qui avaient assassiné leur épouse ou leur amante sous le coup d'une violente colère. Mais la cruauté froide de Shaggy l'abasourdit. Celui-ci avait voulu que Catherine regarde petit à petit l'eau monter pendant des heures, tout en sachant qu'elle finirait noyée.

— Nous devons aller jusqu'à la côte et allumer un feu pour qu'elle se réchauffe, dit-il à Glynis. Nous la ramènerons ensuite à sa famille.

— Que voulez-vous que je fasse ? lui demanda Glynis. Je peux ramer.

Dieu merci ! Glynis n'était pas le genre de femme à perdre son sang-froid.

— Je m'en occupe, dit-il. Mais essayez de la tenir au chaud du mieux que vous le pouvez.

C'était la deuxième femme qui lui demandait son aide.

Glynis voulut emmener Catherine Campbell à l'arrière du bateau tandis qu'Alex s'emparait des rames, mais elle glissa de ses bras comme une anguille. Lorsque Glynis s'y reprit une deuxième fois, Catherine s'agrippa à la taille d'Alex et resta cramponnée à lui, comme elle l'avait fait avec le rocher.

— Vous pouvez la laisser là. Recouvrez-la simplement de ma couverture, dit Alex. Elle se réchauffera au contact de mon corps.

Tout en ramant, Alex s'efforçait de calmer lady Catherine en lui murmurant des paroles apaisantes, comme s'il berçait un bébé. Glynis se sentit inutile.

Elle se mordit la lèvre pour masquer sa déception. Après la terrible épreuve que lady Catherine avait vécue, quelle mesquinerie de sa part de penser à ses propres plans qui tombaient à l'eau. Naturellement, Alex insisterait pour mettre Catherine en sécurité dans le château de son frère, et jamais Glynis n'arriverait jusqu'à Édimbourg.

Le chef Campbell informerait le père de Glynis, et elle devrait rentrer chez elle encore plus couverte de honte qu'auparavant.

— Le brouillard se dissipe et le vent se lève, fit remarquer Alex à Glynis au bout de quelque temps. Nous pouvons maintenant mettre la voile. Ainsi, nous devrions atteindre rapidement la rive où vivent les Campbell.

Aidé par Glynis, Alex hissa la petite voile du bateau puis vint se rasseoir au côté de lady Catherine qui s'allongea sur ses genoux. Il passa un bras autour d'elle tandis que de l'autre il dirigeait l'embarcation.

— Catherine, si tu te sens la force de parler, dit Alex, peux-tu nous raconter pourquoi Shaggy t'a abandonnée sur ce rocher ?

— Pour se débarrasser de moi sans encourir le courroux de mes frères, expliqua-t-elle. Il voulait me voir morte sans avoir à se salir les mains.

— Qui d'autre était impliqué ? demanda Alex.

— Shaggy m'a emmenée seul sur le rocher, à la rame. Il ne voulait pas prendre le risque que cette histoire s'ébruite, dit Catherine, la voix durcie par la colère. Alors qu'il me ligotait comme un cochon qu'on va rôtir, il a pris un malin plaisir à me décrire la façon dont l'eau allait monter petit à petit, jusqu'à ce que le rocher soit immergé et que je n'aie plus rien à quoi me raccrocher.

Glynis songea que lady Catherine avait l'air suffisamment remise pour s'asseoir sans être soutenue. Pourtant, elle ne bougeait pas des genoux d'Alex.

— Quel dommage que je n'aie pas réussi à l'empoisonner, dit Catherine. J'ai essayé à deux reprises, mais Shaggy a la peau dure.

Glynis et Alex échangèrent un regard, mais celui-ci ne manifesta aucun étonnement en entendant cette stupéfiante confession.

— À ma grande déception, le poison n'a fait que le rendre malade pendant un jour ou deux, poursuivit Catherine.

Alex s'éclaircit la voix.

— Il avait l'intention de raconter à tes frères qu'il t'était arrivé un accident, je suppose ?

— Oui, et quelques centaines d'hommes auraient pu témoigner qu'il combattait les MacIain à Mingary Castle le jour de ma disparition, répondit Catherine d'une voix amère. Mais Shaggy va payer pour ce qu'il a fait. Mes frères ne manqueront pas de s'en assurer.

Lorsqu'ils arrivèrent enfin à proximité de la côte, ils aperçurent plusieurs pêcheurs au bord de l'eau qui préparaient leur bateau.

— Ces hommes doivent être des Campbell, dit Alex. Restez ici toutes les deux pendant que je vais leur parler.

Glynis s'empara de l'une des rames et la tint enfoncée au fond du loch pour stabiliser le bateau quand Alex en sortit. Pendant qu'il discutait à voix basse avec les pêcheurs, Glynis sentit leurs regards se poser sur lady Catherine et elle.

— Catherine, ces hommes font partie de ton clan, dit Alex lorsqu'il revint vers elles. Nous pouvons nous reposer dans leur campement avant d'entamer notre voyage jusqu'à Inveraray Castle.

Glynis se demanda combien de jours ils devraient marcher pour rejoindre la forteresse des Campbell, et sentit le découragement la gagner.

Les pêcheurs semblaient avoir un grand respect pour la sœur de leur chef, et se donnèrent beaucoup de mal pour les mettre à leur aise. Ils leur apportèrent de la nourriture et des couvertures et alimentèrent le feu, puis les laissèrent tous les trois pour partir pêcher.

Glynis était si fatiguée d'être restée éveillée toute la nuit sur le bateau qu'elle s'endormit à peine sa tête posée sur le sol. Quand elle se réveilla, le crépuscule tombait et les pêcheurs étaient de retour. Alex était assis près d'elle et taillait un bâton avec sa dague. Glynis s'assit et regarda autour d'elle. À quelques pas de là, lady Catherine était entourée par un groupe d'hommes qui venait d'arriver.

— Qui sont-ils ? demanda-t-elle à Alex.

— Les pêcheurs ont estimé que la sœur de leur chef devait se faire escorter jusque chez elle par des guerriers Campbell, répondit Alex, les yeux posés sur les hommes. Ils sont donc allés chercher ceux-là.

Les guerriers Campbell regardèrent Alex d'un air menaçant lorsque Catherine alla s'asseoir à côté de lui.

— Ces hommes te ramèneront en sécurité à Inveraray Castle, dit Alex. Mais garde-toi bien de raconter à quiconque ce que Shaggy t'a infligé, mis à part à tes frères.

Catherine glissa son bras sous celui d'Alex.

— Je veux que ce soit toi qui m'y conduises.

— Glynis et moi devons partir pour Édimbourg demain matin, répondit Alex.

Le soulagement envahit Glynis. Il la conduirait jusqu'à la famille de sa mère.

— Pourquoi voyages-tu avec elle ? demanda Catherine en regardant Glynis avec un mépris non dissimulé.

— J'emmène Glynis dans la famille de sa mère, rien de plus, répondit-il. Son père ne doit pas l'apprendre, alors ne dis pas à ces hommes qui nous sommes.

— Votre voyage peut sûrement attendre, dit Catherine avec sa condescendance habituelle.

— Je dois retrouver quelqu'un à Édimbourg avant la fin du mois. (Alex adressa à Catherine un sourire à faire fondre le cœur d'une sorcière.) Voyons, Catherine, tu sais très bien que sur les terres Campbell personne n'oserait jamais toucher à un seul cheveu de ta jolie tête.

Bon sang, mais cet homme serait capable de convaincre une fée de renoncer à ses ailes ! Glynis les regarda tous deux avec écœurement.

— Je te pardonne si tu promets de venir me rendre visite à ton retour, dit Catherine en s'emparant de nouveau de son bras.

— Je n'y manquerai pas, promit Alex.

— Mes frères voudront te récompenser de m'avoir sauvé la vie. (Catherine inclina la tête et le regarda en minaudant.) Sans parler de moi…

— Nous mettrons les voiles dès que le camp sera endormi, murmura Alex à l'oreille de Glynis.

— Je croyais que nous devions partir demain matin ?

— J'aimerais éviter de me faire trancher la gorge pendant la nuit, expliqua Alex. Ces hommes ne sont pas sous les ordres de Catherine et se méfient des étrangers qui traversent leurs terres.

À vrai dire, c'était le cas de tous les Highlanders.

— En attendant, je vais leur faire passer l'envie de tenter quoi que ce soit.

Alex se leva et toisa un à un les hommes qui se trouvaient autour du feu. Puis il fit tournoyer sa claymore dans les airs avec une telle vitesse qu'elle en devint floue. Glynis ressentit l'état de tension des guerriers, qui échangeaient des regards pour décider lequel d'entre eux se chargerait de cet étranger intrépide. Elle pria le ciel qu'Alex sache ce qu'il faisait.

Alex fendit le feu à plusieurs reprises de sa lourde épée, d'abord avec les deux mains puis en la faisant passer de l'une à l'autre avec des mouvements fluides.

Après cette démonstration de force, il se plaça devant Glynis et déclara :

— Que personne ne s'avise de la toucher.

Glynis, sous l'effet d'une vague de chaleur, avala sa salive. Quand Alex se rassit près d'elle, elle sentit la puissance qui émanait de lui.

Il se tourna vers elle et lui dit d'une voix grave et péremptoire :

— Vous dormirez avec moi.

Chapitre 12

Ce n'était pas ainsi que Glynis avait imaginé qu'Alex lui demanderait de venir dans son lit ; non pas qu'elle y avait pensé, bien évidemment. Mais, si cela avait été le cas, il y aurait certainement eu des baisers, comme contre la muraille du château. Sa bouche avide, ses mains insistantes, et sa voix rauque de désir.

Je dois vous posséder, Glynis. Vous et personne d'autre.

Glynis secoua la tête pour reprendre ses esprits. Par tous les saints, qu'est-ce qui lui prenait ? Alex n'était pas le genre d'homme à se satisfaire d'une seule femme. En dépit de cela, quand il s'allongea derrière elle et l'attira contre lui, elle s'autorisa à imaginer, juste l'espace d'un instant, qu'il lui murmurait à l'oreille : « J'ai terriblement envie de vous. Juste de vous. »

Glynis constata qu'Alex tenait un dirk dans la main qu'il avait posée sur elle.

— Je vous réveillerai quand il sera temps de partir, dit-il.

Croyait-il vraiment qu'elle allait réussir à dormir ? Entre la peur de voir les Campbell lui trancher la gorge et l'émoi dans lequel la mettait le corps d'Alex blotti contre le sien, c'était peu probable. Les yeux grands ouverts, elle resta étendue à écouter la respiration d'Alex tandis que les guerriers s'asseyaient autour du feu de camp. Malgré les protestations de Catherine, les hommes du clan Campbell avaient insisté pour qu'elle installe sa couche loin des « étrangers ».

— Deux hommes montent la garde près des chevaux, chuchota Alex à l'oreille de Glynis. Je m'en occupe, puis je reviens vous chercher.

Avant qu'elle ait pu protester, il s'était éclipsé sans un bruit. Comment allait-il s'y prendre pour maîtriser les deux gardes ? Et, même s'il y parvenait, il risquait d'effrayer les chevaux et de réveiller les autres hommes.

Que faisait-elle ici à attendre d'être assassinée, ou pire encore ?

Elle faillit pousser un cri quand quelqu'un lui tapa sur l'épaule. Se retournant brusquement, elle aperçut Alex accroupi derrière elle. Comment avait-il fait pour revenir si vite ? Il posa un doigt sur ses lèvres et lui fit signe de le suivre.

Les ronflements des hommes endormis semblaient inhabituellement sonores, de même que chaque brindille qui craquait sous ses pas. À chaque instant, elle s'attendait à ce qu'un des hommes du clan Campbell donne l'alerte. Mais les anges devaient veiller sur eux, car aucun ne se réveilla. Quand ils furent à une trentaine de mètres du campement, le hennissement d'un cheval se fit entendre. Dans l'obscurité, elle distingua la silhouette de deux montures. L'une d'entre elles hennit doucement et vint à leur rencontre en trottinant.

—Oui, Bouton-d'Or, tu es un bon cheval, dit Alex à voix basse en flattant l'encolure de la bête. (L'autre cheval arriva à son tour et poussa Alex de son museau.) Ne sois pas jalouse, Belle-Rose.

—Vous connaissez ces chevaux ? demanda Glynis.

—Nous venons de faire connaissance, répondit Alex. Je les ai empruntés aux Campbell, car la route jusqu'à Édimbourg est longue.

—Mais ils vont sûrement partir à notre poursuite quand ils remarqueront que nous leur avons volé leurs chevaux.

—Aussi devons-nous nous dépêcher, dit Alex calmement en caressant l'autre cheval. Vous savez monter ?

Que les saints la protègent !

—Oui, mais…

Sans la laisser terminer sa phrase, il la hissa sur le cheval, qui était déjà sellé, et lui tendit les rênes.

—Nous aurons tout le temps de parler une fois en route.

—Quel est le nom de cette jument déjà ? demanda Glynis.

—Je l'ai appelée Belle-Rose, répondit-il en s'installant sur sa monture. Traitez-la bien.

—Je n'ai encore jamais chevauché dans le noir.

—Nous n'irons pas trop vite, dit Alex en passant devant. Lâchez-lui simplement la bride, et tout se passera bien.

—Et si les Campbell nous pourchassent ? demanda-t-elle.

— Je ne pense pas que ce sera le cas, car leur premier devoir est de mettre la sœur de leur chef en sécurité à Inveraray, répondit Alex en se retournant vers elle. Et j'ai dispersé les autres chevaux.

Au bout de deux ou trois heures environ, Alex descendit de sa monture pour faire traverser un ruisseau aux chevaux. Puis il aida Glynis à descendre.

— Nous allons dormir ici. Nous serons bien cachés par ces buissons.

— Ne vaut-il pas mieux avancer encore un peu ? demanda-t-elle.

— Nous avons une bonne longueur d'avance sur les Campbell, et ils devront attendre le lever du jour pour partir à la recherche de leurs chevaux, dit Alex. De plus, il est dangereux de monter dans l'obscurité.

Dangereux de monter dans l'obscurité ? Les bras croisés, Glynis se tourna vers Alex, qui était en train de dérouler deux couvertures.

— Il nous faut nous reposer tant que c'est encore possible, déclara-t-il en s'étendant sur l'une d'elles. Nous devrons reprendre la route dès les premières lueurs du jour.

Glynis s'allongea sur l'autre couverture, face à lui.

— Avez-vous dormi quand les pêcheurs nous ont laissés au campement aujourd'hui ? demanda-t-elle.

— Bien sûr que non.

— Comment vous y êtes-vous pris pour voler nos montures ?

— J'ai une sorte de don avec les chevaux, répondit-il d'une voix de plus en plus faible. Depuis toujours.

Tout comme avec les femmes.

— Il est temps de partir, dit Alex une fois qu'ils eurent terminé leur petit déjeuner avant que le soleil se lève.

Il ne comprenait pas pourquoi Glynis avait paru surprise qu'il ait pensé à prendre du bœuf séché, du fromage et des galettes d'avoine sur leur bateau avant d'aller chercher les chevaux, la veille au soir. Voulait-elle mourir de faim ?

Il était impatient d'accroître leur avance sur les Campbell. Il n'avait pas voulu inquiéter Glynis la veille, mais il n'était pas aussi certain qu'il le prétendait qu'ils ne se lanceraient pas à leur poursuite.

Glynis roula les couvertures et remballa les vivres pendant qu'il sellait les chevaux.

— Traverser les terres d'autres clans est dangereux à deux, dit Alex en l'aidant à monter sur Belle-Rose. Je ne veux pas vous perdre de vue, c'est clair ?

Glynis le regarda avec gravité et acquiesça.

Ils chevauchèrent sans interruption pendant des heures. Même si personne ne semblait les suivre, Alex fut contraint de faire sortir rapidement leurs montures du chemin à deux reprises pour éviter de croiser d'autres voyageurs. En raison de la présence de Glynis, il ne pouvait prendre aucun risque.

Pour passer le temps, il lui raconta des histoires. Celle d'Ian et de sa femme Sìleas sembla l'intéresser particulièrement, à en juger par toutes les questions qu'elle lui posa.

— Ian l'a abandonnée pendant cinq ans au lendemain de leur mariage ? demanda-t-elle.

— Oui, car il n'avait pas vraiment apprécié de devoir prononcer ses vœux sous la menace d'un dirk. Et il tenait Sìleas pour responsable.

— Je suis heureuse que les choses se soient bien terminées pour eux, dit Glynis en souriant doucement.

— Voulez-vous vous arrêter pour vous dégourdir les jambes ? demanda-t-il. (Elle secoua la tête.) Pour une jeune fille revêche, vous vous plaignez étonnamment peu.

— C'est ma belle-mère qui affirme que je suis revêche, expliqua Glynis en soupirant. Et il est vrai que je me plains quand elle me demande de rester à la maison pour faire de la couture des heures durant.

— En tout cas, vous êtes un bon compagnon de voyage, lui déclara-t-il. Vous avez certaines qualités que les personnes avec qui je voyage d'ordinaire n'ont pas.

— Vraiment ?

— Premièrement, vous êtes plus agréable à regarder que mes cousins et Duncan. Et, deuxièmement, vous ne connaissez pas déjà toutes mes histoires.

D'un autre côté, lorsqu'il voyageait avec l'un d'eux, il n'avait pas besoin de s'écarter du chemin comme un Lowlander apeuré chaque fois qu'un groupe de guerriers venait dans leur direction.

— Vous avez un don pour raconter les histoires, dit Glynis, légèrement rougissante. Cela ne me dérangerait pas de les entendre plus d'une fois.

— Vous allez regretter ces paroles, l'avertit-il en riant. Un long voyage nous attend, et les histoires que j'ai en tête suffiront seulement pour trois jours.

Bien évidemment, Alex en connaissait aussi beaucoup qui s'adressaient à un public plus masculin.

— Vous m'avez parlé d'Ian. Allez-vous maintenant me raconter des histoires sur votre ami Duncan ?

Pourquoi s'intéressait-elle à Duncan ?

— Duncan est un redoutable guerrier, dit-il après un moment de réflexion. Je ne l'ai jamais vu perdre un combat. Pas une seule fois.

— Il m'a plu, dit-elle. Il m'a semblé… digne de confiance.

Alex étouffa un grognement.

— Oui, Duncan est un homme d'une loyauté hors du commun. Il est fiable et ne faiblit jamais. Quand il prend une décision, il s'y tient.

Tout le contraire d'Alex.

— Un grand mystère entoure sa naissance, poursuivit Alex. Certains parlent même d'un peu de magie.

— Racontez-moi, dit Glynis, les yeux écarquillés.

— Quand la mère de Duncan avait seize ans, elle fut enlevée un beau jour alors qu'elle se promenait sur la plage, dit Alex en se plongeant dans son histoire. Un an plus tard, elle était de retour sur cette même plage avec un bébé dans les bras : Duncan.

— Qui était l'auteur du rapt ?

— Sa mère n'a jamais soufflé mot à ce sujet ; elle n'a jamais évoqué l'endroit où elle avait été emmenée ni l'identité du père. (Alex s'arrêta un instant.) Huit ans plus tard, la même histoire s'est reproduite.

— Et elle n'a toujours rien dit ? demanda Glynis en se penchant tellement vers lui qu'il eut peur qu'elle tombe de sa monture.

— Elle a emporté son secret dans la tombe.

Tout en chevauchant et en parlant, Alex scrutait les collines verdoyantes parsemées de fleurs d'été. Les guerriers Campbell avaient déjà dû faire demi-tour, mais ils n'étaient pas à l'abri de croiser d'autres hommes dangereux qui empruntaient ce chemin à travers les montagnes.

— Qui est cette personne que vous devez retrouver à Édimbourg avant la fin du mois ?

Alex grimaça. Il avait espéré qu'elle ne l'écoutait pas quand il l'avait mentionné à Catherine.

— Ah ! je vois que c'est une histoire que vous ne voulez pas partager, dit Glynis en haussant les sourcils. Évidemment, c'est désormais la seule que j'ai envie d'entendre.

Alex se passa la main sur la nuque avec embarras. Il n'avait aucune envie de parler de la comtesse ni de sa lettre à Glynis MacNeil.

— Qui donc pourrait bien attendre Alex Bàn MacDonald à Édimbourg ? (Elle se tapota le menton avec le doigt. Un très joli menton, soit dit en passant.) C'est sans aucun doute une femme.

Glynis, habituellement si sérieuse, le taquinait. Alex aurait sans doute apprécié de la voir plaisanter ainsi, les yeux pétillants, si seulement elle avait choisi un autre sujet de conversation.

— Cette femme doit avoir quelque chose de spécial, poursuivit Glynis en plissant les yeux. Mais ce n'est sûrement pas une « récompense » comme celle à laquelle lady Catherine a fait allusion, puisque vous n'avez clairement pas besoin d'aller jusqu'à Édimbourg pour cela.

— Très bien, je vais vous raconter.

L'histoire sur Sabine fut brève, car il omit toute la partie intime du récit.

— Une comtesse, dit Glynis, avec cette fois une pointe de froideur dans la voix. Je suppose que c'est encore plus impressionnant qu'une fille de comte.

Alex s'était toujours montré tel qu'il était. La plupart des femmes l'aimaient bien, et il ne se souciait pas vraiment de l'opinion qu'elles avaient de lui. Et pourtant l'idée que Glynis pense du mal de lui lui était insupportable.

Lorsqu'ils s'arrêtèrent enfin pour la nuit, les jambes de Glynis étaient si raides qu'elle n'arrivait presque plus à marcher. Pourtant, les heures avaient filé à toute vitesse. Alex Bàn MacDonald possédait ce charisme incroyable qui, elle en était sûre, lui permettait de charmer les femmes de sept à soixante-dix-sept ans. Ce n'était pas uniquement par son physique. Quand il parlait, il donnait l'impression à son interlocuteur de n'avoir envie pour rien au monde de se trouver avec quelqu'un d'autre.

Glynis se rendit subitement compte qu'elle était en train de suivre Alex autour du campement comme un chiot, et s'arrêta. Tandis qu'il s'occupait des chevaux, elle ramassa de la mousse et des brindilles pour le feu.

— Vous m'êtes d'une grande aide, dit Alex en lui tendant les couvertures roulées avant de s'accroupir pour faire démarrer le feu.

Glynis examina les couvertures qu'elle tenait dans ses bras. La veille au soir, Alex était dans un état d'épuisement extrême après la nuit qu'il avait passée à ramer. Mais, à présent qu'il était en pleine forme et plus charmant que jamais, l'emplacement des couvertures lui sembla prendre plus d'importance. À quelle distance l'une de l'autre devait-elle les mettre ? Une de part et d'autre du feu, ou bien les deux côte à côte ?

— Vous devez être bien fatiguée. (La lumière du soleil couchant se reflétait dans les cheveux d'Alex lorsqu'il leva les yeux vers elle en souriant.) Asseyez-vous, ma chère.

Elle prit place sur un rocher. Tenant les couvertures contre sa poitrine, elle observa les alentours pour éviter de croiser son regard. Alex avait choisi un coin charmant, non loin d'un loch entouré de collines.

— J'irai attraper du poisson demain matin pour le petit déjeuner, dit-il en lui tendant un morceau de viande séchée et une autre galette d'avoine. Ce soir, il faudra nous contenter de ce repas frugal, puis nous irons nous coucher.

Glynis sentit la galette se coincer dans sa gorge. Il avait parlé du dîner et de leur couche comme s'ils allaient partager les deux. Glynis but une longue gorgée dans la gourde remplie de bière et s'interdit de repenser au baiser d'Alex contre la muraille du château.

Mais voilà qu'elle n'arrivait plus à se débarrasser de ce souvenir.

Alex s'empara des couvertures qu'elle tenait sur ses genoux, la tirant de ses pensées. En le voyant les étendre côte à côte, elle reprit une lampée de bière. Aurait-elle la force de lui résister ?

Une nouvelle question surgit alors dans son esprit : *Avait-elle envie de lui résister ?*

Les yeux grands ouverts, Alex était allongé sur le dos et scrutait les nuages sombres qui se déplaçaient dans le ciel d'un noir d'encre. Il se força à penser à ses parents. À leurs disputes et leurs cris incessants. C'était la seule méthode qu'il ait trouvée pour ne pas succomber à la tentation de toucher la femme étendue près de lui.

Son sexe, en revanche, ne voulait pas entendre raison.

Il savait parfaitement que Glynis ne voulait pas se marier plus que lui. Et pourtant elle mettait sa volonté à rude épreuve. Sans même qu'elle le touche, il sentait son corps se rapprocher dans l'obscurité, et son désir vibrer en lui. Comment pouvait-il continuer de penser à ses parents dans ces conditions ?

Tu ne peux pas posséder cette femme. Tu ne peux pas posséder cette femme. Il scanda ce refrain dans sa tête. Laissant tomber l'image de ses parents, il s'imagina en train de nager dans de l'eau glaciale.

Soudain, il se retrouva avec Glynis dans un loch chaud. Ils étaient nus, les longs cheveux de Glynis flottant autour d'eux.

Alex secoua la tête. Il n'y avait pas de lochs chauds en Écosse. C'était certain, ce voyage jusqu'à Édimbourg allait le tuer d'une façon ou d'une autre.

Chapitre 13

Alex ne savait plus à quel saint se vouer. Cela faisait trois jours et trois nuits qu'il passait seul avec Glynis. Les nuits étaient les plus dures. Il était en train de devenir fou.

De nouveau, il eut la chair de poule. Il n'aurait su dire si c'était parce que quelqu'un s'approchait d'eux sur le chemin, ou à cause de l'état de nervosité extrême dans lequel il était à force de lutter contre son désir.

— Arrêtons-nous ici pour établir notre campement, déclara-t-il.

Il y avait peut-être vraiment quelqu'un derrière eux, aussi ne voulut-il pas prendre de risque. C'était une chance qu'il ait commencé à pleuvoir, car la pluie allait se charger d'effacer leurs traces.

Quelques instants plus tard, il maudissait le temps. Il n'y avait que dans les Highlands qu'il pouvait grêler au beau milieu du mois de juillet. Il allait être obligé d'improviser un appentis avec l'une des couvertures pour les abriter, et il ne leur resterait plus qu'à partager la couverture restante. Du haut de leur colline, les fées malicieuses riaient sous cape.

— Je vais aller ramasser de la mousse sèche pour le feu, annonça Glynis.

— Non, c'est trop dangereux.

— Mais je suis gelée, dit-elle en serrant sa cape autour de ses épaules.

Alex se retint de suggérer une manière évidente pour se réchauffer mutuellement lors d'une nuit froide.

— J'ai peur qu'il y ait quelqu'un derrière nous sur le chemin, dit-il. Il n'y a pas lieu de s'inquiéter, mais mieux vaut attendre le matin pour faire un feu.

Pendant que Glynis aidait Alex à fixer deux coins de la couverture à un arbre et les deux autres au sol avec des bâtons, les grêlons mouchetaient ses cheveux de blanc.

— Abritez-vous en dessous pendant que je m'occupe des chevaux, ordonna-t-il. Je reviens vite.

Alors qu'il conduisait Belle-Rose et Bouton-d'Or dans les broussailles près du ruisseau qui courait dans la vallée, le vent se leva.

Un mélange de grêle et de pluie glaciale lui cingla le visage. Il se dépêcha de retrouver Glynis pour s'assurer qu'elle allait bien. Lorsqu'il se glissa en rampant sous leur abri de fortune, elle grelottait tellement qu'elle avait les dents qui claquaient. Alex eut l'impression d'entendre les fées ricaner quand il passa ses bras autour d'elle et lui frictionna le dos. Le doux parfum de ses cheveux lui parvint. Comment une femme pouvait-elle sentir si bon après de longues journées de chevauchée ? Dès qu'elle s'arrêta de trembler, il se força à la lâcher.

Il ouvrit alors le sac, de plus en plus vide, qui contenait leurs provisions.

— Je crains que nous ne devions de nouveau nous contenter de bœuf séché et de galettes d'avoine.

— Aucun problème, j'adore ça, dit Glynis en arrachant un gros morceau de viande avec ses dents.

Elle dévorait son repas avec un tel enthousiasme qu'Alex se prit à penser aux autres appétits qu'elle pouvait avoir. Dieu tout puissant ! la nuit qu'il allait passer serré contre elle sous leur petit abri s'annonçait encore plus longue que les précédentes.

— Prenez un peu de bière, dit-il en lui tendant la gourde.

Alex avait plutôt besoin de whisky.

— Je vais m'endormir tout de suite avec ça, dit-elle avec un sourire en lui rendant la bière.

Quant à lui, une seule chose pourrait le faire dormir. Étendre Glynis sur la couverture et lui faire l'amour deux ou trois fois.

— Notre chevauchée était bien fatigante, aujourd'hui, fit-elle remarquer.

Il but une longue gorgée de bière, imaginant un tout autre genre de chevauchée.

— Je ne vous ai pas correctement remercié pour tout ce que vous avez fait pour moi, poursuivit-elle.

Quand elle baissa les yeux, l'ombre de ses cils se dessina sur ses pommettes. Alex était dans un tel état d'excitation que cela lui parut incroyablement désirable.

— Merci de m'avoir emmenée avec vous alors que vous n'en aviez pas envie, et de m'avoir aidée à m'échapper de Duart Castle. Et merci aussi d'avoir pensé à prendre des vivres et des couvertures, d'avoir volé les chevaux, de me raconter des histoires, de veiller sur moi… et… pour tout le reste.

Alex perçut l'hésitation dans sa voix mais ne comprit pas ce qu'elle signifiait. Il se maudit intérieurement d'espérer qu'elle prenne son courage à deux mains pour lui suggérer qu'ils fassent l'amour toute la nuit jusqu'à épuisement.

— Eh bien, bonne nuit, alors.

Elle s'allongea brusquement et se roula en boule.

Le ciel assombri par la tempête donnait l'impression qu'il était plus tard qu'en réalité. Alex ne se sentait pas fatigué. Sous la lumière déclinante, il observa la poitrine de Glynis se lever et s'abaisser. Il but une autre lampée de bière, regrettant de nouveau de ne pas pouvoir boire quelque chose de plus fort.

Quand il se coucha à son tour, il laissa échapper un soupir en sentant la chaleur du corps de Glynis contre le sien. Il observa la couverture tendue au-dessus de leurs têtes, ballottée par le vent. Avant Glynis, lui était-il déjà arrivé de dormir avec une femme sans lui avoir fait l'amour ? Non, il était pratiquement certain de n'avoir jamais eu à subir cette forme de torture par le passé.

Son sexe était si dur qu'il avait l'impression que le seul souffle de Glynis sur sa peau suffirait à le faire exploser.

— Je suis transie, dit-elle en se blottissant contre lui.

Alex serra les dents et la prit dans ses bras. Quand elle posa la tête sur son torse, il s'immobilisa, s'efforçant de contrôler sa respiration. Pour la centième fois, il se répéta qu'il n'avait pas pour habitude de coucher avec des femmes vertueuses, surtout si elles n'étaient pas mariées, et qu'il serait malvenu de sa part de profiter de la situation.

Et pourtant son désir était si violent et impérieux qu'il ébranlait sa volonté comme la tempête ébranlait leur fragile abri. Alex brûlait de posséder Glynis, tout de suite.

Il avait envie d'enfouir son visage dans ses cheveux et de goûter le sel de sa peau. De la retourner sur le dos et de sentir ses longues jambes lui enserrer la taille pour l'attirer en elle. Tout de suite. Tout de suite.

Même s'il aurait aimé pouvoir prétendre le contraire, Glynis était l'unique objet de ce désir lancinant, et la seule à pouvoir l'assouvir. Sa force de caractère l'attirait irrésistiblement et son sérieux le mettait au défi. Il avait envie de faire voler en éclats sa retenue et son calme imperturbable, d'enflammer ses sens et de l'entendre crier son nom de plaisir.

Quand elle se tourna sur le côté, il l'imita, attirée par elle comme par un aimant. Il respira le parfum de bruyère et de pin de ses cheveux, et sentit la tension lui nouer l'estomac. Fermant les yeux de toutes ses forces, il posa doucement sa main sur sa hanche.

La tempête qui faisait rage dehors n'était rien à côté de celle qui l'agitait intérieurement. Après toutes ces femmes qui s'étaient offertes à lui, ce minuscule abri avait tout l'air d'un purgatoire, piégé qu'il était avec cette femme qu'il ne pouvait pas avoir.

Peut-être que Dieu était une femme après tout.

Réveillée par le vent mugissant, Glynis se pelotonna contre Alex, recherchant la chaleur de son corps. Elle n'avait jamais dormi dans les bras d'un homme, si elle ne comptait pas les fois où son mari, hébété par l'alcool, s'affalait sur elle après lui avoir assené des coups de reins brutaux.

Elle ne s'était pas assoupie longtemps, car la faible lueur du crépuscule éclairait encore leur abri. Avec Alex allongé tout contre elle, sa main sur sa hanche, elle n'allait pas se rendormir de sitôt.

À en juger par son immobilité, Alex était plongé dans un sommeil profond. Glynis, elle, se sentait énervée et agitée. Quand elle se serra davantage encore contre lui, elle sentit son membre durci contre ses fesses. S'il était réveillé, elle devrait s'éloigner. Soudain, la main d'Alex se retrouva sur son sein. Chaque fois qu'elle l'éloignait, il la remettait inconsciemment à cet endroit, comme si c'était là qu'elle devait être. Alors qu'elle n'avait évidemment rien à y faire. Elle se sentit coupable mais, puisqu'il dormait et ne pouvait donc pas savoir qu'elle aimait le contact de sa main sur son sein, était-ce réellement un péché ?

Mais se souciait-elle vraiment qu'il s'agisse d'un péché ?

— Glynis.

Elle retint sa respiration en entendant la voix d'Alex à son oreille.

— Je ne pourrai plus répondre de mes actions si vous continuez à vous agiter ainsi contre moi, dit-il. Je vous en supplie, arrêtez.

Le diable la poussa à se serrer plus encore contre lui.

— Ah ! que c'est bon, lâcha-t-il.

Elle se joignit à ses soupirs quand il fit descendre sa main jusqu'à sa cuisse, avant de remonter.

Elle mourait d'envie qu'il recommence. Comme rien ne venait, elle se mit sur le dos et tourna la tête vers lui. Il se redressa sur son coude et se pencha vers elle, son visage si près du sien qu'elle pouvait sentir son souffle sur sa peau. Incapable de résister, elle posa sa main sur sa joue, savourant le contact de sa barbe rugueuse sur sa peau.

— Il ne faut pas, Glynis.

— Et pourquoi pas ?

Alex lui adressa ce sourire qui lui faisait chaque fois perdre tous ses moyens.

— Vous le savez.

Toute sa vie, Glynis avait été une personne responsable. Elle avait toujours fait passer les intérêts de son clan en premier, pris soin de ses frère et sœurs, donné des conseils à son père – bien qu'il ne les ait pas toujours suivis –, et à quoi cela l'avait-il menée ? À Magnus Clanranald. Un homme odieux qui l'avait déshonorée et qui, s'il avait pu, l'aurait assassinée. Voilà comment elle avait été récompensée pour avoir fait son devoir.

— Vous m'avez déjà embrassée. Quel mal y a-t-il à recommencer ? (Au souvenir de sa bouche contre la sienne, elle se passa la langue sur les lèvres.) Recommencez, Alex.

Le regard du jeune homme s'assombrit et il garda la mâchoire serrée pendant un long, très long moment.

Lorsque enfin il céda et se pencha vers elle, Glynis sentit son estomac se contracter. Quand sa bouche toucha la sienne, elle eut la sensation qu'un feu se propageait sous sa peau. Elle l'attira à elle pour l'embrasser avec fougue. Oui, c'était cela qu'elle voulait.

La chaleur du corps d'Alex l'envahit. La tête lui tournait à tel point qu'elle avait l'impression de tomber en arrière, alors qu'elle était allongée sur le sol. Quand il posa la main sur son sein, elle lâcha un gémissement, sans cesser de l'embrasser. Leurs jambes s'emmêlèrent alors que leurs baisers se faisaient de plus en plus passionnés. Elle avait envie de sentir son corps sur elle, et sa peau nue sous ses doigts.

Mais soudain il s'écarta, les yeux brûlants et la respiration lourde.

— Vous jouez à un jeu dangereux. (D'une main tremblante, il dégagea le visage de Glynis des quelques mèches de cheveux qui le barraient.) Une chose en amène forcément une autre.

— C'est bien ce que j'espère.

Glynis n'aurait su dire quand exactement elle avait décidé qu'elle le voulait entièrement, mais son choix était fait.

Magnus était un tel mufle. Il affirmait qu'elle était seule fautive si elle n'appréciait pas ses caresses, mais elle comprenait à présent qu'il n'avait pas la moindre idée de comment lui donner du plaisir. Elle avait envie de ressentir cette passion nocturne, et jamais une autre occasion ne se présenterait à elle.

Ou un homme avec des mains plus expertes pour lui faire découvrir…

— Sans doute croyez-vous sincèrement que c'est ce que vous voulez, dit Alex, mais au fond ce n'est pas le cas.

— Si, affirma-t-elle, sans lâcher la chemise d'Alex qu'elle tenait fermement.

— Vous en avez peut-être envie maintenant, mais vous allez le regretter plus tard. (Il soupira en passant un doigt sur le contour de son visage.) Je ne veux pas être synonyme de regret.

Elle secoua la tête avec véhémence.

— Je ne me repentirai pas. Je vous le promets.

Alex esquissa un sourire.

— Alors c'est moi qui aurai des regrets. Vous faites précisément partie du genre de femme avec qui j'évite d'avoir des relations intimes.

Elle sentit son estomac se nouer et détourna la tête.

— Qu'est-ce qui ne vous plaît pas chez moi ? demanda-t-elle d'une voix plus haute qu'à l'ordinaire.

— Ne croyez pas que c'est l'envie qui me manque, dit Alex en lui effleurant la joue de sa main. Je n'ai jamais désiré une femme comme je vous désire maintenant.

Il exagérait sans aucun doute, mais il y avait un tel désir dans sa voix qu'elle sut qu'il la voulait vraiment.

— Alors qu'est-ce qui vous gêne ? demanda-t-elle.

— Vous allez vous attendre à plus que ce que je peux vous donner, répondit-il doucement. Vous souhaiterez que je sois là demain et le jour suivant, et même dans une année. Je ne suis pas capable de rendre une femme heureuse pendant si longtemps.

— Vous avez tort, dit-elle. Je n'ai pas envie d'un mari. Mais de cela, oui.

Il lâcha un long grognement qui la fit frissonner de plaisir.

— Je suis toujours prudent, dit-il, mais le risque que je vous mette enceinte n'est pas négligeable.

Bien qu'elle n'ait pas la moindre idée de ce qu'il entendait par être « prudent », elle secoua de nouveau la tête.

— Je vous ai déjà dit que j'étais stérile.

Depuis le jour où Glynis avait eu ses premières règles, sa belle-mère lui avait répété qu'il suffisait d'une seule fois pour qu'une jeune fille tombe enceinte. Mais même les amulettes de fertilité n'avaient pas fonctionné. Glynis avait vécu pendant trois interminables mois avec Magnus avant de le poignarder et de s'enfuir, sans concevoir d'enfant.

— Vous n'êtes pas le genre de femme à avoir des aventures, dit Alex.

— Comment pouvez-vous dire cela alors que c'est moi qui vous le demande ?

— Parce que vous ne pourrez vous empêcher de prendre la chose trop à cœur, répondit-il en enroulant une mèche de cheveux de Glynis autour de son doigt. Vous n'avez pas une once de frivolité en vous, Glynis MacNeil.

— L'occasion ne se représentera pas. On me surveille sans arrêt, jamais je ne suis libre de mes mouvements.

Sa famille lui reprochait d'être trop sérieuse. Mais à présent qu'elle avait décidé d'agir de façon totalement irresponsable, elle était déterminée à aller jusqu'au bout. Elle n'aimait pas faire les choses à moitié.

— Je ne me remarierai pas, poursuivit Glynis. Alors, avant de passer le reste de ma vie toute seule, j'ai envie de connaître un homme. (Sentant qu'Alex faiblissait, elle lui caressa le torse.) Et j'ai envie que cet homme ce soit vous.

Soudain, un éclair enflamma le ciel et les illumina à travers l'ouverture de la couverture étendue au-dessus de leurs têtes. L'espace d'un instant, inondé de lumière blanche, Alex ressembla au roi des fées en personne venu pour lui jeter un sort. Toutes les jeunes filles des Hébrides extérieures savaient que seule une amulette protectrice spéciale permettait de résister à ce roi.

Mais si Glynis avait cette amulette en sa possession, elle s'empresserait de s'en débarrasser.

Elle laissa son regard glisser sur la bouche d'Alex et murmura :

— Montrez-moi vos pouvoirs.

Chapitre 14

Alex savait qu'il était sur le point de faire une bêtise, mais seul un saint serait capable de résister à Glynis.

Et Dieu sait qu'il était loin d'en être un.

Il lui arrivait rarement de payer pour ses péchés, mais cette fois ils devraient tous deux faire pénitence. Quoi que Glynis en dise à présent, elle aurait des regrets. Malgré cette certitude, Alex était impuissant devant l'appel du désir, le sien autant que celui de Glynis. Il avait eu envie d'elle depuis le jour où il l'avait vue ramasser des coquillages sur la plage de Barra. Il ne lui restait plus qu'à s'assurer de lui procurer suffisamment de jouissance pour que le péché lui semble en valoir la peine.

Mais, dès l'instant où ses lèvres rencontrèrent les siennes, tout bon sens l'abandonna. Il l'embrassa profondément, leurs langues se mouvant dans une danse lente et passionnée qui attisa encore son ardeur. Il couvrit de baisers ses joues, ses sourcils, ses oreilles délicates, puis s'enivra du parfum de sa peau.

Elle passa ses bras autour de son cou, et il partit alors à la découverte de son corps, laissant glisser ses mains sur ses courbes lisses. Comme la mer, elle était à la fois mystérieuse et familière. Il avait envie de découvrir chacune de ses énigmes, chacun de ses endroits secrets.

Quand il sentit Glynis fondre sous ses caresses, le désir le submergea avec violence. Alex pensait connaître les femmes, et pourtant il avait l'impression de naviguer sur des eaux inexplorées. Et, même si elles devaient l'emporter, il ne regretterait rien car il aurait connu une jouissance qu'aucune autre femme ne lui avait jamais fait éprouver.

Il avait besoin de la sentir tout contre sa peau. Il se mit à genoux et, d'un geste, se débarrassa de sa chemise. Lorsqu'il la laissa tomber, il sentit le regard de Glynis se promener sur son torse malgré l'obscurité presque complète. Elle baissa les yeux jusqu'à sa virilité dressée, puis le dévisagea, les lèvres entrouvertes, faisant naître en lui une autre bouffée de désir intense.

— As-tu assez chaud pour ôter ta robe ? demanda-t-il en essayant vainement de masquer la note d'appréhension dans sa voix.

Elle hocha la tête solennellement. Il se pencha au-dessus d'elle et remonta sa robe le long de ses jambes fines et élancées, en se demandant s'il était trop jeune pour que son cœur lâche. Il aurait suivi au bout du monde ces formes harmonieuses, ce corps d'une grâce infinie. Soulevant le genou de Glynis, il l'embrassa. Comme le reste de son corps, c'était un modèle de perfection. Elle retint soudain son souffle en sentant la main d'Alex se poser à l'intérieur de sa cuisse, suivie de sa bouche. Il poursuivit son ascension, centimètre par centimètre ; c'était une torture mutuelle. Quand il effleura de sa main la toison bouclée entre ses jambes, elle ne put réprimer un sursaut.

— Chhh, dit-il d'une voix apaisante. Laisse le plaisir t'envahir.

Dieu tout puissant, elle était déjà toute humide. Il avait envie d'enfouir sa tête entre ses jambes et de la goûter, mais il la sentit se raidir et songea qu'il valait mieux réserver cette expérience, sans doute nouvelle pour elle, à plus tard. Pour quelqu'un qui avait été marié pendant un an, elle semblait bien innocente. Mais il était vrai que certains idiots ne prenaient jamais le temps de connaître une femme.

Quant à lui, il avait l'intention de se repaître de chaque parcelle du corps de Glynis MacNeil jusqu'à ce qu'elle défaille de plaisir. Puis il recommencerait.

— Peux-tu t'asseoir pour que je t'enlève ta robe ? lui murmura-t-il en la tirant doucement vers lui pour qu'elle se redresse.

Elle l'enlaça, et ils recommencèrent à s'embrasser avec ardeur. Alex eut des difficultés à se concentrer pour défaire les crochets au dos de sa robe. Il finit tout de même par y parvenir et la déshabilla enfin. L'attirant alors à lui, il ferma les yeux, savourant la sensation de sa peau douce sous ses mains et de ses seins pressés contre son torse.

Ils retombèrent sur la couverture. Il faisait trop sombre désormais pour qu'il puisse la distinguer, mais il explora son corps avec ses mains et sa bouche. Il couvrit ses seins de baisers, puis mordilla ses tétons jusqu'à ce qu'elle se cambre de plaisir.

Il s'allongea alors près d'elle et l'embrassa comme si sa vie en dépendait – ce dont il était persuadé. Les petits gémissements qu'elle lâchait le rendaient fou de désir. Il brûlait d'envie d'entrer en elle, de sentir son intimité serrée contre son sexe.

Il tourna avec elle jusqu'à ce qu'elle se retrouve allongée sur lui. Mais il était trop tôt, beaucoup trop tôt. Il s'efforça de reprendre sa respiration, de ralentir le rythme. Il la serra contre lui, et sentit leurs cœurs battre à l'unisson.

— Je te veux en moi, dit-elle.

Une vague de chaleur l'envahit. Jamais de toute sa vie il n'avait entendu de mots plus doux. Il plaça ses mains sur ses hanches pour la faire délicatement descendre le long de son corps, et des gouttes de transpiration perlèrent sur son front quand il sentit son sexe toucher le sien.

— Dieu du ciel, c'est si agréable, Glynis, soupira-t-il en fermant les yeux.

— Nous pouvons faire l'amour dans cette position ? demanda-t-elle.

— C'est nouveau pour toi ?

Bonté divine, son mari avait vraiment un problème.

— Que dois-je faire ? demanda-t-elle.

— Assieds-toi. Oui, voilà, comme ça.

Il lâcha un gémissement quand elle s'abaissa lentement sur lui, le souffle coupé. La tenant par les hanches pour la guider, il lui dit d'une voix tendue :

— Imagine-toi que tu te balances en suivant le mouvement des flots.

Glynis devait avoir des nymphes marines parmi ses ancêtres. Très vite, aveuglé par le désir, Alex ne fut plus capable de penser à autre chose qu'au rythme de ses hanches et à la sensation de son sexe autour du sien. Glynis avait déjà la respiration hachée quand il remonta sa main sur sa cuisse et trouva le centre de son plaisir avec son pouce. Il ne distinguait plus que sa silhouette dans le noir. Mais, malgré les mugissements du vent, il pouvait entendre ses halètements et ses gémissements.

Soudain, elle se pencha en avant et agrippa ses épaules comme si elle était en train de se noyer et qu'il était l'unique personne capable de la sauver. Chaque fois que ses cheveux caressaient son torse, Alex tressaillait jusqu'au plus profond de son être.

Un autre éclair jaillit, et Alex eut la sensation qu'il lui traversait le corps. Au fur et à mesure que la tension montait, tout son corps se contractait. Quand elle l'étreignit avec force dans un cri, il se perdit avec elle dans la tempête. Alors qu'il attirait ses hanches à lui, encore et encore, son cœur tambourinait dans sa poitrine. Et, quand il explosa enfin en elle, il s'entendit l'appeler d'une voix lointaine.

Il la prit dans ses bras et la serra si fort qu'il faillit l'écraser. Mais il ne pouvait se résoudre à la lâcher. Il avait envie de rester en elle pour toujours.

Comme il avait été stupide de penser qu'il parviendrait à lui résister. Depuis le départ, c'était inévitable. Depuis ce premier baiser sur la plage, devant son père et tous les membres de son clan. Depuis la nuit où il l'avait plaquée contre la muraille de Duart Castle et qu'elle s'était abandonnée à ses caresses fiévreuses. Depuis qu'ils s'étaient rencontrés, il était inéluctable qu'ils terminent allongés dans les bras l'un de l'autre.

— Je ne savais pas, dit-elle. (Elle avait le visage appuyé contre son torse, et il sentit ses larmes sur sa peau.) Je ne savais pas, je ne savais pas.

Alex ne savait pas non plus. C'était la première fois de sa vie qu'il ressentait un besoin aussi impérieux. Jamais il n'avait cédé ainsi à la passion. Glynis MacNeil l'avait pris complètement par surprise.

Chapitre 15

Quand Glynis ouvrit les yeux, un soleil voilé brillait à travers la couverture qui tenait encore miraculeusement au-dessus de leurs têtes. Avait-elle rêvé ce qui s'était passé la nuit dernière ? Sûrement pas, son imagination n'était pas aussi fertile. Elle comprenait à présent pourquoi les femmes voulaient garder Alex Bàn MacDonald dans leur lit aussi longtemps que possible.

Elle risqua un coup d'œil vers le jeune homme. Il était si beau que même les fées devaient en être jalouses. Elle laissa son regard se promener sur la perfection de ses traits empreints de virilité : son nez droit, ses pommettes hautes et son menton volontaire recouvert d'une barbe de plusieurs jours. Même dans son sommeil, il avait un petit sourire en coin, comme s'il était sur le point de raconter une histoire drôle.

Elle sentit la chaleur lui monter aux joues en repensant à tous les endroits où Alex avait posé sa bouche. Il l'avait réveillée trois fois pendant la nuit et lui avait fait éprouver des sensations jusque-là inconnues.

Elle avait voulu connaître la passion avec un homme. Il était trop tard à présent, mais elle songea qu'il aurait mieux valu qu'elle ignore l'existence de tous les plaisirs qu'un homme et une femme pouvaient s'offrir. Il aurait été certainement plus facile de s'en passer si elle n'en avait pas fait l'expérience. Avec un soupir, elle se rappela tous les délices qu'elle avait vécus dans ses bras.

Non, elle ne regrettait pas cette nuit.

— Parle-moi de ton mariage, demanda Alex.

Glynis se retourna dans ses bras, chaude et ensommeillée.

— Que veux-tu savoir ?

Il haussa les épaules.

— Je suis curieux, c'est tout.

Comme toujours quand Glynis plongeait son regard dans le sien, il avait l'impression qu'elle lisait en lui. Pour être honnête, il avait envie de lui poser des questions sur son mariage avec Magnus depuis qu'il la connaissait. Il éprouvait un sentiment qui lui était peu familier, une forme de jalousie envers cet homme qui l'avait touchée partout là où il l'avait fait.

— L'animosité qu'il y a entre vous deux me laisse penser qu'à une époque tu as dû avoir des sentiments profonds pour lui.

L'exemple de ses parents lui avait montré que l'amour pouvait se transformer en haine.

— Hmm. (Elle croisa les bras et leva les yeux vers la couverture tendue au-dessus d'eux.) Magnus Clanranald n'a de sentiments que pour lui-même.

Ce qui ne signifiait pas qu'elle n'en avait jamais eu pour lui.

— Il n'aime pas perdre ce qui lui appartient, poursuivit-elle. Et il me considérait comme l'une de ses possessions.

— Pourquoi l'as-tu quitté ? demanda Alex.

— Notre mariage s'était déroulé dans le château de ma famille, à Barra ; je n'avais donc aucune idée de ce qui m'attendait chez lui. (Glynis resta silencieuse pendant un long moment.) À notre arrivée, sa maîtresse était là pour l'accueillir, avec deux autres jeunes filles un peu trop chaleureuses. Magnus ne faisait aucun effort pour les cacher, et ne voyait aucune raison de le faire. Il laissait même sa maîtresse s'asseoir à ma place à table.

Par bien des aspects, cet homme semblait ressembler au père d'Alex. Mais, dans la guerre féroce qui opposait ses parents, sa mère luttait avec la même véhémence que son mari.

— Magnus est le pire des chefs, continua-t-elle d'une voix dure. Mon père commet parfois des erreurs de jugement, mais au moins essaie-t-il toujours d'agir pour le bien de son clan. Magnus, lui, fait systématiquement passer ses propres intérêts avant ceux de son clan.

Alex soupçonnait Glynis d'avoir quitté Magnus parce qu'elle ne le respectait pas.

— J'ai essayé de protéger les membres de son propre clan, mais je n'y suis pas parvenue. (Glynis essuya une larme avec un geste d'impatience.) Je l'ai vu assassiner un de ses hommes dans un accès de rage, et un autre qui n'avait pas apprécié l'intérêt que montrait Magnus envers sa fille.

Alex posa sa main sur sa joue.

— À Duart Castle, c'est contre toi que Magnus semblait en colère. Lui est-il arrivé de te faire du mal ?

— Non. Il savait que s'il osait il verrait arriver mon père avec ses galères de combat remplies d'hommes. Magnus n'avait pas envie de s'attirer des ennuis… Mais, ça, c'était avant que je le poignarde et le quitte.

En dépit de tous ses péchés, Alex avait fait quelque chose dont il pouvait être fier : il avait emmené Glynis suffisamment loin pour qu'elle n'ait plus rien à craindre de son ancien mari.

— En voilà assez de ces discussions sérieuses, dit Alex.

Il se pencha vers elle, les yeux brillants, et un sourire se dessina lentement sur son visage.

— Je ne sais pas si tu as la force de refaire l'amour avant le petit déjeuner, mais moi, oui.

Elle avait laissé Alex explorer son corps dans l'obscurité de la nuit, mais il faisait grand jour à présent.

— Ah ! je suis désolé, dit-il d'un air contrit. Tu as des courbatures à cause de moi ?

Elle en avait quelques-unes en effet, mais pas à ce point.

— Nous pourrions essayer de nouvelles choses, suggéra-t-il en la regardant avec une telle concupiscence que Glynis sentit son pouls palpiter.

— Je vais bien, dit-elle. Mais sa voix trahissait sa gêne.

— Alors qu'en dis-tu, Glynis ? Quitte à avoir commencé, autant ne pas faire les choses à moitié…

La respiration de Glynis s'accéléra quand il commença à caresser l'intérieur de sa cuisse.

— Quand tu te confesseras auprès d'un prêtre, ta pénitence sera la même, que tu aies péché deux fois ou vingt fois.

— Vingt fois ? s'écria-t-elle d'une voix stridente.

— As-tu changé d'avis ? demanda Alex, le visage soudain grave. Dis-moi si c'est le cas, et je te laisserai tranquille.

— Non, mais c'est juste que je ne m'attendais pas à ce que tu veuilles recommencer.

— Moi, ne pas vouloir recommencer ? dit-il en riant. (Il s'agenouilla et commença à détacher la couverture de l'arbre.) On étouffe ici.

Glynis observa les muscles de son dos se contracter tandis qu'il décrocha les coins. Il était non seulement capable de lui poser les questions les plus intimes comme s'il parlait de la pluie et du beau temps mais, en plus de cela, il n'était pas le moins du monde gêné par sa nudité. Cela dit, elle ne pouvait le blâmer, il était si magnifique.

La couverture tomba sur le sol et Alex se retourna vers elle, illuminé par les rayons du soleil. La lumière chaude éclairait ses muscles sculptés et se reflétait sur le duvet doré de son torse puissant. Glynis baissa les yeux et déglutit en constatant qu'il ne mentait pas en affirmant qu'il était de nouveau prêt à lui faire l'amour.

— Je t'en prie, laisse-moi te regarder, dit-il en tirant sur la couverture qu'elle tenait pour masquer sa poitrine.

Elle se rappela l'humiliation qu'elle ressentait quand Magnus se moquait de ses seins trop petits. C'était le moindre des péchés pour lequel il brûlerait en enfer, mais ce souvenir restait malgré tout douloureux.

— N'est-ce pas possible de le faire sans que tu me voies ? demanda-t-elle.

— Tu ne vas pas faire ta timide maintenant, si ? (Alex croisa les bras.) Si je ne peux pas te regarder, nous n'irons pas plus loin. Cela fait trop longtemps que j'attends ce moment.

— Tu te doutais depuis le début que nous coucherions ensemble ? demanda-t-elle, horrifiée.

— Absolument pas, répondit-il en souriant. Mais cela ne m'a pas empêché de t'imaginer nue.

— Ce n'est pas la même chose, répliqua-t-elle.

— Je t'ai vue la nuit dernière bien sûr, mais la lumière était très faible, dit-il en faisant la moue.

— Mes seins sont trop petits, lâcha-t-elle soudain, le visage brûlant.

— Qui est l'imbécile qui t'a dit cela ? (Il tira de nouveau sur la couverture.) Je t'en prie, Glynis. Je t'ai suffisamment caressée la nuit dernière pour avoir une bonne idée de l'aspect de tes seins. S'il te plaît.

Il ne faisait aucun doute qu'Alex allait la supplier jusqu'à ce qu'elle cède. Quand il essaya une nouvelle fois d'ôter la couverture, elle le laissa faire.

— Oh, mon imagination était bien loin de la réalité, dit-il. Tu es aussi belle que les selkies qui attirent les marins et provoquent leur mort.

Ses mots firent plaisir à Glynis mais accentuèrent encore son embarras.

— Alex, peux-tu t'allonger maintenant ?

Sans tenir compte de sa demande, il s'agenouilla à ses pieds et commença à couvrir de baisers ses orteils avant de remonter doucement, jusqu'à ce qu'il vienne chatouiller son genou de ses lèvres chaudes. Une vague de chaleur envahit le ventre de Glynis au fur et à mesure de son ascension vers sa cuisse, puis sa hanche. Lorsqu'il arriva au niveau de ses seins et les enveloppa de ses mains, elle respirait à peine.

— Ils sont parfaits, dit-il en la regardant avec intensité. Tout comme toi.

Dans la lumière du soleil qui les inondait, elle le vit titiller son téton durci avec sa langue. Il le prit dans sa bouche avec un grognement et elle ferma les yeux, s'abandonnant au tourbillon de volupté qui l'emportait.

Juste à l'instant où elle pensa qu'elle ne pouvait en supporter davantage, il remonta jusqu'à son épaule et fit glisser sa langue dans le creux de son cou puis vers son oreille. Lorsqu'il s'empara de nouveau de sa bouche, elle perdit définitivement pied.

Chaque caresse de ses mains puissantes sur sa peau effaçait un mauvais souvenir de Magnus. Elle voulait qu'Alex remplace toutes les horreurs et les humiliations qu'elle avait vécues avec son mari par de la volupté et de la joie. Oh, Dieu, elle avait tellement envie de lui. Elle entoura les hanches d'Alex de ses jambes, et l'attira vers elle.

— J'ai envie de prendre mon temps cette fois, lui murmura-t-il à l'oreille. Je vais m'assurer que tu ne m'oublies pas de sitôt, Glynis MacNeil.

C'est peu probable. Elle faillit se mettre à rire quand soudain, retenant sa respiration, elle sentit la main d'Alex entre ses jambes. Au départ, les sensations merveilleuses qu'il faisait naître en elle la vidèrent de ses forces. Puis, peu à peu, le plaisir se transforma en une tension qui monta en elle si bien qu'elle eut vite l'impression qu'elle allait éclater en mille morceaux.

— S'il te plaît, Alex, s'il te plaît, dit-elle en le tirant par les épaules.

Il resta encore un moment au-dessus d'elle à la tourmenter et à l'embrasser passionnément, puis il finit par capituler. Un gémissement aigu s'échappa de la gorge de Glynis quand enfin il se glissa en elle. *Enfin.*

Alex semblait savoir comment la tenir en haleine. Il se mouvait profondément en elle, mais si lentement qu'elle avait envie de lui marteler le torse de ses poings.

— Plus fort, dit-elle en se retenant de crier. Plus fort.

— Promets-moi que tu ne m'oublieras pas, dit-il en s'enfonçant en elle. Promets-le moi.

— Je te le promets, dit-elle d'une voix entrecoupée. Je n'oublierai pas.

Pas tant que son cœur continuerait de battre.

Glynis sut qu'il avait perdu le contrôle, car une certaine sauvagerie avait remplacé ses mouvements experts. Il n'était plus que désir et besoin, habité par la même joie qu'elle. Ils jouirent en même temps dans une explosion intense de plaisir et d'émotions.

Mais après, alors qu'elle était étendue près de lui, les yeux tournés vers le ciel azur au-dessus d'elle, la joie immense qu'elle ressentait s'évanouit peu à peu. Elle prit conscience qu'Alex MacDonald pourrait la blesser d'une tout autre manière que Magnus. Elle n'avait jamais eu la moindre affection pour Magnus. Elle le méprisait. Avant même la fin de leur nuit de noces, elle lui avait fermé son cœur à tout jamais.

Mais, avec Alex, c'était différent. Il lui faudrait surveiller son cœur de près et en tenir cet homme à distance. Il n'avait pas l'intention de le lui prendre, pas plus qu'elle n'avait l'intention de le lui donner. Mais, à chaque clin d'œil et à chaque sourire qu'il lui adressait, il lui en volait un morceau. Et, quand il lui faisait l'amour, il le tenait entre ses mains.

Chapitre 16

Alex ne pouvait se faire confiance en présence de cette femme. Il éprouvait trop de sentiments. Trop d'envies. Il ne se reconnaissait plus.

Après plusieurs jours passés à lui faire l'amour matin, midi et soir, son désir pour elle était toujours intact. Dans son immense orgueil, Alex avait eu l'intention d'illuminer les nuits de Glynis en lui procurant un plaisir intense, afin qu'elle ne l'oublie pas. Mais, à chacune de leurs étreintes passionnées, il était aussi stupéfié que la première fois.

Alors qu'il observait les premières lueurs du jour prendre peu à peu possession des collines et éclairer d'une douce lumière le visage endormi de Glynis, les paroles de son père résonnèrent dans sa tête :

« Méfie-toi d'une femme capable de toucher ton cœur, car elle te rendra malheureux. »

« Ge milis am fìon, tha e searbh ri dhìol. »

« Le vin est doux, mais les lendemains amers. »

Et pourquoi tenait-il tant à ce qu'elle se souvienne de lui ? Cela ne l'avait jamais préoccupé par le passé. Bien au contraire, il espérait que les femmes qui avaient partagé sa couche l'oublient et le laissent en paix une fois qu'il en avait terminé avec elles. Mais Glynis ne ressemblait en rien à ces amantes faciles et rieuses, à la sensualité à fleur de peau, qu'il avait coutume de fréquenter.

Elle faisait partie de ces femmes contre lesquelles son père l'avait mis en garde.

C'était une chance pour tous les deux que Glynis soit stérile, car il perdait la raison lorsqu'il était avec elle. Il lui avait déclaré qu'il était toujours prudent, et pourtant il ne cessait d'oublier de se retirer le moment venu. À vrai dire, il n'y pensait même jamais. Il devait absolument se reprendre en main.

Quand Glynis ouvrit les yeux et lui sourit, il se sentait si oppressé qu'il avait du mal à respirer.

— Nous allons devoir accélérer la cadence, sinon j'arriverai trop tard à Édimbourg, dit Alex, qui se moquait bien de ne pas y être à temps pour voir Sabine.

Repoussant les couvertures chaudes, il se leva et s'habilla à la hâte. Il n'avait pourtant pas pour habitude de paniquer et de fuir les problèmes, mais il était impatient de se remettre en route.

— Il faut que j'aille vérifier les pièges que j'ai installés hier soir avant notre départ, dit-il en attachant sa claymore à sa ceinture.

Le bois où ils avaient dormi se trouvait largement en contrebas du chemin, Glynis ne devrait donc courir aucun danger. Alex avait besoin de se retrouver seul un moment pour y voir plus clair.

— Pendant ce temps, je rangerai les affaires, dit Glynis avec une pointe de douleur dans la voix.

— Sois prudente et ne t'éloigne pas du campement. (Il s'accroupit près d'elle et lui caressa la joue.) Ne va pas là où tu pourrais être vue du chemin.

En contemplant son visage, ses grands yeux sérieux et ses adorables petites taches de rousseur sur le nez, Alex prit conscience qu'il avait dépravé une jeune fille innocente. C'était peut-être elle qui le lui avait demandé, mais ce n'était pas une excuse.

Il avait commis une grave erreur.

Glynis roula les couvertures en inspirant profondément. Elle aurait dû s'attendre à ce qu'il se lasse rapidement d'elle. Elle commença à seller Belle-Rose puis, s'arrêtant un instant, elle posa sa tête sur l'encolure de la jument. Elle était tentée de tenir Alex pour responsable de la douleur qui montait dans sa poitrine, mais elle savait qu'il avait essayé de la prévenir qu'elle serait incapable de prendre leur relation à la légère. Elle serra les poings et songea qu'une fois à Édimbourg elle ferait tout pour oublier Alex MacDonald.

Puisque Alex était si pressé d'arriver là-bas, elle n'allait pas attendre qu'il revienne pour abreuver leurs montures. Le sentier qui menait au petit loch où ils les avaient emmenées la veille au soir était un peu plus long que dans son souvenir, mais il était bien dissimulé par les arbres.

Après avoir fait boire les chevaux, elle les attacha au bord de la clairière voisine pour qu'ils puissent paître. Puis elle retira ses chaussures et pénétra dans l'eau. Fermant les yeux, elle pencha la tête en arrière et se laissa pénétrer par la lumière du soleil. Elle respira profondément, jusqu'à ce qu'elle se sente apaisée.

Mais, brusquement, une sensation de malaise s'empara d'elle et elle ouvrit les yeux.

Lorsqu'elle se retourna, son cœur fit un bond dans sa poitrine. Au-dessus de la cime des arbres, elle aperçut un homme sur le chemin. Il était trop loin pour qu'elle puisse savoir s'il l'avait vue également.

Retenant son souffle, Glynis s'efforça de sortir lentement de l'eau pour ne pas attirer son attention. Quand elle arriva au niveau des arbres, elle s'arrêta et tendit l'oreille. Mais elle n'entendit que le pépiement des oiseaux et le bruissement des feuilles.

Elle se tapit derrière un épais buisson et attendit, le cœur battant à tout rompre. L'homme allait-il partir à sa recherche ? *Mon Dieu, je vous en supplie, faites qu'Alex revienne vite !*

Glynis avait oublié les chevaux, quand un hennissement sonore se fit entendre. Elle se coucha sur le sol pour essayer d'apercevoir la clairière où elle les avait laissés.

— Satanée bête ! (Un grand guerrier avec une claymore dans le dos essayait de s'emparer de la longe de Belle-Rose, qui s'ébrouait et piaffait furieusement.) Je vais te montrer qui commande !

Horrifiée, Glynis vit l'homme commencer à donner de violents coups de badine sur l'encolure de la bête. Bouton-d'Or se mit alors à se cabrer violemment à son tour et à tirer sur sa longe.

Elle ne pouvait rester les bras croisés. Le guerrier était seul, et elle avait l'avantage de la surprise.

Elle ramassa un gros bâton par terre. Il lui fallait agir tant que l'homme lui tournait le dos. Malgré tout, elle hésitait, espérant toujours qu'Alex allait surgir des arbres.

Mais les hennissements désespérés des chevaux résonnaient comme des cris à ses oreilles et lui devenaient insupportables. Levant son bâton par-dessus sa tête avec les deux mains, elle courut vers l'homme.

Argh! Elle l'abattit de toutes ses forces sur l'arrière de sa tête. Le bâton heurta son crâne avec un bruit sourd et écœurant, et l'homme s'effondra sur le sol. Oh Dieu! l'avait-elle tué?

— Chhhhhh.

Elle s'efforça d'apaiser les chevaux, mais ils avaient les yeux exorbités. Glynis sentit un frisson lui parcourir l'échine, et comprit soudain pourquoi les chevaux ne parvenaient pas à se calmer.

Se retournant, elle poussa un cri et dégaina son dirk. Six guerriers venaient de pénétrer dans la petite clairière.

— Restez où vous êtes!

Elle se plaça devant les chevaux, le bâton ensanglanté dans une main et sa dague dans l'autre, et observa les guerriers l'un après l'autre. Dieu, non. Elle reconnaissait ces hommes. Il faisait partie de la garde personnelle de Magnus.

— Cela fait des jours que nous sommes à votre recherche.

Celui qui avait pris la parole se prénommait Fingall ; c'était un homme édenté à la carrure impressionnante, connu pour terroriser les plus faibles dans son clan.

— Magnus a envoyé des hommes dans toutes les directions, poursuivit-il. Nous avons eu la chance de tomber sur des pêcheurs de Campbell qui vous avaient vue.

— Nous commencions à nous demander s'ils ne nous avaient pas menti en nous indiquant le chemin que vous aviez emprunté, intervint l'un des autres hommes. Mais il nous était impossible de faire demi-tour pour les interroger de nouveau, puisque nous les avions tous tués !

Tous les hommes s'esclaffèrent.

— Vous avez assassiné des pêcheurs sans défense et vous prétendez être des guerriers ? dit Glynis. Vous me dégoûtez !

— Vous avez toujours eu une langue acérée, dit Fingall. Mais plus pour longtemps.

Il la désigna d'un geste, et les autres hommes commencèrent à marcher dans sa direction. Derrière elle, les chevaux recommençaient à se cabrer en hennissant.

— Magnus nous a seulement ordonné de vous ramener vivante, ajouta Fingall. Nous allons donc pouvoir nous amuser un peu avec vous sur le chemin du retour.

Alex sifflotait en descendant la colline à travers les herbes hautes et humides. Glynis n'était peut-être pas comme les autres femmes, mais pour lui elle représentait simplement une aventure de plus. Une petite promenade en solitaire avait suffi pour qu'il se rende compte que cette histoire avait pris de trop grandes proportions dans son esprit. Or, quand il s'agissait de femmes, mieux valait ne pas trop réfléchir.

Soudain, l'écho d'un cri résonna à ses oreilles, le glaçant jusqu'au sang.

Glynis.

Alex partit en courant vers le campement, en proie à une peur panique. Glynis avait disparu. Sans s'arrêter, il continua de courir en direction de la voix.

— Alex !

Cette fois, Glynis cria son nom.

Il se précipita sur le sentier qui menait au lac. Puis, dégainant sa claymore, il traversa les arbres aux branches tombantes et se retrouva dans la clairière.

En un instant, il enregistra les détails de la scène qui se jouait devant ses yeux. Glynis, son dirk dans une main et un bâton dans l'autre. À ses pieds, un corps. Six guerriers armés en demi-cercle devant elle. Les hommes l'avaient fait reculer jusque devant les chevaux, qui se cabraient dangereusement près d'elle.

Alex lâcha un hurlement pour attirer leur attention et fonça droit sur le groupe d'hommes. Sautant par-dessus un tronc d'arbre, il lança son premier dirk. L'homme qui se tenait le plus près de Glynis le reçut en plein cœur et s'écroula. Quelques instants plus tard, un deuxième guerrier s'effondra alors qu'il s'approchait de Glynis, touché à la gorge par le deuxième dirk d'Alex.

Il en restait quatre. Alex abattit sa claymore sur celui qui brandissait une hache. Voyant que Belle-Rose se cabrait, il en profita pour précipiter un des assaillants sous ses sabots. Mu par une colère noire, il passa son épée au travers du corps d'un autre homme.

— Éloigne-toi des chevaux, tu vas te faire piétiner! cria-t-il à Glynis tandis que le dernier guerrier arrivait sur lui.

Se baissant pour esquiver son épée, Alex tira alors une troisième dague de sa botte et la planta dans la poitrine de l'homme en se relevant.

Le dernier attaquant était à terre. Alex s'arrêta, hors d'haleine.

Mais Glynis poussa soudain un nouveau cri. Alex se retourna et vit que l'homme qu'il avait cru mort en arrivant s'était relevé et s'avançait en chancelant vers Glynis, du sang s'écoulant de sa blessure à la tête. Elle donna un coup de dague, mais trop tôt.

Alex se mit à courir vers eux à toute vitesse. L'homme blessé neutralisa le bras armé de Glynis mais, avant qu'il ait le temps de se servir d'elle comme d'un bouclier, Alex embrocha le misérable avec sa claymore. Puis, après avoir libéré le poignet de Glynis des doigts du moribond, il la serra dans ses bras.

— Tu n'as rien? demanda-t-il enfin quand il réussit à parler.

— Ça va, dit Glynis, blottie contre son épaule. C'étaient des hommes de Magnus.

Que Dieu me pardonne ! Il n'aurait jamais dû la laisser seule.

— Je suis désolée, dit-elle d'une voix tremblante. Je ne me suis pas rendu compte que je pouvais être vue du loch.

— C'est ma faute. Je n'aurais jamais dû t'emmener.

Alex était tellement habitué à ce genre de dangers qu'il n'avait pas pensé à quel point il était stupide de voyager seul avec une femme jusqu'à Édimbourg.

— Je me suis cachée, dit-elle, mais, quand j'ai vu que l'un des hommes brutalisait les chevaux, je suis sortie.

— *O shluagh !* s'exclama-t-il, invoquant les fées. Tu as risqué ta vie pour les chevaux ?

— Il était en train de fouetter Belle-Rose. (Glynis se recula et le regarda avec de grands yeux.) Au début, je n'avais vu qu'un seul des hommes, et je savais que tu n'étais pas loin. Dès que j'ai aperçu les autres, je t'ai appelé à l'aide.

— Et si je n'étais pas arrivé à temps ?

L'un de ces hommes aurait pu lui trancher la gorge en deux temps trois mouvements ou abuser d'elle par terre dans la clairière.

— Tu t'es mise en danger toute seule, Glynis.

Il était furieux contre elle. Et, en même temps, il avait tellement envie d'elle qu'il en avait mal.

Le coteau était recouvert de fleurs des champs, et on y apercevait ici et là quelques moutons qui broutaient.

— Je croyais que tu t'étais lassé de moi, avoua Glynis avec sa franchise habituelle, étendue dans ses bras.

Après l'attaque, Alex avait emmené Glynis au sommet de la colline la plus haute, d'où il pouvait surveiller à des lieues alentour. Après s'être assuré que personne ne pourrait les surprendre, il lui avait fait l'amour d'abord avec frénésie, puis une deuxième fois en prenant plus son temps.

— La vérité est que je ne suis jamais rassasié de toi, dit Alex en passant son pouce sur les lèvres de Glynis.

Il était inutile de prétendre qu'il pouvait lui résister. Dans quelques jours, ils seraient à Édimbourg et leur histoire prendrait fin. Pourquoi se priver en attendant ?

Alex remarqua que le soleil était déjà haut dans le ciel. Il savait qu'ils auraient déjà dû être en route. Mais, ici, il pouvait respirer le parfum de ses cheveux et sentir sa peau soyeuse sous ses doigts. Savourant le moment, il observa deux faucons s'élever et descendre en flèche dans le ciel radieux, tout en discutant avec Glynis de la rébellion, du nouveau régent, et de tout ce qui leur passait par la tête.

Quand Glynis se serra contre lui, Alex lâcha un profond soupir et ferma les yeux. Bonté divine ! il avait encore envie d'elle. Il était évident que cela ne pouvait continuer ainsi. Son désir pour elle finirait par s'atténuer, comme cela avait toujours été le cas avec les autres femmes.

En attendant, comme à son habitude, il profiterait de l'instant présent. Quand il leva le menton de

Glynis pour l'embrasser, elle chercha son regard de ses yeux gris, comme si elle essayait de voir dans son cœur.

Mais le cœur du pécheur était enfoui beaucoup trop profondément pour qu'elle le trouve.

Chapitre 17

Édimbourg

Accrochée au bras d'Alex, Glynis montait avec lui la grand-rue pavée en plein cœur de la ville, étourdie par le tintement des cloches et le bruit de ferraille des charrettes. Édimbourg était une ruche bourdonnante, grouillant de gens qui transportaient des marchandises à travers les rues bondées.

À l'inverse des Lowlanders qui s'affairaient dans tous les sens, Glynis avait l'impression d'avoir des fers aux pieds. Dès qu'elle et Alex auraient trouvé la maison de la famille de sa mère, leurs routes se sépareraient. Elle s'efforça de se convaincre que la peur qu'elle ressentait à l'idée qu'il la quitte était simplement due à toutes les incertitudes que l'avenir lui réservait. Mais le mensonge n'avait jamais été son fort.

La grand-rue, véritable colonne vertébrale de la ville, s'étendait du nord au sud. Entre les bâtiments, Glynis pouvait entrevoir une forteresse colossale surplombant la ville, perchée sur un rocher noir.

— C'est le château d'Édimbourg, dit Alex en suivant son regard.

— Est-ce là que tu vas retrouver le régent et ta comtesse ? demanda-t-elle.

— Ce n'est pas ma comtesse, rétorqua Alex d'un ton brusque.

Glynis se demanda néanmoins ce que cette femme française pouvait avoir de spécial pour réussir à faire venir Alex jusqu'à Édimbourg.

— La famille royale estime que le vent et le froid sont trop vifs là-haut, expliqua Alex en désignant le château d'un signe de tête. Ils préfèrent le confort du palais de Holyrood, qui se trouve derrière nous, à l'autre bout de la ville. C'est là que je pense trouver le régent. Et la comtesse.

— N'est-il pas bien inutile d'avoir deux châteaux dans une même ville ?

— Je crains qu'être raisonnable ne fasse pas partie des exigences de la famille royale, dit Alex en exerçant une petite pression sur son bras. Mais, si les Anglais attaquent, ils s'empresseront de monter au château d'Édimbourg, car c'est une forteresse imprenable. Mieux vaut ne pas y être fait prisonnier.

— Est-ce là qu'ils détiennent Donald Dubh MacDonald ? demanda-t-elle.

Donald Dubh était le véritable héritier du Seigneur des Îles. Enfant, il avait été enlevé par les Campbell, la famille de sa mère. Il était parvenu à leur échapper et à unifier les clans derrière lui pour mener une grande rébellion.

— Oui, Donald Dubh est enfermé dans le château d'Édimbourg depuis qu'ils l'ont fait prisonnier il y a dix ans de cela, répondit Alex. S'il existait un moyen de le libérer, que ce soit par la force ou par la ruse, les rebelles l'auraient fait depuis longtemps.

Comme ces conversations avec Alex et ses histoires allaient lui manquer. Le soir, quand elle reposait dans ses bras après une étreinte passionnée, il lui racontait des légendes enchanteresses pendant des heures. Elle s'endormait au son de sa voix et se réveillait près de lui. Ces souvenirs lui firent monter les larmes aux yeux.

— Quelle est cette odeur pestilentielle ? demanda Glynis en s'essuyant les yeux avec sa manche. Cela sent tellement mauvais que mes yeux en pleurent.

— C'est la promiscuité, dit Alex en montrant du doigt l'une des nombreuses ruelles étroites qui partaient de la grand-rue. Ces bâtiments sont hauts de dix ou douze étages dans ces petits passages. Les habitants y jettent leurs ordures par la porte ou les fenêtres, et elles s'écoulent alors jusqu'au loch en contrebas. Mais il n'est pas relié à la mer, donc les immondices de la ville y stagnent.

— C'est dégoûtant, dit-elle en fronçant le nez.

— Cela l'est moins pour les gens aisés qui habitent près de la grand-rue, loin du loch. (Alex arrêta un instant son explication pour l'aider à contourner un homme qui portait des miches de pain fumant sur sa tête.) Dans les ruelles plus basses, les plus riches habitent les étages supérieurs, et les plus pauvres les étages inférieurs. Quant à ceux qui sont vraiment dans la misère, ils vivent au rez-de-chaussée en bas de la colline, près du loch.

— Comment font-ils pour survivre ?

— S'ils sont nés là-bas, je suppose qu'ils y sont simplement habitués, répondit-il, de même que nous autres habitants des îles sommes habitués au bruit de la mer et au souffle du vent sur nos visages.

— Vas-tu rester longtemps en ville ? ne put-elle s'empêcher de demander.

— Deux ou trois jours. Juste le temps qu'il faudra pour obtenir une audience avec le régent.

Heureusement qu'Alex ne s'attardait pas plus longtemps. Sinon, elle songea qu'elle se serait peut-être comportée comme une de ces femmes qu'il avait quittées mais qui n'arrivaient pas à l'accepter. Elle aurait été assez faible pour le guetter, espérant le croiser dans les endroits les plus improbables. Et, pire encore, elle aurait prié pour qu'il se rende compte qu'elle lui manquait et qu'il parte à sa recherche.

Quelles pensées stupides ! Même si Alex restait ici, elle ne pourrait jamais prendre le risque de continuer leur liaison. Elle s'était autorisé cette unique folie avant de commencer sa vie de vieille fille.

— Voici la cathédrale Saint-Gilles, dit Alex lorsqu'ils arrivèrent près d'une imposante église au milieu d'une place.

Alex s'était renseigné sur la famille de Glynis dans la taverne où il avait laissé les chevaux, à l'entrée de la ville. Le tavernier leur avait appris que l'oncle de Glynis, le prêtre, était rattaché à la cathédrale Saint-Gilles, et qu'il habitait non loin de l'église avec sa sœur.

Alex lança une piécette à un garçon crasseux qui mendiait en face de l'église.

— Où puis-je trouver la famille Hume ?

Alex s'était adressé au mendiant en dialecte des Lowlands, un écossais que Glynis ne comprenait que s'il était parlé doucement. Elle ne saisit pas toute la réponse du garçon, mais il montra du doigt la porte derrière lui.

— Il dit qu'ils habitent la maison avec la porte rouge, juste là, dit Alex.

Ils empruntèrent la ruelle étroite, et Glynis resserra son étreinte autour du bras d'Alex. Les bâtiments se dressaient si haut de chaque côté du passage que seul un éclat de ciel restait visible.

— Ils ne peuvent pas voir le temps qu'il va faire, s'étonna-t-elle.

— Ils n'ont sans doute pas besoin de le savoir, puisque ce ne sont ni des paysans ni des marins.

Ils arrivèrent devant une porte rouge et massive. Alex se tourna vers Glynis et lui prit les mains.

— Tu es sûre que tu veux y aller ? demanda-t-il.

À la vérité, elle était terrifiée. Mais que pouvait-elle faire d'autre, à présent qu'elle avait traversé toute l'Écosse pour venir jusqu'ici ? Revenir en rampant chez elle, couverte d'une honte plus grande encore que lorsqu'elle avait quitté Magnus ?

Quand elle parvint enfin à hocher la tête, elle aperçut une lueur indéfinissable dans le regard d'Alex. Était-ce de l'inquiétude ? des regrets ? Avant qu'elle ait le temps de s'appesantir sur cette question, il laissa retomber ses mains et frappa à la porte.

Sans raison apparente, Alex n'était pas tranquille dans cette maison.

À l'évidence, elle appartenait à une famille aisée, et la servante qui leur ouvrit la porte était soignée et polie. Une fois qu'Alex lui eut exposé la raison de leur venue, elle les conduisit à l'étage dans un petit salon richement meublé et décoré.

Pendant qu'ils attendaient que la servante annonce leur présence, Alex observa Glynis. Elle était blanche comme un linge.

Il se retourna lorsqu'une femme d'âge moyen pénétra dans la pièce. Avec son visage jovial et ses rondeurs, elle paraissait faire partie de ces personnes qu'il était impossible de ne pas aimer. À peine eut-elle franchi le seuil de la porte qu'elle s'immobilisa, les yeux rivés sur Glynis.

— Je n'ai pas cru Bessie quand elle me l'a dit, déclara-t-elle en portant sa main potelée à son cœur. Mais tu ressembles tellement à ma petite sœur que j'ai l'impression de voir son fantôme.

Elle traversa la chambre pour venir serrer sa nièce dans ses bras. Alex ne put s'empêcher de remarquer le contraste entre la silhouette de la tante, petite et ronde, et celle de Glynis, gracieuse et élancée. Il réprima un sourire en repensant à ses mains sur son corps dénudé.

— Je suis ta tante Peg, dit la femme en se tamponnant les yeux. Mon mari, Henry, sera enchanté de faire ta connaissance. Et je vais envoyer quelqu'un prévenir ton oncle à la cathédrale Saint-Gilles. Après toutes ces années, pouvoir enfin poser les yeux sur l'enfant de ma sœur…

La tante de Glynis ne cessait de jacasser, mais Alex vit qu'elle ne représentait aucun danger pour Glynis.

— Ce beau jeune homme est-il ton mari ? demanda Peg en se tournant vers Alex avec des yeux pétillants.

— Non, répondit Glynis précipitamment. Voici Alexander MacDonald. Il… il m'a escortée jusqu'ici avec tout un groupe, dont plusieurs femmes.

— Alors où est ton mari ? demanda Peg. Tu es certainement en âge d'en avoir un.

— J'ai été marié, dit Glynis, mais…

— Oh ! ma pauvre chérie, tu es veuve, s'écria Peg d'un air plein de compassion.

Glynis jeta un coup d'œil désespéré à Alex, qui lui fit comprendre d'un signe de tête que son secret était à l'abri avec lui.

— J'ai l'impression que l'on prendra bien soin de toi ici, dit Alex, ce qui lui valut un grand sourire de la tante de Glynis. Avec votre permission, je vais à présent prendre congé.

Il s'avança devant Glynis et lui prit les mains. Il ne pouvait rien faire de plus pour elle, pourtant il éprouvait un sentiment de malaise à l'idée de la laisser.

Malgré la panique qui se lisait dans les yeux de Glynis, Alex savait qu'elle saurait se débrouiller. C'était la femme la plus débrouillarde et la plus déterminée qu'il ait jamais rencontrée. Une jeune fille capable de planter sa dague dans un guerrier des Highlands et de convaincre un autre de lui faire traverser l'Écosse n'aurait aucun mal à vivre avec cette gentille tante. Il ne lui faudrait pas plus d'une semaine pour diriger cette maison comme bon lui semblerait. Et les Hume ne pourraient que mieux s'en porter.

Quoi que Glynis puisse en penser à présent, Alex était certain qu'elle finirait par se remarier. Tout homme qui désirait trouver une épouse serait un imbécile de la laisser filer. La prochaine fois qu'Alex la verrait – si ce moment arrivait un jour –, elle appartiendrait à un autre homme.

— Je te souhaite beaucoup de bonheur, Glynis, dit-il en lui serrant les mains. Tu le mérites.

— Toi aussi, répondit-elle dans un murmure à peine perceptible.

Il n'était pas convenable d'embrasser Glynis sur la joue car ils n'étaient pas de la même famille. Mais depuis quand se préoccupait-il de la bienséance ? Il prit son visage dans ses mains et pressa ses lèvres contre la peau si soyeuse de sa joue, pour la dernière fois. Malgré l'air nauséabond de la ville, ses cheveux embaumaient toujours les aiguilles de pin sur lesquelles ils avaient dormi la veille.

— Ma couche va me paraître bien vide sans toi, murmura-t-il à son oreille pour la faire rougir.

Mais ce n'était pas uniquement ce qui lui manquerait. Pour la première fois de sa vie, Alex n'était pas loin de se ridiculiser à cause d'une femme.

Il s'échappait juste à temps.

Chapitre 18

Après être passé voir si Belle-Rose et Bouton-d'Or allaient bien, Alex prit un bain à la taverne. Une heure plus tard, il était en route vers le palais de Holyrood. Il s'efforça de ne plus penser à Glynis pour se concentrer sur sa rencontre avec le régent. Mais il ne se sentait pas tranquille, comme s'il avait laissé Glynis entre les mains d'une bande de pirates et non entre celles de son adorable tante.

Heureusement, c'était lorsque Alex agissait selon son intuition que les choses se passaient le mieux. Si Connor avait souhaité quelqu'un qui planifiait tout à l'avance comme lors d'une partie d'échecs, il aurait envoyé Ian ou serait venu lui-même. L'objectif d'Alex était clair : rassurer la couronne en lui donnant la garantie que son clan ne soutenait pas l'insurrection, tout en évitant de s'engager d'une quelconque manière à combattre les rebelles.

Il lui faudrait ensuite retrouver Sabine, même si son cadeau, quel qu'il soit, ne l'intéressait plus le moins du monde. Il était néanmoins stupide de sa part d'arriver à Édimbourg le dernier jour de juillet car il risquait de la manquer. Alex avait ralenti leur rythme pour pouvoir passer quelques nuits de plus auprès de Glynis.

Bon sang ! il ne se reconnaissait plus. Voilà qu'il était de mauvaise humeur, car Glynis l'avait laissé partir sans rien dire. Mais à quoi s'attendait-il ? À ce qu'elle fonde en larmes et le supplie de rester ? Cela n'avait aucun sens.

Les gardes qui se tenaient devant les grilles du palais étaient des MacKenzie. Aucune querelle n'opposait leur clan à celui des MacDonald, aussi le laissèrent-ils passer sans difficulté. À l'entrée du palais, Alex découvrit que la cour écossaise était gardée par des Français. Il en fut ennuyé, même s'il aurait dû s'y attendre. Le nouveau régent n'avait passé que peu de temps en Écosse, et ne parlait ni l'écossais ni le gaélique. D'après le tavernier, il avait fait venir de France une grande partie de son entourage, et même des jongleurs, pour l'amour du ciel !

— Vos armes, ordonna l'un des gardes en français.

Tout en se défaisant de sa claymore, Alex passa en revue la grande salle remplie de monde. Dans sa lettre, Sabine avait mentionné que d'Arcy, un aristocrate français au côté duquel Alex avait combattu en France, se trouvait à Édimbourg avec le contingent français. D'Arcy et Sabine étaient tous deux des proches du régent, et Alex espérait bénéficier des conseils de l'un ou l'autre avant son audience.

— Celles-là aussi, dit le garde en pointant du doigt les dirks accrochés à la ceinture d'Alex.

Alex les retira sans protester pour qu'on le laisse entrer dans le palais.

— Qui êtes-vous et pourquoi êtes-vous ici ? demanda l'un des gardes.

— Je suis Alexander MacDonald de Sleat.

Avant qu'il ait pu expliquer la raison de sa présence, les gardes se mirent à crier en français :

— *C'est un MacDonald ! C'est un rebelle !* *

En un clin d'œil, Alex se retrouva encerclé par une vingtaine de gardes prêts à l'attaque.

O shluagh ! Alex envisagea l'espace d'un instant de se battre, mais se dit qu'il ne rendrait certainement pas service à son clan en tuant des gardes du régent dans l'enceinte même du palais royal. On ne pouvait cependant pas reprocher à un homme de vouloir se défendre en donnant quelques coups de poing.

En entendant les hurlements excités des gardes qui le traînaient dans l'escalier, Alex comprit qu'ils le prenaient pour Alexander MacDonald de Dunivaig et des Glens, l'un des chefs rebelles. Ils ne semblaient pas être au courant que la moitié des guerriers des Hébrides extérieures portaient le nom d'Alexander MacDonald, en hommage à d'anciens Seigneurs des Îles.

Alex songea qu'il allait sans doute obtenir son audience avec le régent plus tôt que prévu.

Les gardes le firent franchir une porte battante qui menait dans un petit salon rose à la décoration élaborée. À l'intérieur, des courtisans et des femmes vêtues de soie entouraient un homme assis dans un imposant fauteuil. Celui-ci avait la barbe et les yeux

---

* En français dans le texte.

bleus perçants des Stuart et devait être John, le duc d'Albany, actuel régent et troisième successeur du roi après les deux enfants de celui-ci.

Les deux gardes qui tenaient Alex par les bras voulurent le jeter aux pieds du régent, mais Alex les assomma en les cognant l'un contre l'autre et les laissa s'écrouler. Il lança alors un regard furieux aux autres gardes, puis s'agenouilla.

— Votre Grâce, dit Alex en français. Vos hommes m'ont confondu avec un des chefs rebelles. Ces imbéciles ne savent pas faire la différence entre deux clans MacDonald.

Le duc d'Albany haussa les sourcils. Était-ce une réaction d'admiration devant son français parfait ou bien de surprise face à la manière dont il avait traité ses gardes ? Alex l'ignorait, mais peu lui importait.

— Et de quel clan MacDonald fais-tu donc partie ?

— Je suis Alexander MacDonald de Sleat. Et, si je puis me permettre un conseil, vous devriez remplacer vos gardes français par des hommes capables de distinguer vos ennemis de vos amis.

— Ce n'est pas chose aisée, même pour quelqu'un capable de reconnaître les différents MacDonald, répliqua le régent en joignant les mains et en lançant un regard noir à Alex.

Touché.

— Vous nous pardonnerez notre vigilance, poursuivit Albany. Un groupe de guerriers MacIain vient de nous signaler que les rebelles avaient assiégé Mingary Castle et dévasté les terres environnantes.

— Mon clan n'a rien à voir avec cette attaque, dit Alex.

— Je préférerais entendre cela de la bouche de ton chef. (Le duc se leva et commença à marcher de long en large sous le nez d'Alex.) Je suppose qu'il est ici avec toi à Édimbourg, comme je le lui ai ordonné ?

— Je suis son cousin, et je suis venu en son nom pour vous apporter la certitude que…

— Tu ne m'apportes aucune certitude. (Le régent s'arrêta pour fixer ses yeux bleus pénétrants sur Alex.) J'ai convoqué ton chef, et non son cousin.

— Il serait venu lui-même s'il en avait eu la possibilité. Il a cependant été gravement blessé lorsqu'il est devenu chef, et il n'est pas encore complètement rétabli, expliqua Alex, sachant qu'une demi-vérité était toujours plus crédible qu'un mensonge inventé de toutes pièces.

— Ou peut-être est-il en train d'assiéger Mingary Castle avec les rebelles. (Le visage du duc d'Albany s'empourprait de plus en plus.) Je ne le tolérerai pas ! Je peux te le promettre, tous les clans des Hébrides extérieures finiront par se soumettre.

— Mon clan n'est ni en conflit avec la couronne, ni avec les MacIain, déclara Alex, regrettant de ne pas être arrivé avant que la nouvelle de la dernière attaque des rebelles ne parvienne aux oreilles du duc.

— Donne-m'en une preuve, dit le régent, les yeux rétrécis par la colère.

— Si mon clan participait à l'attaque, je combattrais aux côtés de nos guerriers, rétorqua Alex en ouvrant les bras. Or, comme vous pouvez le constater, je suis là.

— Pendant que ton chef est à Mingary avec trois cents traîtres païens, en train de se livrer au viol et au pillage ! hurla Albany.

— Nous ne tolérons pas le viol, répliqua Alex, outré.

En revanche, se faire traiter de traître païen ne le dérangeait pas outre mesure. Avant toute chose, les Highlanders étaient loyaux envers leur clan et, sans être de plus mauvais chrétiens que les autres, ils ne laissaient pas la religion empiéter sur leurs traditions ancestrales plus que nécessaire.

— Si tu dis vrai et que ton clan n'a pas rejoint les rangs des rebelles, j'attends de ton chef qu'il envoie des guerriers au plus vite pour les combattre.

— Il le fera dès qu'il pourra renoncer à ses hommes, dit Alex. Pour le moment, mon chef a besoin d'eux pour protéger notre clan contre les MacLeod, qui ont déjà mis la main sur certaines de nos terres, et contre les pirates, dont les attaques dans les Hébrides extérieures sont incessantes. Vous voyez, Votre Grâce, que de nous deux vous n'êtes pas forcément celui qui a le plus besoin d'aide.

À en juger par l'expression furieuse du régent, la remarque d'Alex n'était absolument pas de son goût.

— Peut-être les MacDonald de Sleat ont-ils tout simplement besoin d'un chef prêt à se battre pour la couronne, dit-il froidement. On m'a rapporté que Hugh MacDonald soutiendrait notre cause s'il devenait chef.

Alex parvenait d'ordinaire à garder son sang-froid, mais il sentit la colère monter en lui en comprenant la menace voilée du régent : il envisageait de soutenir Hugh pour qu'il prenne la place de Connor.

— Nous l'appelons Hugh Dubh, Hugh le Noir, en raison de la noirceur de son âme. C'est un pirate qui sème la terreur parmi les innocents, et vous feriez une grossière erreur en lui accordant votre confiance.

Les courtisans qui suivaient la conservation retenaient leur souffle.

— Je ferai tout ce qui est en mon pouvoir pour mater cette rébellion. (Le régent parlait d'une voix plus calme à présent, mais il serrait les poings avec une telle force que ses articulations étaient blanches.) Dis-moi, ton chef a-t-il un fils ou un frère ?

— Son frère est mort et il n'a pas encore de fils.

Une sensation de malaise s'empara d'Alex.

— Tu es donc son parent le plus proche ?

— Après sa sœur en Irlande, je dirais que oui, répondit Alex.

— Nous devrons donc nous satisfaire de toi comme otage, déclara le régent. Jusqu'à ce que ton chef envoie ses guerriers combattre les rebelles, tu seras notre hôte au château d'Édimbourg.

Alex mourait d'envie de s'échapper. En un clin d'œil, il sut comment il s'y prendrait. Il dégainerait le dirk qu'il avait réussi à garder sur lui et bondirait sur le régent. Il lui mettrait sa lame sous la gorge et pourrait ainsi se servir de lui pour sortir du palais. Après cela, il lui serait facile de fuir la ville.

Alex était aussi rapide qu'intrépide. Il savait qu'il en serait capable.

Rien ne lui serait plus difficile à supporter que d'être enfermé dans un cachot pendant des mois, voire des années. Il préférerait passer sa vie sur des champs de bataille et périr une dizaine de fois de morts atroces.

Mais le devoir d'un homme était d'accomplir le sacrifice le plus utile, et non de servir sa propre cause. Si être l'otage de la couronne pouvait faire gagner du temps à Connor, Alex devait se laisser capturer.

Albany agita la main vers les gardes et ordonna :

— Emparez-vous de lui !

Chapitre 19

— Mon Dieu ! comme tu es belle, s'écria la tante de Glynis en joignant les mains. Cette robe te va comme un gant.

Glynis passa les mains sur la laine douce. Porter les habits de sa mère lui procurait une étrange sensation. C'était Bessie, la servante toute menue, qui avait retrouvé dans le grenier le coffre avec les affaires de sa mère.

— Vous faites exactement la même taille, constata-t-elle en fermant le dernier bouton au niveau de la nuque de Glynis. Et vous êtes tout aussi jolie.

— Mon père me répétait souvent que je lui ressemblais beaucoup.

Et ne semblait jamais remarquer l'expression irritée sur le visage de ma belle-mère quand il disait cela, pensa-t-elle.

Pour la première fois depuis son départ, Glynis éprouva un sentiment de culpabilité en pensant à quel point son père devait s'inquiéter pour elle. Ils avaient toujours été proches, bien que leur relation ait été affectée par leurs disputes fréquentes depuis qu'elle avait quitté Magnus.

— Je ne comprendrai jamais ce qui est passé par la tête de ma sœur pour qu'elle décide de s'enfuir et d'épouser ce Highlander sauvage, déclara la tante Peg en portant sa main grassouillette à son front.

— Votre père était sacrément beau, murmura la servante de façon à ne pouvoir être entendue de sa maîtresse.

Il devait en effet être très beau plus jeune, mais Glynis ne croyait pas que c'était l'unique raison pour laquelle sa mère l'avait suivi à travers toute l'Écosse.

— C'est parce qu'il était fou amoureux d'elle, dit Glynis.

Elle sentit ses yeux piquer en repensant aux visites quotidiennes de son père sur la tombe de sa mère. Quand elle était enfant, combien de fois l'avait-elle observé en cachette converser avec son épouse, morte depuis bien longtemps déjà ? Son père ne le savait sans doute pas, mais c'était grâce à lui que Glynis s'était toujours attendue à se marier par amour.

— On ne peut vivre d'amour et d'eau fraîche, affirma sa tante. Il faut y aller maintenant, car Henry a laissé son échoppe pour nous emmener faire nos emplettes. Ne le faisons pas attendre.

La tête de Glynis fourmillait de questions sur sa mère, mais sa tante n'avait pas été très bavarde quand elle l'avait interrogée un peu plus tôt à ce sujet.

Bien trop vite à son goût, Glynis se retrouva de nouveau dans la grand-rue. La ville ne ressemblait en rien à la vision idyllique qu'elle en avait. Sa bonne, la vieille Molly, lui avait raconté enfant l'histoire de ses parents qui étaient tombés amoureux ici quand son père avait été convoqué à la cour. D'après elle, il avait perdu la raison dès l'instant où il avait posé les yeux sur elle, dans cette même rue. Comment avait-il fait pour la remarquer au milieu de ce chaos ?

— Est-ce toujours ainsi ? demanda Glynis.

Le bruit incessant des voix, des charrettes et des cloches lui donnait mal à la tête.

— Toujours, dit sa tante. N'est-ce pas excitant ?

— Il n'existe aucun autre endroit semblable, sauf peut-être Londres, ajouta son mari.

Henry était un homme trapu et chauve, qui paraissait aussi doux et agréable que sa tante.

Glynis les suivit dans une échoppe – une de plus –, et dut se coller contre la porte pour laisser sortir une femme chargée d'un gros panier. C'était au moins la cinquième boutique dans laquelle ils pénétraient, et sa tante et son oncle n'avaient encore rien acheté.

— Qu'est-ce que vous cherchez exactement ? demanda Glynis.

Quel que soit l'objet de leur recherche, Glynis espérait qu'ils allaient bientôt le trouver.

Elle sentit alors un coup de coude dans ses côtes. Tournant la tête, elle vit sa tante qui la regardait avec un sourire si rayonnant que ses yeux n'étaient plus que deux fentes au-dessus de ses joues rondes.

— Un mari, chuchota joyeusement celle-ci. D'après Henry, deux des marchands sont déjà intéressés, et cela fait à peine une heure que nous sommes sortis !

Alex sentit l'obscurité s'emparer de son âme quand la porte se referma derrière lui dans un bruit métallique. À la faible lueur d'un flambeau qui filtrait à travers les barreaux en fer de la porte, il examina son cachot. Il se trouvait dans les souterrains soutenant le poids du château et creusés dans la roche noire sur laquelle il était érigé.

Le plafond incurvé était trop bas pour qu'il puisse tenir debout. Il s'assit sur le sol de pierre inégal et se prit la tête dans les mains. Sa liberté était tout pour lui. Naviguer, combattre, séduire les femmes. C'était sa vie. Sa cellule n'était même pas percée d'une fenêtre.

En acceptant de venir à la Cour au nom de Connor, il savait qu'il risquait de terminer au fond d'un cachot, mais il ne s'était pas autorisé à y penser. La plupart des otages étaient détenus dans de meilleures conditions. Il avait dû faire une bien mauvaise impression sur le régent.

Au fur et à mesure que les heures s'écoulaient, Alex se demanda comment il allait faire pour ne pas devenir fou dans les mois à venir. Il se sentait oppressé par le poids des tonnes de pierre au-dessus de sa tête.

Entendant un faible bruit de pas, il supposa qu'on venait lui apporter son premier repas. Mais le garde édenté qui ouvrit le verrou de sa cellule avait les mains vides.

— Tu as des amis haut placés, dit le garde. Suis-moi.

Alex bondit sur ses pieds et, dans sa précipitation, faillit se cogner la tête. Tel un rat dans un labyrinthe, il suivit le garde dans le tunnel serpentant entre les cellules. Quand ils arrivèrent à la dernière porte, il attendit, bouillant d'impatience, que le garde tâtonne avec son trousseau pour trouver la bonne clé.

Enfin, la grille s'ouvrit et Alex sortit, ébloui par un soleil radieux. Il eut l'impression d'entrer au paradis.

Un Français à la haute stature et aux cheveux bruns, une écharpe blanche autour du cou, se tenait devant la porte. Par tous les saints ! c'était le Chevalier Blanc, Antoine d'Arcy, seigneur de la Bastie.

— Tu es libre, Alexander, annonça d'Arcy.

Incrédule, Alex vit son ami faire un signe à un homme, qui s'avança avec sa claymore et ses dirks.

— Dieu te bénisse, d'Arcy, dit Alex en attachant sa claymore à sa ceinture. Nous sommes quittes désormais.

— Faire sortir un homme de prison n'est pas la même chose que lui sauver la vie, objecta d'Arcy.

— Ça l'est pour moi, répondit Alex en posant la main sur l'épaule de son ami. Comment as-tu fait ?

— C'est une chance que je me sois trouvé dans la grande salle quand les gardes t'ont emmené, dit d'Arcy tandis qu'ils marchaient en direction de l'entrée du château. J'ai expliqué au régent que ton chef et toi aviez combattu les Anglais à nos côtés en France, et que vous ne pouviez pas être des traîtres.

Alex ne comprenait pas en quoi le fait d'avoir combattu les Anglais était une preuve de loyauté envers la couronne écossaise, mais il se garda bien de le demander.

— Cela a suffi au régent ?

— Je lui ai dit que je défendrais ton honneur jusqu'à la mort.

Malgré l'épreuve qu'il venait d'endurer, Alex dut réprimer un sourire. D'Arcy était extrêmement attaché aux anciennes valeurs chevaleresques, qui paraissaient naïves aux yeux d'un Highlander.

— J'imagine que ta fortune, tes titres et ta réputation de fine lame dans toute la France ont également été des arguments de poids.

— Bien entendu, répondit d'Arcy avec un sérieux absolu.

Des chevaux les attendaient dans la basse-cour du château. En franchissant la porte fortifiée, Alex leva les yeux vers les pointes de fer de la herse levée au-dessus de sa tête. Une fois de l'autre côté, il lâcha un profond soupir de soulagement.

— C'est Albany qui t'a demandé de venir en Écosse ? demanda Alex.

— Il avait besoin d'aide pour convaincre la reine et sa faction anglaise d'abandonner la régence, expliqua d'Arcy. Il nous a fallu assiéger Stirling Castle pour qu'elle accepte de nous remettre ses deux fils.

Ils continuèrent de discuter de politique royale en descendant la colline à cheval. Même l'air de la ville semblait désormais agréable à Alex.

— Que vont faire la reine et son nouvel époux maintenant ? demanda-t-il.

Avant même que le corps du roi soit froid, le séduisant chef du clan Douglas avait réussi à se frayer un chemin jusqu'au lit de la reine, dans une tentative pour accéder au pouvoir.

— La reine s'est enfuie en Angleterre pour rejoindre son frère, le roi Henri VIII, mais son mari… (D'Arcy marqua une pause en haussant un sourcil.)

… l'a accompagnée jusqu'à la frontière avant de faire demi-tour.

Alex éclata de rire.

— En voilà une preuve d'amour ! Je suppose que Douglas craignait de passer pour un traître et de perdre ses terres.

— Je me réjouis que ton clan n'ait pas rejoint les rangs de la rébellion, dit d'Arcy. Je préférerais éviter d'avoir à me battre contre tes cousins et toi, sans parler de ce grand gaillard, Duncan.

Alex sourit en se rappelant la dernière fois qu'ils s'étaient entraînés ensemble. La lutte avait été rude, mais d'Arcy avait terminé couché sur le dos, la pointe de l'épée d'Alex sur sa gorge. D'Arcy avait cependant reconnu sa défaite avec sa bonne grâce habituelle.

— Tu verras que dans les Highlands les révoltes sont comme la boue, dit Alex. Partout où l'on marche, on y patauge.

— Albany a l'intention d'y mettre un terme. Avec le Conseil, il a nommé Colin Campbell, le comte d'Argyll, protecteur des Hébrides extérieures. Ils lui ont donné l'autorité de mater la rébellion par le fer et le feu.

— Il est dangereux d'accorder un si grand pouvoir aux Campbell.

— Albany est conscient du risque. Mais la couronne écossaise ne disposant pas de sa propre armée, il est obligé de se reposer sur les chefs capables de commander un grand nombre d'hommes, afin de faire respecter l'autorité de la couronne. En l'occurrence, il a choisi Colin Campbell.

Alex était venu à Édimbourg avec l'intention d'apaiser la couronne, mais c'était désormais le chef Campbell qui commandait les clans des Hébrides extérieures. Heureusement, il était redevable envers Alex, car celui-ci avait sauvé sa sœur, et espérait bien pouvoir en tirer profit en faveur de son clan.

— Albany m'a chargé d'apporter le décret au chef Campbell, dit d'Arcy. Si tu comptes rentrer chez toi, faisons la route ensemble jusqu'à Inveraray Castle. Comme au bon vieux temps.

— Je dois juste récupérer mes chevaux avant de me mettre en chemin. Mais je t'attendrai à l'extérieur de la ville.

— Je ne peux encore te laisser partir. Sabine de Savoisy m'a demandé avec insistance de te ramener au palais afin qu'elle puisse te voir.

Alex lâcha un grognement. Il avait complètement oublié Sabine.

Chapitre 20

L'envie d'étriper Alex se lisait sur le visage des gardes du palais, mais ils le laissèrent passer avec d'Arcy. Une fois à l'intérieur, d'Arcy fit annoncer leur arrivée à Sabine par l'un des domestiques.

— Ah ! voilà la charmante Sabine de Savoisy, dit d'Arcy quelques instants plus tard.

Alex se retourna à temps pour la voir descendre le large escalier. Tous les hommes présents dans la grande salle semblaient avoir les yeux rivés sur elle lorsqu'elle s'arrêta sur une marche pour passer la pièce en revue. Quand son regard croisa celui d'Alex, elle lui adressa un discret signe de tête.

— Est-ce que tu n'as pas eu avec elle une…, commença d'Arcy.

— Il y a bien longtemps, répondit Alex.

— Si tu veux voyager avec moi et mes hommes jusqu'à Inveraray, retrouve-nous à midi demain devant les grilles du palais. Bien sûr, je ne t'en tiendrai pas rigueur si tu souhaites rester un peu plus longtemps avec Sabine.

Alex fit ses adieux à d'Arcy puis vint à la rencontre de Sabine.

— Tu es aussi ravissante qu'à ton habitude, dit-il en portant la main de la jeune femme à ses lèvres.

Sabine avait quelques années de plus qu'Alex, et devait donc avoir environ trente ans à présent. Ses traits étaient plus tirés qu'auparavant, rendant sa beauté plus froide et plus austère. Ses cheveux relevés en un chignon sophistiqué mettaient en valeur la courbe gracieuse de sa nuque, et les dentelles de sa robe chatoyaient sous la lumière.

— Je suis heureuse que tu aies enfin pu venir me voir. (Prenant son bras, elle poursuivit à voix basse.) Viens avec moi, je vais te conduire dans une chambre où nous pourrons être seuls.

Ils traversèrent la pièce remplie de monde, puis franchirent une porte basse qui menait à un escalier de service. Ils finirent par arriver dans une chambre au milieu de laquelle trônait un grand lit à baldaquin. Alex se demandait dans quoi il s'était embarqué. Sabine ne l'avait sûrement pas fait venir d'aussi loin uniquement pour batifoler pendant une heure ou deux.

Alex poussa un soupir de soulagement en la voyant s'asseoir sur le sofa près des fenêtres, et prit place sur le fauteuil en face d'elle.

— Tu as l'air en forme, Alexander, dit-elle avec un large sourire.

Soutenant son regard, il laissa le silence s'installer entre eux, attendant qu'elle lui explique la raison de sa présence.

— Ton clan soutient-il la faction en faveur de la France, ou bien ces terrifiants Anglais ?

— Je crains que nous ne soyons trop occupés à nous déchirer entre Highlanders pour avoir pris le temps de nous pencher sérieusement sur la question, dit Alex.

Sabine rejeta la tête en arrière, révélant sa gorge ivoire, et éclata d'un rire clair et mélodieux. D'aucuns seraient surpris d'apprendre que c'était le rire de la comtesse, et non ses courbes voluptueuses, qui avait d'abord attiré Alex.

— Sabine, tu ne m'as sûrement pas demandé de traverser toute l'Écosse, et les Lowlands de surcroît, pour parler politique avec moi ?

— Il fut un temps où tu étais plus doué pour les… préliminaires, fit-elle remarquer, un petit sourire amusé aux lèvres.

— Tu m'en vois désolé, mais je ne suis pas d'humeur. Ton ami Albany m'a jeté au cachot aujourd'hui.

— J'ai entendu dire que tu avais fait une entrée remarquée. (Elle laissa de nouveau échapper un rire, plus nerveux cette fois.) On ne parle plus que de toi au palais.

— Quel est ce cadeau que tu as pour moi ? demanda-t-il.

Elle baissa les yeux et fit courir ses doigts sur le bord du sofa, hésitante. Elle ne ressemblait plus en rien à la Sabine déterminée qui avait jeté son dévolu sur un jeune Highlander et lui avait fait comprendre sans équivoque qu'elle avait envie de lui. Alex s'enfonça dans son fauteuil et attendit.

— J'ai eu un enfant, annonça-t-elle.

— Félicitations, dit Alex en haussant les épaules. Étant donné son âge avancé, ton mari a dû en être ravi.

Son époux avait quatre-vingts ans bien sonnés.

— Pas vraiment, puisqu'il est impossible que l'enfant soit de lui, dit-elle en lançant un regard perçant à Alex. Heureusement pour moi, il est mort avant d'apprendre la nouvelle.

Une sensation de malaise s'empara d'Alex.

— Quand as-tu mis cet enfant au monde ?

Posant un doigt sur sa joue poudrée, elle regarda le plafond en faisant mine de réfléchir.

— Laisse-moi m'en souvenir, dit-elle d'une voix aiguë. Ah oui, le bébé est né précisément huit mois et demi après la fin de notre liaison.

Elle n'osait tout de même pas suggérer que cet enfant était de lui ! Il se demanda cependant pourquoi elle lui mentirait.

— Notre brève liaison a eu lieu peu de temps après mon arrivée en France, dit-il en la regardant d'un air soupçonneux. Je suis resté cinq ans dans le pays. Si j'étais le père de cet enfant, je crois qu'une femme aussi ingénieuse que toi aurait trouvé le moyen de me faire passer le message.

— Je n'avais aucune raison de te le dire, répliqua-t-elle. Je ne voulais pas que quelqu'un l'apprenne, et j'ai pu me retirer de la société pendant quelques mois sous prétexte de porter le deuil de mon époux.

Voilà qui expliquerait pourquoi il n'avait jamais su que Sabine avait eu un enfant. Cela ne signifiait cependant pas qu'il en était le père.

— Pourquoi ne m'as-tu rien dit si tu pensais que le bébé était de moi ? demanda-t-il.

— J'avais peur que tu en fasses toute une histoire, répondit-elle en tournant la tête pour regarder par la fenêtre.

Alex se redressa dans son fauteuil.

— Tu avais peur que je fasse des histoires ? Un homme ne fait pas d'histoire.

— Malgré ton attitude désinvolte avec les femmes, dit-elle doucement, je sais à quel point… les liens du sang sont importants pour les Highlanders.

— Arrête ton petit jeu, Sabine. (Alex se pencha en avant et la prit par les bras.) Si tu as vraiment eu un enfant, comment peux-tu être sûre que ce soit le mien ? Et ne me fais pas croire que j'étais ton seul amant.

— Tu étais le seul à l'époque où le bébé a été conçu, affirma-t-elle en lui lançant un regard noir.

— Ou bien le seul qui te semble assez crédule pour accepter de te croire.

— Je te rappelle, dit-elle d'une voix dure, que nous n'avons pas quitté ma maison pendant deux semaines. J'ai beau être ingénieuse, comme tu dis, je ne vois pas comment j'aurais pu avoir une autre liaison en même temps.

Pas quitté la maison ? C'était plutôt le lit qu'ils n'avaient pas quitté, si ce n'est pour faire l'amour sur le sol ou contre le mur. Il se rappela que les domestiques de Sabine, bien disciplinés, laissaient des plateaux avec de quoi manger et de quoi boire devant la porte de la chambre. Sabine pouvait cependant mentir sur la période de conception du bébé.

— Tu me croiras quand tu verras l'enfant, dit-elle en croisant les mains sur ses genoux.

Elle devait penser qu'il reconnaîtrait n'importe quel petit blondinet comme le sien. Et pourtant, si elle ne mentait pas, il était en droit d'être furieux contre elle.

— Tu savais pendant tout ce temps-là que j'étais le père, dit-il en haussant le ton, et tu ne m'as rien dit ?

— Je voulais que l'existence de l'enfant reste secrète, répondit Sabine.

Alex avait une furieuse envie de la prendre par les épaules et de la secouer. Il inspira profondément avant de reprendre la parole.

— Alors pourquoi m'en parler maintenant ?

— Je n'ai plus d'argent. (Elle lui lança un regard en coin.) Je dois donc me remarier.

Le cœur d'Alex faillit éclater dans sa poitrine. Elle n'allait tout de même pas lui demander de reconnaître l'enfant et de se marier avec elle ? Il ne pouvait imaginer pire épouse. En effet, Sabine lui ressemblait en tous points.

— Je ne suis pas pauvre, dit-il, mais je ne suis pas riche non plus.

Une expression d'incompréhension passa sur le visage de Sabine. Elle rejeta alors la tête en arrière en riant de bon cœur.

— Alex, je ne suis pas en train de suggérer que nous nous mariions ! (Elle désigna la fenêtre d'un geste de la main.) Peux-tu m'imaginer vivre dans ce trou perdu ?

Si c'était ce qu'elle pensait d'Édimbourg, se rendre à Skye reviendrait pour elle à traverser le Styx pour rejoindre les Enfers.

— Mon Dieu que c'est drôle ! (Elle s'essuya le coin des yeux avec un mouchoir en dentelle, les épaules encore agitées de soubresauts.) Je n'ai eu aucune difficulté à trouver un homme aisé. D'ailleurs, je suis déjà fiancée.

Un autre homme élèverait l'enfant ? Alex se leva et commença à faire les cent pas dans la pièce.

— Mais je ne peux courir le risque que mon fiancé découvre que j'ai eu un bébé hors mariage. (Elle s'éclaircit la voix.) Il est d'une générosité sans borne, mais son intendant prend son travail bien trop au sérieux. Ce misérable veut savoir où va chaque centime !

— Qu'est-ce que cela a à voir avec moi ? demanda Alex.

— Si je continue à subvenir aux besoins de l'enfant, j'ai peur que mon secret soit découvert. (Elle s'arrêta et se passa la langue sur les lèvres.) C'est pourquoi je l'ai emmené ici.

— L'enfant est ici ?

Alex crut avoir mal compris.

— Pas dans le palais, naturellement. (Sabine s'éventa le visage avec sa main.) Mais oui, elle est à Édimbourg. Il m'a paru plus sage de te parler en tête à tête avant de te la présenter.

— Elle ?

Dieu tout puissant, c'était une fille !

— On m'a dit qu'il s'agissait d'une enfant… peu commune, déclara Sabine.

— On t'a dit ? Qui ça ?

— Tu ne crois tout de même pas qu'elle a vécu avec moi ? demanda Sabine en levant les yeux au ciel comme si elle le trouvait désespérément lent d'esprit.

— Bien sûr que non, répondit-il sur un ton sarcastique. Un enfant est bien trop encombrant.

— Ne sois pas stupide, répliqua-t-elle sèchement, le visage soudain crispé par la colère. Les hommes peuvent élever leurs bâtards s'ils le souhaitent, mais pour une femme c'est absolument hors de propos.

Alex devait admettre qu'il y avait du vrai dans ce qu'elle disait, du moins en France.

— Où ta fille a-t-elle été élevée jusqu'à présent ? demanda-t-il.

Sabine haussa les épaules.

— Chez un couple de personnes âgées à la campagne.

Que voulait donc Sabine ? De l'argent ? Pensait-elle qu'il avait besoin de voir l'enfant pour accepter de payer ?

— Dis-moi pourquoi tu t'es donné tant de mal pour faire venir l'enfant ici.

— C'est une bonne question ! (Elle porta la main à son cœur, en proie à une certaine agitation.) C'était dangereux, mais la laisser en France revenait à prendre un risque plus grand encore.

Il comprit enfin que Sabine voulait qu'il prenne l'enfant avec lui. Il se remit à arpenter la petite chambre comme un lion en cage.

— Tu dis que cet enfant est une fille ? demanda-t-il d'une voix où pointait le désespoir.

— Oui, répondit froidement Sabine.

— Et après tout ce temps, commença-t-il en faisant de grands gestes, tu veux l'abandonner, comme une robe dont tu t'es lassée ?

— Tu exagères.

Alex avait la sensation d'avoir été précipité dans une mer déchaînée, avec des vagues si hautes qu'il n'arrivait pas à voir où se trouvait la côte.

— Tu dois l'emmener avec toi, Alexander.

Sans cesser de marcher, il se passa la main dans les cheveux avec nervosité.

— Quel est son nom ?

— Je crois, dit-elle en évitant son regard, que le couple chez qui elle habitait l'appelait Claire.

— Bon sang, Sabine, tu n'as même pas donné un nom à cette enfant ?

Il était révolté, mais il savait qu'il s'adressait à un mur. Sabine était ce qu'elle était.

Alex ressentit de la compassion pour cette petite fille dont la mère ne s'était jamais occupée. Ses parents s'entendaient peut-être comme chien et chat, mais au moins n'avait-il jamais douté de leur amour pour lui. Leur problème était qu'ils aimaient plus encore se faire du mal.

— Je subviens à ses besoins depuis sa naissance, dit Sabine. Maintenant, c'est à toi de t'en occuper.

La voix de Teàrlag résonna soudain dans sa tête : « Trois femmes t'appelleront à leur secours, et tu devras les aider. » Mais pas ça…

— Que vais-je faire d'une petite fille ? demanda-t-il en levant les mains au ciel.

C'était ridicule.

— Tu dois certainement connaître quelqu'un qui pourra s'en occuper, répondit Sabine comme si elle parlait d'un animal domestique. J'ai entendu dire que ton cousin Ian s'était marié. Peut-être qu'il pourrait la prendre ? Et si vraiment tu ne trouves personne, tu pourras toujours la placer dans un couvent.

— Un couvent ? dit-il en haussant le ton. Quel âge a cette enfant ? Cinq, six ans ?

Sabine se leva et rajusta sa robe.

— Avant que tu prennes la décision de l'abandonner…

— Moi, l'abandonner ?

— Je te suggère d'abord de rencontrer ta fille, acheva Sabine, sans tenir compte de son interruption.

Sa fille. Se pouvait-il vraiment qu'il ait une fille ?

— Mon bateau part dans deux jours. (Sabine tira un morceau de papier de sa manche et le lui tendit.) Retrouve-moi à cette adresse demain à l'aube, et je te conduirai jusqu'à elle.

Alex entendit le bruissement des jupes de soie de Sabine quand elle se dirigea vers la porte, mais il ne leva pas les yeux du papier plié qu'il tenait serré dans sa main.

— Une dernière chose, Alexander. Sache qu'Albany a l'intention de te faire arrêter dès que d'Arcy aura quitté la ville.

Chapitre 21

Scritch, scritch, scritch. Claire recula son pied quand la souris traversa le plancher. Elle était plus grosse et moins craintive que celles qui couraient dans les champs à la maison.

La vieille femme ne lui avait pas encore apporté à manger ce jour-là, aussi sa poupée et elle mouraient-elles de faim. La pauvre Marie était aussi sale qu'elle. Si Grand-mère était là, elle gronderait Claire pour ne pas avoir pris soin de sa poupée. Grand-père l'avait fabriquée spécialement pour elle, avec de la paille et de la ficelle, puis Grand-mère lui avait cousu une jolie robe avec des chutes de tissu.

La petite fille pressa son nez contre le ventre mou de Marie et le renifla, mais l'odeur de Grand-mère et Grand-père avait disparu depuis longtemps, très longtemps.

Chapitre 22

Lorsque Glynis descendit pour le dîner, un homme en habit de prêtre était déjà assis au bout de la table. Il l'observa de ses yeux gris, qui étaient de la même nuance et de la même forme que les siens, mais aussi froids qu'un étang gelé.

— C'est vrai qu'elle ressemble à notre défunte sœur, dit le prêtre d'une voix neutre.

— Vous êtes mon oncle ? demanda Glynis.

Glynis avait grandi dans une famille où elle était différente de tout le monde, et avait été déçue de ne voir aucune ressemblance entre sa tante et elle. Elle se retrouvait dans cet homme grand et maigre, mais elle n'aimait pas ce qu'elle voyait.

— Oui, je suis le père Thomas, répondit-il, comme si sa fonction impliquait de lourdes responsabilités. Assieds-toi.

À peine Glynis eut-elle posé les fesses sur la banquette que son oncle commença à dire le bénédicité. Il le récita rapidement, sur un ton monocorde, donnant à Glynis l'impression que son esprit était ailleurs. Quand il eut terminé, il déposa le plus beau morceau de viande du plat dans son assiette et commença à manger avant que les autres ne se soient servis.

— J'espère que tu es d'une nature plus obéissante que ta mère, dit-il en la regardant d'un air grave. Je prie le ciel pour que tu ne couvres pas cette famille de déshonneur plus qu'elle ne l'a déjà été.

Il n'attendait pas de réponse de sa part, et Glynis dut se mordre la langue pour ne pas répliquer.

Henry et la tante Peg, d'ordinaire si pleins d'entrain, semblaient se faner en présence du prêtre, et l'ambiance du dîner était guindée. Au milieu du repas, l'ecclésiastique repoussa son couteau.

— Gavin Douglas a été fait prisonnier, annonça-t-il.

La tante Peg hoqueta de surprise, et Henry pâlit.

— Comment est-ce possible ? demanda Henry. Il devait devenir archevêque de Saint-Andrews.

— Il avait été nommé par la reine, dit le père Thomas en serrant les dents. Mais elle n'est plus régente désormais, et les Douglas ont perdu les bonnes grâces de la couronne.

— Qu'est-ce que cela signifie ? demanda Peg d'une voix hésitante.

— Cela signifie, chère sœur, dit le père Thomas en tournant vers elle des yeux hargneux, que je n'irai pas à Saint-Andrews avec Gavin Douglas.

Glynis songea qu'il ferait mieux d'être reconnaissant de ne pas l'avoir suivi en prison.

— Au nom du ciel ! à quoi pensait Gavin en conseillant à son neveu d'épouser la reine ? demanda le père Thomas en levant les mains vers ledit ciel dans un geste d'imploration. Archibald Douglas pouvait obtenir ce qu'il souhaitait de la reine en tant qu'amant. Et le Conseil n'a rien pu faire car le testament du roi stipulait que la reine ne resterait régente que tant qu'elle ne se remarierait pas.

Glynis plongea le regard dans son assiette dont le contenu refroidissait.

— Qu'il aille brûler en enfer, dit le père Thomas. Gavin aurait dû s'en tenir à sa poésie.

— C'est un poète ? demanda Glynis, s'efforçant de détourner les pensées de son oncle vers un sujet qui le contrariait moins.

— Gavin Douglas est connu pour ses poèmes ainsi que pour ses traductions de poésie antique, répondit le père Thomas. C'est bien entendu une activité futile, mais du moins ne lui aurait-elle pas coûté un épiscopat.

— Futile ? dit Glynis. Dans les Highlands, nous tenons nos poètes en grande estime.

À en croire la façon dont le père Thomas fronça les sourcils, il n'était pas habitué à ce qu'on le contredise.

— Pourquoi le pauvre homme a-t-il été mis en prison ? demanda Glynis, dont la curiosité, comme souvent, l'emporta sur la prudence.

— Il est accusé d'avoir voulu acheter l'épiscopat au pape. (Le père Thomas haussa les épaules.) Mais personne ne s'en serait soucié si la faction d'Albany ne l'avait pas en plus soupçonné d'avoir conseillé à la reine de fuir en Angleterre avec l'héritier de la couronne écossaise.

Glynis s'éclaircit la voix.

— Mon oncle, savez-vous quelle est la politique du nouveau régent à l'égard des clans des Highlands ?

— Bien sûr que je le sais, répondit-il sèchement. C'est une chance que tu aies fui cet endroit maudit, car Albany a donné aux Campbell la bénédiction de la couronne pour réprimer la rébellion par le fer et par le feu.

Glynis porta la main à sa bouche, inquiète pour sa famille restée sur place.

— Qu'est-ce que cela signifie ?

— Cela signifie qu'ils ont le champ libre pour dévaster les terres des rebelles et assassiner quiconque se mettra en travers de leur chemin, y compris les femmes et les enfants. Quand les rebelles se seront soumis, ce qui ne manquera pas d'arriver, les Campbell emmèneront les fils aînés de leurs chefs pour les garder en otages. Ainsi, leurs pères devraient bien se tenir à l'avenir.

— Mon frère n'a que quatre ans, dit Glynis, profondément écœurée.

— Alors il sera peut-être encore temps de lui enseigner les bonnes manières.

Si son père connaissait l'existence de ce plan, il se rendrait sûrement à la raison et quitterait la rébellion. Glynis voulut continuer d'interroger son oncle, mais celui-ci se leva.

— Je vais désormais devoir me passer de l'appui de Gavin Douglas pour monter dans la hiérarchie de l'Église, dit-il en regardant Henry d'un air dur. Cela va me coûter cher.

Sur ces paroles et sans même un semblant d'adieu, il quitta la pièce à grandes enjambées.

— Thomas est un homme important dans l'Église, expliqua Peg après son départ comme si cela excusait son impolitesse.

— Mange, dit Henry à Glynis en ne faisant qu'une bouchée d'une tartelette aux pommes. Les hommes aiment les femmes qui n'ont pas que la peau sur les os.

Glynis ne parvint pas à retrouver sa bonne humeur aussi rapidement que son oncle et sa tante, mais elle réussit malgré tout à esquisser un sourire et mordit dans la tartelette. Les pommes n'étaient pas aussi savoureuses que chez elle. Rien n'était bon, ici.

— Qu'est-ce que tu penses de James, le boulanger ? demanda Henry en regardant sa femme. C'est un homme très bien. Ne ferait-il pas un bon mari pour notre jolie nièce ?

Glynis s'étouffa avec son morceau de tarte.

— Je vous suis reconnaissante de vous inquiéter pour moi, dit-elle quand elle put de nouveau parler, mais je ne souhaite pas me remarier.

— Vraiment ? s'exclama Henry avec étonnement. Tu ne souhaites pas te marier ?

Quand Glynis secoua la tête, Henry et sa tante échangèrent des coups d'œil surpris.

— James est un homme stable avec un avenir prometteur. (Sa tante tendit le bras à travers la table étroite et lui tapota la main.) Ça ne coûte rien de le rencontrer.

— Merci beaucoup, dit Glynis, mais faire sa connaissance ne me fera pas changer d'avis.

Bessie entra alors dans la pièce et se pencha vers Henry pour lui dire quelque chose à voix basse.

— James est là, déclara Henry en adressant un grand sourire à Glynis. Va te faire belle pendant que je vais l'accueillir.

Cela faisait maintenant deux heures que Glynis s'ennuyait à mourir. James était de loin l'homme le plus assommant qu'elle ait jamais rencontré. Et il n'était même pas séduisant.

— Vous ne sortez jamais de la ville ? lui demanda-t-elle après l'avoir écouté raconter en long en large et en travers les réunions de sa confrérie. Il doit bien vous prendre l'envie de naviguer ou d'aller vous promener dans la verdure de temps à autre, non ?

— Mais les pirates écument les mers ! (Le pauvre James avait l'air sincèrement effrayé.) De plus, je suis malade comme un chien sur un bateau.

Il a le mal de mer ?

Glynis fut soudain envahie par une vague de nostalgie proche du désespoir. Elle avait toujours vécu près de la mer et ne s'était pas rendu compte à quel point celle-ci allait lui manquer. Même lorsqu'elle était mariée à l'infâme Magnus, elle entendait les vagues depuis sa fenêtre et allait marcher sur la côte tous les jours.

La chaleur moite d'une main lourde sur sa cuisse tira brusquement Glynis de ses pensées.

— Vous êtes bien mignonne, dit James en s'approchant si près d'elle qu'elle vit qu'il avait de la salive sur le menton. Et je crois que je suis justement l'homme qu'il faut pour dompter une jeune fille sauvage des Highlands.

Chapitre 23

Alex arpenta les rues de la ville pendant les heures sinistres précédant le lever du jour. De temps à autre, des femmes de la nuit l'interpellaient du seuil de leur porte. Mis à part les voleurs et des groupes d'hommes ivres cherchant la bagarre, les rues étaient désertes. Mais avec sa claymore dans le dos et ses dirks à la ceinture, visibles de tous, personne ne vint lui chercher noise.

Après s'être tourné et retourné dans le lit trop étroit de la taverne, Alex avait abandonné l'idée de trouver le sommeil. Il aurait souhaité pouvoir parler avec Glynis de cette petite fille dont il était le père, selon Sabine. Elle lui aurait donné des conseils en toute franchise. Mais il pouvait difficilement réveiller sa famille en tambourinant à leur porte en pleine nuit.

Quand les premières lueurs de l'aube apparurent à l'horizon, il déplia le papier que Sabine lui avait remis et lut les indications qui y étaient inscrites. Au nom du ciel ! qu'était-il passé par la tête de cette femme pour qu'elle fasse garder l'enfant dans la partie la plus misérable de la ville ?

Empruntant une ruelle, Alex se couvrit le nez et la bouche de son plaid et descendit le long de la colline. Il était presque au niveau du loch qui servait de décharge quand enfin il arriva. Il tambourina à la porte, en proie à une fureur noire.

Une femme entrebâilla la porte, juste assez pour qu'il puisse distinguer ses cheveux graisseux et son visage marqué par les soucis. Elle écarquilla les yeux en comprenant qui il était.

— Alexander MacDonald ? demanda-t-elle d'une voix enrouée.

— C'est bien moi.

Elle ouvrit la porte en grand et Alex entra en baissant la tête. Il se retrouva dans une pièce au plafond bas éclairée par une unique lampe à huile. Il était seul avec la femme.

— Où est la comtesse ? demanda-t-il, bien qu'il ait compris sur le trajet que jamais Sabine n'abîmerait ses délicats souliers pour venir dans cet horrible endroit.

— Je n'ai jamais vu la dame, répondit la femme. Sa servante m'a dit que c'est vous qui me paieriez.

L'une des femmes sera malhonnête.

— Leur bateau a levé l'ancre ? demanda Alex, tout en connaissant déjà la réponse.

La femme hocha la tête.

— Oui, ce matin à l'aube.

— Et l'enfant ?

— Elle est avec moi, mais vous devez d'abord me payer.

Sabine savait parfaitement qu'Alex n'aurait pas le cœur de laisser un enfant dans cet endroit sordide, qu'il en soit le père ou non. Du moins, il espérait qu'elle s'était dit cela en abandonnant sa fille.

Un pan de tissu en lambeaux séparait la pièce dans laquelle il se trouvait d'une chambre, et Alex songea que l'enfant devait s'y trouver. Il aurait pu aller la chercher lui-même, mais la femme méritait d'être payée. Il laissa donc tomber les pièces dans sa main tendue.

Les battements de son cœur s'accélérèrent quand elle disparut dans l'obscurité derrière le rideau. Au nom du ciel ! qu'est-ce qui lui prenait ? Il ne redoutait pas de naviguer en pleine tempête ni d'être blessé au combat, et pourtant il était pétrifié à l'idée de rencontrer une petite fille.

Avant qu'il ait eu le temps de se préparer, la femme écarta le rideau et entra dans la chambre en tenant un enfant par la main. Le cadeau que Sabine lui avait promis.

Alex avait généralement toujours quelque chose à dire, mais cette fois il était trop abasourdi pour parler. En regardant la petite fille, il eut l'étrange sentiment qu'il s'agissait d'une version féminine de lui enfant. Ses cheveux étaient du même blond presque blanc que les siens à l'époque, et ses jambes étonnamment longues, comme un poulain qui venait de naître.

— C'est une drôle d'enfant, dit la femme. Elle ne parle pas du tout.

— Peut-être qu'elle n'a rien à vous dire. (Alex remarqua l'état de saleté de la petite fille, et une horrible pensée lui traversa l'esprit.) Depuis combien de temps vit-elle ici ?

— Depuis qu'on me l'a amenée il y a de cela deux ou trois mois, dit la femme. Comme vous pouvez le constater, j'ai bien pris soin d'elle.

Que Dieu ait pitié ! La pauvre petite fille devait être ici depuis l'arrivée de Sabine à Édimbourg. Elle avait dû être si traumatisée qu'elle s'était arrêtée de parler. Alex se rappela l'état de désespoir dans lequel il s'était trouvé après quelques heures seulement dans un cachot, et il eut envie de pleurer.

Il se mit à genoux devant l'enfant pour la regarder de plus près. Même ses yeux étaient du même vert que les siens. En revanche, son visage était en forme de cœur et non carré comme le sien, et elle avait aussi une version plus délicate de son nez droit et de sa bouche charnue.

Alex entendit la femme partir, mais ne parvint pas à détacher ses yeux de la petite fille. Étrangement, il ressentait une irrésistible envie de la toucher. Il lui sourit en posant la main sur sa joue, et ressentit un immense soulagement en voyant qu'elle ne reculait pas. Sa peau était douce comme celle d'un bébé. À la pensée qu'elle avait été enfermée dans cet endroit lugubre et misérable pendant si longtemps, son cœur se serra.

— On m'a dit que tu t'appelais Claire, lui dit-il en français.

Elle hocha la tête. Elle était peut-être muette, mais en tout cas pas sourde.

— Sais-tu ce que ton nom signifie ? demanda-t-il.

Elle secoua presque imperceptiblement la tête.

— Lumineuse et brillante. Radieuse, dit-il en lui caressant la joue. (Pour une fois, il fut reconnaissant d'avoir été forcé d'apprendre le latin à l'université.) En gaélique, la langue de l'endroit d'où je viens, nous disons *sorcha*.

Claire était un très joli prénom, mais sa sonorité lui semblait trop fragile.

— Sorcha est un nom puissant, dit-il. Est-ce que tu accepterais que je t'appelle ainsi ?

La petite fille réfléchit un instant, sans détourner les yeux, puis hocha lentement la tête.

— Sorcha, es-tu prête à quitter cet endroit qui sent mauvais et à partir à l'aventure avec moi ?

La petite fille acquiesça de nouveau. C'était une enfant courageuse, bien sûr.

— Un long voyage nous attend, dit-il. Je vais te ramener chez moi, à Skye.

Pour l'instant, ses plans s'arrêtaient là. Il n'avait absolument aucune idée de ce qu'il ferait d'elle une fois rentré.

— Skye est une île, entourée par la mer à perte de vue, expliqua-t-il en déployant les bras. Et c'est le plus bel endroit sur terre.

Elle mit son pouce dans sa bouche, mais il voyait bien qu'elle l'écoutait attentivement.

Quand il la souleva, il ne s'attendait pas à être à ce point submergé par l'émotion en portant sa petite fille dans ses bras pour la première fois. Ses longs cheveux emmêlés recouvrirent son bras quand elle recula la tête pour l'examiner.

— Tu te demandes sûrement qui je suis, alors je vais te le dire, dit-il en posant le doigt sur son nez délicat. Je suis ton père.

Chapitre 24

— James ferait un bon époux, lui dit sa tante Peg au petit déjeuner. C'est un homme stable, et tu n'aurais jamais à avoir peur qu'il aille voir d'autres femmes.

Ce n'est pas étonnant.

— Je ne pourrais pas épouser un homme qui déteste la mer, répondit Glynis, puisqu'ils refusaient de comprendre qu'elle n'avait pas la moindre envie de se marier. Nous ne nous entendrions jamais.

Henry la regarda comme si elle était folle.

— Je ne vois pas le rapport.

L'image d'Alex qui s'élançait par-dessus un tronc d'arbre en brandissant sa claymore d'une main et en lançant son dirk de l'autre lui apparut soudain. Même si elle voulait trouver un époux, comment pourrait-elle laisser ces hommes minables la toucher après lui ?

— Si James ne te plaît pas, que penses-tu de Tim, l'orfèvre ? demanda sa tante. Tu dois t'en souvenir. Sa boutique était la troisième où nous sommes allés hier.

Malheureusement, elle ne se rappelait que trop bien de lui.

— Il est plus petit que moi.

C'était la moindre des objections de Glynis à son sujet, mais la première qui lui passa par la tête.

— Quel dommage que tu sois si grande, dit Henry en secouant la tête comme s'il s'agissait d'un grand malheur. Mais cela n'a pas eu l'air de déranger Tim.

— Il est aussi pâle qu'un ventre de poisson, poursuivit Glynis. Et il a mauvaise haleine.

— Ce qui compte, c'est qu'il soit en mesure de subvenir à tes besoins, rétorqua sa tante.

Glynis était la fille d'un chef, ce qui signifiait que son père verserait une *tochar* – ou dot – considérable si elle se remariait. Mais elle commençait à avoir des doutes sur l'état des finances de sa famille d'Édimbourg, aussi se garda-t-elle bien d'en parler.

— Il y a des centaines de marchands dans notre grande ville. (Henry se leva et étira ses bras courts.) Nous finirons bien par en trouver un qui te plaise.

— Nous sommes ravis que tu sois venue nous rendre visite, lui dit sa tante après le départ d'Henry. Mais qu'as-tu l'intention de faire, mon enfant, si tu ne veux pas te marier ?

Glynis avait prévu d'être la vieille fille de la famille, qui finirait sa vie dans le grenier.

— En venant ici, tu ne t'attendais tout de même pas à y rester pour toujours ? demanda sa tante d'un air étonné.

Glynis se raidit sur sa chaise. Dans les Highlands, l'hospitalité était un devoir sacré. Il était impensable de mettre dehors un invité, encore moins un proche. On devait les tolérer aussi longtemps que nécessaire.

— Je suis désolée, dit Glynis en sentant ses joues s'empourprer. Je n'avais pas pris conscience que je serais une charge pour vous.

— Tout ce que nous souhaitons, c'est ton bonheur. Mais, pour le trouver, une femme a besoin d'un époux, dit sa tante en lui souriant gentiment. Et plus il sera riche, plus tu seras heureuse.

— Vous attendez-vous à ce que ce mari riche soutienne les ambitions du père Thomas ? demanda Glynis.

— Cela serait une bénédiction supplémentaire, bien entendu, répondit sa tante en lui tapotant la main. Cela nous éviterait d'avoir à retourner chez les prêteurs.

Éblouie par le soleil radieux, Claire savoura la sensation de ses rayons bienfaisants sur son visage. Elle n'arrivait pas à se souvenir de la dernière fois qu'elle avait été dehors. Perchée sur les épaules de l'homme aux yeux rieurs, elle dépassait tous les gens dans la rue.

S-o-r-c-h-a. Elle s'entraîna à épeler dans sa tête le nom que l'homme lui avait donné. Grand-mère ne l'appelait Claire que quand elle était en colère – sinon c'était « ma chérie ». Mais peut-être qu'elle se trompait. Quand Grand-mère lui avait offert la poupée, elle avait appelé Marie par différents prénoms avant de trouver le bon.

L'homme lui parlait avec des mots qui lui étaient familiers, et parfois elle essayait de comprendre ce qu'il disait. Elle s'était cependant habituée à écouter autre chose dans les voix. Par exemple, elle savait que quand la vieille femme haussait le ton cela signifiait qu'elle allait la gifler.

Mais la voix grave et profonde de l'homme la rendait heureuse.

Alex hissa la petite fille sur ses épaules pour éviter qu'elle se fasse marcher dessus.

— Tu vois cette étendue d'eau au loin ? demanda-t-il en pointant le doigt vers l'estuaire. C'est le Firth of Forth, l'estuaire que le bateau qui t'a emmenée ici a emprunté pour entrer dans Édimbourg. Tu as aimé être sur l'eau ?

Il leva les yeux vers la petite fille, qui hocha la tête. Puisqu'il lui fallait apprendre la langue, il lui parlait toujours en français dans un premier temps, puis traduisait ses paroles en gaélique.

— Nous allons dire au revoir à l'une de mes amies avant de partir, dit-il en commençant à gravir la colline. Cela ne prendra pas longtemps.

Aussi impatient qu'il était de quitter la ville, il éprouvait le besoin de s'assurer que Glynis était bien installée chez sa tante. Du moins, c'était ce qu'il se racontait.

Quand ils arrivèrent devant la maison de la tante de Glynis, il fit descendre Sorcha de ses épaules. Il avait l'impression qu'il s'était écoulé bien plus qu'une journée depuis qu'il s'était arrêté devant cette porte rouge avec Glynis. Il frappa, et la même domestique que la veille vint lui ouvrir.

— Est-ce que Glynis est…

Il s'interrompit en voyant la jeune femme descendre l'escalier, fraîche comme une brise printanière dans sa robe vert clair. Quand elle le vit, accompagné d'une petite fille, elle ne manifesta sa surprise qu'en écarquillant légèrement les yeux.

— Glynis, je te présente ma fille.

Alex s'attendait à ce qu'elle le traite de coureur de jupons, de pécheur, ou pire encore.

— Cela se voit, dit Glynis, un éclat dans les yeux. (Elle se pencha vers Sorcha avec un sourire chaleureux et posa sa main sur son épaule.) Comment t'appelles-tu, ma petite ?

— Elle ne parle pas, dit Alex.

— Elle ne connaît pas le gaélique ? demanda Glynis en levant les yeux vers lui.

— Sa mère est française, ce qui explique qu'elle n'ait pas appris le gaélique, expliqua-t-il. Mais je voulais dire qu'elle n'a pas encore prononcé un seul mot.

— Où est sa mère ? demanda Glynis d'une voix douce.

— Elle est repartie vers la France.

Glynis croisa son regard, et il lui fut reconnaissant de ne pas lui poser davantage de questions.

— Je me suis dit que ta famille connaissait peut-être une femme de confiance ici, que je pourrais engager pour prendre soin de ma fille pendant le voyage de retour. Je ne sais absolument pas m'occuper d'un enfant, encore moins d'une fille.

— Je pourrais le faire, dit Glynis précipitamment.

Alex la regarda fixement, se demandant s'il avait bien compris.

— J'ai trois jeunes sœurs, je sais donc m'y prendre avec les enfants, dit-elle d'une voix anormalement haut perchée. Et tu n'aurais pas besoin de me payer.

Cela faisait beaucoup de choses à digérer en une seule matinée, et pourtant il n'avait encore rien avalé.

— Qu'est-ce que tu veux dire ? Glynis, aie pitié d'un homme affamé et explique-toi clairement.

— Je me sens un peu idiote de te demander cela après tout le mal que tu t'es donné pour m'emmener jusqu'à Édimbourg.

— J'y ai pris un très grand plaisir, déclara-t-il, ce qui la fit rougir. Mais tu viens à peine d'arriver. Pourquoi voudrais-tu repartir si vite ?

— Je ne me rendais pas compte de ce que c'était que de vivre dans une ville, avec tous ces gens et ce bruit, dit-elle en triturant sa robe avec nervosité. La mer me manque, et la famille de ma mère est fermement décidée à me marier à un marchand.

— À un marchand ? Est-ce qu'ils sont fous ?

— Ils ont besoin d'argent. (Glynis s'accrocha à son bras et le regarda d'un air implorant.) Je préfère être malheureuse chez moi que malheureuse ici. Je t'en supplie, Alex, ne me laisse pas dans cette ville.

— Rassemble tes affaires, dit-il.

— Merci !

Glynis se jeta au cou d'Alex, mais le relâcha bien trop vite au goût de celui-ci.

— Mieux vaut ne rien dire à ta famille pour éviter tout débat, déclara-t-il en lui prenant le bras avant qu'elle se précipite dans l'escalier.

Ils se retournèrent tous deux vers la servante, qui se tenait toujours derrière Glynis.

— Je vais vous dire la même chose que j'ai dite à votre mère, dit Bessie. Vous ne trouverez pas votre bonheur dans cette maison, alors dépêchez-vous de partir avec votre beau Highlander.

— Bénie sois-tu, Bessie, dit Glynis en rassemblant ses jupes et en se dirigeant vers l'escalier.

— Mais emmenez-moi avec vous, mademoiselle, dit la bonne.

Les deux femmes regardèrent alors Alex avec des yeux suppliants.

— Est-ce que Bessie peut venir ? S'il te plaît…, demanda Glynis. Il ne serait pas convenable que je ne sois pas accompagnée d'une servante en arrivant chez moi. Nous pourrons dire à mon père qu'elle a voyagé avec nous à l'aller et au retour.

— C'est d'accord.

Que Dieu lui vienne en aide ! il allait devoir escorter trois femmes à présent. Il se garda bien de dire qu'il était justement venu ici à la recherche d'une servante.

Alors qu'il observait les deux femmes disparaître dans l'escalier, il sentit qu'on pressait sa main et baissa les yeux, surpris. Par tous les saints ! il avait déjà oublié sa petite fille. Quel genre de père allait-il être ?

Sorcha serra de nouveau sa main et montra l'escalier du doigt, comme pour demander une explication.

— Glynis vient avec nous, dit-il. Elle va s'occuper de toi.

Sa fille esquissa un sourire, son tout premier. Il sentit son cœur fondre comme neige au soleil.

— Alors tu aimes bien Glynis ? lui demanda-t-il.

Sorcha mit son pouce dans sa bouche et hocha solennellement la tête.

Alex soupira.

— Moi aussi.

Chapitre 25

Alex était en train de récupérer les chevaux dans l'écurie située derrière la taverne quand il entendit des bruits de pas derrière lui. Il rangea son dirk en constatant qu'il s'agissait de la fille du tavernier, une adolescente corpulente d'environ dix-sept ans, qui mit du temps à reprendre sa respiration.

— As-tu acheté une robe propre pour la petite fille avec la pièce que je t'ai donnée ? demanda-t-il.

Glynis avait insisté pour faire prendre un bain à l'enfant dans la taverne, ce qui avait soulagé Alex car jamais il ne s'y serait risqué lui-même. Sorcha était cependant si sale qu'il s'était dit qu'il la ferait tremper dans le premier loch qu'ils croiseraient.

— J'ai trouvé une robe, mais ce n'est pas ce que je suis venue vous dire, lui dit la jeune fille encore essoufflée. Des gardes royaux sont là et demandent à vous voir. Je leur ai dit que nous ne vous avions pas aperçu depuis hier, mais ils refusent de partir et surveillent la porte.

Damnation ! ils étaient en avance. Le régent était visiblement impatient de le remettre sous les verrous.

— Peux-tu faire sortir mes amis par-derrière sans que les gardes te voient ? demanda-t-il. (La jeune fille hocha la tête avec gravité. Alex la prit par les épaules et lui plaqua un baiser sur la joue.) Merci. C'est gentil à toi.

La jeune fille devint cramoisie et rentra dans la taverne en courant.

Quelques instants plus tard, Alex et ses trois femmes sortaient à cheval par-derrière, à l'insu des gardes.

— Regardez comme Sorcha se tient bien droite sur son cheval ! s'exclama Alex, qui tenait sa fille devant lui sur Belle-Rose. Elle a dû hériter cela de moi… C'est dans le sang, vous savez.

Glynis lui sourit d'un air indulgent. Elle offrait un bien charmant tableau sur Bouton-d'Or.

— Détends-toi, Bessie, dit Alex à la servante, qui se tenait raide comme un piquet, cramponnée à Glynis.

— Cette énorme bête aux yeux féroces s'appelle Bouton-d'Or ? demanda Bessie. Il a essayé de me mordre !

— Ah ! ne dis pas cela, tu lui fais de la peine, dit Alex en tendant le bras pour flatter l'encolure du cheval.

Glynis se couvrit la bouche pour étouffer un rire.

— Voici les hommes de d'Arcy, annonça Alex en montrant du doigt un petit groupe rassemblé devant les grilles du palais.

Il aurait préféré les retrouver ailleurs, même s'il ne pensait pas que les hommes du régent oseraient l'arrêter devant d'Arcy.

Apercevant Alex, d'Arcy chevaucha dans leur direction, son écharpe blanche flottant au vent.

— Je craignais que tu ne renonces à te joindre à nous. (D'Arcy adressa un sourire éclatant à Glynis et Sorcha.) Ces charmantes dames sont-elles ici pour te faire leurs adieux ?

— Elles voyagent avec moi, répondit Alex.

— Quelle agréable surprise ! s'écria d'Arcy, dont le regard s'attarda sur Glynis.

Alex se tourna vers elle.

— Je suis désolé de m'exprimer en français, mais je ne sais pas si mon ami ici présent parle une autre langue.

— Est-ce le gaélique que vous parlez avec cette ravissante dame ? demanda d'Arcy. Je ne connais pas cette langue, mais je peux me faire comprendre en écossais.

— Elle, non, mentit Alex. Quel dommage, j'ai bien peur que tu ne puisses pas du tout lui parler.

— Avec les femmes, les mots sont parfois superflus, dit d'Arcy sans quitter Glynis des yeux.

Ah ! ces Français.

— Qu'a-t-il dit ? demanda Glynis.

— Il veut savoir où sont les latrines, répondit Alex. Il a besoin de se soulager avant le départ.

Les joues de Glynis rosirent légèrement.

— Comment s'appelle cette dame ? demanda d'Arcy.

— Glynis MacNeil.

Alex lui avait répondu à contrecœur. Mais, puisqu'ils allaient voyager ensemble jusqu'à Inveraray Castle, il lui aurait été difficile de tenir son nom secret.

— Est-elle vôtre ? demanda d'Arcy.

— Non.

Puis, sans raison valable, il ajouta :

— Pas exactement.

Mais qu'est-ce qui lui prenait ? Il ne pouvait y avoir un homme meilleur pour Glynis. Chevalier hors pair, le comte Antoine d'Arcy possédait des titres importants et des terres en France, et entretenait des relations étroites avec le nouveau régent. Il avait en outre de nombreuses qualités : il était courageux, honnête et consciencieux. C'étaient ces vertus, et non sa ridicule écharpe blanche, qui lui valaient le surnom de Chevalier Blanc.

À la vérité, d'Arcy était tellement vertueux qu'il pouvait en devenir un brin ennuyeux. Et puis ce n'était pas un Highlander, mais ça, il n'y pouvait rien.

— Qu'est-il venu faire en Écosse ? demanda Glynis.

Alex traduisit sa question, puis grommela dans sa barbe en entendant la réponse de d'Arcy.

— D'Arcy a conçu la nouvelle artillerie et le fortin de Dunbar Castle pour le rendre plus sûr en prévision du retour d'Albany. (Alex se racla la gorge.) Et il est également à l'origine de la nouvelle artillerie du château d'Édimbourg.

Être riche et titré ne lui suffisait donc pas ? Il fallait en plus qu'il soit brillant ?

— Eh bien, c'est impressionnant, dit Glynis en adressant un signe de tête à d'Arcy.

— Je crois qu'il sait également marcher sur l'eau.

Au goût d'Alex, la liste des accomplissements de son ami était assommante au plus haut point.

— Ton amie du moment est très différente de celles que tu avais en France, remarqua d'Arcy, tirant Alex de ses pensées. Elle possède une beauté subtile, fascinante.

— Elle n'est pas mon « amie du moment », rétorqua Alex en serrant les dents.

Il ne voulait pas que d'Arcy pense qu'elle était ce genre de femme.

Haussant les sourcils, d'Arcy détacha brièvement son regard de Glynis pour jeter un coup d'œil à Alex.

— Elle est donc libre ?

— Pas de la manière dont tu l'entends, répondit Alex. Mais n'est-il pas temps de rassembler tes hommes ? Il commence à se faire tard.

— J'ai une mule qui ne sert pas, elle pourra être montée par la servante, dit d'Arcy. Il sera plus confortable pour la dame de chevaucher seule.

Quand d'Arcy fit demi-tour pour rejoindre ses hommes, Alex baissa les yeux et s'aperçut que Sorcha était blottie contre lui. Il était furieux contre lui-même de n'avoir su dissimuler son irritation à l'égard de d'Arcy. L'enfant était tellement sensible à ses humeurs qu'il lui faudrait faire plus attention désormais.

— Il ne faut pas s'inquiéter, ma petite, dit-il en tapotant ses cheveux soyeux. Personne ici ne te fera de mal.

— C'est une chance que nous ayons pu nous joindre au groupe du comte d'Arcy, dit Glynis quand ils se mirent en route.

— Hmmmph.

Alex aurait préféré voyager séparément, mais il serait plus sûr pour eux de faire la route aux côtés des hommes de d'Arcy. De toute façon, avec trois femmes sous sa protection, Alex n'avait pas vraiment le choix.

Tandis qu'ils sortaient de la ville, Alex réfléchissait désespérément à ce qu'il allait bien pouvoir faire de sa fille une fois qu'ils seraient arrivés à Skye. Il pourrait la confier à sa mère pour qu'elle l'élève, mais il craignait que ses parents se disputent autant à propos de leur petite-fille qu'ils ne l'avaient fait pour leur fils.

Pendant un moment, il envisagea de laisser Sorcha à son cousin Ian et à son épouse, comme Sabine l'avait suggéré. Mais leurs jumelles allaient devenir de véritables terreurs. Il en avait été une lui-même, aussi savait-il les reconnaître. Non, cette solution ne lui convenait pas du tout.

Il baissa les yeux vers Sorcha qui s'était endormie contre lui, et lâcha un soupir. La vérité était qu'il n'avait pas envie d'abandonner sa fille. Jamais il n'aurait imaginé s'attacher aussi vite à elle. Mais il ne pourrait pas l'élever seul ; une petite fille avait besoin d'une mère.

Alex essaya de résister de toutes ses forces, mais il finit par accepter à contrecœur l'évidence qui s'imposait. Pour garder sa fille auprès de lui, il devrait s'enchaîner à une épouse. Quoi qu'il en soit, il s'était menti à lui-même en pensant qu'il pourrait échapper au mariage pour toujours. Ni ses parents ni Connor n'auraient de cesse de le houspiller tant qu'il ne ferait pas le grand saut.

Il n'avait pas envie d'une femme. Mais, que cela lui plaise ou non, il en avait désormais besoin.

Il eut soudain la vision de Glynis debout devant les chevaux qui se cabraient, un dirk dans une main et un bâton ensanglanté dans l'autre. Elle serait une mère farouchement protectrice. Après l'indifférence de Sabine, c'était précisément le type de mère qu'il fallait à sa fille.

« *Múineann gá seift.* » « La nécessité est mère de l'invention. » Il pourrait résoudre tous ses problèmes d'un seul coup, et la solution se tenait juste devant lui.

Glynis figurait en tête de la liste d'épouses potentielles dressée par Connor. En se mariant avec elle, Alex pourrait ainsi accomplir son devoir envers son clan tout en donnant une bonne mère à Sorcha. Et, détail non négligeable, cette épouse idéale suscitait chez lui un désir permanent.

Glynis devait trouver un mari, et lui une épouse. Alex était persuadé qu'il pourrait trouver un arrangement raisonnable avec elle.

Il se tourna vers elle et lui sourit avec chaleur.

Comme le disait le dicton, il fallait battre le fer tant qu'il était chaud.

Qu'est-ce qui prenait à Alex ? Il n'arrêtait pas d'adresser à Glynis des sourires et des clins d'œil devant tout le monde.

— J'aimerais tellement m'éclipser et dormir avec toi à la belle étoile, dit Alex.

Rougissant jusqu'à la racine des cheveux, Glynis regarda furtivement autour d'elle. Heureusement, les cavaliers s'étaient déployés le long du chemin, si bien que personne n'était à portée de voix. Derrière eux, Bessie bavardait avec le valet de d'Arcy et semblait s'amuser follement.

— Pas devant ta fille, je t'en prie, siffla-t-elle.

— Mon lit m'a paru bien vide sans toi la nuit dernière. Je n'ai pas réussi à fermer l'œil.

— Alex, arrête ! Je suis sûre que tu dis cela à toutes les femmes.

— Non, je ne leur dis jamais qu'elles me manquent.

Glynis ne savait comment réagir à ces paroles. Malgré elle, elle était flattée de voir qu'Alex la désirait toujours. Mais elle songea qu'un long voyage les attendait et qu'excepté Bessie, qui avait une bonne vingtaine d'années de plus que lui, elle était la seule femme.

— Ce qui s'est passé entre nous n'aurait pas dû arriver, dit-elle à voix basse en se tournant vers lui. Et tu sais très bien que cela ne peut se reproduire.

— Pourquoi pas ?

Qu'il était exaspérant.

— J'ai agi ainsi en me disant que personne n'en saurait jamais rien, murmura-t-elle entre ses dents. Et parce que je pensais ne jamais te revoir.

— Tu en as pourtant envie autant que moi, affirma Alex en lui lançant ce regard brûlant qui lui donnait l'impression de suffoquer.

En voyant les cheveux d'Alex caresser ses épaules, elle se rappela alors quand elle y avait agrippé ses doigts. Et ce qu'elle avait ressenti quand il était en elle et répétait son nom.

Oui, elle en avait envie.

— Ce n'est pas le problème, conclut-elle. Je ne peux pas, et ne le ferai pas.

Chapitre 26

Glynis était assise avec Sorcha sur les genoux pendant qu'Alex alimentait le feu. Cela faisait quatre jours qu'ils avaient quitté Édimbourg et, tous les soirs, ils suivaient le même rituel : ils dînaient avec d'Arcy et ses hommes autour du grand feu de camp, puis Alex préparait un autre feu à l'écart, à quelques pas. Il avait improvisé une tente avec des couvertures pour Glynis, Bessie et Sorcha afin qu'elles aient un peu d'intimité. Bessie, qui n'était pas habituée aux longues journées à cheval, dormait déjà.

La lumière des flammes éclairait les cheveux blonds d'Alex et les traits de son visage parfait. Le froid commençait à s'installer mais, malgré tout, il releva ses manches, révélant ses avant-bras musclés. Se rendant compte que Glynis l'observait, il lui lança un regard de braise. Puis il promena ses yeux sur son corps entier, s'arrêtant par endroits, avec une telle intensité dans le regard qu'elle avait l'impression de sentir ses doigts sur sa peau nue.

Glynis savait ce qu'il voulait parce qu'elle désirait la même chose. Sa résistance faiblissait, à chevaucher à son côté toute la journée avant de s'endormir à quelques centimètres de lui. Voyager sur le même chemin qu'ils avaient emprunté pour venir à Édimbourg ne lui rappelait que trop distinctement la façon dont ils avaient passé leurs nuits à l'aller.

Elle ne déshonorerait pas sa famille en ayant ouvertement une liaison avec Alex. Mais, si elle avait de nouveau l'occasion d'avoir une aventure secrète avec lui, elle la saisirait. C'était cependant peu probable, avec une enfant, une servante et une vingtaine d'hommes à quelques pas, aussi Glynis s'efforça-t-elle de concentrer toute son attention sur Sorcha.

— Un, deux, trois… quatre, répéta-t-elle en gaélique en tenant les doigts de l'enfant. Cinq… six… sept… (Glynis sentit le regard d'Alex sur elle et se retourna vers lui.) Arrête de me regarder ainsi, veux-tu ?

Un sourire se dessina lentement sur le visage du jeune homme.

— De te regarder comme si j'avais envie de toi ? Je ne peux pas m'en empêcher, Glynis. Parce que c'est le cas.

— Fais attention à ce que tu dis, murmura-t-elle. Ta fille comprend peut-être déjà quelques mots de gaélique. (La tête de Sorcha reposait lourdement sur sa poitrine et ses paupières se fermaient, mais Glynis poursuivit.) Huit, neuf…

— Pour l'amour du ciel, Glynis, laisse cette pauvre enfant dormir. (Alex prit Sorcha dans ses bras et la regarda avec un doux sourire.) Je suis impatient de l'emmener naviguer. Le sang viking coule dans ses veines comme dans les miennes, cela saute aux yeux.

— Oui, approuva Glynis en songeant qu'ils offraient tous deux un tableau saisissant, avec leurs cheveux blonds miroitant à la lueur du feu. Et elle nageait déjà comme un petit poisson dans le loch tout à l'heure.

Alex étendit Sorcha dans la tente avec Bessie. Quand il revint près du feu, il s'assit si près de Glynis que leurs bras s'effleurèrent. Les yeux rivés sur le feu, Glynis essayait de calmer sa respiration.

— J'ai une proposition à te faire, annonça Alex.

Glynis sentit son estomac se nouer.

— Une proposition ?

Sa voix ne lui semblait pas du tout naturelle, et elle espéra qu'Alex ne l'ait pas remarqué. Avait-il besoin de lui présenter la chose de façon aussi formelle ? Il aurait été plus simple de l'entraîner à l'écart dans l'obscurité, de la prendre dans ses bras et de la couvrir de baisers. Mais Alex ne voulait pas se voir reprocher de l'avoir séduite. Non, il lui ferait admettre que c'était elle qui avait choisi de pécher avec lui.

— Je suis d'accord, dit-elle.

Elle serra le tissu de sa robe si fort que ses articulations blanchirent. Ne pouvait-il pas tout simplement passer à l'acte ?

— Je ne t'ai pas encore fait part de ma proposition.

— Pourquoi éprouves-tu toujours le besoin de me taquiner ? (Glynis était tellement gênée qu'elle n'osait pas le regarder.) Je t'ai dit que la réponse était oui. Mais pas maintenant. Nous devons d'abord être sûrs que tous les hommes soient endormis et que personne ne puisse nous voir.

Alex lui toucha le coude, et une sensation de picotement s'empara du bras de Glynis.

— Je ne plaisante pas, dit-il d'une voix profonde qu'elle sentit résonner en elle. Et ce n'est pas une proposition indécente, si c'est ce que tu penses.

Glynis fut envahie par une vague de chaleur. Il était déjà embarrassant de dire oui à une proposition de ce genre, mais ce l'était encore dix fois, non, cent fois plus quand cette proposition n'avait même pas été exprimée.

— Attends, dit Alex en lui prenant le bras lorsqu'elle voulut s'éloigner.

Elle se sentait blessée et humiliée, et avait envie de se retrouver seule.

— Glynis, écoute-moi. (Elle se débattit, mais il la tenait fermement.) J'ai aussi envie de toi.

C'était trop mortifiant.

— Laisse-moi partir, Alex.

Il lui prit le visage et le tourna vers le sien.

— Crois-moi, j'ai vraiment envie de toi.

Sa voix rauque et son regard brûlant la troublèrent. La désirait-il, oui ou non ?

— Partager ton lit fait partie de ce que je veux te demander, dit-il, ses yeux verts plongés dans les siens. Mais ce n'est pas le plus important.

Il existait donc une chose plus importante aux yeux d'Alex MacDonald ? Pour une surprise, c'était une surprise !

— Que veux-tu de moi ?

Elle n'arrivait pas à avoir les idées claires quand il était si près d'elle.

Alex la lâcha et se racla la gorge. Pour un homme habituellement si sûr de lui, il semblait soudain bien peu à son aise. L'instinct de Glynis était en alerte, lui intimant d'être prudente. Quoi qu'Alex soit sur le point de lui demander, il n'en avait sûrement pas réellement envie.

— Le mariage, exhala Alex, comme s'il avait dû lutter pour faire sortir le mot de sa bouche. C'est ce que je te demande.

— Le mariage ?

Glynis n'aurait pas été plus étonnée de voir une dizaine de fées venir se joindre à eux autour du feu.

— Tu vas devoir trouver un autre époux, déclara Alex. Tu l'as sûrement compris, à présent ?

Elle s'efforçait de se réconcilier avec cette idée depuis qu'elle s'était rendu compte que la famille de sa mère tenait tout autant que son père à la voir se remarier. Mais la pilule était dure à avaler.

— Si répugnante que me soit l'idée de mariage, je reconnais que je risque de ne pouvoir y échapper. Mais toi, Alex, tu ne peux sérieusement vouloir te marier.

— Ma fille a besoin d'une mère.

Elle comprenait maintenant ce qui avait motivé sa décision. Comment n'y avait-elle pas pensé avant ?

— Pourquoi moi ? demanda-t-elle. Nombreuses sont les femmes, y compris des filles de chef, qui cherchent un époux.

— Sorcha s'est immédiatement prise d'affection pour toi, répondit Alex. Elle s'est attachée à toi, et j'ai l'impression que c'est réciproque.

Glynis ne s'attendait pas à ressentir une telle déception.

— Tu serais une bonne mère pour elle, ajouta-t-il.

— Et c'est la raison pour laquelle tu m'as demandé d'être ta femme ? demanda-t-elle sur un ton plus acerbe qu'elle ne l'aurait voulu.

— Et puis nous nous entendons plutôt bien. (Alex haussa les épaules et lui adressa un sourire enjôleur.) Surtout au lit.

— Partager ton lit ferait donc partie de mes devoirs, en plus de jouer à la bonne d'enfants ? demanda-t-elle sèchement. Pendant combien de temps, Alex ?

La lueur de désespoir qui traversa le regard d'Alex fit à Glynis l'effet d'un coup de poignard dans le cœur.

— Tu sais ce que j'ai fait à mon premier mari. (Elle posa délibérément les yeux sur son entrejambe.) Tu n'as pas peur de subir le même sort ?

Rejetant la tête en arrière, Alex éclata de rire.

— J'adore ton humour, Glynis.

Si les choses pouvaient rester simples entre eux, tout irait bien, du moins, assez bien. Il était déterminé à élever sa fille dans un foyer paisible, loin des disputes et des cris au milieu desquels il avait grandi. L'exemple de ses parents lui avait montré que la passion était capricieuse, et que l'amour pouvait se transformer en haine. Et la haine était beaucoup plus tenace.

Magnus Clanranald avait fait la même erreur que le père d'Alex. Il avait mis sa femme dans une position dégradante en ne lui cachant pas ses maîtresses. Il n'aurait pas dû agir ainsi. Un bon mari devait faire preuve de considération envers son épouse. Si Alex n'arrivait pas à maîtriser son désir, il ferait en sorte que ses liaisons soient brèves et les épargnerait à Glynis.

— Je te respecterai toujours. (Le regard tourné vers le feu, Alex parla en toute sincérité.) Je promets que je ne t'humilierai pas. Je resterai toujours discret.

Ses parents lui avaient dit et redit que la fidélité n'était pas dans son caractère. Pourtant, en ce moment, Glynis était l'unique objet de tous ses désirs, et ils ne seraient pas assouvis tant qu'il ne lui aurait pas fait l'amour d'une centaine de manières différentes. Jamais une femme ne lui avait fait autant d'effet. Les quatre jours et quatre nuits qu'il venait de vivre avaient failli l'achever.

Il se tourna vers elle avec l'intention de l'attirer enfin dans les buissons. Mais il s'immobilisa à temps en voyant dans ses yeux d'autres flammes que celles du désir. Poussant un cri de fureur, elle bondit sur ses pieds. Alex s'estima chanceux qu'elle n'ait pas de vaisselle à portée de main. Apparemment, il avait fait une erreur en parlant de discrétion. Il se leva, réfléchissant à la meilleure façon de la calmer.

— Quelle femme pourrait dire non à un époux si plein d'égards ? s'écria-t-elle en plantant ses poings sur ses hanches.

— Je ne veux pas te mentir, dit-il. Je n'ai jamais essayé d'être fidèle, je ne sais donc pas si j'en suis capable.

— Tu es un romantique-né, Alexander Bàn MacDonald.

Grand Dieu ! l'obstinée Glynis MacNeil espérait-elle trouver l'amour ? Il était à mille lieues de s'en douter.

— Je pensais que ton premier mariage t'avait guérie de ce genre d'espoirs déraisonnables, dit-il.

À peine eut-il prononcé ces mots qu'il comprit qu'il avait commis un autre impair.

— C'est donc moi qui suis déraisonnable ? (Avec ses yeux réduits à deux fentes, elle avait l'air d'un chat sauvage prêt à l'attaque.) Et pourtant tu voudrais que je joue le rôle d'une mère pour ta fille, que je tienne ton foyer et que je partage ta couche tant que tu en auras envie. Puis, quand tu te seras fatigué de moi, je serais supposée me tenir docilement à l'écart pendant que tu enchaîneras les liaisons « discrètes » avec toutes les femmes consentantes des Hébrides extérieures ?

Alex se dandina d'un pied sur l'autre. Il ne couchait pas non plus avec toutes les femmes consentantes, mais le moment semblait mal choisi pour le préciser.

— Mais tu es si beau et si charmant, ironisa-t-elle en écartant les mains, que je ne peux qu'accepter cet arrangement.

— Tu es une femme sensée, dit-il, bien qu'il commence à en douter sérieusement. Tu dois épouser quelqu'un, et je ne serai pas un plus mauvais mari qu'un autre.

Pas beaucoup plus, en tout cas.

— De plus, poursuivit-il, puisque tu as déjà partagé mon lit, nous devons nous marier.

— J'imagine, reprit-elle sans prêter la moindre attention à sa remarque, que je pourrai également avoir des liaisons, tant que je reste discrète.

— Non.

Le mot était sorti tout seul. Il tuerait sans hésiter tout homme qui oserait poser les mains sur son épouse. Mais il s'abstint de le lui dire et ajouta :

— Supposons que tu tombes enceinte ? Je voudrais être sûr que l'enfant soit de moi.

— Indépendamment du fait que je sois très vraisemblablement stérile, ça ne te pose aucun problème que j'élève les enfants que tu as eus avec d'autres femmes, mais tu me refuses la pareille.

— Oui. (C'était ainsi que le monde fonctionnait. Pourquoi disait-elle cela comme si c'était lui qui l'avait inventé ?) Mais je n'ai qu'un seul enfant.

— Pour l'instant. (Elle croisa les bras.) Je suis très honorée par cette si charmante proposition, mais je refuse d'épouser un autre coureur de jupons. Si je dois absolument me remarier, je trouverai un homme fidèle et sérieux, sur lequel je pourrai compter.

Il voulut lui prendre la main, mais elle la retira vivement.

— Alexander Bàn MacDonald, dit-elle en pointant son doigt sur son torse, tu es le dernier homme de tous les Highlands que je serais prête à accepter pour époux.

Sorcha ouvrit les yeux dans l'obscurité et se sentit submergée par la peur. Mais elle entendit la respiration légère des deux femmes à ses côtés et sut qu'elle n'était pas de retour dans la chambre avec la grosse souris. Malgré tout, elle eut envie de voir les étoiles pour s'en assurer.

Veillant à ne pas réveiller Glynis et Bessie, elle sortit de la tente en rampant. De l'autre côté du feu de camp éteint, son père était assis tout seul dans le noir. Elle ne distinguait qu'une silhouette noire dans la nuit, mais elle savait qu'il s'agissait de lui. Et qu'il était triste.

L'herbe lui mouilla les pieds quand elle s'approcha de lui en contournant le feu.

— Tu n'arrivais pas non plus à dormir ? lui demanda-t-il d'une voix douce quand elle vint se blottir sur ses genoux.

Elle secoua la tête et montra les étoiles du doigt.

— Il faut que je fasse un vœu ?

Il semblait toujours la comprendre. Il se mit à rire puis déclara :

— Je suppose que cela ne peut pas me faire de mal.

Ensemble, ils cherchèrent l'étoile la plus brillante pour qu'il puisse lui adresser son vœu.

Sorcha, elle, n'avait plus besoin d'en faire. Le sien avait été exaucé quand son père l'avait retrouvée.

Chapitre 27

Glynis MacNeil était une femme diablement obstinée. Depuis qu'Alex avait suggéré qu'ils se marient il y avait une semaine de cela, elle ne lui avait pas adressé la parole, sauf dans les situations de nécessité absolue.

Et, pire que cela, elle passait beaucoup trop de temps à chevaucher au côté de d'Arcy. Justement, ils étaient devant Sorcha et Alex à présent, engagés dans une conversation fort animée à en juger par leurs gestes et les quelques mots qu'il parvenait à entendre. Apparemment, elle était en train d'apprendre le gaélique à d'Arcy. Glynis avait néanmoins tenu sa promesse de prendre soin de Sorcha pendant le voyage. Tous les soirs, elle s'asseyait près du feu avec sa fille sur les genoux puis dormait avec elle – au lieu de lui.

Alex avait généralement pour habitude de laisser les femmes venir à lui, mais il n'avait pas renoncé à séduire Glynis pour la persuader de l'épouser. Cela ne devrait pas s'avérer difficile, car il voyait bien qu'elle le désirait. Il la surprenait sans cesse à le regarder, parce qu'il passait son temps à faire de même. Malheureusement, les occasions de lui faire du charme alors qu'ils chevauchaient en compagnie d'une vingtaine d'hommes et de sa fille étaient rares, aussi Alex prenait-il son mal en patience en attendant d'arriver au château des Campbell.

Pour l'heure, il essayait de s'attirer ses faveurs en racontant des récits autour du feu. Glynis ne cessait de l'étonner car, sous ses dehors de jeune femme sérieuse et raisonnable, elle était incapable de résister à une bonne histoire. Alex espérait que son penchant finirait aussi par s'étendre au conteur.

— Ce château que tu aperçois de l'autre côté du loch est celui d'Inveraray, le fief du clan Campbell, dit Alex à Sorcha en le montrant du doigt. (Désormais, il lui arrivait de ne plus lui parler qu'en gaélique. Quand elle ne comprenait pas quelque chose, elle lui tapotait le bras pour le lui faire savoir.) Nous y arriverons demain.

Glynis fit ralentir son cheval pour se mettre à leur hauteur.

— Le clan Campbell est très puissant, et ce château n'est que l'un de ceux qu'il possède, poursuivit Alex. Son chef est capable de lever des centaines de guerriers.

Jetant un œil à Glynis, Alex décida qu'un peu de jalousie pourrait servir sa cause.

— Glynis, crois-tu que je devrais chercher une femme parmi les Campbell ? Rien ne pourrait faire plus plaisir à mon chef.

— Ni au mien. (Elle lui lança un regard si dur qu'il aurait pu fendre un bloc de granit.) J'ai le sentiment qu'une fille de chef devrait plaire à ces rapaces de Campbell.

— Si tu veux trouver un mari, permets-moi de te conseiller d'être un peu plus aimable, dit Alex. Les hommes aiment les femmes douces et agréables.

Sorcha lui tapota le bras, mais il secoua la tête. Ce n'était pas une conversation pour une enfant.

— C'est ce que tu diras à ta fille un jour ? demanda Glynis. Qu'elle doit être douce et agréable ?

— Si je voulais qu'elle se marie, oui, mentit-il.

— Hmmmph.

Sorcha tapait furieusement sur son bras. Enfin, il détacha son regard de la femme exaspérante qui chevauchait près de lui pour regarder sa fille.

— Tu veux savoir pourquoi nous nous disputons, c'est ça ? demanda-t-il à Sorcha, qui hocha la tête. C'est parce que Glynis est aussi têtue qu'une mule, et qu'elle est incapable de discerner ce qui est bon pour elle.

Il répéta son explication dans trois langues, pour être certain que Glynis ait bien compris.

Sorcha s'était endormie depuis longtemps, la tête posée sur les genoux de Glynis. Près d'elle, Bessie ne cessait de bâiller, pendant que les hommes racontaient des histoires à tour de rôle. Glynis s'était préparée à résister à Alex s'il tentait de se retrouver seul avec elle pour leur dernière nuit avant d'arriver à Inveraray Castle. Mais il ne semblait nullement pressé de quitter le feu de camp.

Elle aurait dû réveiller Sorcha et Bessie, et aller se coucher avec elles, mais elle n'arrivait pas à s'y résoudre car elle aimait écouter ces histoires. Pour être honnête, elle attendait seulement d'entendre celle d'Alex. C'était de loin le meilleur conteur, et ainsi elle pouvait le regarder à loisir.

Quand le tour d'Alex arriva enfin, Glynis sourit, impatiente de l'entendre.

— Puisque nous allons chez les Campbell, je vais vous raconter comment le frère du chef Campbell est devenu comte de Cawdor.

Alex étendit les jambes, se préparant pour une longue histoire. Il se lança alors dans son récit, captivant peu à peu son auditoire et réchauffant Glynis aussi sûrement que les flammes.

— Il y a dix-sept ans, le dernier comte de Cawdor mourut en laissant derrière lui une petite fille aux cheveux roux prénommée Muriel. Elle était la dernière de la lignée, et l'unique héritière du fief de Cawdor.

» Dans tous les Highlands, des chefs commencèrent à réfléchir à une façon de sceller une alliance entre la jeune Muriel et leur fils. En effet, l'homme que la petite fille épouserait, quel qu'il soit, deviendrait le prochain comte de Cawdor. Muriel était encore une enfant, ils avaient donc le temps de concevoir un plan, ou du moins c'était ce qu'ils pensaient.

» Mais toutes ces terres et ces richesses entre les mains d'une seule petite fille se révélèrent une trop grande tentation pour les Campbell. Par une belle journée, alors que la jeune Muriel était âgée de quatre ans, sa bonne l'emmena se promener à l'extérieur de Cawdor Castle. C'est alors qu'un groupe de guerriers

Campbell, qui guettait justement une telle occasion, surgit des bois et enleva l'enfant.

Glynis hoqueta de surprise, et Alex la regarda à travers le feu avec des yeux pétillants.

— Les oncles de Muriel se lancèrent évidemment à leur poursuite, reprit-il. Les Campbell étaient loin de chez eux, et l'écart entre eux et les membres du clan de Muriel se réduisit rapidement. Mais les Campbell les virent arriver de loin, et posèrent alors un gros chaudron retourné sur le sol. L'un des Campbell ordonna à ses sept fils de défendre le chaudron jusqu'à la mort, en prétendant que la petite Muriel s'y trouvait.

Les sept fils se battirent bravement, mais périrent tous. Quand les membres du clan de Muriel soulevèrent le chaudron pour sauver la petite fille, ils ne trouvèrent rien d'autre que l'herbe verte du sol. Pendant que les sept frères combattaient, le reste du groupe s'était enfui avec la petite fille.

— La route entre Cawdor Castle et les terres des Campbell est longue, intervint l'un des hommes autour du feu. La petite Muriel a-t-elle survécu ?

— Vous allez pouvoir en juger par vous-mêmes, dit Alex. Quand l'un des guerriers Campbell demanda ce qui se passerait si l'enfant mourait avant d'être en âge de se marier, le chef déclara…

Alex marqua une pause pour faire durer le suspense, jusqu'à ce que quelqu'un s'écrie :

— Allez, Alex, dis-nous ce qu'il a dit.

— Le chef déclara que la petite héritière ne mourrait pas tant que l'on trouverait une fille aux cheveux roux sur l'une des rives du loch Awe qui, comme vous le savez, est situé en plein cœur des terres Campbell.

— Quel rusé fripon ! s'exclama l'un des hommes, provoquant un éclat de rire général.

— C'était pour empêcher une imposture de ce genre, dit Alex en levant le doigt pour ramener le silence, que la bonne de Muriel eut la présence d'esprit d'arracher d'un coup de dent le bout du petit doigt de la fillette quand elle vit les Campbell surgir des bois.

— Ah, la pauvre enfant ! murmura Bessie.

— Mais pensez-vous vraiment qu'après s'être donné tout ce mal pour capturer Muriel, les Campbell renonceraient à toutes ces terres et ces richesses pour une articulation manquante ? (Alex promena lentement son regard sur son auditoire.) Qui nous dit qu'ils n'ont pas trouvé une autre jeune fille aux cheveux roux à qui ils ont arraché l'extrémité du petit doigt ?

Il y eut un long silence autour du feu.

— Mais Muriel a survécu ? ne put s'empêcher de demander Glynis.

— La plupart des gens sont d'avis que oui, répondit Alex. La petite fille rousse fut élevée dans le foyer du chef du clan Campbell, et mariée à son fils, John, à l'âge de douze ans.

C'était l'âge légal de consentement, mais c'était malgré tout bien jeune pour se marier.

— Oh ! la pauvre petite doit être bien malheureuse, s'apitoya Glynis.

— Il est vrai qu'à l'origine il s'agissait uniquement d'un mariage de raison, dit Alex en lui lançant un regard appuyé. Mais c'était il y a cinq ans et, aux dires de tout le monde, c'est un couple remarquablement heureux.

Glynis avait parfaitement compris l'allusion d'Alex. Soutenant son regard, elle répliqua :

— Dévoués l'un à l'autre, à n'en pas douter.

— Oui, malgré le fait que les Campbell aient tué tous les oncles de Muriel après le mariage, dit Alex avant de se tourner vers les hommes autour du feu. La leçon à retenir, mes amis, est qu'il faut éviter de se mettre en travers de la route des Campbell.

— Je pourrais écouter les histoires de cet homme tous les soirs sans jamais me lasser, dit Bessie en lâchant un long soupir.

Glynis non plus. Sauf si elle devait se demander qui le conteur d'histoires emmènerait dans son lit ensuite.

Chapitre 28

Inveraray Castle, Argyll

Glynis se força à détacher son regard du petit doigt de la jeune femme aux cheveux roux, dont la dernière articulation manquait, et se concentra sur son visage. À en croire la façon dont lady Muriel couvait son mari des yeux, il était évident qu'elle l'adorait. Quant à John Campbell, il était agréablement surprenant de voir son air sévère se radoucir chaque fois qu'il se tournait vers Muriel. Tous deux rayonnaient de bonheur.

Glynis refoula l'émotion qui la submergeait à la vue de ce couple. Longtemps auparavant, elle avait espéré trouver un amour semblable en se mariant. Après la désillusion qu'elle avait subie en épousant Magnus, elle avait décidé de ne jamais se remarier plutôt que d'être déçue une deuxième fois.

Malgré elle, son regard dériva vers la table d'honneur où était assis Archibald Campbell, devenu comte et chef à la mort de son père lors de la bataille de Flodden. Le chef Campbell était un homme large d'épaules, aux cheveux noirs et aux yeux perçants.

Ce n'était cependant pas le chef qui avait attiré l'attention de Glynis, mais sa sœur.

Catherine Campbell était attablée entre le chef et Alex. Avec ses courbes voluptueuses, son teint de porcelaine et ses yeux d'un noir éclatant, Catherine était le genre de femme dont tous les hommes rêvaient. Et n'importe qui pouvait constater que c'était Alex qu'elle voulait. La subtilité ne semblait pas être son fort.

Le rire profond et sensuel de Catherine résonnait jusqu'aux oreilles de Glynis, malgré le bruit qui régnait dans la pièce. Celle-ci piqua un pavé de porc avec son couteau et le découpa en petits morceaux pour Sorcha, assise à côté d'elle. Glynis mâchait ses aliments avec une telle force que sa mâchoire était douloureuse.

Elle se donnait tant de mal pour ne pas quitter des yeux son assiette qu'elle ne remarqua le silence qui s'était abattu sur la salle que lorsque Sorcha lui donna un coup de coude. Quand elle leva les yeux, on n'entendait plus que les murmures furieux du chef Campbell, de son frère et de sa sœur, assis à côté de lui. La place à côté de Catherine était vide.

— Glynis.

Elle sursauta en entendant la voix d'Alex derrière elle. Posant la main sur son épaule, il lui dit à l'oreille :

— Nous allons sortir de cette pièce.

— Pour quelle raison ? demanda-t-elle.

— Shaggy MacLean vient d'arriver dans le château, dit-il. Mieux vaut éviter de nous retrouver mêlés à ce qui va se passer.

Sans attendre son accord, Alex prit Sorcha dans ses bras et tira Glynis par la main. Il les emmena vers une petite porte latérale derrière la table d'honneur. Elle menait à un passage étroit, entre le mur de pierre du château et le lambris décorant la grande salle.

— Qu'est-ce que Shaggy fait ici ? murmura Glynis.

— Je pense qu'il est venu annoncer aux frères de Catherine la terrible nouvelle de la mort accidentelle de son épouse bien-aimée.

— Il n'aura tout de même pas cet aplomb !

— Viens, dit Alex avec un grand sourire. Nous allons pouvoir assister au spectacle, il y a un judas derrière la table d'honneur.

Dans un château, l'emplacement des judas faisait partie des secrets de famille. Soit Catherine Campbell manquait cruellement de discrétion, soit elle avait anticipé l'arrivée d'Alex dans la famille.

— Qui était cet homme assis à côté de toi ? demanda Alex. Vous avez eu l'air de bien vous entendre.

Glynis se rappelait à peine avoir adressé la parole à son voisin, et il lui fallut quelques instants de réflexion pour se souvenir de son nom.

— Malcolm Campbell. Il paraissait être quelqu'un de calme et sérieux.

— Terne et assommant, tu veux dire, rétorqua Alex.

— Je suis certaine que c'est un homme bien, dit-elle. Il faut se méfier de l'eau qui dort.

— De l'eau stagnante, dans son cas. (Alex se tourna vers Sorcha et posa un doigt sur ses lèvres pour lui signifier de ne pas faire de bruit.) Je t'expliquerai plus tard, ma chérie.

S'arrêtant, Alex désigna d'un geste les deux judas qui se trouvaient tout près l'un de l'autre. Quand ils se penchèrent pour regarder, il mit son bras autour des épaules de Glynis. Elle ferma les yeux pendant un instant, savourant la sensation de sa main posée sur elle, avant de se rappeler ce qu'elle était censée faire.

— Je le vois, murmura-t-elle.

Shaggy traversa la grande salle, tête baissée, comme accablé par le poids de son chagrin. Une fois arrivé au milieu de la pièce, il fit mine de chanceler, puis se mit à pleurer et à pousser les lamentations les plus déchirantes que Glynis ait jamais entendues.

— Quel formidable acteur, remarqua Alex.

Lady Catherine avait quitté la table. Se rappelant à quel point elle avait elle-même été ébranlée en retrouvant son ancien mari, Glynis comprenait pourquoi Catherine voulait éviter de revoir Shaggy après ce qu'il lui avait infligé.

Les épaules agitées de soubresauts, Shaggy s'arrêta un instant pour s'essuyer le visage avec un grand mouchoir. Puis il continua son cinéma avec force larmes et gémissements plaintifs.

Il n'était plus qu'à quelques pas de la table d'honneur quand il s'arrêta subitement, comme foudroyé. La bouche grande ouverte, il porta la main à son cœur. Glynis suivit son regard effaré et aperçut Catherine qui prenait place à côté du chef Campbell.

Glynis entendit le petit rire d'Alex lorsque Shaggy regarda par-dessus son épaule, s'attendant apparemment à voir les gardes se jeter sur lui.

— Vont-ils le tuer ? demanda Glynis.

— Les Campbell ont l'intention de respecter la tradition d'hospitalité en vigueur dans les Highlands depuis des siècles : ils n'assassineront pas Shaggy tant qu'il sera un de leurs hôtes, expliqua Alex.

Le chef Campbell adressa un discret signe de tête à l'un des domestiques, qui guida Shaggy vers un siège. Alors que celui-ci semblait sur le point de défaillir, Catherine et ses frères continuaient de manger et de boire comme si de rien n'était. Ils faisaient preuve d'un sang-froid remarquable.

— Sorcha commence à s'agiter, dit Alex. À moins que tu ne veuilles regarder Shaggy transpirer à grosses gouttes, il n'y a plus rien à voir.

Guidés par Alex, ils sortirent de l'étroit couloir puis montèrent à l'étage par un escalier de service.

— Qu'est-ce que les Campbell vont faire de Shaggy ? demanda-t-elle.

— Ils vont attendre leur heure et s'amuser un peu avec lui. Ils veulent que Shaggy ne sache pas quand et où ils frapperont. Mais un jour il sera retrouvé mort avec un dirk dans le ventre, et tout le monde saura que c'est l'œuvre d'un Campbell.

Alex ouvrit une porte en haut de l'escalier, et Glynis se retrouva devant la chambre qu'elle partageait avec Sorcha et Bessie.

— Comment cela se fait-il que tu sois au courant de l'existence de ces judas et de ces passages secrets dans le château des Campbell ? demanda-t-elle.

— Les gens adorent me raconter leurs secrets, répondit Alex.

Par les gens, ils voulaient dire les femmes. Et, dans le cas présent, lady Catherine Campbell.

Glynis aida Sorcha à se préparer pour aller au lit, puis Alex s'assit par terre près de la paillasse de sa fille. Passant avec aisance du français au gaélique, il lui raconta une longue histoire. Glynis la connaissait déjà du *seannachie* de son père, mais jamais elle ne lui avait paru aussi passionnante.

— On dirait un petit ange, fit remarquer Glynis quand Sorcha se fut endormie.

— Il est encore tôt, dit Alex avec une lueur dans les yeux qui la rendit nerveuse.

— Bessie va monter dans un instant.

Alex secoua la tête.

— Je crois que ta servante s'est trouvé un homme.

— Bessie ? demanda Glynis. Tu plaisantes ?

— Tu peux me croire, je sais reconnaître ces choses-là, dit Alex en s'avançant vers elle. Nous ne la verrons pas revenir avant au moins deux ou trois heures.

Glynis recula jusqu'à ce que son talon heurte la porte en bois avec un bruit sourd.

— Malgré tout, poursuivit Alex en glissant le bras derrière elle pour barrer la porte, mieux vaut nous assurer que nous n'allons pas être interrompus.

— Ta fille est endormie sur le sol !

— C'est pour cela qu'il y a des tentures de lit, répliqua-t-il. Allez, Glynis, laisse-moi te montrer à quel point tu m'as manqué.

— Catherine ne t'attend-elle pas ? demanda-t-elle.

— Ainsi, tu es jalouse. (Il émit un petit rire guttural.) J'ai le sentiment que Catherine et ses frères vont vouloir surveiller Shaggy pendant encore un moment.

— Je vois. Tu as donc un peu de temps à tuer, n'est-ce pas ?

— Tu es la seule femme à qui j'aie jamais demandé de devenir ma femme, affirma-t-il.

Elle ferma les yeux quand il pencha la tête vers elle et pressa ses lèvres chaudes sur son cou.

— C'est toi que je veux, Glynis MacNeil, murmura-t-il tout contre sa peau. Ne m'oblige pas à chercher une autre épouse.

— Je ne peux pas faire ça, dit-elle en le repoussant. Nous ne sommes pas encore mariés, et tu as une autre femme qui t'attend plus tard.

— Mais je n'en veux pas, rétorqua-t-il. C'est toi que je veux.

Il avait l'air si sincère qu'il serait facile de le croire. Malgré tout, il n'avait pas nié le fait que Catherine l'attendait.

— Combien de temps ton désir pour moi va-t-il encore durer ? demanda-t-elle. Une semaine ? Un mois ? Cela ne me suffira pas.

— Et si je te faisais la promesse que je n'aurai pas d'aventures, dit-il d'un air affligé. Est-ce que tu m'accepterais comme époux ? Sorcha et moi avons besoin de toi.

— Comment pourrais-je te faire confiance ? demanda-t-elle, bien que les caresses d'Alex soient sur le point de lui faire perdre tout bon sens. Tu m'as dit toi-même que tu ne savais pas si tu parviendrais à être fidèle.

— Quand je donne ma parole, dit-il durement, je la tiens.

Elle voulait qu'il lui soit fidèle parce qu'il n'avait envie de personne d'autre, et pas par obligation. Quelle folie que d'exiger l'impossible d'Alexander Bàn MacDonald. S'il l'aimait, peut-être aurait-elle fait taire ses inquiétudes et espéré. Mais Alex n'avait en tête que le bien de sa fille.

— Je t'en prie, Glynis, supplia-t-il d'une voix douce qui lui fit l'effet d'une caresse sur sa peau. Dis-moi que tu vas m'épouser, et viens sur le lit avec moi.

Chapitre 29

Alex flirtait de façon éhontée avec Catherine, mais son cœur n'y était pas. Il avait passé la moitié de sa vie à essayer d'éviter les femmes jalouses, et voilà qu'il s'efforçait lui-même d'éveiller ce sentiment chez l'une d'entre elles. En vain.

La veille au soir, il était certain que Glynis allait céder, pourtant ce ne fut pas le cas. Si elle continuait à se refuser à lui, il devrait se résoudre à choisir une autre femme. Sa fille avait besoin d'une mère.

Alex aperçut Sorcha et Bessie qui empruntaient la porte menant aux étages supérieurs. Glynis n'était pas avec elles. Il regarda autour de lui, mais ne la trouva pas dans la grande salle.

D'Arcy n'était pas là non plus.

Sous la table, Catherine remontait sa main jusqu'à son entrejambe. Dieu sait que cette partie de son corps souffrait d'un terrible manque d'attention, mais il n'avait pas le temps pour cela.

— Viens me retrouver dans ma chambre ce soir, lui glissa-t-elle à l'oreille.

Alex était habitué à éviter les promesses, et se garda bien de lui en faire.

— Je dois bientôt retrouver tes frères, mais avant cela je vais passer voir ma fille, dit-il en écartant doucement la main de Catherine de sa jambe.

Il en avait vraiment l'intention. Dès qu'il aurait trouvé Glynis.

— Ta fille ? (Catherine se pencha vers lui jusqu'à ce que ses seins soient pressés contre son bras.) Sa bonne d'enfants ne peut pas s'en occuper ?

— Sorcha n'est pas habituée à être entourée d'autant d'étrangers, répondit Alex. Elle a vécu des moments difficiles, et elle devient nerveuse quand elle ne me voit pas pendant trop longtemps.

— Pauvre enfant ! s'apitoya Catherine en plissant ses lèvres rouges et charnues. Elle a de la chance d'avoir un père aussi attentionné.

Touché par le compliment de Catherine et par sa sollicitude vis-à-vis de sa fille, Alex sourit.

— Je suis heureux que tu comprennes.

S'il n'arrivait pas à faire entendre raison à Glynis, peut-être devrait-il envisager d'épouser Catherine.

Glynis était dans un tel état d'agitation intérieure qu'elle avait demandé à Bessie d'emmener Sorcha faire une sieste pendant qu'elle allait se promener le long de la rive du loch. Le regard perdu dans les montagnes, elle se prit à souhaiter d'être chez elle, quand elle sentit une présence et se retourna.

— Vous m'avez fait peur, lord d'Arcy, dit-elle en portant la main à sa poitrine.

— Je vous en prie, appelez-moi Antoine, lui demanda-t-il avec son charmant accent. Me permettez-vous de vous accompagner dans votre promenade ?

— Bien sûr, dit-elle. Vous avez un don remarquable pour les langues, lord… Antoine. Votre gaélique s'améliore de jour en jour.

— J'ai un bon professeur, répondit-il en lui prenant le bras. J'espère que vous pourrez continuer de le parler avec moi.

— Je ne vais pas rester longtemps à Inveraray. (Du moins l'espérait-elle.) Mais je serais heureuse de vous aider jusqu'à mon départ.

Ils marchèrent pendant un moment, puis d'Arcy s'arrêta et se tourna vers elle pour lui faire face.

— J'ai une question importante à vous poser. (Il lui prit la main et la baisa, comme si elle était une princesse.) Albany m'a nommé châtelain de Dunbar Castle, une grande forteresse au bord de la mer, à l'est. Envisageriez-vous de me rejoindre là-bas et de devenir reine de mon château ?

Une demande en mariage était la dernière chose à laquelle elle s'attendait.

Glynis savait qu'elle devrait s'écrier « oui » et se jeter à son cou. D'Arcy était parfait sous tous les aspects : il était beau, sérieux, bourré de principes, et c'était un guerrier hors pair. Et, surtout, il était très proche du régent, et donc en position de protéger son clan.

D'Arcy dépassait tellement les attentes de son père qu'elle était tentée d'accepter sa proposition, même si c'était par dépit. Et elle savait qu'il ferait un mari extrêmement attentionné.

Alors pourquoi restait-elle ainsi muette ?

Parce que le visage rayonnant d'Alex MacDonald était apparu dans son esprit. À bien des égards, Alex ne correspondait pas à ses attentes, et pourtant le diable lui intimait de choisir cet homme outrageusement charmant.

— Je vous remercie pour votre aimable proposition, répondit-elle enfin. Je vous demanderai de m'accorder une journée de réflexion.

— Naturellement.

D'Arcy lui baisa de nouveau la main. Ce geste romantique aurait dû la faire soupirer d'aise. Pourtant, malgré la beauté et la galanterie de d'Arcy, elle ne ressentait rien pour lui.

C'était une vive déception. Elle n'aurait pas eu besoin, à lui, de lui demander s'il respecterait ses vœux de mariage ; d'Arcy était un homme d'honneur.

Alex adressa un clin d'œil à Catherine puis partit à la recherche de Glynis. Il croisa d'Arcy dans l'escalier du donjon.

— Je viens de parler avec ta charmante amie Glynis. (D'Arcy sourit à Alex avec l'air d'un enfant qui vient de faire une bêtise.) Je crains que tu ne doives accomplir le reste du voyage sans elle. Elle va partir avec moi.

— Pardon ?

— Elle m'a demandé une journée pour réfléchir à ma proposition, dit d'Arcy, mais je crois qu'elle va dire oui.

— Tu as demandé Glynis en mariage ?

Alex eut l'impression de sombrer dans un précipice, sans rien à quoi se raccrocher.

— Bien sûr que non, répondit d'Arcy. J'ai déjà une épouse.

— Tu es marié ?

— Tu devrais y penser aussi, mon ami, dit d'Arcy en posant la main sur l'épaule d'Alex. Ma chère Isabelle attendait un enfant quand je suis parti, aussi avons-nous décidé qu'il était préférable qu'elle reste en France pour le moment. Pour parler franchement, je ne suis pas certain que votre pays sauvage lui conviendrait.

— Si tu as déjà une femme, qu'as-tu donc demandé à Glynis ?

— Je voudrais en faire ma maîtresse, bien entendu. Si Isabelle peut me rejoindre en Écosse plus tard, alors j'envisagerai autre chose pour Glynis. Je ne ferai pas subir à mon épouse l'affront de faire vivre une autre femme sous notre toit en sa présence.

— Tu ne crois pas sérieusement que Glynis va accepter de devenir ta maîtresse, n'est-ce pas ?

— Je sais que tu te soucies de Glynis. Je peux t'assurer que si des enfants devaient naître de notre liaison je subviendrais à leurs besoins.

— Tu ne comprends pas, dit Alex, qui avait une furieuse envie de secouer son ami pour lui faire retrouver la raison. Je suis certain que Glynis a cru que tu la demandais en mariage.

— En mariage ? (D'Arcy écarquilla les yeux de stupeur.) Mais, même si je n'avais pas déjà une femme, cela serait absurde.

Alex avait l'impression que sa tête allait exploser.

— Et pourquoi donc ?

— Je ne pourrai jamais épouser ce genre de femme.

Alex empoigna d'Arcy par sa tunique.

— Qu'est-ce que tu entends exactement par là ?

— Le genre de femme à avoir une liaison avec toi, Alexander.

— Glynis n'est pas ce genre de femme.

Alex envoya son poing dans la mâchoire de d'Arcy, ce qui lui fit un mal de chien mais lui procura malgré tout un sentiment de satisfaction.

— Je suis désolé, dit d'Arcy en se frottant la mâchoire. Mais je vois bien à la façon dont vous vous regardez que tu l'as déjà possédée. Alors, quoi que tu en dises, Glynis n'est pas si innocente que ça.

— Surveille ta langue si tu tiens à ton nez, avons-nous coutume de dire chez nous. Alors si tu ne veux pas te retrouver avec le tien cassé, je te conseille de ne pas oublier que Glynis est la fille d'un chef, et une femme qui mérite ton respect.

— Je ne lui ai pas manqué de respect, rétorqua d'Arcy d'un air indigné. Je lui ai simplement fait une proposition.

— Je n'aurais jamais imaginé que le Chevalier Blanc puisse regarder une autre femme une fois marié.

— Aucun homme n'est « pur » à ce point. (D'Arcy s'interrompit un instant pour essuyer le sang qui coulait du coin de sa bouche avec un mouchoir blanc.) Je n'arrive pas à comprendre pourquoi tu te mets dans un tel état. Il n'y a aucun mal à prendre une maîtresse, surtout en l'absence de mon épouse.

— Tu vas révéler à Glynis la vraie teneur de ta proposition, dit Alex en s'approchant si près de d'Arcy que leurs visages se touchèrent presque.

— Je n'ai pas voulu lui dissimuler mes intentions, répliqua d'Arcy en reculant d'un pas.

— Tu vas le lui dire aujourd'hui.

— Bien sûr que je serai honnête avec Glynis. (D'Arcy le regarda d'un air interrogateur.) Mais toi, mon ami, en feras-tu de même ?

— Je ne lui ai rien caché.

Il lui avait même fait une honnête proposition.

— Pourtant, je ne crois pas que tu aies avoué à cette charmante dame tes véritables sentiments, dit d'Arcy en le scrutant, les yeux plissés. Si moi-même je les avais connus, jamais je ne l'aurais approchée.

Sorcha se cacha dans les jupes de Bessie en voyant la femme aux yeux noirs s'approcher. Parfois, elle regardait Sorcha comme un chien méchant prêt à l'attaque.

— Tu peux disposer, dit la femme à Bessie. Je vais l'emmener voir son père.

— La maîtresse m'a dit..., commença Bessie, mais sa voix s'étrangla.

Sorcha était bien placée pour comprendre que les mots pouvaient parfois rester coincés au fond de la gorge.

Bessie s'éloigna en leur lançant un long regard par-dessus son épaule. Sorcha tenta de se dégager quand la femme l'attrapa par le poignet, mais celle-ci lui lança de nouveau son regard de chien méchant.

— Ne fais pas d'histoires, lui ordonna-t-elle sèchement en commençant à la tirer le long du chemin.

Sorcha avait envie d'appeler son père ou Glynis, mais sa gorge était bloquée.

— Comprends-tu un mot de ce que je te dis ? Bon sang ! mais comment un homme intelligent comme Alex peut-il être le père d'une pareille idiote ?

La voix de la femme était à l'image de ses yeux, pleine de hargne.

— Il te dorlote comme un animal de compagnie, dit-elle. Je ne supporterai pas que mon mari fasse passer sa stupide fille avant moi et les enfants de sang Campbell que j'ai l'intention de lui donner.

Chapitre 30

Tout en se coiffant, Glynis regardait les collines au loin par la fenêtre de sa chambre. Comme un enfant, elle y avait passé tout l'après-midi enfermée pour éviter de voir Alex ou d'Arcy avant d'avoir pris une décision. Elle savait quel était le choix le plus sensé, mais ne pouvait se résoudre à consentir à ce que d'Arcy aille voir son père pour négocier un contrat de mariage.

Du coin de l'œil, Glynis aperçut un éclat de cheveux de la couleur d'un rayon de lune. Elle s'approcha de la petite fenêtre pour regarder de plus près.

Que faisait Catherine Campbell à marcher ainsi avec Sorcha sur le chemin qui longeait le loch ? La petite fille était triste à l'idée de ne plus voir Bouton-d'Or et Belle-Rose, comme eux tous d'ailleurs, aussi Glynis avait-elle envoyé Bessie demander à Alex de l'emmener pour une dernière chevauchée, avant que les propriétaires ne viennent réclamer leurs chevaux. Alex avait sans doute laissé Catherine se promener à pied avec Sorcha à la place.

C'était sans doute une ruse de Catherine pour gagner le cœur d'Alex, car elle se fichait éperdument de l'enfant. Glynis avait bien vu la façon dont elle regardait Sorcha quand Alex ne la voyait pas. Mais peut-être Catherine essayait-elle de tisser des liens avec la petite fille, se dit Glynis, s'efforçant d'être charitable.

Il y avait pourtant quelque chose dans la façon déterminée de marcher de Catherine qui donna la chair de poule à Glynis. Et Sorcha traînait les pieds. Lorsque Glynis se rendit compte que la petite fille ne cessait de regarder par-dessus son épaule, elle laissa tomber sa brosse et se précipita vers la porte.

Elle se faisait sûrement des idées, mais la peur la tenaillait, la poussant à aller de plus en plus vite. Quand elle arriva dans la grande salle, elle se força à ralentir et fit en sorte de ne croiser le regard de personne, par crainte que quelqu'un ne veuille lui parler. En franchissant la porte du donjon, elle chercha vainement du regard Sorcha et Catherine, les mains moites de transpiration.

Dès qu'elle fut en bas de l'escalier du donjon, Glynis rassembla ses jupes et traversa la cour du château en courant. Sans ralentir le rythme, elle sortit de l'enceinte et s'élança sur le chemin qui descendait vers le loch et disparaissait dans les hautes broussailles. Bien qu'elle n'ait aucune raison de penser que Catherine ferait du mal à l'enfant, Glynis n'arrivait pas à vaincre sa peur. Elle courait de plus en plus vite, sans faire attention aux ronces qui s'accrochaient à sa robe et aux branches qui lui griffaient les bras et le visage.

Elle s'arrêta soudain, le cœur battant à tout rompre en constatant que le chemin se séparait en deux. Un sentier montait sur la colline tandis que l'autre continuait jusqu'à la végétation épaisse le long du rivage. Écoutant son instinct, elle emprunta le deuxième, car le danger était plus grand dans cette direction.

Mais toujours aucune trace de Catherine et Sorcha. Prise de panique, elle se demanda si elle avait emprunté le mauvais sentier. Elle était sur le point de faire demi-tour quand elle crut percevoir un bruit.

Glynis s'arrêta et tendit l'oreille. Au départ, seuls les battements de son cœur résonnaient à ses oreilles. Puis elle entendit de nouveau le bruit. Un pleur d'enfant.

— Ton père va être déçu, disait une voix sur un ton cajoleur, quand je lui dirai que tu as peur de l'eau.

Sorcha n'avait pas peur de l'eau, bien au contraire. Glynis quitta le sentier et s'enfonça dans les broussailles pour se rapprocher du loch. C'est alors qu'elle les aperçut. Mais la scène qui s'offrit à elle n'avait rien de l'image idyllique d'une belle femme brune ayant accompagné une blondinette s'amuser dans le loch par un après-midi ensoleillé. Sorcha avait de l'eau jusqu'à la poitrine. Au lieu de faire des éclaboussures et de jouer dans l'eau comme elle le faisait quand Alex l'emmenait nager, son petit corps était immobile. Catherine la tirait par le bras.

— Puis-je me joindre à vous ? demanda Glynis d'une voix forte en surgissant du dernier buisson. Rien ne me fait plus de bien qu'une petite baignade en fin d'après-midi.

Lorsque Catherine leva les yeux, Glynis fit mine de ne pas remarquer son expression furieuse et lui adressa un grand sourire. Mais son cœur se serra quand elle vit que les yeux de Sorcha étaient remplis de larmes.

— Oh, ma chérie ! dit Glynis en prenant un air stupide, on dirait que tu as oublié d'apporter des vêtements secs.

— Une bonne va arriver avec, déclara Catherine. Je ne sais pas ce qu'elle fait.

— Ah ! les bonnes, dit Glynis en secouant la tête. Cela a dû lui sortir de la tête. Vous feriez mieux de rentrer car Alex MacDonald est très protecteur envers sa petite fille, et il sera contrarié si elle attrape froid.

Catherine baissa les yeux vers Sorcha.

— Nous reviendrons ici un autre jour, je te le promets.

Dès que Catherine eut lâché le poignet de Sorcha, l'enfant sortit de l'eau en courant et se précipita dans les bras de Glynis.

— Cette enfant est si craintive, dit Catherine. On voit bien qu'elle n'est pas née dans les Highlands.

Une rage noire s'empara de Glynis. Elle se maîtrisa cependant, songeant qu'il serait peu judicieux de traiter la sœur du chef de menteuse en pleine terre Campbell.

Portant la petite fille tremblante dans ses bras, elle dut faire un effort surhumain pour parvenir à marcher au côté de Catherine comme si rien ne s'était passé. Si elle n'avait pas laissé son dirk dans la chambre, peut-être le corps sans vie de la sœur du chef aurait-il été retrouvé sur le sentier un peu plus tard dans la journée.

Manifestement, Catherine avait décidé qu'elle voulait Alex, mais sans son enfant.

— Comme vous le dites, Sorcha n'est pas née dans les Highlands, dit Glynis. Je crains qu'elle n'ait des difficultés à s'adapter à la vie sur l'île où habite Alexander MacDonald. C'est un endroit perdu et désolé.

Bien entendu, Glynis n'avait jamais mis les pieds là-bas. Elle se disait cependant que, si elle arrivait à faire renoncer Catherine à Alex, Sorcha serait en sécurité.

— Comment est la maison d'Alex ? demanda Catherine.

— Elle est perchée sur une haute falaise face au nord, surplombant la mer, où le vent souffle en permanence. (Glynis frissonna.) Ils reçoivent très peu de visiteurs là-bas. Il peut s'écouler des semaines sans qu'ils voient une seule âme en dehors de leur maisonnée.

Catherine fronça les sourcils.

— Et combien y sont-ils ?

— J'ai bien peur que sa famille ne connaisse des temps difficiles, dit Glynis avec un air affligé.

— Mais le cousin d'Alexander est chef, et il tient Alex en haute estime.

— Ce n'est pas faux, mais le chef a besoin de tous ses guerriers dans son propre château, à Dunscaith. Il ne peut malheureusement lui être d'une grande aide pour résister aux attaques des pirates, qui sont fréquentes. Sans parler des MacLeod.

— Vous êtes juste jalouse, dit Catherine avec un petit sourire. J'ai bien vu la façon dont vous regardiez Alexander.

Damnation ! Glynis n'avait jamais été douée pour mentir. Que pouvait-elle faire d'autre pour protéger la petite ? Si elle disait à Alex ce qu'elle avait vu, il ne voudrait pas croire que Catherine avait eu l'intention d'assassiner l'enfant. Et ni elle ni personne ne pourrait l'en blâmer. Pourtant, pour Glynis, c'était une certitude absolue.

Glynis continuait de marcher le long du chemin, les yeux rivés devant elle. Sa peau la démangeait à cause de la chaleur humide de l'enfant qui traversait sa robe. Elle commençait à avoir les bras fatigués, mais tenait toujours Sorcha serrée contre elle. Quand elles arrivèrent à l'embranchement, Catherine l'arrêta en lui posant la main sur l'épaule.

— Laissez-moi, dit Glynis, qui commençait à perdre son sang-froid.

— Je vous fais une faveur, Glynis, car nous savons toutes deux que vous ne seriez pas capable de satisfaire sur le long terme un homme comme Alex, déclara Catherine avec un sourire carnassier. Il sera dans mon lit ce soir. Et il ne voudra plus le quitter.

Sur ces mots, Catherine se tourna et emprunta le sentier qui montait vers la colline, sa robe mouillée collant à sa peau et révélant chacune de ses courbes.

À présent, Glynis comprenait mieux pourquoi Shaggy avait laissé cette femme sur un rocher au milieu de la mer.

Alex, qui était d'une humeur exécrable, attendait que les gardes le fassent entrer dans les appartements privés du chef Campbell. À l'heure qu'il était, d'Arcy avait dû faire part à Glynis de ses véritables intentions. Alex avait reporté à plus tard sa visite à sa fille car il n'avait aucune envie de trouver Glynis en larmes à cause du Français.

— Le chef est prêt à te recevoir, dit l'un des gardes. Je vais prendre tes armes.

Le chef Campbell avait des centaines de guerriers sous ses ordres, et sa garde personnelle comptait beaucoup plus d'hommes que celle du régent. L'humeur d'Alex s'assombrit encore quand il dut se séparer de sa claymore et de son dirk. Il ne se sentait jamais à l'aise sans ses armes à portée de main.

À l'intérieur des appartements, le chef Campbell et son frère John, le comte de Cawdor, l'attendaient, assis sur des fauteuils finement sculptés. Derrière eux, le mur était tendu de riches tapisseries. Alex allait devoir être vigilant. Ces deux hommes s'étaient révélés assez rusés pour conserver le pouvoir en dépit des perpétuels changements politiques, que ce soit au niveau de la couronne ou des clans.

Le chef Campbell ordonna à ses gardes de quitter la pièce, ce qui représentait un geste symbolique de confiance. Contrairement à Alex, les deux Campbell étaient armés.

— Ma sœur m'a raconté que c'était toi qui l'avais sauvée de la noyade, dit le chef une fois qu'Alex eut pris place sur l'unique chaise qui se trouvait en face d'eux.

— C'est une chance que je me sois trouvé là pour lui porter assistance.

— En revanche, nous n'avons pas vraiment apprécié que tu voles des chevaux à nos hommes, poursuivit John, le comte de Cawdor. Cela dit, tu nous as impressionnés.

— Je n'ai fait que les emprunter, répliqua Alex.

— Quelqu'un a assassiné les pêcheurs Campbell que vous avez croisés. (Les yeux noirs du chef étincelaient de colère.) L'un d'entre eux a cependant pu nous dire avant de mourir que ce n'était pas toi.

Dieu soit loué !

— J'ai appris par d'Arcy que tu avais rencontré quelques difficultés avec notre nouveau régent, dit le chef.

— Des difficultés ? Au contraire, le régent m'a tellement apprécié qu'il a voulu me garder comme invité permanent, répondit Alex, déclenchant les rires des deux Campbell.

— J'ai pour habitude de m'acquitter de mes dettes, dit le chef. Je m'assurerai donc que les MacDonald de Sleat ne soient pas faussement accusés d'être des traîtres rebelles.

— Je vous en suis reconnaissant, dit Alex. (À présent, il allait devoir aborder un sujet beaucoup plus délicat.) Comme vous le savez, les Hébrides extérieures grouillent de rebelles. En ne rejoignant pas leurs rangs, mon clan risque d'être attaqué. Pour prendre le parti de la couronne dans cette bataille, nous avons donc besoin d'un allié puissant.

Le chef Campbell hocha la tête en croisant les mains.

— Cela serait en effet plus sage.

— Un mariage permettrait d'établir des liens d'amitié entre nos clans, intervint John. Une fois que nous aurons réglé cette affaire avec Shaggy MacLean, notre sœur sera libre de reprendre un époux.

Alex sentit des gouttes de sueur rouler dans son dos. Il espérait qu'ils n'étaient pas en train de lui suggérer ce à quoi il pensait.

— Je n'ai pas le pouvoir d'approuver un mariage au nom de mon chef, dit Alex, sans éprouver beaucoup de scrupules à jeter ainsi Connor dans la fosse aux lions.

— Catherine semble t'apprécier particulièrement, déclara John.

— Je ne suis pourtant que le cousin du chef, objecta Alex, le cœur battant. (Maintenant qu'il avait la possibilité d'épouser Catherine, il était soudain certain de ne pas en avoir envie.) Vous souhaiterez sûrement lui trouver un homme avec plus de pouvoir.

— Catherine a failli mourir à cause du mariage que j'ai arrangé pour elle, dit le chef, j'ai donc l'intention de la laisser choisir elle-même cette fois.

O shluagh ! Alex supplia silencieusement les fées de lui venir en aide.

— Votre sœur est l'une des plus belles femmes des Highlands, malheureusement j'ai déjà demandé la main d'une autre.

Ce n'était pas un mensonge, même si Glynis lui avait dit non.

— La jolie fille MacNeil ? demanda John.

— Oui, et j'ai déjà partagé sa couche, dit Alex.

Selon la tradition dans les Highlands, une promesse de mariage suivie de la consommation de la relation équivalait presque à un mariage. Alex ne précisa pas qu'il avait partagé son lit avant de la demander en mariage, et non après.

— J'ai l'intention de négocier le contrat de mariage avec son père dès notre retour.

— J'espère que tout ira bien, dit John, mais je vous conseille de confisquer le dirk de votre femme.

Alex se força à rire.

— Je crois cependant que mon chef serait honoré de prêter allégeance à votre clan, annonça-t-il.

Alex venait de suggérer un accord qui assurerait à son clan la protection des puissants Campbell. En échange, les MacDonald devraient leur envoyer des guerriers chaque fois que les Campbell en auraient besoin.

— Dis à ton chef que j'y suis favorable, répondit le chef Campbell. J'ai entendu dire qu'il avait ses propres problèmes à régler en ce moment, mais je compte sur lui pour venir avec ses guerriers quand j'en aurai besoin.

Alex pouvait rentrer chez lui à présent en se disant qu'il avait fait tout ce qu'il pouvait pour son clan. Bien entendu, ils ne pourraient compter sur leur protection que tant que leur accord serait profitable aux Campbell, car ceux-ci privilégiaient systématiquement leurs intérêts personnels avant toute chose. Mais, en attendant, le clan Campbell les soutiendrait face à la couronne et aux autres clans, ce qui leur permettrait de se consacrer à la lutte contre les pirates de North Uist.

Glynis pouvait cependant tout faire rater. Si elle ne devenait pas la femme d'Alex dans un proche avenir, le chef Campbell s'offusquerait qu'Alex ait refusé sa proposition. Et la seule manière d'y remédier serait alors d'épouser Catherine.

Alex était d'une humeur sinistre quand il frappa à la porte de la chambre de Glynis.

— Où sont-elles ? demanda-t-il en trouvant Bessie seule dans la pièce.

— J'ignore où se trouve Mlle Glynis, mais je pensais que Sorcha était avec vous.

— Avec moi ?

— Oui, lady Catherine m'a dit qu'elle allait vous l'amener, dit Bessie. Comme vous semblez tous deux extrêmement proches, je ne pensais pas que vous voudriez me voir refuser…

— Si ta maîtresse avait accepté de m'épouser, je n'aurais pas besoin d'être si proche de quelqu'un d'autre !

Alex tourna les talons et sortit de la chambre en claquant la porte. Cela ne lui ressemblait pas d'être aussi irritable. Après avoir parcouru toutes les pièces communes du château sans trouver ni Glynis, ni Sorcha, ni Catherine, il monta jusqu'au chemin de ronde, songeant qu'il les apercevrait peut-être de là-haut.

Gênant les gardes, Alex ne cessait d'arpenter le passage, quand soudain il aperçut Glynis surgir du sentier qui bordait le loch. Il remarqua immédiatement que quelque chose n'allait pas. Ses cheveux étaient dénoués, et elle ployait sous le poids d'un fardeau qu'elle tenait serré contre sa poitrine. Un instant plus tard, il se rendit compte qu'il s'agissait de Sorcha.

Se précipitant dans l'escalier, il descendit les marches quatre à quatre. Il avait déjà traversé la cour et franchi la porte du château quand il retrouva Glynis. En voyant les vêtements trempés de sa fille et ses cheveux épars et entremêlés, il sentit son cœur faire un bond dans sa poitrine.

— Que s'est-il passé ?

Il essaya de prendre sa fille des bras de Glynis, mais Sorcha refusa de la lâcher.

— Sorcha a eu une mauvaise frayeur dans l'eau, répondit Glynis, mais tout va bien.

Alex inspira profondément, essayant de retrouver son calme. Comment Ian arrivait-il à survivre avec des jumelles ? Alex supposa qu'avec le temps il arrêterait de perdre un an de sa vie chaque fois que Sorcha faisait une chute.

— J'ai changé d'avis, annonça Glynis, dont les yeux brillaient d'un éclat intense.

— Changé d'avis à propos de quoi ? demanda-t-il.

— Si tu veux toujours de moi, je suis prête à t'épouser.

Chapitre 31

Glynis n'arrêterait visiblement jamais de le surprendre. Juste quand Alex pensait que jamais elle n'accepterait de l'épouser, elle décidait de lui dire oui, sans qu'il ait eu besoin d'argumenter. C'était ce qu'il désirait. Et pourtant il ne se sentait pas complètement soulagé.

Pourquoi avait-elle changé d'avis de façon aussi soudaine ? Alex réfléchit à la question pendant qu'il attendait devant la porte de leur chambre que Sorcha et Glynis enfilent des vêtements secs. Peut-être que la petite mésaventure de Sorcha, quelle qu'elle soit, avait fait prendre conscience à Glynis de son attachement à l'enfant.

Ou alors d'Arcy lui avait avoué qu'il lui proposait seulement d'être sa maîtresse, ce qui lui semblait plus probable. Alex ressentait une irritation profonde à l'idée que Glynis n'ait finalement accepté de devenir sa femme que parce qu'elle avait été déçue par d'Arcy.

Glynis sortit de la chambre et referma la porte derrière elle.

— Sorcha a besoin de se reposer. Bessie va rester avec elle.

— Bien, dit-il en lui attrapant le poignet. Nous avons à parler.

Il la tira dans l'escalier qui menait à l'étage supérieur et entra dans une chambre libre. Après avoir barré la porte, il se retourna pour lui faire face.

— Qu'est-ce que tu souhaites, Glynis ?

— T'épouser, déclara-t-elle. Veux-tu toujours de moi ?

— Oui, répondit Alex, tout en songeant qu'il se réjouirait beaucoup plus si la raison qui l'avait poussée à changer d'avis avait quelque chose à voir avec lui.

— J'ai cependant certaines conditions, dit Glynis.

— Pourquoi est-ce que je ne suis pas étonné ? (Il croisa les bras et la regarda en plissant les yeux.) Et quelles sont-elles, ces conditions ?

— La première est que nous quittions sur-le-champ ce château.

— Je dois faire mes adieux au chef et à sa famille, répondit Alex. Mais nous pouvons partir d'ici à une heure.

Glynis se détendit un peu. Manifestement, elle tenait à tout prix à s'éloigner de d'Arcy pour ne plus penser à sa déception.

— Quoi d'autre ? demanda Alex d'une voix neutre.

Le visage de Glynis était tendu, et elle évitait son regard. Quelle que soit cette deuxième condition, elle avait des difficultés à l'exprimer.

Et Alex était certain qu'elle n'allait pas lui plaire.

— Je ne partagerai pas ta couche.

Quoi ? S'il était une chose dont il ne doutait pas, c'était qu'il la satisfaisait au lit. Le détestait-elle tant qu'elle serait prête à renoncer au plaisir qu'ils y partageaient ?

— Si je ne désirais qu'une bonne d'enfants, j'en engagerais une. Et, avec un peu de chance, j'en trouverais une jolie, qui terminerait dans mon lit.

Il n'avait ajouté cette dernière phrase que parce qu'il était en colère.

— C'est une épouse que je veux. Dans tous les sens du terme.

Glynis rougit et se mordit la lèvre. Elle ne pouvait pas sérieusement s'imaginer qu'il allait accepter cela. Alex attendit qu'elle lui avoue ce qu'elle souhaitait réellement.

— Alors je partagerai ta couche, mais seulement tant que tu me seras fidèle. (Elle leva enfin ses yeux gris vers les siens d'un air sérieux.) Si tu couches avec une autre femme, plus jamais je ne partagerai ton lit de façon consentante.

— De façon consentante ? s'exclama-t-il, aveuglé par la fureur. (Mais pour qui le prenait-elle ?) Je ne suis pas le genre d'homme à abuser des femmes !

— Si tu m'es infidèle, tu devras me mettre à disposition une maison pour que nous vivions séparément, dit-elle. Je me contenterai d'une chaumière.

Alex sentait la colère gonfler dans sa poitrine et menacer d'exploser. Non, il ne vivrait pas comme ses parents.

— Tu es d'accord ? demanda-t-elle en le regardant droit dans les yeux, comme si elle essayait de décrypter son âme.

Il l'attira à lui et lui couvrit la bouche de la sienne. Il l'embrassa avec toute la fureur et la passion qu'il refoulait, jusqu'à ce qu'elle s'abandonne dans ses bras. Quand il s'écarta, il aperçut dans ses yeux la lueur d'hébétement qu'il voulait y trouver.

— Tu as envie que je te fasse l'amour, dit-il, jusqu'à ce que je te fasse jouir encore et encore, si fort que tu entendras ton sang battre à tes tempes et que tu verras des éclairs de lumière.

La respiration de Glynis était entrecoupée et ses lèvres humides entrouvertes après les baisers d'Alex.

— Dis-le, ordonna-t-il.

— J'en ai envie, murmura-t-elle dans un souffle.

— Tu as envie de devenir ma femme et de partager mon lit tous les soirs. Dis-le !

— J'en ai envie.

Il l'embrassa de nouveau jusqu'à ce qu'elle gémisse et qu'elle s'agrippe à lui, les jambes flageolantes. Alex s'en faisait la promesse, c'était lui qu'elle voudrait, et personne d'autre. Quand il la lâcha une deuxième fois, il bouillait encore de rage.

— J'accepte un mariage dans tous les sens du terme alors, dit-elle en passant d'un air guindé ses mains sur sa robe pour la défroisser. Si nous décidons au bout d'un an que nous ne sommes pas faits l'un pour l'autre, nous nous séparerons, sans rancune. À moins bien sûr que tu ne me sois infidèle avant et, dans ce cas, les choses se passeront comme je l'ai dit tout à l'heure.

Il était temps d'officialiser les choses.

Glynis hoqueta de surprise en voyant Alex dégainer son dirk et couper une bande de tissu dans le bas de sa chemise. Il lui prit la main et entrelaça leurs doigts, puis leva leurs mains jointes entre leurs deux visages. Il plongea ses yeux dans les siens tout en enroulant trois fois la bande de tissu autour de leurs poignets.

— Je te prends pour épouse, Glynis MacNeil, fille de Gilleonan MacNeil de Barra, et je serai ton époux. (Alex marqua une pause puis reprit lentement.) Jusqu'à ce que la mort nous sépare, Glynis. Tu entends ? Jusqu'à ce que la mort nous sépare.

Dans les Highlands, selon la coutume, un homme qui n'était pas heureux dans son mariage pouvait ramener son épouse à son père, avec sa dot, ou *tochar*, avant qu'une année se soit écoulée. Cela se produisait le plus souvent quand la femme n'arrivait pas à concevoir mais, s'il y avait déjà un enfant, celui-ci était considéré comme légitime. Malheureusement, cette tradition n'était pas réservée aux seuls hommes.

Alex ne pourrait pas retenir Glynis pendant plus d'un an si un prêtre ne célébrait pas leur union, et ceux-ci étaient rares dans les Highlands, mais Alex tenait malgré tout à cette cérémonie.

Glynis se pinça les lèvres et lui lança un regard noir.

— Tu t'es déjà mariée, dit-il. Tu sais ce que tu as à dire.

En voyant la lueur de souffrance qui passa dans ses yeux, il regretta d'avoir mentionné son précédent mariage. Mais, pour des raisons qu'il ne comprenait pas lui-même, il était bien trop en colère pour lui demander des excuses.

— Très bien, dit-elle, les dents serrées. Je te prends pour époux, Alexander MacDonald, et je promets d'être ton épouse.

— Jusqu'à ce que la mort nous sépare, termina-t-il pour elle.

— Jusqu'à ce que la mort nous sépare, répéta-t-elle, les yeux étincelants de fureur. Ou jusqu'à ce que tu me sois infidèle. Ce qui ne manquera pas d'arriver, comme nous le savons tous deux.

— Ne me confonds pas avec Clanranald, car je te ferai tenir ta promesse, dit Alex.

— De Magnus et moi, je ne suis pas la première à avoir failli à ma parole, et ce ne sera pas non plus le cas entre nous, répliqua-t-elle. Mais si tu me trompes, je ne partagerai plus jamais ton lit.

— Je ferai tout mon possible pour que tu ne doives jamais te résoudre à me dire non, déclara-t-il.

Il l'attira avec force contre lui, la faisant perdre le souffle Quand il approcha sa bouche de la sienne, elle pencha la tête en arrière avec un petit gémissement aigu et ferma les yeux en battant des cils. Il s'arrêta juste avant de toucher ses lèvres entrouvertes.

— Prépare tes affaires, dit-il. Je t'ai promis que nous partirions sans attendre, et je suis un homme de parole.

Chapitre 32

Pourquoi Alex était-il si furieux contre elle ? Elle avait accepté de l'épouser, avec tout ce que cela impliquait. Et, à présent, elle souhaitait même ardemment ce mariage.

— Nous pourrions rester encore une nuit ici, murmura Alex, dont le souffle chatouillait les lèvres de Glynis. Mais seulement si tu me libères de ma promesse de quitter le château immédiatement.

Soutenant son dos d'un bras puissant, il remonta sa main sur son ventre. Quand il effleura son sein, elle se mordit la lèvre pour éviter de soupirer à haute voix. Les caresses d'Alex lui avaient tant manqué.

— Si c'est ce que tu veux, tu n'as qu'un mot à dire, lui dit-il.

Pourquoi insistait-il pour qu'elle le lui dise ? Parce qu'elle avait piqué sa fierté à vif en insinuant qu'il risquerait d'abuser d'elle un jour si elle se refusait à lui. Elle n'aurait pas dû, car elle savait que ce n'était pas vrai. Elle se rappelait comment son premier mari l'avait poussée sur le lit et lui avait pris sa virginité sans ménagement, sans attendre aucune permission de sa part.

Mais Alex exigeait qu'elle lui donne explicitement son consentement. Il lui était difficile d'avouer qu'elle le désirait, car cela l'obligeait à reconnaître qu'elle n'acceptait pas ce mariage uniquement par altruisme, pour protéger Sorcha. Il ne s'agissait pas non plus d'un simple mariage de raison, puisqu'elle avait choisi un mari avant que son père ne le fasse pour elle.

— Oui, c'est ce que je veux, murmura-t-elle. J'ai envie de toi, Alex MacDonald.

Il la fit reculer jusqu'à ce que son dos repose contre le lit à baldaquin. Elle apprécia ce soutien bienvenu, car elle sentait ses jambes faiblir de plus en plus tandis qu'il parcourait sa gorge de baisers. Quand il pressa ses lèvres chaudes contre son cou, Glynis laissa échapper un soupir. Le souffle d'Alex sur sa peau lui donnait une envie folle de sentir ses mains sur ses seins. Lorsque enfin il s'en empara, elle ferma les yeux.

Quand il l'embrassa de nouveau, leurs langues se mêlèrent sauvagement, emplissant Glynis d'un désir violent. Elle passa ses bras autour de son cou et enfouit ses doigts dans ses cheveux. Et, lorsqu'il se détacha d'elle, elle ne put s'empêcher d'avancer et de presser son corps contre le sien.

— Veux-tu que nous retardions notre départ pour passer la nuit ici ? demanda-t-il d'une voix rauque et fiévreuse.

— Oui, dit-elle de nouveau. Fais-moi l'amour.

— C'est la réponse que j'attendais.

Alex écarta les tentures et assit Glynis sur le lit surélevé, puis alluma la bougie sur la table de nuit. Il était souvent d'humeur taquine dans ces moments-là, mais cette fois il n'y avait rien d'enjoué dans la façon dont il la regardait.

— Ta robe, dit-il d'une voix tendue. Enlève-la.

Glynis avala sa salive et décida de retirer d'abord ses chaussures. Elle ôta la première, puis la deuxième, les laissant tomber sur le sol de la chambre silencieuse dans un bruit sourd. Commençant à faire descendre ses bas le long de ses jambes, elle leva les yeux et vit la poitrine d'Alex qui se soulevait et s'abaissait devant elle, en de lentes et profondes respirations.

Il la regardait avec une telle intensité qu'elle sentit ses doigts trembler légèrement en enlevant le foulard qui lui couvrait la tête et en défaisant la coiffure que Bessie lui avait faite quelques instants auparavant seulement. Elle détacha les deux premiers crochets au dos de sa robe, puis abandonna.

— Aide-moi, je n'y arrive pas toute seule.

Alex hocha la tête avec brusquerie, la mâchoire serrée. Se laissant glisser du lit, Glynis parcourut les trois pas qui la séparaient de lui, mais elle était dans un tel état de tension qu'elle fut prise d'une légère sensation de vertige. Elle se retourna, dos à Alex, et retint brusquement sa respiration en sentant ses doigts effleurer son cou.

Elle retrouva un peu d'assurance en constatant qu'Alex, d'ordinaire remarquablement adroit pour retirer les vêtements de femmes, se débattait avec les crochets de sa robe. Quand enfin il parvint à les défaire, il la fit glisser sur ses épaules et la laissa tomber à ses pieds.

Il embrassa Glynis dans le cou avec délicatesse, mais il lui tenait les bras avec une telle force qu'elle en avait presque mal. Quand elle s'appuya contre lui, elle sentit la chaleur de son corps robuste à travers la fine chemise qu'elle portait encore. Alex posa ses lèvres sur ses cheveux puis ses joues, avant de découvrir doucement ses épaules et sa poitrine. Glynis sentit l'air frais sur ses seins pendant un instant, avant qu'Alex les recouvre de ses mains.

— Ah ! Glynis. (Elle sentit son souffle chaud dans son oreille.) Je crois que je n'aurais pas survécu si tu m'avais obligé à tenir ma promesse en me faisant attendre.

Tout en passant une main sous la chemise de Glynis, encore collée à ses hanches, il lui mordilla l'épaule. Puis, laissant échapper un grognement, il avança ses doigts entre ses jambes. Une vague de plaisir s'empara de Glynis quand il les enfonça en elle, explorant son intimité.

Ses jambes se dérobaient sous elle. Elle s'affaissa sur Alex tandis qu'une chaleur intense envahissait son bas-ventre. Il commença alors à s'agiter derrière elle, pressant son sexe durci contre elle, et le corps de Glynis se tendit.

Elle se retourna dans ses bras, désireuse de sentir sa bouche sur la sienne. Le moindre contact entre sa poitrine et la chemise d'Alex la faisait frissonner d'excitation. Agrippant les hanches de Glynis, Alex la tint serrée contre lui tout en l'embrassant langoureusement.

Elle arracha sa bouche à la sienne.

— Alex, il faut que je m'allonge.

Il retira les couvertures d'un geste, puis souleva Glynis sans effort et l'allongea sur le lit. En moins de temps qu'il n'en faut pour le dire, il avait ôté son plaid et sa chemise. Elle contempla les muscles de son dos et de ses cuisses quand il se pencha pour retirer ses bottes. Il se leva alors et lui fit face, dans toute sa splendeur. Ah ! il était magnifique. Les ombres dansaient sur les courbes de ses bras et de son torse musclés. Glynis déglutit en baissant les yeux sur son bas-ventre.

Quand elle releva la tête, le regard de braise d'Alex lui fit l'effet d'une brûlure.

Le cœur tambourinant avec violence et la respiration rapide, elle observa Alex se glisser dans le lit. Elle frissonna lorsqu'il s'approcha d'elle, mais fut immédiatement enveloppée par la chaleur de son corps quand elle sentit son poids sur elle. Les mains d'Alex étaient partout à la fois, au plus grand bonheur de Glynis. Elle s'efforça d'apaiser sa respiration tandis qu'il déposait des baisers sur ses sourcils, ses joues, son menton, son oreille, puis le long de sa gorge, jusqu'à la faire se cambrer.

— Oui, murmura-t-elle quand il posa ses mains sur ses seins.

Elle s'entendit émettre des sons incohérents alors qu'il couvrait sa poitrine de baisers et titillait ses tétons avec ses doigts, puis sa langue. Elle crispa ses doigts dans les cheveux d'Alex, en ayant l'impression qu'elle allait mourir de plaisir. C'est alors qu'il engloutit son téton et le suçota avec passion, comme si tout son être n'aspirait qu'à faire naître la volupté en elle. C'en était trop pour Glynis. Elle lui griffa les épaules, incapable de savoir si elle le suppliait de s'arrêter ou de continuer.

Éloignant sa bouche de ses seins, il l'approcha de son ventre, effleurant Glynis de ses cheveux. Au fur et à mesure qu'Alex descendait tout en maintenant sa cuisse avec son bras, Glynis sentait son excitation grandir.

Enfin, il posa sa main sur son pubis et y promena son pouce. Elle se laissa emporter dans un tourbillon de sensations étourdissantes. Cet homme avait un don !

Glynis se raidit en sentant le souffle brûlant d'Alex se rapprocher de l'endroit où était sa main. Il lui avait déjà fait cela auparavant, mais elle ne s'en était toujours pas remise. Elle releva lentement la tête, et sa respiration s'accéléra quand il retira sa main pour l'embrasser entre les jambes. Il lui jeta alors un regard fiévreux qui déclencha une contraction dans son bas-ventre.

— Tu sais que tu aimes cela, dit-il d'une voix grave qui résonna dans tout son être.

Aimer ? Le mot était faible. Elle laissa retomber sa tête sur le lit. Si elle devait passer par le purgatoire pour ce qu'il était en train de lui faire, elle était prête.

Elle retint son souffle quand il passa sa langue sur son sexe. *Oh, Dieu !* Elle agrippa les couvertures et s'abandonna à la tempête qui faisait rage en elle pendant qu'Alex faisait glisser sa langue en elle. Elle essayait de se maîtriser, mais laissait échapper malgré elle des soupirs et des gémissements implorants.

Elle agitait la tête d'un côté à l'autre, mais Alex continuait. Quand elle sentit son plaisir atteindre un stade de non-retour, il la serra plus fort contre lui, et ne la lâcha qu'une fois l'explosion de jouissance apaisée.

Un frisson parcourut son corps quand il fit remonter délicatement sa langue sur son ventre. Il s'étendit alors à son côté et elle se tourna vers lui, encore ébranlée par l'intensité de son orgasme. Elle le prit dans ses bras et enfouit son visage dans son cou.

— Cela faisait des jours que je rêvais de te faire cela, dit-il en promenant ses mains sur son dos.

— C'était si bon que je suis presque sûre que c'était un péché, avoua-t-elle, ses lèvres tout contre sa peau.

Elle comprit qu'il riait en sentant le léger tressautement qui l'agitait.

— Rien n'est un péché entre un mari et une femme, mais si cela te fait plaisir de penser que c'en est un, je ne te contredirai pas.

Quand elle rapprocha son corps du sien, elle sentit le sexe d'Alex se presser contre son ventre, lui rappelant son désir encore inassouvi. Et, brusquement, elle eut de nouveau envie de lui. Elle l'attira à elle dans un profond baiser. Sa bouche contre celle de Glynis, Alex lâcha un gémissement quand elle fit remonter sa main le long de son sexe.

Il n'avait pas besoin de plus d'encouragement, et la fit basculer sur le dos. Glynis enserra sa taille de ses jambes et ferma les yeux pour goûter au flot de bien-être qui l'envahit quand il la pénétra. Lorsqu'elle les rouvrit, il tenait son visage entre ses mains et la regardait intensément.

— Ces moments avec toi me manquaient, dit Alex, comme si cette confession lui était arrachée de force.

— Tu m'as manqué aussi.

Les yeux plongés dans les siens, Alex commença à aller et venir en elle, la respiration irrégulière et le visage tendu. Glynis savait qu'il était fier de la maîtrise qu'il avait de son corps, mais elle le sentait faiblir. Et elle avait envie qu'il perde totalement le contrôle. Elle avait envie de sentir son désir à l'état brut, de savoir qu'il était aussi secoué qu'elle.

Alors que les va-et-vient d'Alex se faisaient plus rapides et plus profonds, elle agrippa ses épaules et serra ses jambes plus fort encore autour de lui. Elle était assaillie par tant d'émotions – du désir, de l'affection, de l'espoir – qu'elle avait l'impression que sa poitrine allait exploser.

Je t'aime. Les mots étaient sur les lèvres de Glynis, prêts à sortir.

Un plaisir aveuglant la submergeait par vagues tandis qu'il s'enfonçait en elle, encore et encore. Il cria son nom dans un ultime mouvement de hanches.

Puis il se laissa tomber sur elle de tout son poids, lourd et rassurant à la fois. Il était à elle. Du moins pour le moment.

Au bout de quelques instants, il roula sur le côté, l'entraînant avec lui. Elle sentait ses membres tout mous, semblables à des algues. Posant sa tête sur le torse d'Alex, elle écouta son cœur tambouriner à son oreille.

Il venait de se passer quelque chose d'intense, qui l'avait changée pour toujours. Ce n'était pas le fait qu'elle ait accepté de l'épouser, bien que sa vie s'en trouverait certainement transformée. Que Dieu lui vienne en aide ! elle ne pouvait rien faire contre ce qui lui arrivait : elle était tombée amoureuse de lui. Était-ce réciproque ? Alex avait-il éprouvé des sentiments aussi forts qu'elle quand il lui avait fait l'amour ?

Alex était étendu sur le dos, un bras autour de Glynis et une main entrelacée dans la sienne. Glynis l'examina du coin de l'œil tandis qu'il scrutait le plafond.

— À quoi penses-tu ? demanda-t-elle enfin.

— Qu'il est étrange d'être marié sans que Connor, Ian et Duncan ne soient au courant.

Elle ravala sa déception.

— Tu es très proche d'eux, n'est-ce pas ?

— Oui. Nous avons tout fait ensemble, dit-il avec un sourire dans la voix. C'est à eux que je l'annoncerai en premier.

— Et tes parents ?

Il poussa un soupir.

— Je leur dirai quand je les verrai.

Ses parents ne se réjouiraient-ils pas du mariage ? Avaient-ils quelqu'un d'autre en tête pour lui ?

Alex se tourna vers elle et lui prit délicatement le visage entre ses mains.

— Nous devrons nous marier en bonne et due forme quand nous rentrerons à Skye, dit-il en la regardant droit dans les yeux. Je le ferai savoir à ton père. Dès qu'il arrivera à Dunscaith Castle, nous prononcerons de nouveau nos vœux, devant des témoins cette fois, puis nous organiserons un grand banquet.

— Je rencontrerai tes parents au mariage ? demanda-t-elle. Comment sont-ils ?

— Je t'en parlerai plus tard, dit-il en approchant ses lèvres des siennes.

Glynis n'était pas le genre de femme à revenir sur sa parole. Malgré tout, Alex ne serait pas satisfait tant qu'un contrat de mariage formel n'aurait pas été établi avec son père, et qu'ils n'auraient pas prononcé leurs vœux devant une dizaine des membres de son clan, et idéalement devant un prêtre, si Alex parvenait à en trouver un.

Pendant qu'ils faisaient l'amour, sa colère et son ressentiment s'étaient évanouis dans la flamme brûlante de son désir. Il était tellement perdu dans les méandres de sa passion pour Glynis que plus rien d'autre ne comptait. Et après, alors qu'elle reposait dans ses bras, il s'était senti envahi par un sentiment de bonheur qui avait occulté les vérités qu'il aurait pourtant dû garder à l'esprit.

Mais, avec l'aube, sa méfiance avait refait surface en même temps que sa rancœur.

Glynis n'avait accepté de l'épouser qu'après avoir appris les véritables intentions de d'Arcy, mais Alex savait qu'il n'avait pas le droit de lui en vouloir. Sa colère contre elle n'était pas justifiée, car il était le seul fautif. Et si l'une des autres raisons qui l'avaient poussée à dire oui à sa proposition était sa fille, il ne devait que s'en réjouir.

Et pourtant, toutes ces inquiétudes le rongeaient de l'intérieur.

Au départ, Alex ne souhaitait pas davantage se marier qu'elle. Mais, quand il avait pris sa décision, Glynis MacNeil avait été son premier et unique choix. C'était la seule femme qui pouvait lui convenir.

Et c'était ce qui le troublait le plus.

Chapitre 33

Bessie n'avait pas fait défaut à la réputation des Lowlanders, et avait passé la majeure partie de la longue traversée la tête par-dessus bord. Glynis était en train de recouvrir la servante endormie d'une couverture quand elle entendit Alex rire et parler avec les Campbell qui les emmenaient à Skye.

Le chef du clan Campbell avait mis à leur disposition un bateau pour rentrer chez eux, et Alex avait persuadé les hommes qui le manœuvraient de le laisser prendre la barre. Entre ses mains expertes, le bateau filait sur l'eau et contournait les rochers en douceur, comme une fée volant à travers la forêt.

Glynis se mordit la lèvre et garda les yeux rivés sur l'île de Skye, qui se dessinait à l'horizon. Alex n'avait pas ri une seule fois avec elle depuis qu'ils avaient quitté Inveraray Castle quelques jours auparavant. Depuis qu'elle avait accepté de devenir sa femme, Alex avait perdu sa joie de vivre.

À l'évidence, Alex ne voulait pas de ce mariage. Il avait besoin d'une femme – ou plutôt, d'une mère pour sa fille –, mais n'épousait Glynis qu'à contrecœur. Elle aurait dû tenir compte de ce qu'il lui avait dit lors de leur première conversation sur l'île de Barra :

« Il n'y a aucun risque que vous trouviez le bonheur conjugal avec moi. »

Le bonheur conjugal, quelle belle utopie. Le mariage semblait plutôt synonyme de malheur. Dans quoi s'était-elle engagée ?

Glynis vint s'asseoir près de Sorcha et passa ses doigts dans ses cheveux emmêlés par le vent. En voyant la petite fille lui sourire, elle se rappela que ce mariage avait aussi du bon. Il lui apportait la maternité, ce don précieux qu'elle pensait ne jamais recevoir. Et, contrairement à Magnus et à sa belle-mère, Alex ne passait pas son temps à la critiquer en s'attendant à ce qu'elle soit quelqu'un qu'elle n'était pas. Il la protégerait et donnerait sa vie pour elle, elle n'en doutait pas.

Mais il allait inévitablement lui briser le cœur. Quand Magnus avait pris des maîtresses, elle avait été blessée dans son amour-propre, rien de plus. Avec Alex, ce serait différent. Quand ils étaient allongés ensemble, il ne lui donnait pas seulement du plaisir à profusion, il lui révélait également des aspects de sa personnalité qu'elle ignorait jusque-là. Après ce qu'ils avaient partagé, la simple idée de l'imaginer dans le lit d'une autre femme lui était insupportable.

Parce qu'elle l'aimait. Elle l'aimait vraiment.

Quand les yeux vert aigue-marine d'Alex rencontrèrent les siens, l'expression rieuse qu'il affichait s'évanouit, et Glynis sentit son cœur se serrer. Il confia le gouvernail à l'un des Campbell puis traversa le bateau pour venir s'asseoir à côté d'elle et prit Sorcha sur ses genoux.

— La terre de notre clan est la péninsule de Sleat de l'île de Skye. (Alex posa sa main sur l'épaule de Glynis et se tourna vers elle en tendant le bras.) Et le château là-bas est celui de mon chef, Dunscaith Castle.

Glynis sentait son corps attiré vers le sien. Elle avait tellement envie de se blottir contre lui. Mais elle se retint.

— Dunscaith tient son nom de Scáthach, la reine guerrière qui s'est chargée de l'initiation de tant de héros dans son école, qui était située à l'endroit même où le château de notre chef a été bâti, expliqua Alex, d'abord en français pour Sorcha puis en gaélique. Ces montagnes que l'on peut voir derrière le château sont les Cuillins, nommées ainsi en hommage à Cúchulainn, le plus célèbre des élèves de Scáthach, devenu plus tard un grand guerrier.

Glynis ne put réprimer un sourire : elle avait deviné qu'il s'apprêtait à leur raconter une histoire. Elle ajouta mentalement le talent de conteur d'Alex à la liste des avantages de ce mariage.

— Il faut savoir que Scáthach n'acceptait d'entraîner que les jeunes gens les plus valeureux et les plus habiles. Pour avoir l'honneur de devenir son élève, il fallait d'abord pénétrer dans sa forteresse pourvue de nombreuses défenses, dont certaines étaient magiques. Quand il était encore un tout jeune homme, Cúchulainn se rendit jusqu'au château de Scáthach, parce que le père de la jeune fille qu'il aimait en Irlande lui avait dit qu'il ne l'accepterait comme gendre que s'il partait parfaire son éducation militaire chez la reine guerrière.

» Le jeune Cúchulainn réussit à pénétrer dans la forteresse et Scáthach l'accepta comme élève. Dans le cadre de son entraînement, Scáthach lui demanda son aide pour soumettre une femme qui régnait sur un clan voisin et lui causait bien des problèmes. Après l'avoir vaincue, Cúchulainn eut un enfant avec elle. Et, bien que son cœur appartienne encore à la jeune femme qu'il aimait en Irlande, il devint également très intime avec la fille de Scáthach. Malheureusement, il dut tuer son mari en duel, ce que, j'en suis sûr, il regretta. Je crois que c'est après cela que Cúchulainn devint l'amant de Scáthach elle-même.

— Est-ce vraiment le genre d'histoire à raconter à une petite fille ? l'interrompit Glynis.

— Je ne peux changer l'histoire, dit Alex en haussant les épaules. C'est la légende de notre château.

— Je ne suis guère étonnée que les légendes des MacDonald aient pour héros des cavaleurs, déclara Glynis en croisant les bras.

— Cúchulainn n'était pas marié à l'époque. (Alex s'éclaircit la voix puis reprit.) Quand Cúchulainn retourna en Irlande, le père de celle qu'il aimait refusa de lui donner la main de sa fille, bien que Cúchulainn ait respecté la condition qu'il lui avait imposée. En réalité, le père n'avait jamais eu l'intention d'autoriser Cúchulainn à prendre sa fille pour épouse et pensait qu'il ne parviendrait pas à devenir l'élève de Scáthach. Grossière erreur. Cúchulainn attaqua la forteresse du père, lui prit son trésor – et sa vie – et épousa la jeune femme qu'il aimait depuis toujours.

Glynis était perdue dans le fil de ses pensées et sursauta quand Alex s'arrêta de parler. Ils étaient tout près de Dunscaith à présent et pouvaient même distinguer les gardes en haut des murailles.

— Je te raconterai d'autres histoires sur Scáthach et Cúchulainn plus tard, dit Alex à Sorcha. Il est maintenant temps que tu rencontres les membres du clan MacDonald.

Tandis que le bateau s'approchait de la jetée, Glynis se leva pour remercier les Campbell. Ils étaient impatients de rentrer chez eux et avaient décliné l'invitation d'Alex à rester au château. L'un d'eux insista cependant pour porter Bessie jusqu'au château, car elle était encore malade de la traversée.

Alex souleva Sorcha d'un bras et tendit la main à Glynis. Quand elle vit son visage sévère, son cœur se serra encore davantage.

— Ne t'inquiète pas. Ils seront tous très heureux de te rencontrer, même s'ils étaient convaincus que jamais je ne trouverais une femme prête à me supporter, dit Alex d'une voix faussement enjouée.

Si seulement Alex pouvait être heureux lui-même de l'avoir rencontrée, elle n'aurait que faire du reste des MacDonald. Mais elle avait l'impression d'être un poids pour lui.

À peine eurent-ils gravi l'escalier menant à la cour du château que Glynis se retrouva entourée par un groupe de guerriers. Tous les hommes MacDonald lui semblaient extraordinairement grands. Elle fut obligée de se tordre le cou pour pouvoir respirer.

Au milieu de cette mer d'inconnus, elle reconnut Duncan qui s'avançait vers eux. Il lui adressa un petit signe de tête et ce qu'elle prit pour un sourire furtif. Il était entouré de deux beaux guerriers aux cheveux noirs qui devaient être frères.

— Viens, je vais te présenter à mes cousins, dit Alex en avançant vers eux, la main dans le dos de Glynis.

Avant qu'Alex ait eu le temps de dire quoi que ce soit, Glynis entendit une voix tonitruante et familière.

— Alexander Bàn MacDonald !

Glynis porta la main à sa bouche. Non. Il ne pouvait s'agir de son père.

— Alexander Bàn MacDonald !

Cette fois, le rugissement scinda le groupe de guerriers MacDonald en deux comme Moïse ouvrant les flots de la mer Rouge, et elle aperçut son père à l'autre bout. Voyant qu'il se ruait sur eux, Alex fit passer Sorcha derrière lui et prit la main de Glynis.

— Tu as enlevé ma fille sous mon nez et l'as traînée Dieu sait où pendant des semaines ! hurla son père, le visage écarlate. Tu as jusqu'à ce soir pour choisir soit de devenir mon gendre, soit de dire adieu à la vie !

Glynis rougit jusqu'à la racine de ses cheveux. Pourquoi son père lui faisait-il cela ?

— Papa, Alex n'a pas…, commença-t-elle à expliquer.

— J'implore votre pardon, l'interrompit Alex en portant sa main à son cœur, mais parfois un homme doit savoir faire preuve d'audace pour obtenir la femme qu'il convoite.

Alex endossait toute la responsabilité à la place de Glynis. Elle aurait sans doute apprécié son geste s'il l'avait fait par affection pour elle et non par orgueil.

— Je crois que je ne vous apprends rien en vous disant que votre fille avait de fortes… réticences envers le mariage, poursuivit Alex. Je n'ai donc pas eu d'autre choix que de l'emmener par la contrainte.

Son père n'aurait pas pu avoir l'air plus réjoui. Elle avait la sensation d'être un pourceau coincé entre deux cuisiniers.

— Je suis parvenu à la persuader de me prendre pour époux, dit Alex, et nous avons échangé nos vœux.

— Un rituel d'union des mains sans témoins n'est pas suffisant, dit son père en plantant ses mains sur ses hanches. Glynis est une fille de chef, et non une pauvre femme sans le sou. Tu vas faire les choses dans les règles, Alexander MacDonald, avec un contrat, une *tochar*, et des vœux prononcés devant les chefs de clan.

— C'est justement ce que je désire aussi, monsieur, répondit Alex.

Tous les deux semblaient beaucoup s'amuser à montrer une plus grande détermination que l'autre à la voir mariée en bonne et due forme. Chacun avait ses raisons, mais les sentiments que Glynis pouvait avoir sur le sujet n'entraient pas en ligne de compte.

— Le chef MacDonald et moi avons déjà négocié un accord, annonça son père.

Comment son père savait-il qu'elle reviendrait avec Alex, alors qu'elle-même l'ignorait ? Et, par tous les saints, depuis combien de temps l'attendait-il ici !?

Il aurait dû rentrer chez lui et faire comme si de rien n'était. Ah, c'était tellement humiliant !

— Cela fait des semaines que j'attends ici, dit son père, confirmant la pire de ses craintes. À présent, allons préparer ce mariage !

L'un des deux beaux guerriers aux cheveux d'ébène s'avança avec Duncan.

— Nous vous souhaitons de tout cœur la bienvenue, Glynis, fille de Gilleonan MacNeil de Barra. Je suis Connor, le chef des MacDonald de Sleat, et suis très heureux de vous accueillir ici à Dunscaith Castle.

Après les hurlements de son père, elle apprécia l'accueil formel du chef et lui répondit sur le même ton :

— Que la maison du petit-fils de Hugh MacDonald et de l'arrière-petit-fils du Seigneur des Îles soit bénie.

Le chef fit un geste vers l'autre guerrier aux cheveux noirs, qui avait les yeux les plus bleus que Glynis ait jamais vus.

— Voici Ian, mon cousin et celui d'Alex également.

On lui présenta rapidement plusieurs dizaines de MacDonald à la suite, puis les quelques MacNeil venus avec son père la saluèrent à leur tour. Elle commençait à avoir la tête qui tournait quand deux femmes prirent pitié d'elle et vinrent mettre un terme aux salutations. L'une d'elles, petite et vive, était vêtue d'une robe trop large pour sa fine silhouette, et l'autre, une jolie rousse, portait dans ses bras deux bébés semblables en tous points.

— Venez avec nous, mademoiselle. (La petite femme sourit en entraînant Glynis et en prenant Sorcha par la main.) Je vous ai préparé une chambre là-haut. J'y ai déjà emmené votre servante, la pauvre femme.

Glynis et Sorcha suivirent les deux femmes à l'intérieur du donjon. Elles montèrent l'escalier et arrivèrent dans une toute petite chambre qui sentait la bruyère.

— Vous sembliez avoir besoin que l'on vienne à votre secours, dit la rousse en adressant un grand sourire à Glynis. Je me présente : Sìleas, la femme d'Ian.

— Et moi, je suis Ilysa, la sœur de Duncan, ajouta l'autre femme. J'ai envoyé quelqu'un vous chercher à manger et à boire. Si vous avez besoin de quoi que ce soit, n'hésitez pas.

Glynis se demandait pourquoi la sœur de Duncan semblait diriger la maison du chef, mais peut-être Connor n'avait-il aucune parente proche pour remplir ce rôle à la place d'une épouse. Il était cependant étrange qu'il ne soit pas marié, car un chef se devait plus que quiconque de donner naissance à des héritiers.

— Vous savez par mon père que je suis Glynis. Et voici Sorcha, la fille d'Alex.

— J'ai su que tu étais l'enfant d'Alex dès le premier instant où je t'ai vue, Sorcha, dit Sìleas en lui souriant avec douceur.

Sorcha n'arrivait pas à détacher son regard des petites jumelles, et s'avança avec précaution de quelques pas.

— Voici Beitris, dit Sìleas en montrant l'un des bébés. Et elle, c'est Alexandra, nommée ainsi en hommage à ton père.

Alexandra attrapa soudain le nez de Sorcha, et les deux bébés se mirent à gazouiller, ravis de leur bêtise. Glynis porta la main à son cœur en entendant le rire de Sorcha pour la première fois. Cela lui fit l'effet d'un petit miracle.

— Je suis heureuse qu'Alex t'ait rencontrée, déclara Ilysa une fois qu'elles eurent discuté des jumelles un moment. Pour parler franchement, personne ne pensait qu'il ferait preuve d'un aussi bon jugement.

— Il se trouve que j'étais la seule femme à proximité quand il a eu besoin d'une épouse, dit Glynis. (Se rendant compte qu'elle en avait trop dit, elle essaya de prendre un ton léger.) *« An ràmh is fhaisgh air làimh, iomair leis. »*

« Quand une rame est à portée de main, prends-la et rame. »

— Alex n'a jamais eu de difficultés à trouver des femmes, je suis donc certaine que ce n'était pas la raison, affirma Sìleas. À présent, nous ferions mieux de vous aider à vous préparer, car j'ai bien l'impression qu'ils ont l'intention de célébrer le mariage ce soir.

Ce soir ?

Chapitre 34

Glynis ne se sentait pas bien. Elle avait un mal de tête lancinant, le ventre douloureux, et la poitrine oppressée par la peur. Sìleas et Ilysa avaient beau être la gentillesse incarnée, leurs visages réjouis ne faisaient qu'augmenter son malaise.

Chacune fois que l'une d'elles exprimait sa joie de voir qu'Alex avait choisi une épouse différente de son « type habituel », elle se demandait combien de temps il mettrait à retrouver ses vieilles habitudes.

« Boum, boum, boum. » Ah ! Glynis connaissait bien cette façon de frapper.

— C'est mon père.

Elle bondit sur ses pieds pour arriver à la porte en premier puis se faufila à l'extérieur afin qu'ils puissent parler en privé.

— Tu m'as causé beaucoup d'inquiétude, ma fille.

Son père l'étreignit avec force, ce qui lui fit oublier ses tracas. Du moins jusqu'à ce qu'il la repose par terre en disant :

— Dieu soit loué ! il va t'épouser. J'avais peur d'être obligé de le tuer.

— Les choses ne se sont pas passées comme tu le crois, papa, dit-elle. Alex ne me veut pas vraiment.

— Ah ! mais je peux te garantir que si, rétorqua son père. Il te veut depuis qu'il t'a vue pour la première fois sur la plage de Barra.

Elle soupira.

— Ce que j'entends par là, papa, c'est qu'il ne me veut pas pour épouse. Pas sincèrement.

Son père lui souleva le menton.

— Je sais que j'ai fait une erreur avec Magnus Clanranald.

C'était la première fois qu'il admettait cela.

— Mais Alex te voit pour ce que tu es vraiment, et ce qu'il voit lui plaît, déclara son père. Qu'il le veuille ou non, cet homme va t'aimer.

La gorge serrée, Glynis déglutit avec difficulté. Même si son père ne pouvait pas être plus loin de la vérité, savoir que c'était ce qu'il souhaitait pour elle lui faisait chaud au cœur.

— Comment as-tu su que j'étais partie avec Alex ? demanda-t-elle.

— En vous observant tous les deux, je me suis dit qu'il suffirait que vous passiez un peu de temps ensemble pour que cela se produise, expliqua-t-il. Je vous ai donc fait croire que je comptais te faire épouser Alain MacLean, bien qu'il soit encore plus fou que son père, Shaggy.

— Tu as fait cela exprès ?

— Oui, répondit-il, et son visage se fendit d'un large sourire.

Elle n'en croyait pas ses oreilles ! Malgré tout le mal qu'elle s'était donné pour contrecarrer les plans de son père en mettant son destin entre les mains d'un inconnu jusqu'à Édimbourg, il s'avérait qu'elle avait fait exactement ce qu'il désirait.

— Je suis rentré à Barra avant de venir t'attendre ici, dit son père sans lui laisser le temps de rassembler ses pensées et de se mettre à lui crier après. (Il se pencha pour ramasser un sac en tissu à ses pieds et en sortit une robe bleu ciel.) Ta belle-mère t'a confectionné une nouvelle robe de mariée.

— Elle est ravissante ! s'écria Glynis en la dépliant. J'apprécie son geste, vraiment. Oh ! papa, j'aimerais tellement voir le reste de la famille.

— Tout le monde se languit de toi. Tu demanderas à ton nouveau mari de t'emmener très vite à Barra pour une longue visite.

Glynis pria le ciel pour ne pas rentrer seule et déshonorée, cette fois-ci.

Debout dans la grande salle, entouré de Connor et Duncan d'un côté et du chef MacNeil et d'Ian de l'autre, Alex attendait que sa future épouse fasse son apparition depuis un long moment déjà. Quand le père de Glynis fit mine de s'avancer, craignant qu'il n'ait l'intention de la faire venir en la traînant par les cheveux, Alex lui saisit le bras d'une poigne de fer.

— Laissez-lui le temps, dit-il en le regardant droit dans les yeux jusqu'à ce que le chef MacNeil hoche la tête et recule.

Soudain, le brouhaha dans la salle fit place au silence, et Alex se retourna. Le souffle coupé, il aperçut Glynis à l'autre bout de la pièce. Elle portait une robe d'un bleu très doux, qui mettait en valeur sa gracieuse silhouette et flottait autour d'elle lorsqu'elle marchait. Avec ses cheveux bruns remontés en une couronne ornée de fleurs et de rubans, et retombant en cascade dans son dos, elle avait l'air d'une nymphe tout droit sortie de la forêt pour venir le charmer.

Mais, sous ces ornements, le visage de Glynis était tendu. Alex lisait dans ses grands yeux gris la même expression de panique qu'il avait vue un jour dans le regard d'une biche blessée, une flèche plantée dans le flanc. À chaque pas, Glynis marquait une hésitation, comme prête à s'enfuir au moindre bruit. Elle lui parut mettre un temps interminable à traverser la salle. Enfin, elle arriva devant lui.

Glynis n'avait pas changé d'avis. Mais elle n'en avait pas été loin.

Alex était d'une beauté et d'une prestance à couper le souffle dans sa chemise safran et son plaid vert assorti à ses yeux. La plupart des gens rassemblés dans la grande salle, en particulier les membres du clan MacNeil, devaient se demander comment Alex avait pu choisir une jeune fille aussi maigre et revêche qu'elle.

Glynis regarda autour d'elle en traversant la pièce interminable, taraudée par une question : combien de femmes dans l'assistance avaient partagé le lit d'Alex ? Deux ? Trois ? Une dizaine ?

— Tu es magnifique, lui dit Alex, jouant parfaitement son rôle d'époux, quand elle arriva enfin près de lui. Je crois que nous allons commencer par la signature du contrat.

Par « nous », il voulait parler de son père et lui, bien entendu. Alex l'emmena néanmoins avec lui jusqu'à la petite table où se trouvaient les papiers Elle avait appris à lire, mais elle était dans un trop grand état d'agitation pour comprendre le moindre mot.

— Est-ce que cela te semble satisfaisant ? demanda Alex.

Une bien aimable attention mais qui était parfaitement inutile puisque son père avait déjà signé le contrat.

Aucun mot ne voulut sortir de sa bouche, aussi se contenta-t-elle de hocher la tête. Alex apposa alors sa signature, qui était à son image, grande et assurée, pleine de panache. À côté de lui, elle avait l'impression d'être une petite chose fragile.

Elle retourna à sa place avec Alex. Les deux chefs prononcèrent alors chacun un discours dans lequel ils exprimèrent leur espoir d'une union glorieuse, bénie par la naissance d'enfants. Glynis chercha des yeux un prêtre, mais Alex ne semblait pas avoir réussi à en trouver un dans un si bref délai. Sans prêter attention aux discours, elle ferma les yeux pour invoquer le ciel.

Mon Dieu, je vous en supplie, laissez-moi quelques mois avec lui avant qu'il ne me brise le cœur.

— Glynis !

En entendant son père prononcer son nom, elle ouvrit les yeux et constata que les deux chefs la regardaient.

— Prononce tes vœux, siffla son père.

Son cœur tambourinait si fort dans sa poitrine qu'elle songea qu'elle ne devait pas être la seule à l'entendre.

— Je…

Elle s'interrompit pour déglutir car sa gorge était trop sèche. Elle dut s'y reprendre à trois reprises, mais finit par y parvenir. Puis elle baissa les yeux, attendant qu'Alex fasse de même.

Il resta silencieux pendant si longtemps que la salle entière sembla s'emplir de son silence. Quand Glynis se risqua à lui jeter un coup d'œil en coin, elle s'aperçut qu'il la regardait fixement avec un air de gravité extrême.

Il l'attrapa alors par le poignet puis la tira hors de la pièce derrière lui, tandis qu'elle luttait pour garder les pieds au sol.

— *O shluagh!* murmura-t-elle.

Qu'avait-elle fait pour mériter cela ?

Chapitre 35

Alex entraîna Glynis dans une grande chambre qu'elle supposa être celle du chef car, bien qu'elle soit sobrement meublée et que les murs ne soient pas décorés, elle était adjacente à la grande salle. Après l'avoir fait asseoir, Alex tira un autre fauteuil et s'installa en face d'elle, tout près.

— Glynis, comment veux-tu que je t'épouse alors qu'on dirait que tu vas assister à ta propre pendaison ? demanda Alex. Nous allons tout annuler immédiatement si la perspective de devenir ma femme te rend si malheureuse.

Elle était dans un trop grand état de choc pour parler. Après avoir tout fait pour la convaincre de l'épouser, il voulait maintenant la libérer de sa promesse.

— J'espérais que tu finirais par voir en moi un homme capable de te rendre heureuse et que tu te réconcilierais avec l'idée de mariage, poursuivit-il. Mais, puisque cela semble impossible, mieux vaut en finir. Je ne veux pas élever ma fille dans un foyer où règnent la colère et la tristesse.

Le cœur de Glynis martelait si fort sa poitrine qu'elle en avait mal.

— Il ne sera pas aisé de convaincre ton père que je n'ai pas encore partagé ton lit et qu'il n'y a donc pas lieu d'imposer ce mariage, dit-il avec un soupir résigné, mais j'y parviendrai.

Elle n'avait pas envie de rentrer chez son père et de subir de nouveau ce défilé incessant de prétendants répugnants.

— Et que fais-tu de tous ces gens qui nous attendent dans la grande salle ? Tu n'en as rien à faire, n'est-ce pas ? Je sais que j'ai beaucoup insisté pour que tu acceptes de m'épouser. Mais tu es une fille qui sait ce qu'elle veut, alors, dis-moi, pourquoi as-tu dit oui ?

Glynis resta un instant silencieuse, se passant la langue sur les lèvres. Elle hésitait à lui avouer la vérité, mais elle n'avait rien d'autre à lui répondre.

— J'avais peur que tu épouses Catherine et qu'elle fasse du mal à Sorcha.

Au lieu de la traiter de folle ou d'exiger une preuve, Alex la regarda fixement et attendit qu'elle poursuive son explication.

— Sorcha sent des choses qui échappent aux autres parce qu'elle ne parle pas.

— Oui, j'ai remarqué cela, dit-il.

— J'ai aperçu par hasard Catherine emmener Sorcha vers le loch, à l'insu de tous, expliqua Glynis. Ta petite fille avait l'air terrifiée.

Elle lui raconta le reste de l'histoire, bien qu'il n'y ait pas grand-chose d'autre à ajouter.

— L'une sera dangereuse, marmonna Alex en se passant la main dans les cheveux. J'étais à mille lieux de penser que Catherine ferait du mal à Sorcha.

Glynis était habituée à ce que son père, comme tout le monde, méprise son jugement. Elle fut touchée de voir qu'Alex ne remettait pas en question la façon dont elle avait perçu ce qui s'était passé au loch ce jour-là.

— Eh bien, j'avais au moins raison sur un point, dit Alex en souriant tristement. Tu serais une bonne mère pour Sorcha.

— Un enfant n'est pas suffisant pour unir un couple, répliqua Glynis en clignant des yeux avec force pour retenir ses larmes. Comme tu l'as dit toi-même, le rôle d'une épouse ne se résume pas à s'occuper des enfants.

— Je te voulais pour moi également, dit-il en caressant sa joue du revers de la main. Je sais à quel point il est important pour toi que ton mari te soit fidèle. Est-ce en partie pour cela que tu es si malheureuse à l'idée de m'épouser ?

Glynis baissa les yeux vers ses mains posées sur ses genoux et hocha la tête.

— Alors, si tu deviens mon épouse, je te ferai la promesse de ne jamais te tromper tant que nous partagerons un lit en tant que mari et femme.

Lorsqu'il avait évoqué pour la première fois un mariage entre eux, il avait seulement promis d'être discret avec ses liaisons. Il était à présent prêt à lui promettre ce qu'elle attendait, mais pouvait-elle lui faire confiance ? Même si Alex était sincère sur l'instant, ne changerait-il pas d'avis dans un mois ?

— Je ne peux pas faire plus que te donner ma parole. (Il se leva et baissa les yeux vers elle.) J'aurais aimé que cela soit suffisant.

Si Alex lui avait crié après et avait quitté la pièce avec fracas, peut-être Glynis ne l'aurait-elle pas arrêté. Mais il se pencha simplement vers elle et l'embrassa sur la joue, avec une tendresse qui lui fit de nouveau monter les larmes aux yeux. Puis il se dirigea lentement vers la porte.

Comme Alex l'avait dit, il ne ferait pas un moins bon mari que les autres. Mais bien plus que cela, il était l'unique homme qu'elle désirait. Était-elle assez courageuse pour prendre le risque qu'il la blesse ? Assez forte pour survivre s'il la décevait ? La seule chose dont Glynis était sûre, c'était qu'elle ne pouvait pas supporter l'idée qu'il épouse une autre femme.

— Alex !

Quand il se retourna, son visage, habituellement si souriant, était décomposé.

— Tu avais raison. Je n'ai pas tenu mes engagements, dit-elle. J'ai accepté de t'épouser, je n'aurais donc pas dû le faire à contrecœur. J'ai mal réagi, et j'en suis désolée.

— Tu n'as pas besoin de me faire des excuses, répondit Alex avec lassitude. Je vais de ce pas prévenir les autres, et te ferai porter un dîner pour que tu n'aies pas à les affronter.

Quand il se remit à marcher vers la porte, Glynis bondit sur ses pieds.

— Attends. Tu ne comprends pas.

— C'est vrai, dit-il en souriant avec amertume.

— Je crois que nous devrions nous marier, dit-elle avec précipitation. Je m'accommoderai de la situation.

Il eut un rire sans joie.

— Tu t'accommoderas d'une situation que tu détestes ? Non, cela ne me suffit pas.

— J'ai envie de t'épouser, Alex.

C'était la vérité. Elle le souhaitait de tout son cœur.

— Et je ferai de mon mieux pour te faire confiance, ajouta-t-elle.

— En es-tu vraiment certaine ? demanda-t-il d'un air solennel. Comme tu le sais, je ne veux pas d'un mariage à l'essai. Ma fille a déjà dû surmonter suffisamment de séparations jusqu'à présent.

Alex lui avait dit qu'il la voulait également pour lui-même, et elle se raccrocherait à cette idée. Si Sorcha n'entrait pas en ligne de compte, il ne l'épouserait pas du tout, mais il devait malgré tout avoir un peu de sentiments pour elle.

Glynis fit taire ses doutes et acquiesça.

— Tout ce que je veux, c'est vivre dans un foyer paisible avec ma fille et toi, dit Alex en lui tendant la main. (Quand elle la prit, il la regarda avec un sourire, sincère cette fois.) Duncan a diverti l'assistance avec sa cornemuse, mais ne les faisons pas attendre plus longtemps.

— Tu es prête ? demanda Alex alors qu'ils se tenaient devant le seuil de la grande salle.

Il exerça une pression rassurante sur sa main, puis ouvrit grand la porte.

Le bourdonnement des voix cessa d'un coup et toutes les têtes se tournèrent vers eux. Duncan interrompit l'air plaintif qu'il était en train de jouer et entama une musique enjouée. Quand les MacDonald manifestèrent leur approbation par un tonnerre d'acclamations, Glynis se sentit rougir de plaisir.

L'espoir inondait son cœur.

Alors qu'ils marchaient main dans la main jusqu'au-devant de la salle, Glynis regardait Alex en souriant. Cette fois, ils prononcèrent leurs vœux d'une voix forte et déterminée. Puis Alex lui déposa un baiser sur les lèvres, déclenchant de nouveau les acclamations de l'assemblée. À peine l'eut-il lâchée que Sorcha, qui se tenait à côté avec Sìleas et Ilysa, se précipita dans ses bras.

Et soudain Glynis se retrouva à la fois épouse et mère. Avec le bras d'Alex sur ses épaules, sa nouvelle fille à son côté, et l'accueil si chaleureux des MacDonald, Glynis mit ses doutes de côté et décida de profiter de cette journée d'allégresse.

Les hommes du clan d'Alex s'avancèrent l'un après l'autre pour leur adresser leurs vœux de bonheur, comme le voulait la tradition. *Saoghal fada dhuibh.* « Longue vie à vous. » *A h-uile là sona dhuibh's gun là idir dona dhuibh.* « Que chaque jour qui passe apporte la joie dans votre foyer. »

Alex était en train de rire d'une plaisanterie que son cousin Ian venait de faire quand Glynis le sentit soudain se raidir près d'elle.

— Alors c'est vrai, tu as laissé une jeune fille te mettre la main dessus, s'écria une voix profonde.

Glynis se retourna pour voir qui avait parlé, et eut l'impression d'être transportée dans le futur et de voir Alex avec trente ans de plus. Ce grand guerrier aux cheveux blonds ne pouvait être que son père. Quel péché d'être encore si beau à cet âge-là.

— C'est moi qui lui ai mis la main dessus, père, dit Alex d'une voix aussi tendue que sa posture. Je suis un homme chanceux.

Alex avait prononcé ces paroles avec une telle violence qu'il donnait plus l'impression de défier son père que de se réjouir de sa bonne fortune.

— Ah ! voilà une bien jolie femme, dit le père d'Alex à Glynis avec un clin d'œil en lui prenant les mains.

Glynis comprenait d'où Alex tenait son charme. Son père avait cependant une certaine dureté dans le regard, que Glynis n'avait vue chez Alex que quand il se battait – et à présent.

Le père d'Alex se pencha vers elle pour l'embrasser, mais son fils l'arrêta d'un geste.

— Il était grand temps que tu fasses ton devoir, dit son père en croisant le regard noir de son fils. Un homme a besoin d'un héritier.

Une femme brune se détacha du groupe et se jeta au cou d'Alex.

— C'est vrai ? Tu as enfin trouvé une femme que tu souhaites garder ?

— Oui, mère, dit Alex d'une voix tendue en la repoussant légèrement. Qu'est-ce que vous faites ici, tous les deux ?

— Nous avons su que le chef MacNeil affirmait que tu t'étais enfui avec sa fille et qu'il t'attendait ici, expliqua son père. Et notre chef nous a fait savoir aujourd'hui que tu étais de retour avec cette jeune femme.

Alex lança un regard furieux à Connor.

— Nous ne pouvions tout de même pas manquer le mariage de notre fils unique, dit sa mère. Dès que nous avons appris la nouvelle, nous sommes partis.

— Vous êtes venus ensemble ? demanda Alex. Sur le même bateau ?

— Le temps pressait, dit sa mère.

— Dans ce cas, je suis heureux que vous puissiez vous joindre à nous pour le banquet, déclara Alex, bien que son expression contredise ses paroles. Mère, père, voici ma jeune épouse, Glynis, fille de Gilleonan de Barra, chef des MacNeil.

— Je ne pensais pas qu'il existait une seule fille dans tous les Highlands capable de capturer mon fils, lui dit le père d'Alex avec un autre clin d'œil peu discret. Mais je vois que j'avais tort.

— Tu n'as rien trouvé de plus affreux à dire à une jeune mariée ? fit remarquer sèchement son épouse. Je ne peux qu'espérer que notre fils sera un meilleur mari que tu ne l'as été.

Glynis commençait à comprendre pourquoi Alex éprouvait une telle aversion pour le mariage. Et pourquoi il tenait tant à ce que la paix règne dans sa maison.

— Quelle que soit la façon dont tu t'y es prise, dit la mère d'Alex en tapotant le bras de Glynis, je remercie le Seigneur, car je craignais de ne jamais avoir de petits-enfants.

— Alors tu vas te réjouir d'apprendre la nouvelle. (Alex poussa doucement Sorcha devant lui et posa les mains sur ses épaules.) Voici ma fille, Sorcha.

Sa mère poussa un cri perçant et leva les mains au ciel. Avant que son père ou sa mère puissent se rapprocher de la pauvre enfant, Alex la prit dans ses bras. Il lui parla en français, sans traduire ses paroles en gaélique pour une fois, puis tourna la tête vers ses parents.

— Sorcha ne s'est pas encore décidée à parler, dit-il sur un ton ferme. Elle le fera quand le moment lui semblera venu, alors n'insistez pas.

Quelle famille ! Glynis prit soudain conscience qu'elle n'avait jamais demandé à Alex où ils allaient vivre. Elle espérait que ce ne serait pas chez ses parents.

Alex avait l'impression de suffoquer. Sa mère et son père étaient réunis dans la même pièce, sa jeune épouse donnait l'impression d'avoir envie de disparaître sous terre, et sa fille, tremblante, était recroquevillée contre lui, le visage caché dans ses mains.

L'arrivée de ses parents lui rappelait toutes les raisons pour lesquelles il n'avait jamais voulu se marier.

Chapitre 36

Quand la table eut été débarrassée et que les enfants et les personnes âgées commencèrent à aller se coucher, les amis d'Alex se rassemblèrent autour des jeunes mariés pour raconter à Glynis des histoires cocasses sur son nouvel époux. Ils buvaient et s'amusaient beaucoup, comme les hommes le faisaient généralement dans de telles occasions. Cependant, son mari semblait plus apprécier le contenu de son verre que les plaisanteries de ses amis.

— C'est une journée spéciale pour moi aussi, dit Duncan. Ce n'est pas souvent qu'un homme reçoit un présent le jour du mariage de son ami.

— De quoi veux-tu parler ? demanda Alex.

— Eh bien, cette jolie galère que nous avons volée à Shaggy m'appartient à présent, répondit Duncan. As-tu oublié notre pari ?

— Quel pari ? demanda Alex.

— J'avais parié que tu serais marié d'ici à six mois, dit Duncan. Et te voilà, avec ta nouvelle épouse, alors que cela ne fait que trois mois.

— Ah, non ! s'écria Alex. Tu ne me ferais pas cela !

— Oh que si ! répondit Duncan, alors qu'un sourire se dessinait lentement sur son visage.

— Par tous les saints, quelle tristesse de perdre ce bateau ! s'écria Alex. Tu sais à quel point je tiens à lui.

Glynis se pinça les lèvres. Alex était-il obligé d'annoncer à tout son clan qu'il préférait un bateau volé à sa nouvelle épouse ?

— Je suis d'avis que c'est toi le gagnant dans l'histoire, dit Duncan à Alex en se tournant vers elle. Alex a de la chance. Je vous souhaite beaucoup de bonheur avec ce sacré fripon.

Glynis se força à sourire tandis que les hommes autour d'elle riaient de bon cœur.

Duncan ramassa alors les pièces que lui tendaient les autres hommes. Ils avaient apparemment tous parié qu'Alex ne se marierait pas.

— Tu as plutôt bonne mine pour un homme mort, fit remarquer un petit guerrier maigrelet en donnant une claque dans le dos d'Alex.

— Qu'est-ce que tu veux dire, Tait ? demanda Alex.

— Alex ne nous avait-il pas annoncé à tous qu'il serait mort avant de se marier ? s'écria Tait.

Connor attrapa Tait par le dos de sa chemise comme un vulgaire chat.

— Tu sais à quel point Alex aime plaisanter.

Mais Tait poursuivit, imperturbable.

— Alex ne l'a pas dit une fois, mais des centaines. « Je préférerais qu'on m'attache une ancre au pied et qu'on me jette à la mer plutôt que de m'attacher à une femme. Je préférerais qu'on me frappe avec un… »

Le son de la voix de Tait s'évanouit peu à peu alors que Connor l'emmenait de force.

Ian regarda Glynis avec un sourire qui avait dû faire battre le cœur de plus d'une jeune fille.

— Nous n'avons pas eu l'occasion de passer une soirée avec le futur marié avant la cérémonie, comme c'est la coutume. Est-ce que cela vous ennuierait si nous l'emmenions un petit moment avant de vous le laisser pour de bon ?

— Ou pour le pire ! s'exclama l'un des hommes, provoquant un nouvel éclat de rire général.

Marié. Comment en était-il arrivé là ?

Alex but une longue gorgée de whisky à même la carafe. Depuis qu'il était petit, il s'était juré de ne jamais se lier.

Il avait une femme. Il avait beau avoir passé les deux dernières semaines à courtiser, charmer, séduire et presque supplier Glynis de l'épouser, il avait encore du mal à se faire à cette idée.

— Sois fort, dit Ian en lui pressant l'épaule.

— Et si je n'y arrive pas ? demanda Alex d'une voix où perçait le désespoir.

— Tu as besoin du mode d'emploi de base ? demanda Duncan avec sérieux. Qu'est-ce qui va où, ce genre de choses ?

— Je ne veux pas dire au lit. Je sais parfaitement comment satisfaire une femme. (Alex donna un petit coup dans le bras de Duncan, puis se tourna vers Ian.) Je parle du reste du temps. Qu'est-ce que je dois faire ?

— La même chose que tu as toujours faite. La différence, c'est que tu as quelqu'un avec qui en parler, dit Ian en souriant. Que tu le veuilles ou non.

Alex avala une autre rasade de whisky, au milieu des rires de ses amis.

— J'ai l'impression que tu es bien tombé avec Glynis, dit Connor. Je suis sûr que tu n'as nul besoin d'être inquiet.

Inquiet ? Il jeta un coup d'œil vers Glynis, qui tenait Sorcha endormie sur son épaule. Il n'était pas inquiet, il était terrifié de ne pas être à la hauteur.

Oh, Dieu, non ! Alex ferma les yeux en voyant son père pousser Ian pour s'asseoir à côté de lui, et lui passer un bras autour de l'épaule. *Ge b'e thig gun chuireadh, suidhidh e gun iarraidh.* « Qui vient sans être invité s'assiéra sans en être prié. »

Voyant Alex perdre pied, Ian, Connor et Duncan l'avaient entraîné dans un coin de la pièce pour qu'ils puissent discuter en privé. Alex ne désirait parler avec personne d'autre, et surtout pas avec son père.

— Ne tombe jamais amoureux d'une femme, dit son père en regardant la mère d'Alex à l'autre bout de la grande salle, sinon elle te brisera le cœur en morceaux et en nourrira les poissons.

Sorcha se blottit contre l'épaule de Glynis en bâillant. Celle-ci l'embrassa sur le sommet du crâne, heureuse de la présence réconfortante de l'enfant. Elle vit alors Sìleas entrer par une porte opposée et se diriger vers elles d'un pas léger.

— Sorcha peut dormir dans notre chambre avec les jumelles, annonça Sìleas en tendant la main vers la petite fille. Elles sont déjà là-haut avec leur bonne d'enfants.

— Sorcha n'est pas habituée aux étrangers…, commença Glynis, mais elle s'interrompit en voyant Sorcha bondir sur ses pieds et prendre la main de Sìleas.

— C'est votre nuit de noces, dit Sìleas en souriant avec douceur. Sorcha sera ravie.

Glynis se sentit abandonnée. La mère d'Alex vint s'asseoir près d'elle, ce qui n'allait sûrement pas lui remonter le moral. Elle avait dû être belle dans sa jeunesse, avant que la désillusion ne vienne creuser des rides autour de ses yeux et de sa bouche.

— Alex est un homme bon, déclara-t-elle en tapotant la main de Glynis. Malheureusement, le sang de son père coule dans ses veines.

La mère d'Alex avait du mal à articuler tant elle était ivre. Tous les MacDonald étaient-ils des ivrognes ?

— Je bois à la santé du seul homme qui a réussi à apprivoiser ma sauvage de fille ! hurla de l'autre côté de la salle le père de Glynis en levant son verre, montrant ainsi que les MacNeil n'avaient rien à envier aux MacDonald quand il s'agissait d'alcool.

Glynis ferma les yeux et souhaita être ailleurs, n'importe où sauf ici.

Elle constata que plus les hommes se soûlaient, plus leurs histoires devenaient pittoresques. Elle fut soudain assaillie par les souvenirs de son premier mariage, qui lui firent l'effet d'un poids sur sa poitrine. Magnus n'était pas le genre d'homme à faire preuve de délicatesse avec une jeune fille vierge, encore moins quand il était ivre.

Glynis se leva avec l'intention de s'éclipser pour monter jusqu'à la chambre à coucher qu'Ilysa avait préparée pour eux et de barrer la porte sans attendre.

Mais à peine eut-elle gravi deux marches qu'elle entendit l'un des hommes hurler :

— Alex, ta jeune épouse est fatiguée de t'attendre ! Il est temps d'aller consommer ton mariage !

Chapitre 37

Alex n'avait pas le moindre souvenir de sa nuit de noces.

Que Dieu lui vienne en aide ! Il n'était qu'un goujat. Un incapable. Un piètre mari. Et il avait un mal de tête lancinant. *Oh, Jésus, emportez-moi maintenant.* Qu'est-ce qui avait bien pu lui prendre ?

Sa bouche était desséchée, il était encore soûl, avait du sable dans les yeux et cette migraine atroce. Mais le pire de tous ses maux était son estomac, noué par la certitude de n'avoir pas du tout été à la hauteur. Malgré son état, il se tourna vers sa jeune épouse avec l'intention de se faire pardonner son manque d'attention de la veille en lui faisant l'amour ce matin.

Il étendit le bras et tâta le matelas. Nulle trace de sa femme.

Alex rampa hors du lit et s'empara du broc d'eau pour remplir la bassine. Il s'aspergea le visage puis, voyant que ce n'était pas efficace, plongea la tête dans la cuvette et ferma les yeux. Qu'il se sentait mal. Et cela n'allait faire qu'empirer.

Alex passa l'heure suivante à arpenter le château à la recherche de Glynis, tout en évitant de devoir avouer à quiconque qu'il avait déjà perdu son épouse. Il finit par la trouver sur l'un des bateaux amarrés près du rivage. Les yeux rivés sur la mer, elle se tenait assise, droite comme un I, le visage grave et les bras croisés.

Glynis ne se retourna même pas quand il monta dans le bateau.

— Qu'est-ce que tu fais ici ? demanda-t-il au bout d'un moment.

— J'attends que nous partions, dit-elle. J'ai envie d'oublier notre nuit de noces le plus rapidement possible.

Il avait passé sa nuit de noces à dormir. Pourtant, s'il y avait une chose dont Alex ne doutait pas jusqu'à présent, c'était bien sa capacité à remplir ses devoirs d'époux dans la chambre à coucher.

Glynis replongea dans son mutisme. Au moins ne criait-elle pas et ne jetait-elle pas des objets comme sa mère. Il envisagea un instant de lui faire remarquer que leur véritable nuit de noces avait eu lieu après l'échange de leurs promesses de mariage, et qu'il s'en était plutôt bien tiré. Mais il se ravisa.

Juste au moment où il songea qu'elle n'ouvrirait peut-être plus jamais la bouche, Glynis dit :

— Tu ne m'as jamais parlé de l'endroit où nous allions vivre.

— Eh bien, c'est quelque chose dont je voulais discuter avec toi.

— Ne me fais pas croire que j'ai mon mot à dire sur le sujet et que tu n'as pas déjà pris une décision, dit-elle, les yeux toujours rivés sur l'horizon.

Il inspira profondément et se rappela qu'elle était habituée à ce qu'on ne tienne pas compte de ses opinions. Peut-être cela lui donnerait-il l'occasion de se rattraper.

— Les terres de mon père seront à moi un jour, nous aurions donc une bonne raison de vivre là-bas. (Alex crut voir le dos de Glynis se raidir encore davantage, si tant est que ce soit possible.) Mais Connor a besoin d'un homme à North Uist, où les hommes de notre clan vivent à la merci de ses oncles pirates.

Alex avait envie d'aller là-bas. Parce qu'il souhaitait combattre les pirates, bien entendu, et parce qu'habiter avec l'un de ses parents reviendrait pour lui à vivre en enfer. Mais, avant tout, il voulait se charger de faire de North Uist un endroit sûr pour son clan.

— Avant mon départ pour Édimbourg, j'avais annoncé à Connor que j'irais vivre à North Uist à mon retour pour rétablir l'ordre sur l'île, dit-il. Mais, à cette époque, je n'avais pas une épouse et une fille qui entraient en ligne de compte. Il est beaucoup plus dangereux de vivre là-bas que sur les terres de mon père, j'envisage donc de demander à Connor d'envoyer Duncan à ma place.

Glynis le regarda en plissant les yeux.

— Je ne suis pas une fille fragile comme celles que tu fréquentais à la Cour ou en France.

— Je le sais bien, mais tu es sous ma responsabilité à présent.

— North Uist n'est pas loin de Barra, je doute donc que le danger y soit plus grand, dit-elle. Et, en cas de besoin, mon père pourrait envoyer des hommes vous aider.

Il avait été contraint de se marier, mais grâce à Dieu il était tombé sur une femme intrépide. Il voulait cependant être honnête avec elle sur ce qui les attendait là-bas.

— Notre clan possède un vieux château à North Uist, Dunfaileag Castle, qui devrait nous assurer une protection suffisante une fois remis en état, expliqua-t-il. Mais, pour que le château soit de nouveau sûr et confortable, il faudra y accomplir des travaux colossaux.

— Je déteste ne rien avoir à faire. Et je te rappelle que jusqu'à Édimbourg j'ai dormi dehors sur le sol dur des nuits durant.

— Je me souviens de chaque nuit.

Il la regarda dans les yeux et lui adressa un sourire qui la fit rougir. Il était heureux de pouvoir lui rappeler qu'il savait comment la satisfaire quand il n'était pas ivre mort.

— Je pourrai voir ma famille plus souvent. Je t'en prie, Alex, c'est là-bas que j'ai envie de vivre.

Grâce au ciel!

— Nous devrons nous arrêter en route chez mes parents, qui attendent notre visite, dit-il. Mais ensuite nous partirons vers North Uist.

Glynis lui accorda enfin un sourire. Ils avaient eu une conversation civilisée et étaient parvenus à se mettre d'accord sur un sujet important, sans faire d'histoires ou se disputer. C'était de bon augure pour l'avenir.

Alex n'avait pas voulu évoquer son ancien mari, mais North Uist possédait un autre avantage sur Skye : l'île était plus éloignée du fief du chef des Clanranald, Tioram Castle.

— Nous avons pris ce bateau à Hugh Dubh quand nous l'avons chassé de Dunscaith Castle, dit Alex en tapotant sur le bastingage. Comment as-tu su que c'était celui que Connor voulait que je prenne ?

— C'est Ilysa qui me l'a dit.

Évidemment. Alex laissa son regard glisser sur le bateau, une grande galère de combat. Connor avait également été contraint de lui céder les dix-huit hommes nécessaires pour tenir les rames.

— Cette galère me sera bien utile à North Uist, dit Alex, que la perspective de vivre là-bas réjouissait de plus en plus. (S'accoudant au bastingage, il contempla le bateau de Shaggy qui flottait sur l'eau avec grâce.) Quel dommage que j'aie perdu cette petite galère.

— Si j'entends encore un mot à propos de ce bateau qui ne t'appartenait même pas en premier lieu, dit Glynis, je te jure que j'y mettrai le feu.

Alex avait beau se targuer de comprendre les femmes, il n'avait pas la moindre idée de ce qui pouvait mettre Glynis en colère à propos du bateau de Shaggy. Heureusement, la conversation s'arrêta là car il aperçut Ilysa qui descendait vers la côte avec Sorcha et Bessie. Décidant qu'il était préférable de laisser Glynis se calmer, Alex partit à leur rencontre.

— Je n'ai pas encore eu l'occasion de te le dire, dit Ilysa quand il arriva près d'elles, mais Teàrlag m'a chargée de te faire passer un message.

— Attends-moi dans le bateau, Sorcha.

S'il en croyait son expérience passée, il valait mieux que sa fille n'entende pas ce que Teàrlag avait à lui transmettre. Bessie s'éloigna avec Sorcha, et Alex demanda alors :

— Teàrlag ne pouvait pas attendre pour me réprimander en personne ?

— Il ne s'agit pas d'une réprimande cette fois, déclara Ilysa en souriant. Elle t'envoie tous ses vœux de bonheur pour ton mariage.

— Je comprends mieux comment tu as fait pour prévoir suffisamment à manger et à boire pour le banquet. Je t'en remercie.

Connor, quant à lui, ne savait rien de ce qu'Ilysa avait fait. En dépit de son jeune âge, jamais Connor ne trouverait une épouse capable de s'occuper du château à moitié aussi bien. *« Cha bhi fios aire math an tobair gus an tràigh e. »* « On ne connaît la valeur d'un puits que quand il s'assèche. »

— Teàrlag m'a également demandé de te faire remarquer qu'elle avait raison à propos des trois femmes, dit Ilysa, ainsi que du cadeau spécial, dont l'éclat rappelle celui d'un rayon de lune.

Alex tourna la tête vers sa petite fille, qui avait les cheveux de la couleur des rayons lunaires et dont le nom signifiait « brillant ».

— Oui, Sorcha est vraiment un cadeau très spécial.

— Et les trois femmes ? demanda Ilysa.

— Trois femmes m'ont en effet appelé à leur secours, bien qu'aucune ne m'ait vraiment laissé le choix. Glynis m'a menacé, la mère de Sorcha a quitté le pays en bateau sans elle, quant à la troisième, je pouvais difficilement la laisser couler.

Ilysa se mit à rire.

— C'est certain.

— Comme Teàrlag l'avait prédit, l'une a été malhonnête, et l'autre dangereuse.

Son cœur s'arrêta un instant de battre à la pensée qu'il aurait pu perdre Sorcha. Il s'efforça de reprendre un ton léger et ajouta :

— Et j'espère que ma nouvelle épouse satisfera ce soir quelques-uns de mes désirs les plus profonds.

Ilysa lui sourit avec douceur en posant sa main sur son bras.

— Ouvre ton cœur à Glynis.

— Et pour quelle raison devrais-je accepter un conseil de la petite sœur de Duncan ? demanda Alex.

— Parce que, même si certains sont d'avis que tu ne mérites pas une femme comme Glynis, je sais que tu peux être un homme aussi bon que tu le désires, Alexander Bàn MacDonald.

Alors que leur bateau s'éloignait de la côte, Sorcha s'appuya contre son père et agita la main pour dire adieu à Dunscaith Castle. Les petites jumelles aux cheveux roux lui manquaient déjà. Elles communiquaient avec nombre de petits bruits amusants mais ne connaissaient encore qu'un seul mot : « Papa ! Papa ! » Elles le répétaient sans arrêt, mais Sorcha ne s'en fatiguait pas car elle voyait que cela les amusait beaucoup.

Elle était cependant déçue de ne pas avoir vu la reine guerrière dont lui avait parlé son père.

À moins que la reine guerrière ne soit sa nouvelle mère. Glynis était vêtue comme les autres femmes, mais Sorcha arrivait parfaitement à se la représenter en train de se battre avec une grande épée.

Elle se sentait en sécurité avec Glynis.

Chapitre 38

Glynis avait l'intention d'en vouloir à Alex pendant très longtemps.

Il avait dormi pendant leur nuit de noces. C'était bien sûr déjà un grand progrès par rapport à celle de son premier mariage. Magnus était vraiment un porc égoïste et dégoûtant, au lit et en dehors.

Glynis sentit pourtant sa fureur envers Alex s'apaiser en l'observant à la barre avec Sorcha sur les genoux, lui montrant du doigt des édifices sur la côte ainsi que les petites îles devant lesquelles ils passaient. Alex était d'un tempérament si agréable et généreux. La curiosité de Glynis finit par prendre le pas sur son obstination, et elle s'avança lentement le long du bastingage, jusqu'à se trouver assez proche pour entendre ce qu'Alex racontait.

— C'est ici que vit ta grand-mère, annonça Alex en désignant une maison à deux étages sur une petite île près de la côte, à leur droite.

Puis il lui montra sur leur gauche une grande maison fortifiée plus ancienne, un peu plus haut sur la côte.

— Et c'est là qu'habite ton grand-père. Nous allons dormir chez lui.

Sorcha tira sur son bras et leva deux doigts.

— Pourquoi est-ce qu'ils ont deux maisons ? (Il resta silencieux un long moment avant de répondre.) Ils avaient besoin de place pour tous leurs amis.

Glynis aurait dû prendre la réponse d'Alex comme un avertissement.

La mère et le père d'Alex étaient partis tôt de Dunscaith et les attendaient tous deux dans la grande salle. Les servantes qui faisaient des allers et retours pour apporter des boissons et des plats saluèrent Alex avec une chaleur qui lui sembla excessive. Elles étaient toutes jeunes et séduisantes.

Ce foyer ne rappelait que trop bien à Glynis celui de Clanranald, et elle s'y sentait réellement mal. Les plaisanteries et les remarques enjouées d'Alex avaient beau ne pas être aussi impudentes que les pincements et les tripotages de Magnus, il était clair qu'il avait eu une relation avec plusieurs de ces femmes.

Glynis en oublia rapidement les qualités qu'elle avait concédées à son nouvel époux.

— Bonjour, Anna, s'écria Alex en voyant une rousse plantureuse qui lui répondit par un clin d'œil.

— Tu as l'air en pleine forme, Brigid, dit-il à une beauté aux cheveux bruns qui ne manqua pas de se frotter contre son épaule en lui servant de la bière.

Glynis sentit ses paumes devenir moites tandis qu'elle essayait de faire abstraction d'une nouvelle envie de vomir. Gardant les yeux rivés sur le mur au loin, elle se leva en prenant appui sur la table.

— J'aimerais me reposer dans ma chambre, si quelqu'un veut bien me montrer où elle se trouve.

— Nous y voilà, dit Alex en ouvrant la porte à Glynis et Sorcha.

Il était étrange pour Alex de se retrouver dans son ancienne chambre, et plus encore d'y installer sa nouvelle famille. Dès qu'il avait été assez grand pour naviguer seul, il y avait passé le moins de temps possible. Il était toujours parti par monts et par vaux à vivre des aventures, ou à s'attirer des ennuis, selon les points de vue, avec Connor, Ian et Duncan. Il était devenu un invité régulier à Dunscaith Castle et dans la maison d'Ian.

Sorcha s'approcha de la fenêtre, tandis que Glynis s'efforçait de ne pas regarder Alex. Celui-ci jeta un coup d'œil vers le petit lit. Ses pieds dépasseraient au bout, mais l'avantage était que Glynis ne pourrait pas l'éviter. Il avait désespérément besoin de se retrouver seul avec elle, dans un lit ou pas. Il demanderait à sa mère de faire dormir Sorcha avec elle.

Justement, celle-ci apparut à point nommé dans l'embrasure de la porte.

— Vous avez tout ce qu'il vous faut ? demanda-t-elle.

Même si sa mère avait déménagé plusieurs années auparavant, elle endossait toujours le rôle de maîtresse de maison dès qu'elle posait le pied chez son époux. Avant qu'Alex puisse lui demander de prendre Sorcha avec elle pour la nuit, elle leur annonça ce qu'elle était montée leur dire.

— Les MacDonald qui vivent de ce côté de Skye n'ont pas été prévenus à temps pour venir à votre fête de mariage à Dunscaith. (Elle serra ses mains l'une contre l'autre et leur adressa un sourire radieux.) Je les ai donc tous invités ici ce soir pour un autre festin !

Alex était furieux contre sa mère. S'il y avait une chose dont il n'avait pas besoin ce soir, c'était bien d'un deuxième banquet de mariage.

— C'est très gentil de votre part, dit Glynis, qui était cependant devenue blanche comme un linge. Je suis un peu fatiguée après toute cette... excitation... d'hier soir. Alors, si cela ne vous ennuie pas de prendre Sorcha avec vous, j'aimerais faire un petit somme.

— Cela ne me ferait pas de mal non plus, déclara Alex, plein d'espoir.

— Tu dois certainement pouvoir trouver un lit ailleurs, n'est-ce pas, dit Glynis en le regardant avec aigreur.

— Au nom du ciel, pourquoi as-tu fait cela, mère ? demanda Alex en descendant l'escalier. Tu aurais dû me demander ce que j'en pensais avant d'organiser ce banquet.

— Je voulais que ton épouse et ta fille se sentent bien accueillies, dit sa mère en souriant à Sorcha.

Les prétendues bonnes intentions de sa mère n'apaisèrent pas Alex. Ses deux parents faisaient toujours exactement ce qu'ils voulaient, sans se soucier des autres le moins du monde. Le mal était fait cependant, il allait donc devoir passer sa soirée à divertir tous les hommes, femmes et enfants qui viendraient de plusieurs lieues à la ronde.

Peu de temps après, alors qu'il broyait du noir assis dans la grande salle avec une chope de bière, il fut tiré de ses pensées par les cris de ses parents. Quand il se retourna, il aperçut sa fille qui regardait son père et sa mère à tour de rôle d'un air apeuré, tout en étreignant sa vieille poupée de toutes ses forces.

— Je n'ai que faire de ce que tu dis, disait sa mère en s'avançant vers lui, les mains sur les hanches. J'emmène Sorcha avec moi ce soir.

— Tu ne feras pas sortir ma petite-fille de cette maison, hurlait son père.

Ses parents étaient bien trop absorbés par leur dispute pour remarquer que Sorcha les observait, les yeux ronds comme des soucoupes. Furieux, Alex se précipita vers eux et prit sa fille dans ses bras. Elle se blottit contre lui en suçant son pouce, et il dégagea son visage des mèches de cheveux qui étaient tombées devant, puis il l'embrassa sur le front.

— Je n'en tolérerai pas davantage, dit-il à ses parents qui s'étaient tus. Si vous souhaitez continuer de voir ma fille, vous allez tous deux devoir vous supporter en sa présence.

Ses parents prirent la parole en même temps.

— Mais c'est mon unique petit-enfant !

— Tu n'as pas le droit !

— Bien sûr que j'ai le droit, dit Alex en regardant intensément son père, puis sa mère. Et je ne vous permettrai pas de vous battre pour elle comme vous l'avez fait pour moi.

Jamais Alex n'avait ainsi exprimé ce qu'il ressentait face à leurs disputes. Et, pour une fois, ses parents étaient tous deux trop abasourdis pour parler. Il supposa que c'était souvent le cas dans les familles : les vérités évidentes n'étaient jamais dites à haute voix, comme si, d'une certaine manière, cela les rendait moins vraies.

— Je ne le répéterai pas. Si vous n'êtes pas capables de vous comporter de façon civilisée l'un envers l'autre devant ma fille, nous partirons, et nous ne reviendrons pas.

Les choses allaient de mal en pis. Que faisait Mary à ce banquet ?

Alex ne fit pas le fier en saluant son mari. Maintenant qu'il en était un lui-même, il voyait la situation d'un tout autre œil. L'époux de Mary était peut-être un idiot pleurnichard, mais cela n'excusait pas Alex d'avoir couché avec sa femme. Alex serait prêt à tuer tout homme qui oserait s'approcher de Glynis d'un peu trop près. Le simple fait d'imaginer les mains d'un autre sur elle lui donnait des envies de meurtre.

Tout au long du repas, soit sept plats, Mary ne cessa d'essayer d'attirer l'attention d'Alex. Celui-ci l'ignora superbement, s'efforçant de converser avec Glynis.

— Je suis désolé que tu doives subir tous ces invités ce soir, dit-il à l'oreille de sa femme.

— Pourquoi es-tu désolé ? demanda-t-elle, raide comme une planche. Est-ce moi ou ta fille que tu as honte de leur présenter ?

Alex serra les dents pour se retenir de crier.

— Tu sais parfaitement que je n'ai honte d'aucune de vous deux, dit-il quand il fut de nouveau capable de parler à voix basse. Ne peux-tu pas aussi faire des efforts et essayer d'être agréable ?

— Si tu voulais une épouse agréable, tu n'as pas fait le bon choix, chuchota-t-elle avec hargne. Je ne t'ai jamais caché mon tempérament revêche.

Sur ces mots, Glynis lui tourna le dos et commença à parler avec sa mère, assise de l'autre côté. Alex avait l'impression que sa tête allait exploser. C'est alors qu'il vit Mary se lever et se diriger vers la porte ; elle lui adressa un clin d'œil peu discret par-dessus son épaule avant de sortir de la pièce. Bonté divine ! c'était l'occasion de mettre un terme à cette situation embarrassante.

Il se leva et partit attendre dans le vestibule que Mary revienne des latrines. Quand elle entra dans la pièce et aperçut Alex, un grand sourire éclaira son visage.

— Alex…

— Chut !

Il l'attrapa par le poignet et l'entraîna à l'extérieur, dans la cour sombre. Dès qu'ils eurent tourné à l'angle de la maison, où on ne pouvait plus les voir de la porte, il la fit brusquement pivoter pour qu'elle se retrouve face à lui.

— Je t'ai donc manqué, dit-elle en commençant à promener ses doigts sur son torse.

— Au nom du ciel, je peux savoir à quoi tu joues, Mary ? demanda-t-il en repoussant sa main. Je t'ai emmenée ici pour te demander d'arrêter de te comporter ainsi devant ma femme.

— À vrai dire, je n'ai pas l'impression que ta jeune épouse en serait dérangée le moins du monde.

— Je t'assure que si, dit Alex, bien qu'il commençât à en douter lui-même. Elle est simplement plus discrète que certaines.

Mary lâcha un petit rire.

— C'est le moins que l'on puisse dire.

— Je veux que tu rentres chez toi immédiatement et que tu ne reviennes pas, dit-il à voix basse.

— Alors où veux-tu que nous nous retrouvions ? demanda-t-elle.

— Parle doucement, siffla-t-il. Tu ne comprends pas. Je suis un homme marié à présent, et je n'ai pas l'intention de commencer une autre liaison avec toi, ni avec aucune autre.

— Tu sais ce qu'on dit des bonnes résolutions, répliqua Mary avec un sourire dans la voix.

— Je suis sérieux, Mary, rétorqua Alex. Je ne veux pas te causer d'ennuis, mais je le ferai si c'est nécessaire.

— Je suis un aimant à ennuis !

Elle s'appuya contre lui en riant.

— Je te le demande une dernière fois, dit-il en la prenant par les épaules pour la repousser. Va chercher ton mari et rentre chez toi.

Alex la laissa seule dans le noir et monta d'un pas lourd l'escalier de la maison. Qu'est-ce qu'il avait bien pu trouver à cette femme ?

Glynis était certaine que tout le monde se moquait d'elle dans son dos. Cette femme appelée Mary avait passé sa soirée à lancer des œillades à Alex. L'époux de Mary était sans doute à moitié aveugle, mais Glynis avait quant à elle une excellente vue. Quand Alex et

Mary s'éclipsèrent tous deux de la pièce, elle aurait dû rester à sa place, par fierté, mais elle ne put tout simplement pas supporter de ne rien faire. Si Alex était vraiment allé retrouver une amante le lendemain de leur mariage, elle devait en avoir la certitude.

Quand elle sortit de la pièce et s'aperçut qu'aucun des deux ne se trouvait dans le vestibule, elle eut soudain du mal à respirer. Même si Glynis redoutait qu'Alex soit parti avec Mary, elle espérait se tromper. Malgré tout, elle songea qu'elle ne devait pas tirer de conclusions hâtives, pas tant qu'elle ne l'aurait pas vraiment vu avec cette misérable femme. Le vestibule donnait soit sur l'extérieur, soit sur l'escalier qui conduisait aux chambres.

Glynis ne supporterait pas de les surprendre au lit, aussi décida-t-elle de sortir de la maison par l'entrée principale, en veillant à ne pas faire de bruit. Alors qu'elle refermait doucement la porte derrière elle, un bruit de voix étouffées lui parvint aux oreilles. Elle descendit l'escalier et s'approcha à pas feutrés du coin de la maison.

Son cœur se serra quand elle reconnut la voix grave d'Alex. Il parlait trop doucement pour qu'elle puisse saisir ses paroles, mais elle n'eut aucune difficulté à comprendre la femme.

— Alors où veux-tu que nous nous retrouvions ? demanda Mary.

Non, ce n'était pas possible. Glynis ferma les yeux avec force et respira en ouvrant grand la bouche, tentant de se ressaisir. Elle allait maintenant devoir retourner à l'intérieur comme si de rien n'était, alors qu'elle avait l'impression qu'on lui avait ouvert le ventre puis vidée de ses entrailles.

— Je suis un aimant à ennuis !

Ce furent les derniers mots que Glynis entendit. Alors qu'elle marchait en titubant vers la porte, comme dans un brouillard, ils résonnèrent à ses oreilles.

Désormais, elle savait ce qu'était le « type habituel » d'Alex. Les femmes douces, faciles et aguicheuses.

Les femmes à ennuis.

Chapitre 39

Quand Alex retourna dans la grande salle, la place de sa femme était vide.

— Où est Glynis ? demanda-t-il à sa mère.

— Elle a dit que Sorcha avait l'air fatiguée et l'a fait monter. Je lui ai proposé de l'emmener chez moi pour la nuit, mais Glynis n'a pas voulu en entendre parler.

Enfer et damnation !

— Tu ne peux pas partir toi aussi, avec tous ces invités présents, chuchota sa mère.

— C'est toi qui les as invités, mère, tu peux donc bien t'en occuper.

Alex quitta la pièce sans un regard en arrière et monta les marches deux à deux. Il s'attendait à trouver Glynis en train de border Sorcha dans son lit ou de lui raconter une histoire, mais la pièce était déjà plongée dans le noir.

— Glynis, je sais que tu ne dors pas encore.

La voix de Glynis se fit entendre dans l'obscurité.

— Chut. Tu vas réveiller Sorcha.

— Alors sors de la chambre et viens parler avec moi.

— Je n'ai rien à te dire, dit Glynis. Sorcha est avec moi dans le lit, tu peux donc t'installer par terre.

— Je suis désolé pour la nuit dernière, murmura-t-il. Je voulais me rattraper ce soir.

— Te rattraper auprès de moi et de qui d'autre ?

— Je n'ai pas mérité cela, dit-il. Quand bien même j'en aurais eu envie, ce qui n'est pas le cas, je n'aurais même pas eu le temps de me rendre coupable de quoi que ce soit.

— Tu mens. Et je n'ai aucune envie d'en discuter ce soir.

Il s'efforça de faire entendre raison à Glynis, mais il avait l'impression de s'adresser à un mur. Il finit par être fatigué de parler tout seul dans le noir et s'allongea sur le sol froid, en se servant de son plaid comme couverture. Il était tenté de dire à Glynis qu'il y avait d'autres lits dans cette maison où il serait accueilli à bras ouverts. Mais il se ravisa en repensant aux disputes cruelles entre ses parents.

À l'évidence, ses désirs les plus profonds ne seraient pas satisfaits ce soir.

Après une nuit agitée à se tourner et se retourner sur le sol dur, il se réveilla brusquement et se redressa. Le soleil inondait la pièce, et le lit à côté de lui était vide.

Ainsi, pour la deuxième fois en deux jours de mariage, Alex partit à la recherche de son épouse dès son réveil. Alors qu'il traversait la grande salle, la tête de sa mère surgit derrière le paravent.

— Va chercher ton père, dit-elle. J'ai à vous parler à tous les deux.

Se retrouver seul entre sa mère et son père était la dernière chose dont il avait besoin à présent.

— Plus tard, mère. As-tu vu Glynis ?

— C'est à ce propos que je dois te parler. C'est important, Alex, alors va chercher ton père. Tout de suite.

Son père était dans sa chambre, seul, pour une fois. Quelques instants plus tard, ils étaient tous les trois assis à une petite table derrière le paravent de la grande salle, au grand désespoir d'Alex, qui aurait préféré se faire ébouillanter dans de l'huile plutôt que de se retrouver coincé là entre ses deux parents.

Son père se laissa aller en arrière dans son fauteuil et croisa les bras. Sur le ton revêche qu'il réservait à la mère d'Alex, il demanda :

— Qu'y a-t-il, Mòrag ?

Sa mère ouvrit la bouche pour lui répondre en criant, mais parvint à se maîtriser.

— Fergus, tu dois faire partir de cette maison toutes les femmes avec qui notre fils a couché.

Elle avait fait cette stupéfiante déclaration d'une voix calme et posée, comme si elle annonçait qu'il n'y avait plus de sel ou qu'il devait aller chercher un autre tonneau de vin.

Alex et son père se regardèrent, tous les deux trop surpris pour répondre.

— Êtes-vous si stupides, vous les hommes, que vous ne voyez pas ce qui se passe ? demanda-t-elle.

— Je ne vois pas du tout de quoi tu veux parler, mère.

— Je ne suis pas étonnée que ton père n'ait absolument aucune considération pour une jeune épouse, dit sa mère. Mais toi, Alex, ne vois-tu donc pas à quel point Glynis souffre d'être entourée par toutes ces femmes ?

— Mais qu'est-ce que tu crois ? (Alex avait l'impression, pour la première fois de sa vie, de n'avoir rien à se reprocher.) Je n'ai pas touché une femme depuis que je suis marié.

Pas même son épouse.

— Je suis soulagée de te l'entendre dire, dit sa mère en portant la main à son cœur. Il n'est donc pas trop tard pour arranger les choses avec Glynis et la convaincre de rester avec toi.

Alex eut l'impression que le sol se dérobait sous ses pieds. Il savait que Glynis était en colère, mais avait-elle déjà l'intention de le quitter ?

— Qu'est-ce que tu veux dire, Mòrag ? demanda son père.

— Que vous vous trompez tous les deux si vous croyez que ces femmes ne se sont pas arrangées pour faire savoir à Glynis qu'elles avaient partagé le lit d'Alex par le passé, et qu'elles espéraient que cela se reproduirait, répondit-elle, donnant à Alex l'impression qu'elle ne parlait pas seulement de Glynis, mais aussi d'elle-même quand elle était jeune mariée.

— Et Alex, tu n'améliores pas la situation en flirtant avec elles de façon encore plus éhontée que ton père.

— Je ne fais que plaisanter avec elles, dit-il en levant les mains au ciel. Cela ne signifie rien du tout.

— Et comment Glynis est-elle censée le savoir ? demanda sa mère.

— Je lui ai promis que je lui serais fidèle.

— Comme tous les maris volages des Highlands l'ont fait avant toi, y compris son premier mari et ton propre père.

— Je ne vais pas bouleverser les habitudes de ma maison pour te faire plaisir, M…, commença son père.

— Si, papa, tu vas faire ce que ta femme te dit, interrompit Alex.

Il les laissa alors et partit à la recherche de son épouse.

Alex trouva Glynis seule sur la plage en train de se promener, pieds nus. En la voyant ainsi, il ressentit un besoin profond, qui n'avait rien à voir avec l'envie de préserver sa fierté ou de donner une mère à sa fille. Alex désirait que cette femme vive à son côté, et que ses yeux s'éclairent d'un sourire chaque fois qu'elle le regardait.

Lorsque Glynis l'aperçut, elle s'arrêta, les cheveux et les jupes agités par le vent, et attendit qu'il s'approche.

Elle était si jolie, mais ses yeux étaient tristes.

— Viens t'asseoir avec moi, tu veux ? demanda-t-il.

Elle hocha la tête d'un air tendu et le laissa prendre sa main. Il l'emmena jusqu'aux herbes hautes et sèches qui surplombaient la plage. Sans la lâcher, il lui raconta la conversation qu'il venait d'avoir avec sa mère et son père.

— Je vais essayer de te faire comprendre la situation et de te parler avec franchise, dit-il en caressant sa main avec son pouce, même si certaines choses que je vais te dire ne vont pas te plaire.

— Je veux la vérité.

— Très bien. Quand j'étais plus jeune, mon père m'a expliqué un jour que, pour les hommes comme nous, les femmes étaient un besoin aussi vital que la mer, et que jamais nous ne pourrions nous satisfaire d'une seule. Il y a donc toujours eu des femmes dans l'entourage de mon père. Des femmes faciles, si tu vois ce que je veux dire.

Il jeta un coup d'œil vers Glynis. Elle avait le regard rivé sur la mer, mais elle l'écoutait.

— C'était ainsi, poursuivit-il. Je ne pensais pas que mon passé avait de l'importance. Je n'avais pas réfléchi à ce que tu pourrais ressentir en venant ici.

Songeuse, Glynis resta silencieuse un long moment. Puis elle se tourna enfin vers lui et demanda :

— Aurais-tu envie de vivre sous le même toit que les hommes qui ont partagé mon lit ?

— Je pensais qu'il n'y en avait eu qu'un avant moi.

Et, si cela ne tenait qu'à Alex, cet homme serait enchaîné et jeté au fond de l'océan. Il demanda avec circonspection :

— Y en a-t-il eu beaucoup ?

Contre toute attente, cette question la fit sourire. Elle posa la main sur son bras, et il fut stupéfait qu'un geste si simple puisse l'apaiser à ce point. Il serait prêt à tout pour elle, mais mieux valait qu'elle n'en sache rien.

— Il n'y en a eu qu'un seul, dit-elle. Et c'était un bon à rien.

Alex eut le bon sens de ne pas dire à Glynis à quel point il s'en réjouissait. Il porta la main de son épouse à ses lèvres.

— Nous partons pour North Uist demain. Tu verras, notre foyer sera différent de celui de mes parents.

— C'est certain, dit Glynis, qui lâcha un petit rire.

— J'ai dit à mon père qu'il faudrait que sa maison change s'il voulait nous revoir chez lui.

— Et il va s'exécuter ? demanda-t-elle.

— J'ai le sentiment que ma mère s'en chargera pour lui. Cela fait des années qu'elle en a envie.

Alex l'entendait d'ici : « Je ne resterai chez Fergus que le temps nécessaire pour remplacer ses putes par des femmes respectables de notre clan, de préférence édentées et âgées. »

— Je ne voudrais pas que ces femmes se retrouvent à la rue, dit Glynis.

Alex lui caressa la joue. Elle avait si bon cœur. Ceux qui pensaient qu'il ne la méritait pas avaient raison.

— Je demanderai à ma mère de les renvoyer dans leurs familles ou de leur trouver un mari.

Alex songea que, puisqu'il avait lui-même dû prendre la peine de s'adapter à une épouse, tous les hommes devraient l'imiter.

— Et cette femme, Mary ? demanda calmement Glynis.

— J'ai en effet eu une aventure avec elle, mais j'y ai mis un terme juste avant le rassemblement rebelle chez Shaggy MacLean, là où je t'ai connu, expliqua-t-il. Je ne suis pas fier de ce que j'ai fait car elle était déjà mariée à l'époque, mais je n'ai pas rompu mes vœux.

— Je t'ai entendu parler avec elle dehors, dit Glynis d'une toute petite voix.

— Je lui demandais de partir. (Il prit la main de Glynis et l'embrassa de nouveau.) Glynis, tu es la seule femme que je désire. Es-tu décidée à me faire souffrir encore longtemps, ou bien vas-tu enfin accepter de venir dans la chambre avec moi ?

Glynis le regarda de ses yeux gris clair.

— Je viens avec toi.

Enfin, il allait se retrouver avec sa femme dans un lit. Au moins, c'était un endroit où il était en terrain connu.

Chapitre 40

— Qu'est-ce que tu fais ? s'écria Glynis quand Alex la souleva et commença à la porter vers la maison.

— Je fais savoir à tout le monde que j'ai une envie folle de satisfaire mon épouse, déclara Alex en lui souriant.

Glynis se sentit à la fois embarrassée et touchée qu'il veuille proclamer à la maison entière qu'elle était la femme qu'il avait choisie et qu'il désirait. Alex parcourut la grande salle avec Glynis dans ses bras, au milieu des vivats des invités qui avaient passé la nuit chez ses parents, ravis à n'en pas douter d'avoir une bonne histoire à raconter à leur retour. Alors qu'ils approchaient de l'escalier, toujours acclamés par les convives, Glynis aperçut Sorcha assise entre les parents d'Alex. Tous les trois applaudissaient également et, pour une fois, le père et la mère d'Alex avaient l'air heureux.

— Tu peux me faire descendre maintenant, dit-elle quand ils arrivèrent devant le seuil de la chambre.

— Certainement pas, répondit-il. Je n'ai pas envie que tu m'échappes encore une fois.

Elle leva les yeux au ciel, mais ne put s'empêcher de rire quand il ouvrit la porte d'un coup de pied et franchit le seuil avec elle dans ses bras.

À peine l'eut-il reposée sur le sol qu'il la plaqua contre la porte qu'il avait refermée d'un geste. Le rire de Glynis s'étrangla dans sa gorge quand elle vit le désir brûler dans ses yeux.

— J'attendais tellement ce moment, dit-il en prenant son visage dans ses mains.

Elle ferma les yeux quand leurs bouches se rencontrèrent. Pendant un long, très long moment, il se contenta de l'embrasser, pas en guise de préambule, mais comme s'il avait envie de ne jamais s'arrêter. Il enfouit ses doigts dans ses cheveux et soutint sa tête alors que leurs langues se mêlaient avec passion.

— *Cronaím thú*, dit-il quand leurs lèvres se séparèrent enfin. Tu m'as manqué.

Le souffle court, Glynis s'abandonna aux baisers d'Alex sur ses joues, ses paupières, ses cheveux. Il fit ensuite courir ses mains le long de ses bras, puis l'attrapa par la taille avant de s'emparer de nouveau de sa bouche. Glynis avait une telle envie de sentir les mains d'Alex sur ses seins que le désir la submergea. Elle posa sa main entre ses jambes et frotta l'étoffe recouvrant son sexe dressé. Le grognement profond d'Alex se mêla à ses soupirs.

— *O shluagh !* lâcha-t-il, invoquant la pitié des fées.

Les baisers d'Alex se faisaient de plus en plus avides, il dévorait la bouche de Glynis tout en pressant son corps contre la porte. Il avait les doigts agrippés à ses hanches, et pourtant ils avaient l'impression de n'être toujours pas assez proches l'un de l'autre. Il la souleva et, alors qu'elle enroulait ses jambes autour de sa taille, il glissa ses mains sous sa robe et caressa fiévreusement ses cuisses et ses fesses.

À travers leurs vêtements, elle pouvait sentir son érection contre son sexe. Elle s'accrocha à lui avec force, voulant l'attirer toujours plus près, mais trop de tissu les séparait. Cela faisait des jours et des jours qu'il ne lui avait pas fait l'amour. Elle avait envie de se fondre dans sa chaleur, de plonger avec lui dans les profondeurs obscures de la passion. Elle se balança contre lui, comme si elle le suppliait.

S'il te plaît, s'il te plaît, s'il te plaît.

Dans un état de tension extrême et réciproque, Alex mordilla la lèvre de Glynis avec une violence à peine contrôlée. Mais elle avait envie de sentir la pleine force de son désir pour elle, lâché, libéré.

Elle sentit sa langue et son souffle chauds dans son oreille tandis qu'il massait sa poitrine avec force d'une main et tenait ses fesses de l'autre.

— Retire tes vêtements. J'ai besoin de te sentir tout contre moi, murmura-t-il.

Elle entendit le tintement des boutons qui tombaient sur le sol lorsqu'il arracha son corsage.

— Oui, souffla-t-elle en sentant sa paume rugueuse se poser sur son sein nu.

Elle rejeta la tête en arrière contre la porte. Alex pinça son téton et passa sa bouche sur sa gorge, la noyant dans un brouillard de désir.

— Je te veux tout de suite, dit-il, haletant contre son oreille. Je t'en supplie, Glynis. Tout de suite.

Oui. Tout de suite. Elle tira sur la chemise d'Alex, mais ils étaient si collés l'un contre l'autre qu'elle ne parvint pas à l'ôter. Il se recula légèrement, juste le temps d'arracher sa chemise.

— Oh ! lâcha-t-elle en sentant le bout de son sexe durci contre elle.

Alex ferma les yeux et s'arrêta un moment, mais elle enfonça ses ongles dans ses épaules.

— Tout de suite, Alex. Tout de suite.

Il émit un son étranglé, puis la pénétra d'un coup de reins profond. Elle resserra encore ses jambes autour de ses hanches et lui mordit l'épaule alors qu'il perdait le contrôle et s'enfonçait violemment en elle, encore et encore. Le dos de Glynis cognait contre la porte, mais elle n'en avait même pas conscience.

— Plus fort, plus fort, supplia-t-elle, tandis que leurs corps s'écrasaient l'un contre l'autre.

Ses va-et-vient se faisaient de plus en plus rapides, et soudain elle s'entendit crier, prise d'une extase étourdissante.

Alex s'écroula contre elle, respirant avec force dans son oreille, le corps brûlant. Elle fut parcourue d'un frisson quand il passa ses mains sur sa cuisse puis sa hanche.

— Accroche-toi à moi, dit-il en la portant vers le lit. (D'une main, il rabattit les couvertures puis se laissa tomber avec elle.) Par tous les saints, tu as failli me tuer. Mais j'ai eu l'impression de voir un bout de paradis.

Il la prit dans ses bras et replia sa jambe sur elle. Elle s'endormit profondément, emmitouflée dans sa chaleur.

Glynis ne savait pas combien de temps elle avait dormi, mais elle fut réveillée par un courant d'air qui lui chatouillait le visage. Ouvrant les yeux, elle aperçut Alex qui lui soufflait dessus.

— Qu'est-ce que tu fais ? demanda-t-elle avec un sourire endormi.

— Je me suis réveillé et j'avais envie de ta compagnie, répondit-il. Tu veux encore dormir ?

— Non.

— Cela fait un moment que je suis étendu ainsi et que je réfléchis à toutes les façons de me rattraper d'avoir été un incapable le soir de notre mariage. (Une lueur malicieuse brillait dans ses yeux, et Glynis eu soudain l'impression que la température était montée d'un cran dans la pièce.) Et je crois connaître plusieurs choses que nous n'avons pas encore essayées.

Il serait facile de se laisser distraire, mais Glynis avait une question sérieuse à lui poser.

— Pourquoi t'es-tu soûlé ainsi cette nuit-là ? demanda-t-elle.

— Je n'avais pas vu Connor, Duncan et Ian depuis longtemps et…

— Je ne crois pas que ce soit la vraie raison.

Alex détourna le regard et resta quelques instants silencieux.

— Tu sais que je n'ai jamais voulu me marier, dit-il enfin. Tu as rencontré mes parents, tu sais maintenant pourquoi.

Glynis sentit son estomac se nouer. Puisqu'elle avait posé la question, elle aurait dû être prête à entendre la réponse.

— Quand ils sont arrivés à Dunscaith, tout m'est revenu : les querelles et les bagarres, et leur souffrance permanente. (Il posa les yeux sur elle et caressa sa joue du revers de la main.) Ces souvenirs m'ont inquiété pendant un moment, mais c'est terminé maintenant.

— Je suis heureuse que tu m'aies dit la vérité, dit-elle. Je veux que tu me promettes de ne jamais me mentir.

— Je te le promets. Et maintenant, je vais te dire ce que j'aimerais.

— Dis-moi.

— Je suis prêt à me battre contre les ennemis de mon clan et, à vrai dire, j'y prends même un certain plaisir. Mais, avec toi, je voudrais que ça n'arrive jamais.

— Nous allons sûrement nous disputer de temps à autre, dit-elle.

Il haussa les épaules.

— J'ai envie que la paix règne entre nous.

Glynis se sentit soudain gênée par sa robe, qui s'était enroulée autour de ses hanches. Elle s'assit sur le bord du lit pour tenter de la remettre correctement.

— J'espère que je pourrai trouver du fil et une aiguille pour la recoudre moi-même. Si je demande à l'une des servantes de le faire, les domestiques ne parleront que de nous pendant des semaines.

— Tu n'as qu'à l'enlever entièrement, dit-il en promenant ses doigts sur son épaule nue.

À peine effleurait-il son corps qu'elle se sentait apaisée. Cet homme était un magicien.

Il s'assit à son tour et l'aida à défaire le reste des boutons dans son dos, puis déposa de tendres baisers jusqu'au bas de sa colonne vertébrale. Puis il descendit sa robe encore un peu plus bas et lui mordilla les fesses, déclenchant en elle des petits frissons jusque dans son bas-ventre.

— Lève-toi pour que je puisse te la retirer, dit-il.

Elle s'exécuta. Puis, après lui avoir ôté sa robe, il posa ses mains sur ses hanches et la fit s'asseoir entre ses jambes. Rassemblant ses cheveux d'un côté de son visage, il lui embrassa le cou, tout en lui caressant les seins d'une main et en avançant l'autre sur sa cuisse.

— Quand tu as dit que tu voulais de la compagnie, dit-elle, je pensais que tu voulais parler à quelqu'un.

— C'est aussi le cas, répondit-il. J'ai envie que tu me dises toutes les façons dont tu veux que je te touche.

— Ça, j'aime bien, réussit-elle à articuler alors qu'il commençait à faire glisser sa main entre ses jambes.

Elle laissa tomber sa tête en arrière sur son épaule.

— Tu es magnifique, dit-il dans un murmure rauque tandis qu'elle s'abandonnait au plaisir que ses caresses éveillaient en elle. J'ai envie de t'entendre crier et gémir de plaisir.

Elle s'agrippa à sa jambe quand ses sensations commencèrent à s'intensifier. Le sexe d'Alex était dur contre ses fesses, mais il semblait concentré sur sa volupté à elle. Quand la respiration de Glynis se fit plus courte, il glissa un doigt en elle sans cesser de lui embrasser l'épaule ni de jouer avec son téton entre ses doigts. Elle se cambra en sentant la tension monter en elle, tant et si bien qu'elle eut l'impression qu'elle allait se casser en deux.

Mais elle se rendit alors compte qu'Alex ne se laissait absolument pas aller ; il jouait son rôle d'amant expert capable de satisfaire une femme, n'importe laquelle.

— Arrête, lui ordonna-t-elle en retirant sa main.

— Qu'est-ce qui ne va pas ?

Elle se retourna et le poussa sur le lit.

— J'ai envie de te sentir en moi, avec rien d'autre entre nous, dit-elle en se penchant vers lui. J'ai envie de te toucher d'une façon dont ne l'a jamais fait aucune autre femme. J'ai envie de toucher ton cœur.

— Glynis, je ne peux pas…

— Je ne dis pas que tu vas devoir m'aimer tout de suite. Mais je ne peux pas faire les choses à moitié, Alex. Cela ne me ressemble pas.

— Glynis, ne fais pas ça.

— Je t'aime, Alexander Bàn MacDonald, déclara-t-elle. Je ne le redirai pas car je sais que cela te met mal à l'aise de l'entendre. Mais tu dois savoir que mon cœur est entre tes mains.

Elle s'assit à califourchon sur lui et descendit lentement sur son membre dressé.

— Mon Dieu ! Glynis.

— Cela signifie que tu as le pouvoir de me faire beaucoup souffrir. Et, si tu me fais du mal, je ne te le pardonnerai pas. Jamais.

— Je ne te ferai pas souffrir, dit-il sur un ton qui ressemblait à une supplication, alors qu'ils commençaient à se mouvoir ensemble. Je te le promets.

Chapitre 41

Île de North Uist
Deux mois plus tard

Alex était sur la muraille de Dunfaileag Castle en compagnie de Tormond, un vieux guerrier grincheux qui était devenu son bras droit pour superviser la reconstruction des défenses du château.

— Le dernier trou de la muraille sera bouché aujourd'hui, annonça Tormond alors qu'ils examinaient le travail.

— Quel dommage que ce vieux château n'ait pas été construit sur une petite île près des côtes, regretta Alex une nouvelle fois.

Contrairement à de nombreux châteaux des Hébrides extérieures, y compris celui de Dunscaith et la forteresse des MacNeil, Dunfaileag était perché sur une colline rocheuse surplombant la côte, et était accessible par la terre.

— Il nous sera difficile de repousser l'assaut d'un autre clan.

— Il n'y a pas grand-chose à craindre ici, vous ne croyez pas ? dit Tormond. Maintenant qu'il a été remis en état, Dunfaileag résistera à merveille aux pilleurs.

Les pirates comptaient sur l'effet de surprise pour réussir leurs attaques éclairs, qu'ils menaient généralement par petits groupes. Quand Alex était arrivé sur l'île, les affrontements avec les pilleurs n'étaient pas rares. Mais ceux-ci s'aventuraient de moins en moins de ce côté de l'île. Alex se demandait cependant pourquoi il n'avait pas encore vu trace du bateau de Hugh.

Il se tourna vers la mer et sourit en apercevant sa femme et sa fille sur la plage en contrebas du château. Cela lui rappela la première fois qu'il avait vu Glynis sans son déguisement, sur la plage de Barra. Il pouffa en se remémorant les taches d'argile rouge lui dégoulinant sur le visage. Quelle femme déterminée il avait épousée !

Ces derniers temps, Glynis s'employait, avec son opiniâtreté habituelle, à transformer Dunfaileag Castle en un endroit agréable pour tous ceux qui vivaient et travaillaient entre ses murs. Être en charge d'un si grand foyer lui réussissait parfaitement.

Depuis leur arrivée sur l'île, les semaines s'étaient écoulées à toute vitesse. Alex ne savait pas comment cela s'était produit, mais il ne pouvait plus imaginer sa vie sans Glynis. Sans qu'il s'en rende compte, elle avait lentement pris possession de lui, de sa peau, de ses sens, et même de son âme, jusqu'à lui être devenue aussi indispensable que l'air qu'il respirait.

— Je te laisse prendre la relève, dit Alex à Tormond. Je vais rejoindre ma femme et ma fille.

Tormond hocha la tête.

— Tu as bien de la chance de les avoir.

La chance était cependant une notion très relative, et pouvait tourner subitement. Alex savait qu'avec tous les péchés qu'il avait commis il ne méritait pas sa bonne fortune. Mais il avait changé, et il priait pour que cela pèse dans la balance.

Il descendit les marches puis suivit le sentier menant à la plage. Lorsque Sorcha le vit, elle courut vers lui en brandissant une coquille d'huître.

— Je vois que tu as trouvé une coquille magique, dit Alex en la levant à hauteur de ses yeux et en l'examinant attentivement. Celle-ci est arrivée tout droit d'Irlande, à dos de dauphin.

Sorcha éclata de rire et reprit sa coquille. Elle riait de plus en plus souvent à présent, et donnait parfois l'impression d'être à deux doigts de parler. Alex était certain que d'ici peu il entendrait la voix de sa fille.

Alors que Sorcha s'éloignait à la recherche d'autres trésors, Glynis prit son bras, et ils marchèrent tranquillement le long de la côte.

— As-tu remarqué que Peiter, le jeune pêcheur qui apporte parfois du poisson au château, arrête tout ce qu'il est en train de faire chaque fois qu'il voit la sœur de Seamus passer ?

— La sœur de Seamus ? demanda-t-il.

— Oui, c'est cette jolie jeune femme à la chevelure dorée, dit Glynis. Elle s'appelle Ùna.

— Hmmm.

Même si Glynis lui faisait désormais confiance, Alex veillait à ne rien dire ou faire qui puisse la faire douter de lui. C'est pourquoi il n'estima pas nécessaire de dire à Glynis que tous ses hommes, et pas seulement

Peiter, arrêtaient de travailler pour regarder la jeune fille quand elle venait au château.

— Peiter veut l'épouser, déclara-t-elle en levant vers lui des yeux empreints de douceur.

— Et comment sais-tu cela, toi ?

— Je le lui ai demandé, bien sûr.

Alex pouffa, se demandant comment elle avait réussi à extorquer cet aveu à ce jeune homme languissant d'amour. Malheureusement, son épouse semblait être d'avis qu'il y avait là un problème auquel il fallait trouver une solution.

— Accepterais-tu de parler au père d'Ùna en son nom ?

Alex grogna.

— Il te suffit de me le demander pour que je parte combattre sans hésiter une centaine d'hommes pour toi. Mais faire l'entremetteur…

— Tu es le représentant du chef, ici, dit Glynis, s'efforçant de légitimer sa requête. L'un des devoirs d'un chef est de donner son accord pour les mariages. Voire de les encourager de temps en temps.

— Connor a omis de me le mentionner.

Alex ne prit pas la peine de faire remarquer à Glynis qu'elle n'avait pas apprécié quand son père avait exercé cette responsabilité de chef.

Glynis s'appuya contre lui et lui sourit.

— J'ai envie qu'il soit aussi heureux que nous.

— Je parlerai d'abord à Peiter. Et, s'il est d'accord, j'irai voir le père d'Ùna. (Alex soupira et l'embrassa sur le nez.) Nous savons tous deux qu'il n'y a rien que je puisse te refuser.

Quand la sœur de Seamus revint au château, Alex observa la réaction de Peiter. Bouche bée, le pauvre garçon la regardait fixement, et Alex dut l'appeler deux fois pour qu'il tourne enfin la tête vers lui.

— Ùna est une jolie fille, commença Alex.

— Oui, approuva Peiter avec un soupir en la suivant des yeux alors qu'elle traversait la cour du château.

— As-tu essayé de lui parler ? demanda Alex.

— Enfants, nous étions bons amis, dit Peiter. Mais maintenant elle ne m'accorde même plus un regard.

Alex remarqua que la jeune femme marchait la tête baissée et ne saluait aucun des hommes, alors qu'elle devait en connaître la plupart depuis qu'elle était petite. Pourtant, en dépit de sa timidité, elle venait souvent au château. Seamus était un peu vieux pour que sa sœur vienne le chercher, mais il paraissait toujours heureux de la voir. Malgré leur différence d'âge, ils semblaient étonnamment proches.

— Tu penses donc au mariage ?

— Je n'ai pas de souhait plus cher que celui d'épouser Ùna, répondit Peiter, les yeux rivés sur la jeune femme, qui sortait du château avec son frère. Je suis allé voir son père, mais il ne veut pas en entendre parler, alors que je pourrais subvenir à ses besoins mieux qu'il ne le fait lui-même.

Alex avait rencontré le père d'Ùna et de Seamus, qui lui avait paru immédiatement antipathique. Il n'était pas surpris d'entendre que cet homme ne s'occupait pas correctement de sa famille car, malgré son imposante carrure, il avait la réputation d'être paresseux et un peu trop porté sur le whisky.

— Son père a-t-il passé un arrangement avec un autre homme qui souhaite l'épouser ?

— Non, c'est juste un misérable égoïste. Il m'a expliqué qu'il avait besoin d'Ùna pour tenir son foyer car il est veuf.

— Voudrais-tu que je lui parle ? proposa Alex à contrecœur.

— Je t'en serais éternellement reconnaissant, répondit Peiter avec des yeux suppliants. Ùna est la seule fille qui me correspondra jamais.

Ah ! le pauvre jeune homme. Ses tourments ne faisaient que commencer.

— J'ai aperçu le père de Seamus et d'Ùna aujourd'hui avec d'autres pêcheurs sur la côte, et je suis descendu lui parler, raconta Alex à Glynis quelques jours plus tard, alors qu'ils étaient dans leur lit. Cela ne s'est malheureusement pas bien passé.

— Tu as l'autorité du chef, et tu serais donc en droit d'ordonner cette alliance, dit Glynis. Mais ce n'est sans doute pas une bonne idée, du moins pas pour l'instant.

Alex était heureux de voir que Glynis comprenait cela. S'il imposait ce mariage contre la volonté du père de la jeune fille, les récriminations de ses hommes ne se feraient pas attendre.

— Je veillerai à ce que le mariage ait lieu quand le moment sera venu, à condition bien sûr qu'Ùna le désire également. Mais mon premier devoir est de protéger les MacDonald à North Uist. Pour pouvoir diriger les hommes de mon clan, je dois gagner leur confiance.

— Moi, je te suivrais au bout du monde, dit Glynis en l'embrassant sur la joue. La plupart des hommes ici savent déjà que tu es un homme juste et un meneur efficace, et les autres le découvriront rapidement.

En entendant le compliment, Alex bomba le torse, conscient qu'il se comportait comme un jeune garçon et non comme un guerrier aguerri. Tant que Glynis aurait foi en lui, il serait capable de tout.

Une semaine plus tard, alors qu'Alex s'entraînait à croiser le fer avec ses hommes dans la cour, il remarqua que Seamus avait un œil au beurre noir. Le jeune homme gardait la tête penchée, comme s'il ne voulait pas qu'on le remarque.

— C'est assez pour aujourd'hui, déclara Alex d'une voix forte. Bon travail.

Il s'approcha d'un pas tranquille de Seamus, qui était appuyé contre la muraille du château.

— Tu t'es battu ? demanda Alex.

Les jeunes garçons étaient généralement fiers d'arborer des marques prouvant qu'ils s'étaient bagarrés, mais Seamus rentra la tête dans les épaules.

— Qu'est-ce qui est arrivé à ton œil ? Raconte-moi. (Comme Seamus serrait les lèvres et secouait la tête, Alex posa la main sur son épaule.) Quel que soit le problème, je ferai tout ce qui est en mon pouvoir pour t'aider.

Seamus jeta un coup d'œil en coin à Alex.

— En privé alors, murmura-t-il. Personne ne doit être au courant. Vous devez me le promettre.

— Tu as ma parole, dit Alex. Tiens, prends mon bouclier, nous allons aller dans l'arsenal.

Une fois qu'ils furent seuls, Alex prit place à côté du garçon sur un petit banc en bois. Il fit mine d'examiner les haches et les armes suspendues au mur de pierre devant lui en attendant que Seamus se décide à parler.

— Cela concerne ma sœur Ùna, finit par lâcher Seamus.

Ah ! des problèmes de famille. Les pires.

— Que lui arrive-t-il ?

— Mon père… mon père…

Seamus n'arrivait pas à faire sortir les mots. Différentes hypothèses, toutes plus noires les unes que les autres, traversèrent l'esprit d'Alex.

— Ton père lui a fait du mal ? demanda-t-il.

Seamus hocha la tête en gardant les yeux baissés.

Alex s'efforça de conserver une voix calme.

— Je suppose qu'il t'a fait cet œil au beurre noir alors que tu tentais de la protéger ?

Quand le jeune garçon acquiesça de nouveau, Alex serra les dents, pris d'une rage terrible. Le père de Seamus faisait deux têtes de plus que son fils et pesait le double de son poids. Alex avait envie de le tuer.

— Je sais ce que c'est que d'être en colère contre son père, dit Alex, bien que le sien n'ait levé la main sur lui que lorsqu'il l'avait mérité, et toujours de façon mesurée. Qu'est-ce que ton père a fait à ta sœur ?

Feignant de ne pas voir les larmes qui commençaient à inonder le visage du jeune garçon, Alex prit une profonde inspiration. C'était pire que ce qu'il avait imaginé.

— Tu es un garçon courageux, Seamus, mais tu n'es pas de taille ni d'âge à gérer toi-même ce genre de problème, dit Alex. En me nommant gardien de Dunfaileag, notre chef m'a chargé de la sécurité de tous les membres de notre clan ici à North Uist, y compris de toi et de ta sœur. Tu dois me raconter ce qui se passe pour que je puisse faire mon devoir.

— Je ne sais pas exactement, dit Seamus en s'agitant. Mais il s'enivre et me fait sortir de la chaumière. Je ne peux pas rentrer car il barre la porte, et j'entends ma sœur crier.

Alex sentit son estomac se nouer. Oh Dieu ! pourquoi y avait-il tant de mal en ce monde ?

— Quand il me laisse enfin rentrer, poursuivit Seamus, dont la voix n'était plus qu'un souffle, Ùna est sur son lit en train de pleurer. Papa lui ordonne de ne rien dire à personne, sinon il recommencera.

Cet homme méritait d'aller droit en enfer, et Alex avait envie de l'y précipiter lui-même sans attendre.

— Tu as bien fait de m'en parler, dit Alex, qui vit alors les épaules du garçon se détendre, comme si on lui avait ôté un énorme poids. Je vais aller rendre visite à ton père.

— Il est parti pêcher en haute mer. Il ne devrait pas rentrer avant quelques jours.

Puisse-t-il se noyer et m'épargner la peine de m'en occuper.

— Vous resterez tous les deux au château en attendant que je règle cette affaire avec ton père, dit Alex. Nous allons de ce pas chercher Ùna et vos affaires.

— Je ne sais pas si elle acceptera de venir. Les hommes lui font peur. Mieux vaut que je lui en parle d'abord.

— Je viendrai avec ma femme, alors. Elle arrivera à convaincre Ùna.

— Vous m'aviez promis que vous n'en diriez mot à personne ! s'écria Seamus, une lueur de panique dans le regard. Vous m'avez donné votre parole.

— Très bien, je n'en parlerai pas encore à mon épouse, dit Alex en levant la main pour apaiser le jeune garçon. Rentre chez toi et discutes-en avec Ùna. Je viendrai vous chercher tous les deux après le dîner.

Puisque leur père était en mer, attendre deux ou trois heures de plus ne ferait pas une grande différence.

Chapitre 42

— J'ai un problème à régler avec l'un des pêcheurs, dit Alex à la fin du dîner. (Il se leva et embrassa sa femme sur le front.) Cela ne devrait pas prendre longtemps, mais ne m'attends pas pour te coucher.

Dans l'obscurité grandissante, Alex traversa les herbes hautes agitées par le vent, semblables à une mer d'ambre. Devant lui, la lumière d'une bougie brillait faiblement à travers la fenêtre d'une maisonnette au bord de la mer. La tristesse semblait peser sur son toit de chaume affaissé.

Alex frappa à la porte délabrée de la chaumière, mais seul le silence lui répondit. Il recommença.

— Seamus, c'est moi. Ouvre.

Toujours aucune réponse. Un sentiment de malaise s'empara d'Alex, qui attendit quelques instants encore avant d'ouvrir la porte.

Alex était un guerrier, et il avait commencé à se battre alors qu'il était presque aussi jeune que Seamus. Pourtant, il resta un moment hébété devant le chaos qui régnait dans l'unique pièce de la maison. Les questions se bousculèrent dans sa tête tandis qu'il promenait son regard sur la table cassée, les bancs retournés et le sol jonché de débris de vaisselle. C'est alors qu'il aperçut le corps.

Le père de Seamus était étendu sur le dos au milieu d'un bain de sang, un couteau planté en pleine poitrine.

Une odeur de hareng brûlé tira Alex de ses pensées. Tout en enveloppant sa main dans sa chemise, il traversa la petite pièce jusqu'au foyer et s'empara de la marmite en feu suspendue au-dessus de l'âtre, puis la posa sur le sol crasseux. Elle se mit à siffler et à fumer quand il éteignit les flammes grâce à un broc rempli d'eau qui avait miraculeusement survécu au carnage.

Alex agita les mains pour éloigner la fumée de son visage, et regarda encore une fois autour de lui. Où étaient donc les enfants ?

C'est alors qu'il aperçut un pied nu immobile qui dépassait de sous le lit. Son cœur s'arrêta un instant de battre. Il se précipita à genoux au milieu des fragments de vaisselle et découvrit un entremêlement de bras et de jambes. Il pria le ciel avec force pour déceler un signe de vie.

— Vous pouvez sortir à présent, dit-il tout bas. C'est moi, Alex.

Il fut envahi par une vague de soulagement en voyant la tête puis les épaules de Seamus émerger. Il l'aida à sortir et le prit sur ses genoux, comme s'il avait l'âge de Sorcha.

Ùna s'extirpa à son tour de sa cachette, un tisonnier à la main. La jeune fille était recouverte de sang. Quand elle vit son frère sur les genoux d'Alex, elle cligna plusieurs fois des yeux puis abaissa lentement son arme.

— Seamus n'a rien fait. C'est moi qui l'ai tué.

— Tu avais une bonne raison, jeune fille, dit Alex. Qui pourra te blâmer en sachant ce que ton père t'a fait ?

Mais allait-on la croire ?

— Je mourrai de honte si quelqu'un l'apprend, dit Ùna. Je veux que personne ne sache ce qu'il a fait. Jamais.

Ùna s'était mise à trembler, et Alex n'eut pas le cœur de lui causer plus de souffrance encore qu'elle n'en avait déjà subie. Il réfléchit un instant, puis inspira profondément en pensant à ce qu'il allait devoir faire.

— Si toi et ton frère parvenez à faire comme si tout cela n'était jamais arrivé, alors personne n'a besoin de savoir que tu as tué ton père, ni pourquoi.

Ùna et Seamus acquiescèrent. Ils étaient habitués à ne rien raconter de ce qui se passait dans cette maison.

— Je vais emporter le corps au large avec le bateau de votre père, dit Alex. Les pêcheurs perdent souvent la vie en mer. Quand les gens ne le verront pas revenir d'ici à une semaine ou deux, ils supposeront qu'il s'est noyé.

Seamus et Ùna regardèrent Alex comme s'il était le messie.

— Pouvez-vous remettre de l'ordre dans la pièce pendant mon absence ?

— Oui, répondit la jeune fille.

— Seamus, je vais avoir besoin d'une corde et d'une pelle, dit Alex en retirant ses bottes. Apporte-les moi jusqu'au bateau.

Alex chargea le corps sur son épaule et descendit jusqu'à l'embarcation du père de Seamus et d'Ùna, qui se trouvait sur la plage en contrebas. Elle était si mal entretenue qu'aucun des pêcheurs ne serait surpris de la découvrir échouée sur la côte avec la coque percée. En revanche, un corps portant la trace d'un coup de couteau pourrait s'avérer plus problématique. Alex hissa une lourde pierre sur le bateau avec un grognement.

Surgissant de l'ombre, Seamus déposa la pelle et la corde dans l'embarcation.

— Je serai de retour d'ici à quelques heures. (Alex prit le jeune garçon par ses épaules frêles et osseuses, et le regarda dans les yeux.) Ne t'inquiète pas, tout ira bien.

Après avoir longé la côte un moment, Alex dirigea le bateau droit vers le large sur un peu plus d'un mille. Il attacha alors la pierre au corps puis le fit basculer par-dessus bord. Plutôt être damné que de dire une prière pour cet homme.

À l'aide de la pelle, Alex fit un trou dans la coque, puis plongea pour regagner la côte à la nage. Le plus éprouvant fut le froid et non la distance, car Alex était un nageur endurant. Malgré tout, il eut l'impression de mettre des heures à arriver jusqu'au rivage. Lorsqu'il sortit de l'eau, pieds nus et trempé jusqu'aux os, il tremblait de tous ses membres. Il se réchauffa cependant rapidement en marchant à la lueur des étoiles.

Quand enfin la chaumière apparut à l'horizon, la nuance grisâtre du ciel annonçait l'aube.

Heureusement, les enfants – même si Ùna avait dix-sept ans, Alex ne pouvait s'empêcher de la considérer comme tel – avaient préparé un bon feu. Alex resta devant juste le temps nécessaire pour sécher ses vêtements.

— Parfait, vous avez bien rangé la pièce, dit Alex en enfilant ses bottes.

— J'ai brûlé les habits que je portais, ajouta Ùna.

— Tu as bien fait. Maintenant, allez vous reposer. (Ils avaient tous les deux un teint cireux et des cernes sombres sous les yeux.) Je reviendrai vous voir demain.

Épuisé, Alex arriva au château juste quand le jour commençait à pointer son nez. Les gardes à l'entrée faisaient partie des hommes qui étaient venus de Skye avec lui. Ils devaient penser qu'il sortait du lit d'une femme, comme cela lui arrivait souvent par le passé, mais il ne se justifia pas, pouvant difficilement leur expliquer qu'il avait passé la nuit à se débarrasser d'un corps en pleine mer. Trop exténué pour trouver une meilleure excuse, il se dit qu'il reviendrait les voir plus tard pour mettre les choses au clair.

Heureusement, Glynis avait le sommeil profond. Malgré tout, Alex retira ses bottes avant de se faufiler dans leur chambre par la porte ouverte, et les posa soigneusement à l'entrée. Il étendit ses vêtements humides sur un tabouret, puis se glissa sous les couvertures et se blottit contre Glynis. Après cette nuit infernale, il fut envahi par une paix profonde, comme toujours lorsqu'il s'endormait avec sa femme dans les bras.

Glynis était étendue sur le côté et contemplait le ciel rose de l'aurore par la fenêtre étroite. Le bras de son mari pesait sur ses côtes. Chaque fois qu'elle inspirait, elle avait l'impression qu'il devenait plus lourd, et elle avait du mal à respirer. Mais elle savait que ce n'était pas le bras d'Alex qui l'oppressait ainsi, mais le poids qu'elle avait sur le cœur.

Elle s'efforça de ne pas tirer de conclusions hâtives. Il pouvait y avoir des dizaines de raisons pour lesquelles Alex ne l'avait rejointe qu'à l'aube. Et pourtant elle n'en envisageait qu'une seule, qui lui martelait la tête. *Une autre femme, une autre femme.*

Elle ferma très fort les yeux et pria. *Je vous en supplie, mon Dieu, faites que je me trompe !*

Si Alex était allé retrouver une amante, cela expliquerait pourquoi il avait eu l'air si distrait pendant le dîner, la veille au soir. Et puis il y avait cette explication vague qu'il lui avait donnée à propos d'un problème à régler avec un pêcheur, alors qu'il ne s'occupait habituellement jamais de ce genre de choses le soir, et cette phrase qu'il avait prononcée en partant : « Ne m'attends pas pour te coucher. »

Alex dormait à poings fermés – comme un homme qui avait passé la nuit à assouvir son plaisir ?

Glynis ne pouvait supporter de rester allongée ainsi à attendre qu'Alex se réveille et lui raconte où il avait passé la nuit. Quand elle repoussa les couvertures et se redressa, la première chose qu'elle vit fut ses bottes. Alex les avait posées avec soin près de la porte au lieu de les jeter par terre au pied du lit comme il en avait l'habitude.

Son mari s'était donné de la peine pour ne pas la réveiller en rentrant.

Glynis était tellement bouleversée que la simple pensée d'un petit déjeuner lui donna la nausée. Elle prit une galette d'avoine dans la cuisine et la glissa dans sa poche, puis se dirigea vers la plage pour aller marcher. Elle salua les hommes qui montaient la garde devant l'entrée du château, puis s'arrêta soudain.

— Étais-tu là quand mon mari est rentré tôt ce matin ? demanda-t-elle à l'un d'eux.

Son estomac se noua en voyant le garde détourner le regard et se dandiner d'un pied sur l'autre.

— Oui, répondit l'homme. Mais il ne nous a pas dit d'où il venait, s'empressa-t-il d'ajouter.

Apparemment, cela n'avait pas été nécessaire pour qu'il comprenne.

Chapitre 43

Alex ouvrit les yeux en sentant le soleil sur son visage. Chassant de son esprit la vision de la chaumière ensanglantée, il regarda autour de lui et constata que la chambre était vide.

Bonté divine ! combien de temps avait-il dormi ?

Il n'était pas habitué à se réveiller sans Glynis à son côté, et il n'aimait pas cela. Et où étaient donc ses bottes ? Il se mit à genoux pour les chercher sous le lit quand il se rappela subitement qu'il les avait laissées bien soigneusement près de la porte. Il sourit en pensant à son épouse si ordonnée, qui avait dû s'en réjouir.

En enfilant une chemise propre, il se rendit compte que son ventre gargouillait et que ses muscles étaient endoloris. Il avait nagé longtemps durant la nuit, et il était affamé.

Quand il descendit dans la grande salle, Sorcha traversa la pièce en courant pour venir à sa rencontre. Il devait être midi déjà, car tout le monde était attablé et l'attendait pour commencer le déjeuner. Tout le monde, sauf son épouse.

Il prit Sorcha dans ses bras et lui caressa la tête.

— Où est ta mère ?

Sorcha tendit le bras en direction de la plage.

— Elle n'a pas dû voir le temps passer, dit Alex. Elle aime tant se promener.

Voyant qu'on l'attendait, Alex s'assit et donna le signal du début du repas, car les hommes devraient ensuite se remettre au travail. Il y avait comme un vide près de lui sans la présence de Glynis. Avant d'aller la retrouver sur la plage pour lui expliquer la situation, il tenait à se rendre au plus vite chez Seamus et Ùna pour prendre de leurs nouvelles.

Pauvre Ùna ! Alex espérait que la jeune femme trouverait la force de se remettre de l'horreur qu'elle avait vécue. En chemin vers la chaumière, il cueillit quelques fleurs sauvages pour elle dans une prairie, mais il ne trouva que quelques centaurées et succises des prés. Ce fut Ùna qui vint lui ouvrir la porte. Elle regarda les fleurs qu'il lui tendait avec un air étrange, comme s'il s'agissait d'un cadeau des fées.

— Merci, dit-elle enfin à voix basse en les prenant.

Son visage ruisselait de larmes. La pauvre jeune fille avait dû être bien peu accoutumée à la gentillesse pour être ainsi émue par un simple bouquet de fleurs. Alex posa la main sur son épaule et entra dans la maison.

— Tout à l'air normal, dit-il en parcourant la pièce du regard. C'est dommage pour la table et les chaises, j'apporterai des outils la prochaine fois pour les réparer.

— Ce n'est pas la première fois qu'elles sont cassées, dit Seamus.

— Pour le moment, vous devez tous deux vous comporter comme si rien ne s'était passé, leur rappela-t-il. Seamus, tu monteras au château comme à l'ordinaire. Au bout de quelques jours, vous demanderez aux autres pêcheurs s'ils ont vu le bateau de votre père. Vous en sentez-vous capables ?

— Je n'y arriverai pas, dit Ùna en secouant la tête avec violence.

Seamus prit la main de sa sœur.

— Je m'en chargerai.

Alex commençait à s'inquiéter que la jeune fille les trahisse malgré elle.

— Je vais devoir dire la vérité à ma femme sur ce qui s'est passé. Il ne peut pas y avoir de secrets entre nous.

— Non ! Je vous en supplie, ne faites pas cela ! s'écria Ùna en s'écartant de lui.

— Calme-toi, tout va bien se passer, dit Alex d'une voix apaisante.

— Savoir que vous êtes au courant me rend déjà malade, dit-elle d'une voix tremblante en se tordant les mains. Je ne peux pas supporter l'idée que quelqu'un d'autre l'apprenne. Non, je ne peux pas !

Alex ne pouvait prendre le risque que la jeune fille s'effondre. Elle risquerait de raconter à tout le monde qu'elle avait assassiné son père, ce qui les mettrait dans une situation autrement plus compliquée. Et Glynis ne savait pas mentir. S'il lui racontait ce qui s'était passé, la vérité se lirait sur son visage chaque fois qu'elle poserait les yeux sur Seamus ou sur sa sœur.

— Très bien, je ne dirai rien pour le moment, déclara Alex. Je vais vous laisser un jour pour y réfléchir, puis nous en reparlerons.

Tandis qu'elle arpentait la plage, Glynis se rappela qu'Alex ne lui avait donné aucune raison de douter de lui jusqu'à présent. Elle ne s'en était pas rendu compte tout de suite, mais elle avait vite découvert que sous son tempérament amical et facile, son charme et son humour, se cachait un homme fiable et responsable. C'était la raison pour laquelle son chef, qui connaissait Alex mieux que personne, lui avait confié Dunfaileag Castle et la sécurité des membres du clan sur l'île.

Bien entendu, un homme pouvait être loyal envers son chef et pas envers son épouse.

Glynis repoussa cette pensée. Alex n'avait montré aucun signe de lassitude à son égard, que ce soit au lit ou en dehors. Il allait sûrement lui donner une explication convaincante pour justifier son absence de la nuit passée, et elle s'en voudrait de s'être ainsi inquiétée pour rien.

Et il n'était pas bon qu'elle s'inquiète pour le bébé.

Ayant enfin réussi à se raisonner, Glynis quitta la plage. Elle emprunta le chemin qui montait vers le château et s'arrêta un moment pour admirer la vue. C'est alors qu'elle aperçut Alex qui marchait dans la direction opposée. Même de dos, elle reconnut immédiatement sa démarche assurée, ses cheveux blonds et sa haute stature.

Glynis courut pour aller le retrouver. En s'approchant, elle remarqua qu'Alex avait cueilli un petit bouquet de fleurs pour elle. Ah ! c'était un guerrier au cœur tendre. Glynis l'appela, mais il ne l'entendit pas à cause du vent. Elle sourit intérieurement en décidant de lui faire une suggestion indécente. Elle avait envie de faire l'amour dehors en plein jour, ce qui ne leur était pas arrivé une seule fois depuis leur voyage vers Édimbourg.

En constatant qu'Alex s'approchait d'une maisonnette, Glynis mit la main au-dessus de ses yeux avec un sentiment d'incrédulité. Toutes les larmes qu'elle avait passé la matinée à refouler resurgirent avec la violence d'une vague déferlante. Dans un état de tension extrême, elle attendit la gorge serrée de voir qui viendrait accueillir son mari.

Lorsque la porte s'ouvrit, Glynis reconnut immédiatement les cheveux dorés d'Ùna. L'angoisse lui noua le ventre comme un monstre marin. En voyant Alex tendre les fleurs à Ùna, poser la main sur son épaule et se baisser pour rentrer, puis refermer la porte derrière lui, Glynis s'écroula à genoux dans les herbes hautes, avec l'impression qu'on lui enfonçait un poignard en plein cœur.

Elle fut prise d'un tel vertige qu'elle laissa tomber sa tête sur ses genoux pour éviter de s'évanouir. Tous les morceaux du puzzle s'assemblaient. La réticence d'Alex à arranger le mariage pour Peiter. Les visites quotidiennes d'Ùna au château. Ce n'était pas par timidité que la jeune fille évitait de regarder les autres hommes, mais parce qu'elle appartenait au gardien de Dunfaileag Castle.

Glynis se couvrit le visage de ses mains. Ùna était si jeune !

Glynis avait beau s'être laissée aller à faire confiance à Alex, au fond d'elle-même elle savait qu'elle ne lui suffirait jamais. Le désir d'Alex à son égard finirait par s'étioler, et il prendrait une maîtresse. Puis une autre. Mais Glynis pensait qu'il choisirait plutôt une femme comme Catherine Campbell, ou bien comme cette Mary à Skye.

Ùna n'était que la fille d'un pauvre pêcheur. Jamais, au grand jamais, Glynis n'aurait pensé qu'Alex profiterait d'une jeune fille sans expérience, qui n'était pas en position de lui dire non.

Comment avait-elle pu ainsi se fourvoyer sur son mari ?

Prise d'une vague de nausées, Glynis rendit le contenu de son estomac sur l'herbe. Puis elle s'assit, la tête entre les genoux, et resta ainsi quelque temps. Quand elle s'en sentit la force, elle se leva, mais ses jambes chancelaient.

Elle venait de prendre la décision la plus difficile de sa vie.

S'interdisant de se retourner en direction de la chaumière, où son mari péchait avec une gentille jeune fille aux cheveux d'or, Glynis se redressa, les poings serrés, et commença à remonter le sentier pour préparer sa malle.

Elle allait quitter le château sur-le-champ.

Chapitre 44

À peine eut-il franchi la porte du château qu'Alex sentit que quelque chose n'allait pas. Les hommes évitaient son regard, et les femmes lui jetaient des coups d'œil accusateurs à la dérobée. C'était impossible que le corps ait déjà été retrouvé. Alex repensa à la façon dont il y avait attaché la pierre.

Il chercha Glynis dans la grande salle, sans succès. Il monta alors deux par deux les marches de l'escalier qui menait à leur chambre, puis ouvrit grand la porte. Glynis était à genoux devant une malle ouverte, entourée d'un amas de robes. Quand elle leva les yeux vers lui, Alex vit qu'elle avait pleuré.

— Glynis, que se passe-t-il ?

— Peut-être que c'est à toi de me le dire, répondit-elle d'une voix tendue.

Elle ramassa une robe et la plia soigneusement avec des mouvements rapides et saccadés.

— Pourquoi es-tu en colère ? demanda-t-il. Et que fais-tu avec tes vêtements ?

— Je m'en vais.

Une vague de panique submergea Alex.

— Je croyais que nous avions dépassé ce stade, Glynis. Pourquoi veux-tu me quitter ? Comment peux-tu me faire cela ?

Elle le regarda avec des yeux brillants de larmes mais aussi durs que l'acier.

— Je t'avais prévenu que je te quitterais si tu ne m'étais pas fidèle.

—- Mais je le suis ! s'écria Alex. Je t'ai donné ma parole, et je te jure que je n'y ai pas manqué.

— Une autre épouse n'y verrait peut-être pas d'objection, dit-elle en pliant une autre robe avec le même soin, mais je t'avais averti que je partirais si tu avais une liaison, et c'est ce que je suis en train de faire.

— Qu'est-ce qui te faire croire cela ? Tu m'accuses sans même me demander des explications.

— Très bien, je vais te la demander, dit-elle en lui jetant un regard noir. Où étais-tu la nuit dernière ?

L'unique chose dont il ne pouvait pas lui parler. Il avait promis. Du reste, Alex n'était pas tout à fait sûr de remonter dans l'estime de Glynis en lui apprenant qu'il couvrait un meurtre et avait jeté un corps à la mer. Il se gratta le cou en essayant de réfléchir à la réponse la plus judicieuse possible. L'espace d'un instant, il envisagea d'inventer une histoire plausible, mais il avait promis de ne jamais lui mentir.

— Je ne peux pas te le dire maintenant, mais je le ferai dès que je pourrai.

— Je pensais que tu mettrais moins de temps pour trouver un mensonge, vu ton talent pour raconter des histoires, dit-elle. Mais tu dois être fatigué.

— Je n'apprécie pas d'être traité de menteur à tort. (Alex sentait à son tour la colère le gagner.) Et arrête de plier tes maudits vêtements.

— Tu es un menteur, dit-elle d'une voix étranglée. Je t'ai vu de mes propres yeux cet après-midi.

— Alors tes yeux t'ont trompé.

— Tu as apporté des fleurs à la chaumière.

Alex n'arrivait pas à croire ce qu'elle était en train d'insinuer.

— Tu crois que j'ai couché avec Ùna ? s'exclama-t-il en écartant les bras. Mais ce n'est encore qu'une enfant !

— À dix-sept ans on n'est plus une enfant.

Glynis pinça les lèvres et reprit son pliage méthodique.

Alex fut profondément blessé de voir que Glynis le croyait capable d'avoir attiré dans son lit une jeune fille qui avait une telle peur des hommes qu'elle n'osait même pas en regarder un seul dans les yeux. Comment son épouse pouvait-elle avoir une si piètre opinion de lui après tout ce temps passé ensemble ?

— Je ne serai pas là quand Ùna apportera votre enfant au château, déclara Glynis en jetant une paire de chaussures dans la malle. Pensais-tu que je me réjouirais de m'occuper de tous tes bâtards ?

Alex sentit son sang se glacer.

— Est-ce ainsi que tu considères ma fille ?

— Avec Sorcha, c'est différent, dit Glynis avec empressement. Mais cela ne veut pas dire que je veux une maison pleine d'enfants me rappelant tes infidélités.

Alex donna un violent coup de poing dans le couvercle de la malle, qui se referma avec un bruit sonore. Puis il prit Glynis par les bras pour la faire se lever.

— Je n'ai rien fait de mal et je t'interdis de partir !

Alex était assis dans la grande salle en train de boire. De là, il pouvait voir l'escalier et s'assurer que son épouse ne quitterait pas le château à son insu. Quand Bessie entra avec Sorcha, elle lui jeta un coup d'œil puis se dépêcha de faire sortir la petite. Le reste de la maisonnée eut aussi le bon sens de le laisser tranquille.

Il était dans un tel état d'indignation que sa tête le lançait et qu'il était incapable de penser à quoi que ce soit d'autre. Il s'était plié aux règles de Glynis et n'avait rien fait pour mériter ses accusations et sa méfiance permanente. Si jamais elle osait descendre l'escalier à la recherche d'un domestique pour porter sa malle jusqu'au bateau le plus proche, leur dispute allait être violente.

Tout ce qu'Alex désirait, c'était un foyer calme pour sa fille. Était-ce trop demander ? Pas d'échanges virulents, juste une femme stable qui ne lui jetterait pas de vaisselle à la figure. Et qui ne les abandonnerait pas. Et pourtant il avait obtenu exactement ce qu'il redoutait. Il avait été jeté hors du lit de son épouse, qui préparait sa malle dans l'intention de le quitter, après force disputes et cris. Il avait passé toute sa vie à s'efforcer de ne pas suivre l'exemple de ses parents, et voilà qu'il terminait exactement comme eux.

Les heures s'écoulèrent. Alex entendit du bruit provenant d'en bas, et songea que tous les habitants de la maisonnée devaient être entassés dans la cuisine entre les broches et les établis, en train d'essayer de dîner tant bien que mal. Mais Glynis ne s'était toujours pas montrée. Au moins n'avait-elle pas essayé de partir.

Alex versa le fond de sa carafe de whisky dans son verre, qu'il vida d'un trait. Peut-être Glynis regrettait-elle de l'avoir jugé si durement, et elle aurait raison. Elle devait être en train de se tourmenter là-haut, à essayer de faire fi de son orgueil et de rassembler son courage pour venir lui demander pardon.

Il méritait des excuses.

Comme il était fatigué de les attendre, il décida d'aller voir Glynis pour mettre un terme à leur conflit. Il monta l'escalier d'un pas vif et, une fois arrivé devant leur chambre, leva le loquet. Mais la porte ne s'ouvrit pas quand il la poussa. Incrédule, il secoua la barre.

Glynis avait verrouillé cette satanée porte.

— Glynis ! cria-t-il en tambourinant à la porte avec son poing. Ouvre cette porte immédiatement.

— Va-t'en.

Sa voix lui parvint faiblement à travers la porte.

— Tu vas le regretter, je te le promets !

Alex parvenait généralement à garder son calme mais, cette fois, c'en était trop. Suffoquant de colère, il se précipita dans l'escalier, attrapa une hache sur le mur et remonta les marches à grandes enjambées.

— Écarte-toi de la porte ! hurla-t-il.

« Crac ! » Il frappa contre la porte avec sa hache si violemment que l'onde de choc se propagea jusqu'en haut de ses bras. Glynis ne lâcha même pas un cri. Elle avait vraiment un sang-froid remarquable.

« Crac ! Crac ! Crac ! » Se déchaîner ainsi contre la porte lui faisait un bien fou. Quand les planches cédèrent avec un craquement sonore, il passa son bras à travers le trou et tira le verrou. Puis il ouvrit la porte d'un coup de pied si violent qu'elle heurta le mur.

Sa femme était assise sur sa malle, les bras croisés. N'importe qui aurait craint le courroux d'un époux mis à mal tenant une hache dans ses mains, et pourtant Alex lisait dans les yeux de Glynis bien plus de colère que de peur. Elle n'avait évidemment rien à craindre de lui, mais elle aurait au moins pu avoir le bon sens de prendre un air terrifié. N'avait-elle donc aucun respect pour son mari ?

Il traversa la pièce et se planta devant elle. Sa poitrine se soulevait et s'abaissait furieusement, et ses oreilles bourdonnaient. Quant à Glynis, le seul signe d'inquiétude qu'elle manifesta devant un guerrier des Highlands en rage fut un léger tressaillement de la paupière gauche.

— Plus jamais tu ne verrouilleras la porte de notre chambre, ordonna-t-il.

— Je t'avais prévenu, dit-elle, imperturbable, que je ne partagerais plus ton lit si tu couchais avec une autre femme.

— Je t'ai promis que je ne te tromperais pas, répliqua-t-il, et j'ai tenu parole.

— Tu penses vraiment que je vais te croire ? (Elle se leva, les poings sur les hanches.) Un homme comme toi serait capable d'inventer n'importe quoi.

— Un homme comme moi ? (Il parlait lentement, la gorge serrée par la colère.) Qu'entends-tu par là exactement, Glynis MacNeil ?

— Je veux parler d'un homme dont la parole n'a aucune valeur. J'aurais dû épouser lord d'Arcy. Lui au moins était un homme honorable. Il aurait respecté ses vœux.

Alex avait l'impression que sa tête allait exploser. Il était pourtant convaincu que d'Arcy lui avait fait part de ses véritables intentions.

— Peut-être que je vais accepter la proposition de d'Arcy maintenant, dit-elle.

— Et que seras-tu alors, sa pute ? Parce que c'était cela qu'il te proposait. Il n'aurait prononcé aucun vœu, contrairement à moi.

Malgré sa fureur contre Glynis, Alex ne lui aurait pas parlé de l'affront que voulait lui faire d'Arcy s'il n'avait pas craint qu'elle aille parcourir l'Écosse à la recherche du Français.

— Non, d'Arcy n'avait pas de mauvaises intentions.

— Tu es bien naïve, répliqua Alex. D'Arcy a une épouse en France.

Glynis ouvrit la bouche et cligna des yeux à plusieurs reprises.

— Ce n'est pas possible, murmura-t-elle dans un souffle.

Devant sa déception manifeste, Alex sentit son cœur saigner.

— Oui, ton Chevalier Blanc a une femme, probablement titrée, cracha-t-il. Et, quand elle l'aurait rejoint en Écosse, d'Arcy t'aurait gentiment demandé de faire tes bagages, à cause de son sens de l'honneur que tu admires tant. Tu comprends, il aurait estimé qu'il était cruel pour sa femme de devoir subir chez elle la présence de la pute de son époux.

Glynis se laissa tomber bruyamment sur la malle.

— Les Français ne traitent pas leurs bâtards de la même façon que les hommes des Highlands, poursuivit Alex. Même si l'honorable d'Arcy aurait subvenu aux besoins des enfants que tu aurais eus de lui, jamais il ne les aurait reconnus ni autorisés à poser le pied chez lui et à contaminer ses enfants légitimes.

Alex lut dans les yeux de Glynis à quel point elle était ébranlée, mais ce n'était rien comparé au trou béant qui s'était formé dans sa poitrine.

— J'ai fait beaucoup d'erreurs dans ma vie, dit-il. Mais, de nous deux, c'est toi qui as été infidèle dans ce mariage.

— Moi ? s'exclama-t-elle en se frappant la poitrine. Il n'y a qu'un seul pécheur dans cette pièce, et ce n'est pas moi.

— Tu as gardé un autre homme dans ton cœur, Glynis.

Cela lui semblait évident à présent.

— Je n'ai pas…

Alex l'interrompit. Il ne voulait pas de ses excuses.

— Je t'ai promis que je n'aurais pas de liaison, mais seulement tant que tu partagerais mon lit, dit-il. J'ai des besoins, comme n'importe quel homme, et si tu ne veux pas de moi…

Il laissa sa phrase en suspens quelques instants, puis l'acheva.

— Je sais comment satisfaire une femme, dit-il en se rapprochant d'elle. Je n'aurai aucun mal à te trouver une remplaçante.

Alex avait envie que Glynis reste éveillée la nuit en se l'imaginant dans les bras d'une autre femme, en train de la faire crier de plaisir. Il voulait qu'elle regrette ce qu'elle lui avait fait et qu'elle le rappelle à lui.

Il tourna les talons et la laissa seule.

Il tenait toujours la hache dans sa main.

Chapitre 45

À la nuit tombée, Alex partit rendre visite à Seamus et Ùna. Il eut l'impression qu'ils supportaient mieux la situation que lui-même. Au lieu de rentrer au château ensuite, il descendit vers la plage pour se faire un lit froid dans la galère de combat. Il n'avait aucune envie de dormir dans la grande salle avec tous les hommes qui feraient mine de ne pas remarquer que sa femme l'avait banni de la chambre conjugale.

Alors qu'il contemplait les étoiles, étendu sur le bateau, Alex ne put s'empêcher de repenser à toutes les nuits qu'il avait passées dehors avec Glynis, sur la route d'Édimbourg. Comment en étaient-ils arrivés là ? Il avait espéré qu'en menaçant Glynis de coucher avec d'autres femmes il lui ferait entendre raison. Cela n'avait pas été le cas et il en avait été blessé, et pas seulement dans sa fierté.

Lorsqu'il se réveilla le lendemain matin, il alla s'asseoir sur la plage pour regarder la mer. Ces deux derniers mois, il avait œuvré sans relâche pour reconstruire le château, entraîner les hommes ou chasser les pirates des côtes. Mais, ce jour-là, il ne se sentait pas d'humeur à faire quoi que ce soit.

Il se retourna en entendant un petit rire derrière lui, et vit Sorcha qui descendait la plage à toute vitesse, les cheveux au vent. Quand elle se jeta à son cou, il ferma les yeux. Au moins, il lui restait sa fille. Dieu ! qu'il aimait cette enfant.

Bessie arriva à son tour, essoufflée.

— Sorcha, va dans la cuisine et rapporte à ton père de quoi prendre un petit déjeuner.

Sorcha sembla ravie qu'on lui confie cette tâche et partit en courant vers le château. Bessie resta devant Alex, sans bouger.

— Toi aussi, tu veux m'accuser de quelque chose ? demanda Alex.

— Non. (Bessie se mordit la lèvre, l'air mal à l'aise.) Maîtresse Glynis ne serait pas contente que je vous en parle, mais je suis d'avis que vous êtes en droit de le savoir.

Alex sentit un frisson lui parcourir l'échine.

— De quoi parles-tu ?

Bessie agita les mains avec nervosité pendant un moment, puis finit par lâcher :

— Votre épouse attend un enfant.

Une douleur aveuglante s'empara de lui. Glynis portait son enfant, et n'avait même pas trouvé bon de le lui dire. Depuis combien de temps le lui cachait-elle, et pourquoi ? Avait-elle l'intention de le quitter depuis longtemps ?

— Sais-tu où est ton père ? demanda Glynis à Sorcha en la voyant monter l'escalier du donjon à toute vitesse.

Sorcha désigna la plage du doigt.

— Ne cours pas à l'intérieur, dit-elle en caressant la joue de Sorcha.

Glynis trouva Alex assis sur la plage, seul. Elle s'arrêta près de lui, mais il ne lui accorda pas un regard.

— Je rentre chez moi, dit-elle.

— C'est ici, chez toi.

— Je retourne chez mon père. Tu peux me prêter un bateau ? Sinon, j'en volerai un.

Les yeux toujours rivés sur l'horizon, Alex demanda :

— Avais-tu l'intention de partir sans me dire que tu attendais un enfant ?

Glynis hoqueta de surprise. Comment était-il au courant ? Il n'avait toujours pas levé les yeux vers elle, mais elle pouvait malgré tout sentir toute la colère et la souffrance qui émanaient de lui. C'était une erreur de ne pas lui en avoir parlé.

— Je l'ai appris récemment, dit-elle d'une voix douce. Mes flux ont toujours été irréguliers, et par ailleurs j'étais convaincue d'être stérile, donc au début je n'y ai pas cru. Puis j'ai voulu attendre d'en être certaine avant de t'en parler.

— Mais tu le savais, et tu me l'as caché.

Glynis avait voulu lui épargner la déception s'il s'avérait qu'elle s'était trompée. Mais elle avait l'intention de le lui dire rapidement.

— Je suis désolée. Mais ça ne change rien.

— Vraiment ? dit-il sur un ton bas, presque menaçant.

Lorsqu'il se tourna vers elle, son regard étincelant de colère lui fit l'effet d'une brûlure sur sa peau.

— Je ne peux plus vivre avec toi à présent, dit Glynis. (Malgré ses efforts, sa voix tremblait.) Je veux rentrer chez mon père.

— Si tu y tiens tant, répliqua Alex d'un air dur, alors je t'autoriserai à partir après la naissance de l'enfant.

— Après ? C'est dans plusieurs mois ! Tu ne peux pas me garder ici.

— Je te le répète, je te laisserai partir une fois que le bébé sera né, si c'est ce que tu désires, dit Alex. Mais l'enfant restera ici.

— Ce n'est pas possible, dit Glynis d'une voix aiguë. Tu ne peux pas me forcer à rester en me menaçant de garder mon enfant.

— Je ne te menace pas, et tu pourras faire ce qu'il te plaira. Mais cet enfant restera ici.

— Je ne peux pas croire que tu me ferais cela, dit Glynis en cherchant un peu de douceur sur le visage d'Alex, en vain. Non, ce n'est pas possible que tu me détestes à ce point.

— C'est toi qui as décidé de partir alors que je t'ai demandé de rester, rétorqua Alex en se levant. Si tu es séparée de notre enfant, tu ne pourras t'en prendre qu'à toi-même. Je n'accepterai pas que tu rejettes la responsabilité sur moi.

— Je ne te laisserai pas éloigner cet enfant de moi, dit Glynis en serrant les poings.

— Selon la loi des Highlands, c'est le droit du père.

— La plupart des pères ne l'appliquent pas, du moins pas quand leur enfant est jeune. (Glynis lui attrapa le bras, mais il s'écarta.) Alex, tu ne ferais pas cela.

— Puisque tu crois que j'ai séduit cette pauvre fille terrifiée, répondit Alex en la regardant avec fureur, alors tu sais que je suis capable de tout.

Chapitre 46

La tension était tellement palpable entre Alex et elle à table que Glynis n'arrivait pas à avaler quoi que ce soit. Cela durait depuis une semaine à présent, et elle commençait à être à bout de nerfs, de même que toute la maisonnée. Quand elle reposa son couteau, elle sentit le regard d'Alex sur elle et ne put s'empêcher de lui jeter un coup d'œil en coin. Il avait des rides autour des yeux, et une expression sévère sur le visage.

Ces derniers jours, elle ne l'avait pour ainsi dire pas vu sourire, sauf quand il jouait avec Sorcha. Contrairement à la plupart des pères, qui préféraient les garçons, il prêtait une grande attention à sa fille. Il la traitait toujours comme ce cadeau spécial et inattendu qu'elle était à ses yeux. Si Glynis rentrait chez son père avec son bébé, elle le priverait d'un père merveilleux. Mais il était pire de séparer un enfant de sa mère, n'est-ce pas ?

Aucune des solutions qui s'offraient à elle ne semblait satisfaisante.

Glynis se leva de table sans avoir avalé une bouchée et sortit. Elle commençait à descendre l'escalier du donjon quand Alex l'attrapa par le bras et la fit se retourner vers lui.

— Bon sang, Glynis, il faut que tu manges, dit Alex.

— Si je ne portais pas ton enfant, cela te serait bien égal que je meure de faim.

Alex recula d'un pas, comme assommé.

— Comment peux-tu me dire une chose pareille après tout ce que nous avons vécu ?

C'était en effet injuste de sa part, mais la fatigue parlait pour elle. Elle avait du mal à s'habituer à dormir seule dans leur lit.

— Tu as gagné, Glynis. (Alex s'effondra sur une marche et se prit la tête entre les mains.) Je me suis efforcé d'agir pour le mieux, mais rien ne s'est passé comme je le souhaitais.

Gagné ? Elle n'aurait pas pu se sentir plus mal. Oh Dieu ! comme elle détestait le voir ainsi.

— Tu acceptes de me laisser partir ? demanda-t-elle.

— Oui. Et emmène Sorcha avec toi, dit-il comme si on lui arrachait les mots de la bouche. Je ne peux pas lui apporter la famille dont elle a besoin.

Glynis s'assit à côté de lui sur la marche.

— Non, Alex. Je ne peux pas.

— Tu es comme une mère pour elle. Sorcha a plus besoin de toi que de moi.

— Tu sais que je l'aime de tout mon cœur, mais je ne pourrai jamais te demander d'y renoncer.

Il se tourna vers elle et lui lança un regard froid comme une brume marine.

— Pourtant tu n'as pas hésité à me demander de renoncer à mon autre enfant.

— Je ne pensais pas…

— Crois-tu que je l'aimerai moins ? demanda-t-il. Que l'enfant que nous avons conçu ensemble me serait moins précieux que Sorcha ?

Glynis baissa les yeux et secoua la tête.

— Alors, si tu le sais, poursuivit Alex, comment peux-tu croire que je risquerais tout ce que j'ai de plus cher pour un instant de plaisir avec une jeune fille que je connais à peine ?

— Cela ne t'a jamais dérangé auparavant, murmura Glynis.

— Je n'avais rien à perdre, alors. (Alex se leva.) Pars quand bon te semble. Je ne te retiendrai pas.

Sorcha regarda tour à tour son père et sa mère, sentant leur tristesse peser sur sa poitrine. Elle serra de toutes ses forces ce qui lui restait de sa poupée. Bessie essayait de cacher Marie, mais Sorcha finissait toujours par la retrouver.

Elle savait que ses parents attendaient qu'elle parle. Parfois, quand elle était seule, elle arrivait à faire sortir de sa bouche les mots qui se trouvaient toujours dans sa tête. Mais c'était avant qu'elle apprenne que sa mère allait partir. Elle avait entendu les gens murmurer dans tout le château.

Sorcha voulait dire à sa mère de ne pas les quitter. Elle voulait lui demander si c'était sa faute si elle partait. Mais elle avait l'impression que sa poitrine se réduisait de plus en plus, bloquant les mots à l'intérieur.

Chapitre 47

Glynis avait prévu de partir le lendemain.

Comme Alex s'en était toujours douté, il était incapable de rendre une femme heureuse sur le long terme, incapable d'être le bon époux et le bon père qu'il rêvait de devenir. Bon sang ne saurait mentir.

Glynis lui manquait tellement que son cœur lui faisait mal en permanence. Il avait essayé de lui crier après, de la raisonner, de la menacer, et n'avait pas été loin de la supplier. À présent, il allait jouer sa dernière carte.

Bien sûr, Alex aurait voulu qu'elle reste avec lui parce qu'elle lui faisait confiance et le respectait. Et, par-dessus tout, il aurait voulu qu'elle reste avec lui parce qu'elle l'aimait. Mais il était tellement désespéré de la voir partir le lendemain matin qu'il lui était désormais égal qu'elle reste pour les bonnes ou les mauvaises raisons, tant qu'elle restait avec lui.

Il était temps de miser sur ses atouts. D'abord, il attirerait Glynis dans son lit. Puis il la rendrait si folle de passion qu'elle reviendrait à lui, en dépit du bon sens et des mensonges qu'elle croyait à son sujet.

Et même si les choses ne se passaient pas ainsi, au moins Alex passerait-il une dernière nuit avec elle.

Glynis était assise près de la fenêtre en train de broder, car elle avait fini de préparer sa malle et n'avait plus rien d'autre à faire. Elle aurait bien sûr aimé être dehors, mais il lui semblait préférable, à la fois pour Alex et pour elle, qu'elle l'évite jusqu'à ce qu'elle monte sur le bateau le lendemain. C'était une belle journée d'automne, et le soleil brillait comme en été, dans une accalmie entre deux tempêtes. Mais, dans son cœur, le beau temps ne revenait pas.

Le rire d'Alex lui parvint aux oreilles par la fenêtre, et elle s'arrêta de broder. Alex était d'un naturel jovial, et pourtant, depuis combien de temps ne l'avait-elle pas entendu rire ? Ce son lui avait manqué.

Était-il allé voir ailleurs parce que Glynis lui avait fait perdre sa joie de vivre, avec son obstination et son intransigeance ? Si elle était aussi douce et facile que ses sœurs, peut-être Alex n'aurait-il pas eu d'aventures. Ou peut-être qu'elle aurait pu s'en accommoder.

Mais elle était ainsi, difficile et exigeante.

Glynis posa son ouvrage et s'empara du médaillon en argent de Saint-Michel qui se trouvait sur la table à côté d'elle. Elle le fit tourner machinalement sur sa lourde chaîne, qu'elle observa ensuite se dérouler en tournoyant, et se rappela le jour où elle l'avait découvert dans l'une des échoppes où son oncle et sa tante l'avaient traînée. Quand elle avait quitté Édimbourg précipitamment avec Alex, elle l'avait mis dans son sac puis n'y avait plus repensé, jusqu'à ce qu'elle remette la main dessus en rangeant ses affaires.

Elle arrêta le mouvement du médaillon et passa son pouce dessus. Elle l'avait échangé contre une de ses bagues, car l'image de Saint-Michel, l'archange guerrier, lui faisait penser à Alex.

Le rire d'Alex résonna de nouveau. Attirée par ce son comme par un aimant, Glynis reposa le médaillon sur la table et s'approcha de la fenêtre. À la vue d'Alex dans la cour du château, elle eut le souffle coupé. Avec des mouvements vifs et gracieux, il faisait une démonstration avec sa claymore devant quelques jeunes hommes.

Elle sentit sa gorge se serrer en le regardant danser, virevolter, et fendre l'air de son épée avec une puissance incroyable. Il était la beauté masculine à l'état pur. Les doigts de Glynis la démangeaient de pouvoir toucher les muscles puissants de son torse, de ses bras et de son dos tandis qu'il balançait sa lourde lame d'un côté à l'autre avec des mouvements fluides et assurés.

Quand les hommes s'arrêtèrent pour faire une pause, Alex donna une claque dans le dos d'un des garçons. Son grand sourire, révélant ses dents blanches et régulières, rappela de nouveau à Glynis à quel point elle l'avait peu vu ces derniers temps. Puis Alex disparut de son champ de vision et les voix des hommes s'estompèrent, mais Glynis resta encore longtemps à la fenêtre, les yeux rivés sur la mer, en pensant au temps où Alex la regardait avec des étoiles dans les yeux.

— Glynis.

Quand elle reconnut la voix derrière elle, son cœur bondit dans sa poitrine. Elle se retourna et découvrit

Alex qui se tenait sur le pas de la porte, son long corps svelte appuyé contre l'embrasure. Il n'avait pas remis sa chemise, et sa peau luisait comme si elle conservait encore la chaleur du soleil.

— Je ne t'avais pas entendu, dit-elle bêtement.

Elle s'obligea à lever les yeux vers son visage, mais ne fut pas moins ébranlée par cette vue que par celle de son corps.

Elle aimait tout dans la figure d'Alex : son menton recouvert d'une courte barbe, ses pommettes hautes, son front volontaire et sa grande bouche sensuelle. Elle croisa ses yeux verts, qui brillaient d'un éclat particulier, comme s'ils connaissaient chaque centimètre de son corps.

Alex avait-il dit quelque chose ? Le cœur de Glynis tambourinait si fort dans sa poitrine qu'elle songea qu'elle ne l'avait peut-être pas entendu.

Elle se raidit, s'efforçant désespérément de se convaincre de l'arrêter s'il s'approchait plus près d'elle. Mais, à sa profonde déception, il traversa la chambre et s'arrêta près d'une chaise, en l'observant du coin de l'œil. À en croire le sourire qu'il esquissait, Alex savait pertinemment l'effet qu'il produisait sur elle. Il était diabolique.

Il s'assit, puis il mit ses mains derrière sa tête et étendit ses longues jambes musclées. Le souffle court, Glynis l'observa tandis qu'il la déshabillait du regard.

— Viens t'asseoir sur mes genoux, Glynis, dit-il en lui faisait signe de s'approcher. Tu en as envie.

— Tu te trompes, affirma-t-elle, alors que son corps se penchait vers lui comme un tournesol s'inclinant vers le soleil.

Elle mourait d'envie qu'il la touche.

Alex se mit à rire.

— Tu as toujours été une piètre menteuse.

— Ce n'est pas un défaut, répliqua-t-elle en se raidissant.

— C'est vrai, cela fait partie de ton charme, dit-il en lui adressant un sourire qui déclencha en elle une vague de désir. J'ai une proposition à te faire.

— Une proposition ?

La dernière fois qu'il lui avait dit cela, sa vie avait changé.

— Viens t'asseoir avec moi et je t'expliquerai de quoi il s'agit.

Alex n'était pas en colère et ne criait pas. Il avait retrouvé sa bonne humeur et semblait de nouveau lui-même. Sans cesser de se demander la raison de tout cela, Glynis s'approcha de lui. Au lieu d'essayer de l'attirer sur ses genoux, il fit courir lentement son doigt le long de son bras. C'était un geste si inoffensif qu'elle ne pouvait pas le repousser, et pourtant cette caresse lente et légère mit tous ses sens en éveil. Tout son être était concentré sur ce doigt qui montait sur son bras, sous la manche ample de sa robe.

Quand il entoura sa taille de ses mains et la hissa sur ses genoux, elle se laissa faire sans rien dire. Elle avait terriblement envie de fermer les yeux et de s'appuyer contre son corps solide. Pourquoi, pourquoi ne pouvait-elle pas tout simplement accepter la nature d'Alex, ses qualités comme ses défauts ? Il n'y pouvait rien si les femmes étaient attirées par lui comme des mouches par du miel. Il était ce qu'il était.

Et pourtant Glynis avait envie d'être la seule. Elle ne pouvait pas supporter de ne pas l'être.

— Ce n'est pas si mal, n'est-ce pas ? demanda-t-il en jouant avec ses cheveux.

Elle réprima un soupir quand il effleura son cou avec ses doigts. Elle se rappela alors pourquoi elle s'était approchée de lui et demanda :

— Alors, quelle est cette proposition ?

— Je sais que je te manque au lit, dit Alex. Et Dieu sait que tu me manques aussi.

Elle lui manquait. Glynis n'aurait pas dû se réjouir autant de l'entendre dire cela.

— Ce n'est pas suffisant, objecta-t-elle, sans conviction.

Elle vit alors un éclair de douleur passer sur le visage d'Alex, qu'il masqua presque aussitôt par un autre sourire décontracté.

— Je suis un homme sentimental, dit Alex en lui caressant la joue. Je pense que nous devrions passer une dernière nuit ensemble, en souvenir de notre histoire.

Le « non » qu'elle voulut prononcer resta bloqué dans sa gorge lorsqu'elle sentit le souffle d'Alex dans son oreille.

— Je sais comment te satisfaire, murmura-t-il.

Quand il vint nicher son visage dans son cou juste comme elle l'aimait, Glynis pencha la tête en arrière. Alex savait réellement comme la satisfaire.

Elle éprouvait un désir ardent de le voir toucher toutes les courbes de son corps.

Elle était comme envoûtée lorsqu'il était si près d'elle. Elle perdit complètement le fil de ses pensées quand il commença à promener ses mains sur son corps et à approcher sa bouche de la sienne. Lorsque leurs lèvres se rencontrèrent, elle s'abandonna à lui. Tout en lui, son odeur, ses baisers, sa chaleur, lui était familier et comblait le vide qu'il avait laissé en elle.

Les mouvements d'Alex étaient lents, comme s'il avait peur de la tirer d'un rêve. Elle ne pensait plus à rien d'autre qu'à lui, à ses mains sur son corps et à ses baisers, si bien qu'elle remarqua à peine quand il la porta jusqu'au lit. Il la touchait avec une telle tendresse que son cœur en saignait. Quoi qu'il ait fait avec une autre, elle avait la certitude qu'il avait des sentiments pour elle. La façon dont il la tenait le prouvait.

Ils se retrouvèrent nus, sans que Glynis ne sache comment cela s'était produit. Alors qu'il disait et redisait son prénom, il couvrait ses bras de baisers délicats, tout en passant la paume de Glynis sur sa joue rugueuse. Avec douceur, il fit tomber toutes les défenses qu'elle avait érigées entre eux. Trop bouleversée pour pouvoir le regarder en face, elle gardait les yeux fermés.

Alors même qu'il était dans ses bras, elle pleurait sa perte. Elle ressentait une souffrance intense, et elle savait que c'était réciproque, mais elle ne voyait pas d'autre façon de mettre un terme à leur douleur.

Glynis le tint serré contre elle, désespérée par le besoin profond qu'elle avait de lui. S'il lui déclarait à présent qu'il l'aimait, elle le croirait.

— Tu ne m'oublieras pas, dit-il avant de s'enfoncer en elle.

— Je ne le pourrai pas, répondit-elle dans un murmure. Jamais.

— Tu penseras à moi la nuit. (Il prit son visage entre ses mains et la força à le regarder dans les yeux.) Et tu souhaiteras que je sois à ton côté.

— Oui.

Elle enroula ses bras et ses jambes autour de son corps et resta serrée contre lui tandis qu'il se mouvait en elle. Alors que son désir montait de plus en plus, si fort qu'elle pensa qu'elle allait exploser, elle enfonça ses ongles dans son dos. Submergée par des émotions trop intenses pour être contenues, elle sentit les larmes rouler sur son visage. Elle avait l'impression de se noyer dans son amour pour lui.

Pourquoi ne l'aimait-il pas ? Pourquoi n'avait-il pas suffisamment de sentiments pour elle ?

Son corps fut parcouru de tressaillements tant son orgasme fut intense, et elle eut la sensation d'atteindre à la fois le paradis et l'enfer.

— Oh, Glynis, comment peux-tu m'abandonner ? demanda Alex juste avant d'exploser en elle.

Elle savait qu'il n'avait pas eu l'intention de dire à haute voix cette dernière supplication déchirante.

Il la tint contre lui, sa tête enfouie dans ses cheveux. Elle avait envie de céder, de lui dire ce qu'il avait envie d'entendre, de rester dans la chaleur de ses bras et de ne jamais le quitter. S'il lui avait déclaré ne serait-ce qu'une fois qu'il l'aimait, elle n'aurait pas résisté. Mais il ne dit rien.

Quand Bessie entra dans la chambre le lendemain matin, Glynis se redressa précipitamment et essuya son visage avec les couvertures.

— Tormond est prêt à vous emmener dans la galère de combat, dit Bessie. Je sais que je ne suis pas censée vous dire ce genre de choses, mais pourquoi quittez-vous un homme si bon ? Vous n'en serez pas plus heureuse.

— Je ne sais plus où j'en suis, reconnut Glynis. Je n'en ai même pas encore parlé à Sorcha. Je suppose que j'attendais d'être certaine de ne pas changer d'avis.

Mais Sorcha était une enfant qui savait les choses sans qu'on ait besoin de les lui dire.

— Quitter son père va lui briser le cœur, déclara Bessie.

Glynis s'habilla et descendit, la phrase de Bessie résonnant à ses oreilles. Assaillie par le doute, elle ne savait même pas si elle avait toujours l'intention de monter sur le bateau. Elle aurait dû s'accorder plus de temps pour réfléchir au lieu d'insister pour partir sans attendre. Pour une fois, elle se prit à souhaiter de savoir faire les choses à moitié.

Elle trouva Alex assis en bas tout seul avec Sorcha. Il était rare que la grande salle soit vide et il semblait que tout le monde en soit sorti pour laisser à Alex un moment d'intimité avec sa fille.

— Ta mère et moi avons à parler, dit-il à Sorcha. Demande à l'un des garçons d'écurie de t'emmener voir les chevaux et je viendrai te rejoindre dès que nous aurons terminé.

Sorcha les regarda à tour de rôle, le visage beaucoup trop sérieux pour une enfant de son âge. Puis elle embrassa son père sur la joue et sortit de la grande salle en traînant les pieds.

— Je te laisse le soin de parler à Sorcha, dit Alex en regardant sa fille s'éloigner, le visage marqué par la douleur. Elle semblait si près de se mettre à parler ces derniers temps. J'espère que cela se produira une fois qu'elle aura retrouvé une vie stable.

Glynis ouvrit la bouche pour lui dire qu'elle n'était plus sûre de vouloir partir, mais Alex l'arrêta d'un geste de la main.

— Ce n'est pas facile pour moi, alors laisse-moi finir, dit-il. Si notre bébé est un garçon, je veux que tu me l'envoies pour sa formation de guerrier quand il en aura l'âge. Nous vivons dans un monde dangereux et, pour survivre et jouer son rôle dans la protection de son clan, un garçon doit savoir se battre. Je sais que tu aimes beaucoup ton père mais il se fait vieux. J'entraînerai également ton frère, si tu souhaites me l'envoyer.

Alex n'était pas le charmeur superficiel pour lequel elle l'avait pris quand elle l'avait rencontré, même s'il serait capable de convaincre une sainte de se déshabiller. Il était prêt à faire n'importe quoi par amour pour ses enfants, même à y renoncer. Et bien que Glynis se soit toujours targuée de savoir prendre les bonnes décisions, elle doutait qu'elle aurait la force de caractère nécessaire pour accomplir ce sacrifice.

S'était-elle aussi trompée sur Alex à d'autres égards ? Il n'avait jamais nié son passé d'homme à femmes, mais avait-il changé ? D'ordinaire, Glynis avait toujours des opinions fermes et bien arrêtées mais, pour une fois, elle ne savait plus que penser.

— Ce n'est pas moi qui mettrai un terme à notre mariage, dit Alex d'une voix calme et posée. Et je te demande d'attendre la fin de l'année avant de le faire.

Un autre homme n'aurait pas mis ainsi sa fierté de côté en lui laissant une ouverture pareille, alors que c'était elle qui partait. Glynis se sentit aussi triste qu'une pluie de novembre en voyant Alex se lever et s'éloigner. Elle voulait lui faire confiance. Elle était désormais presque sûre qu'elle l'avait mal jugée.

Et, même s'il lui restait des doutes, elle prit conscience qu'elle ne pouvait pas vivre sans lui.

— Alex ! s'écria-t-elle.

Mais sa voix fut couverte par les cris provenant de la porte ouverte du donjon. Elle se précipita à la suite d'Alex, qui s'était élancé dehors, mais s'arrêta brusquement en haut de l'escalier.

Une galère de combat avait pénétré dans la petite baie et naviguait droit vers le château.

Chapitre 48

— C'est le bateau de notre chef, cria Alex à ses hommes en courant à sa rencontre.

Glynis rassembla ses jupes et le suivit avec les autres. Elle arriva à la plage à temps pour voir Connor descendre de la galère, suivi de près par Ian et Duncan.

— Que se passe-t-il ? demanda Alex après avoir salué ses vieux amis. Tu ne serais pas venu avec autant de guerriers de Skye pour une visite amicale.

— Nous devons en finir avec mes ignobles oncles, dit Connor.

— Qu'ont-ils encore fait ?

— Angus et Torquil étaient invités dans la maison de Banranald en son absence, répondit Connor. Angus a tenté de violer l'épouse de Banranald.

— Banranald n'habite pas loin d'ici, dit Alex. Comment se fait-il que tu sois au courant avant moi ?

— La femme qu'Angus a essayé de violer est une Clanranald, comme nos mères, expliqua Ian. Elle s'est enfuie pour retrouver son clan, et leur chef a immédiatement envoyé un émissaire officiel à Connor pour réclamer justice.

Glynis ne put s'empêcher d'interrompre les hommes :

— Magnus Clanranald est intervenu pour défendre l'honneur d'une des femmes de son clan ?

— Les Clanranald ont destitué Magnus de ses fonctions de chef, intervint Duncan. Et ils sont même allés plus loin : aucun de ses descendants ne pourra plus jamais devenir chef.

Glynis n'avait jamais entendu parler d'une telle chose. Mais, si quelqu'un méritait cela, c'était bien Magnus.

— Alors qui est leur nouveau chef ? demanda Alex.

— C'est l'unique bonne nouvelle, répondit Connor. C'est le cousin de notre mère et ton homonyme, Alexander. Comme tu le sais, c'est un homme bon. Il veut qu'on lui livre Angus et Torquil pour les punir. Quant à moi, je veux la peau de Hugh. Les trois sont sûrement ensemble.

— Nous allons les chercher dans les îles extérieures, annonça Ian, et les Clanranald ratisseront les îles du Sud et de l'Est.

— Je n'ai pas encore vu les bateaux de tes oncles ici, dit Alex. As-tu une idée de l'endroit où ils peuvent se trouver ?

Personne ne répondit, mais Duncan, Connor et Ian évitèrent tous trois de croiser le regard de Glynis.

— Barra ? demanda Glynis, le cœur battant. Ils se dirigent vers Barra ?

— Nous n'en sommes pas certains, répondit Connor. Mais, d'après les rumeurs, mes oncles préparent une grosse attaque contre les MacNeil.

— Ton père va avoir besoin d'aide, dit Alex en touchant le bras de Glynis avant de se tourner vers les autres. Mes hommes seront prêts à embarquer d'ici à un quart d'heure.

Après avoir crié des ordres à ses hommes, Alex prit Glynis par le bras et s'éloigna de quelques pas.

— Il est trop dangereux pour toi de partir chez ton père maintenant, dit-il. Et j'ai besoin de toi ici pendant mon absence.

— Bien sûr.

— Je laisserai la moitié de mes hommes pour assurer ta protection et celle du château. Cela devrait être suffisant puisque les pirates sont en route vers Barra, dit Alex, qui avait pourtant l'air inquiet.

— Tout ira bien pour moi, le rassura Glynis. Mais tu dois sauver mon frère et mes sœurs. Les filles sont fragiles. Elles ne peuvent pas…

— Chut, ne te tracasse pas, dit Alex en lui caressant la joue. Je veillerai à ce qu'il ne leur arrive rien.

— Je te suis tellement reconnaissante.

Même si elle le quittait, Alex honorait l'engagement qu'il avait pris de protéger sa famille et son clan. Elle était bouleversée à l'idée de le voir partir et courir un danger alors que la situation entre eux était si tendue. Il s'éloigna pour rejoindre les autres hommes, mais elle se souvint soudain qu'elle portait le médaillon en argent sur elle. Elle l'avait mis en s'habillant pour se réconforter.

— Attends ! lui cria-t-elle. J'ai quelque chose pour toi.

Elle courut jusqu'au bord de l'eau et leva les bras pour lui passer la chaîne autour du cou.

— C'est un médaillon de Saint-Michel, l'archange guerrier de Dieu, dit-elle en lui montrant la gravure. Il est censé protéger les cavaliers et les marins.

— Merci, Glynis, dit Alex en le rangeant sous sa chemise, près de son cœur. Mais il n'y a aucune raison de s'inquiéter.

— Sois prudent, l'exhorta-t-elle en se hissant sur la pointe des pieds pour l'embrasser sur la joue.

Quand Alex la prit dans ses bras, elle posa sa tête contre son épaule et sentit sa poitrine se soulever et s'abaisser contre elle. Il l'embrassa alors sur les cheveux.

Elle l'aimait tellement.

Alex la lâcha en voyant Sorcha descendre la plage en courant, ses cheveux flottant derrière elle. Elle se jeta au cou de son père, qui la prit dans ses bras.

— Je dois aller chasser les pirates, lui dit Alex comme s'il s'agissait d'une aventure, ce qu'il pensait sans doute réellement. Mais ta mère va rester ici pour prendre soin de toi.

Il embrassa Sorcha et la tendit à Glynis. Puis il prit son bouclier et sa claymore des mains de Seamus, qui les lui avait apportés. Toute la maisonnée était désormais rassemblée sur la plage. Alex désigna les hommes qui viendraient avec lui et ceux qui resteraient.

Son bateau s'éloigna alors de la côte, derrière l'autre galère de combat. Debout à la barre, les cheveux agités par le vent, Alex leur fit signe avec son épée. Il avait l'air d'un roi viking.

Tenant Sorcha par la main, Glynis observa le bateau d'Alex disparaître à l'horizon. Quand enfin elle tourna les talons, elle constata que seul Seamus restait sur la plage.

— Seamus, peux-tu ramener Sorcha à Bessie au château ? lui demanda Glynis.

Elle aurait dû avoir le courage de le faire il y a bien longtemps. Dès que les deux enfants eurent disparu, Glynis retrouva le sentier qui menait à la maisonnette où elle avait vu Alex apporter des fleurs en cette terrible journée. Elle sentit ses mains devenir moites en se rappelant s'être assise dans ces herbes hautes, la tête entre les genoux, en essayant de reprendre sa respiration. Mais elle devait découvrir la vérité.

Quand elle arriva devant la porte de la chaumière au toit affaissé, Glynis frappa avant d'avoir le temps de changer d'avis. Personne ne répondit. Elle s'apprêtait à faire demi-tour, quand la porte s'ouvrit en grinçant. Ùna se tenait sur le seuil.

Elle était vraiment ravissante.

— J'ai vu le bateau prendre le large, dit Ùna. Il est parti ?

— Mon mari ? demanda Glynis, surprise de voir que la jeune fille voulait lui parler d'Alex. Oui, il est parti.

Ùna se mordit la lèvre et baissa les yeux. D'une voix à peine plus haute qu'un murmure, elle demanda :

— C'est lui qui vous a prié de venir me voir ?

— Pourquoi m'aurait-il demandé cela ?

Ùna releva la tête, les yeux écarquillés.

— Il ne vous a donc pas parlé de moi ?

Glynis était sur le point de lui demander pourquoi, au nom du ciel, trouvait-elle surprenant qu'Alex n'ait pas parlé d'elle à son épouse… Rien ne lui semblait logique. Elle ne comprenait pas le comportement de la jeune fille.

— Il m'avait promis qu'il ne dirait rien, dit Ùna en détournant le regard. J'aurais dû lui faire confiance.

— Peut-être que nous aurions toutes les deux dû lui faire confiance. (O shluagh, *qu'ai-je fait ?*) Laisse-moi entrer pour que nous puissions parler.

Glynis était persévérante, et il ne lui fallut pas longtemps pour que la jeune fille lui raconte toute sa tragique histoire. Alors qu'Ùna pleurait sur son épaule, Glynis se sentit envahie par une rage folle envers cet homme qui osait se dire père alors qu'il commettait des péchés impardonnables sur son enfant.

— Pourquoi Alex ne m'a-t-il rien dit ? demanda Glynis dans un souffle.

— Il m'a répété plusieurs fois que vous vous occuperiez bien de moi, dit Ùna. Mais je lui ai fait promettre de ne rien vous raconter car j'avais peur.

— Tu vas venir t'installer au château avec Seamus dès aujourd'hui, déclara Glynis en passant une main réconfortante dans le dos d'Ùna. Ton père est parti depuis assez longtemps et, en l'absence de tant de guerriers, il est plus sûr pour vous de venir habiter là-bas.

Alex aurait dû lui en parler. Ùna semblait cependant si fragile que Glynis se douta qu'il avait eu peur d'accroître encore son désarroi. Et il avait promis à

Ùna de ne pas le faire. Comme elle était en train de le comprendre, Alex était vraiment un homme de parole.

Mais Glynis savait que ce n'était pas la seule raison pour laquelle Alex avait gardé le silence. Il avait aussi voulu qu'elle croie en lui et lui fasse confiance sans avoir besoin de preuve.

Et elle l'avait déçu.

Trois jours plus tard, Glynis et Sorcha se retrouvèrent de nouveau sur la plage en contrebas du château. Le vent froid soufflait avec force et leur cinglait le visage, mais Glynis se sentait plus proche d'Alex quand elle n'était séparée de lui que par la mer.

— Ton père ne va pas tarder à rentrer à la maison, dit Glynis en posant sa main sur l'épaule de Sorcha. Et alors tout ira bien pour notre famille.

Le visage de Sorcha s'éclaira comme le ciel après un orage. Glynis ne lui avait jamais fait part de son intention de quitter Alex, mais l'enfant avait senti la tension entre eux.

Quelques instants plus tard, Sorcha s'accroupit devant une flaque et, tout excitée, fit signe à Glynis de la rejoindre. Celle-ci se pencha en plissant les yeux pour voir l'oursin que la petite fille lui montrait du doigt, quand la cloche du château se mit à sonner.

« Dong, dong, dong. »

Le cœur de Glynis fit un bond dans sa poitrine. La cloche servait uniquement à avertir d'un danger. Elle leva alors les yeux vers le château : plusieurs hommes étaient sur la muraille et lui criaient quelque chose en lui montrant la mer. Se retournant, elle aperçut un bateau qui contournait le cap pour entrer dans la baie.

— Cours ! cria-t-elle à Sorcha en lui prenant la main.

Elles s'élancèrent sur la plage en direction du sentier.

« Dong, dong, dong. »

Le son de la cloche se répercutait sur les collines alentour, et Glynis en ressentit les vibrations jusqu'au plus profond d'elle-même. Elle savait qu'elle avait déjà vu ce bateau. Mais où ?

Alors qu'elles gravissaient les marches taillées dans la pierre en direction du château, Glynis jeta un coup d'œil derrière elle et tressaillit. Il y avait trois bateaux à présent.

— Plus vite, Sorcha !

Un garde sortit en courant pour porter Sorcha sur les derniers mètres qui les séparaient de l'entrée. Dès qu'elles furent dans l'enceinte du château, les gardes s'empressèrent de refermer la porte. À l'intérieur, les hommes couraient vers l'arsenal pour s'approvisionner en armes. Bessie les attendait, et prit Sorcha des mains du garde.

— Emmène-la à l'intérieur du donjon, ordonna Glynis à Bessie.

Glynis aperçut Tormond, à qui Alex avait confié la charge du château en son absence, se diriger vers elle en courant.

— Reconnais-tu ces bateaux ? demanda Glynis.

— Deux d'entre eux appartiennent aux pirates MacDonald, répondit Tormond.

Voilà pourquoi elle avait la sensation d'avoir déjà vu ce bateau. C'était celui de Hugh MacDonald, avec lequel il était venu attaquer Barra le jour où Alex et Duncan s'y trouvaient.

— J'ai un doute pour ce qui est du troisième, dit Tormond. J'espérais que vous pourriez le regarder de plus près.

— Moi ?

Glynis ne comprenait pas en quoi elle pourrait l'aider à reconnaître le bateau, mais monta malgré tout sur la muraille avec lui. Les trois navires étaient beaucoup plus proches à présent. Elle mit sa main en visière et sursauta.

— Oui, je connais ce bateau. (Le dragon rouge peint sur la voile ne laissait pas de doute possible sur le propriétaire.) C'est celui de Magnus Clanranald.

Chapitre 49

— Je sais par Alex que vous ne manquez toutes deux ni de courage ni de bon sens, je vais donc vous exposer la situation sans détour, déclara Tormond. Sur chacun de ces bateaux, il doit y avoir une cinquantaine d'hommes. Cela serait un miracle que nous arrivions à tenir le château.

— Que Dieu nous vienne en aide ! dit Glynis en se signant.

— Je pense que les pirates MacDonald nous laisseront la vie sauve puisque nous appartenons au même clan, mais ils vont piller le château. (Tormond hésita un instant.) Ils n'ont aucun respect pour les femmes. Il leur est déjà arrivé d'en violer dans leur propre clan.

— Je vais envoyer les femmes dans les collines, dit Glynis.

— Nous les repousserons aussi longtemps que nous le pourrons. (Dans un geste inhabituel pour cet homme bourru, Tormond toucha doucement le bras de Glynis.) Alex nous a prévenus que Magnus représentait un danger tout particulier pour vous, alors emmenez l'enfant et allez vous cacher.

Glynis entra dans la grande salle, où étaient rassemblées Bessie, Sorcha et la plupart des femmes. Après les avoir comptées, elle se rendit compte qu'il en manquait deux.

— Suivez toutes Bessie vers la sortie à l'arrière du château ! cria Glynis. Partez vous cacher dans les collines aussi vite que possible. Dépêchez-vous !

— Et vous, maîtresse ? demanda Bessie.

— Je vous suivrai dès que j'aurai trouvé les deux autres, répondit Glynis en poussant Bessie. Allez, partez ! Partez !

Glynis courut de pièce en pièce en appelant les deux servantes manquantes. Elle finit par les trouver dans la cuisine, cachées sous une table, et les envoya rejoindre les autres.

Oh Dieu ! elle avait oublié Ùna et Seamus. Il ne fallait surtout pas que les pirates mettent la main sur la pauvre Ùna. Glynis rassembla ses jupes et se précipita hors du donjon, priant pour les trouver dans les écuries. Elle traversa la cour en courant, s'efforçant d'éviter les flèches qui s'abattaient autour d'elle.

La voyant arriver, Seamus s'avança sur le seuil de l'écurie en lui faisant signe de rentrer. Glynis constata avec soulagement qu'Ùna se trouvait juste derrière lui.

— Vous devez sortir avec moi par l'arrière ! s'écria Glynis en attrapant la main de Seamus. Dépêchez-vous !

Ils se ruèrent tous trois en direction de la petite porte menant aux champs, qui était ouverte. Levant les yeux, Glynis aperçut des hommes qui se battaient au sommet de la muraille.

Elle poussa Ùna et Seamus devant elle et leur cria :

— Courez aussi vite que vous le pouvez et cachez-vous !

En franchissant la porte à leur suite, Glynis vit toutes les femmes et les enfants se disperser sur les collines, fuyant pour sauver leur vie. Mais l'une des femmes avait fait demi-tour et redescendait à toute allure vers le château.

Par tous les saints, c'était Bessie ! Glynis courut à sa rencontre dans le champ. Quand elle arriva à sa hauteur, elles étaient toutes les deux essoufflées.

— Sorcha n'est pas avec vous ? demanda Bessie anxieusement.

— Je l'ai envoyée se cacher avec toi. (Glynis sentit son sang se glacer.) Que s'est-il passé ?

— Je suis désolée, maîtresse, dit Bessie, les joues ruisselantes de larmes. J'emmenais les autres femmes comme vous me l'aviez demandé, mais Sorcha voulait venir avec vous. Je croyais que vous étiez simplement en haut et qu'elle ne pourrait pas manquer de vous trouver. Mais, une fois dehors, j'ai commencé à m'inquiéter et je suis donc partie à votre recherche.

— Je vais la trouver, dit Glynis. (Comme Bessie hésitait, Glynis la poussa.) Je ne peux pas m'occuper de toi en plus, alors va !

En retournant dans le château, Glynis fut assaillie par les bruits de la bataille – le cliquetis des épées sur le haut des murailles et le martèlement régulier d'un bélier cognant contre la lourde porte de la forteresse. « Bang, bang, bang. »

— Sorcha, Sorcha ! cria-t-elle en courant à travers le donjon, s'arrêtant pour regarder derrière les portes, sous les bancs et sous les tables.

Où était-elle donc ? *Mon Dieu, je vous en supplie, aidez-moi à la trouver !*

Glynis s'élança dans l'escalier. Si Sorcha se cachait ailleurs dans le château, elle était en train de perdre un temps précieux. Les cris des hommes qui se battaient lui parvenaient aux oreilles, beaucoup trop proches, chaque fois qu'elle passait devant une fenêtre ; certains des assaillants avaient dû franchir la muraille et pénétrer dans la cour du château.

— Sorcha ! C'est moi, Glynis ! appela-t-elle en entrant dans la chambre qu'elle partageait avec Alex sans cesser de chercher.

Elle s'empara du dirk qui se trouvait dans la console et s'agenouilla pour regarder sous le lit. Pas de traces de Sorcha. Il ne lui restait plus beaucoup de temps. Quand elle se leva, son regard tomba sur le coffre au pied du lit.

Elle se précipita dessus pour l'ouvrir, et découvrit alors la chevelure brillante de Sorcha. Recroquevillée au fond du coffre, sa fille tremblait comme une feuille.

— Sorcha, ma chérie, je suis là, dit Glynis en posant une main sur son dos.

L'enfant leva vers elle ses yeux verts, les mêmes que ceux de son père, puis bondit sur ses pieds et se jeta au cou de Glynis, qui la serra fort contre elle. Dieu soit loué, elle l'avait trouvée !

Glynis sursauta en entendant un violent craquement, suivi d'une clameur. Elle se précipita vers la fenêtre, Sorcha dans les bras. *Oh, non!* Des pirates avaient forcé la porte de la forteresse et affluaient dans la cour du château, juste en dessous d'elles.

Il était trop tard pour s'échapper.

La scène en bas était si chaotique, avec tous ces hommes qui hurlaient et faisaient valser leur claymore, que Glynis n'arrivait pas à savoir quel camp avait l'avantage, ni même qui appartenait auquel.

C'est alors qu'elle aperçut Magnus, et son cœur cessa un instant de battre.

Il se tenait seul au milieu de la cour, ignorant les combats qui faisaient rage autour de lui. Sa claymore était dégainée et prête à servir, mais il ne bougeait pas et scrutait les alentours de ses yeux noirs. Glynis fut parcourue d'un frisson.

Magnus la cherchait.

Quand son regard se tourna vers la fenêtre de sa chambre, Glynis recula brusquement dans l'ombre avec Sorcha. Elle vit Magnus se diriger vers le donjon d'un pas déterminé, et résista à l'envie de prendre ses jambes à son cou. Elles étaient coincées.

Réfléchir. Il lui fallait absolument trouver un moyen de protéger Sorcha.

— Tu as trouvé la meilleure cachette de tout le château, dit Glynis en caressant les cheveux de la petite fille. Tu vas devoir retourner dans le coffre.

Sorcha secoua la tête et resserra son étreinte autour de Glynis.

— Ton papa a besoin de toi, tu vas donc être courageuse et faire ce que je te demande, dit Glynis d'une voix ferme. Ne sors de ce coffre sous aucun prétexte, même si tu entends du bruit, tant que ces méchants hommes ne seront pas partis.

Des voix masculines sonores retentirent dans la grande salle en bas.

— Tu dois faire cela pour moi, dit Glynis en levant le visage de Sorcha vers elle.

Glynis entendit des pas dans l'escalier et s'empressa de mettre l'enfant dans le coffre. Elle retira vivement sa cape et l'étendit sur Sorcha, tout en sentant le sang battre à ses tempes.

— Je t'aime, murmura-t-elle en refermant le coffre, juste avant que la porte ne s'ouvre avec fracas.

Quand elle se retourna, Magnus Clanranald se tenait dans l'embrasure de la porte.

— Glynis, ma chère épouse, dit Magnus, nous avons un certain nombre de comptes à régler.

Chapitre 50

— Bon sang, mais où sont-ils ? s'exclama Alex en balayant du regard une autre baie déserte.

Depuis qu'ils avaient trouvé les MacNeil sains et saufs bien à l'abri derrière les murailles de leur château, ils avaient parcouru tous les lochs et les criques de Barra.

— Nous perdons notre temps ! s'énerva Duncan en frappant du point sur le bastingage. Je parie que Hugh a fait courir le bruit qu'il avait l'intention de se rendre à Barra pour nous détourner de son réel objectif.

— Et c'est réussi, dit Connor, le regard rivé sur l'horizon. (Le chef avait beau paraître calme, il était aussi furieux que Duncan.) Nous avons peu de chances de trouver Hugh et ses hommes avant qu'ils frappent de nouveau. Ils peuvent se cacher dans n'importe quelle baie des Hébrides extérieures.

— Ils sont peut-être allés à North Uist, dit soudain Alex. (À cette pensée, son cœur se mit à tambouriner dans sa poitrine.) Pendant que nous descendions vers le sud par le côté ouest des îles, Hugh et ses hommes ont très bien pu remonter vers le nord par le côté est.

— Alex, ils peuvent être n'importe où, dit Connor.

— Hugh est parti attaquer mon château. (Cette idée s'imposa à lui comme une évidence qui lui fit froid dans le dos.) Nous devons rentrer immédiatement.

Connor n'avait pas l'air convaincu, mais il ordonna aux hommes de virer vers le nord.

— Hugh aurait de bonnes raisons d'attaquer Dunfaileag Castle, dit Ian d'un air songeur. Cela serait une manière de te faire un pied de nez, Connor. Tes oncles savent que tu es désormais soutenu par un trop grand nombre d'hommes à Dunscaith pour qu'ils puissent s'emparer du château. En t'attirant du côté de Barra, ils se sont laissé le champ libre pour mettre la main sur le seul château que nous avons là-bas.

Hugh serait en effet ravi de faire passer le chef des MacDonald pour un idiot en pillant Dunfaileag Castle pendant que Connor – et le gardien de son château – les cherchait à quelques milles de là avec deux galères de combat pleines d'hommes.

— J'ai laissé ma femme et ma fille sans protection, dit Alex en regardant la mer qui s'étendait à perte de vue au nord.

Ses angoisses avaient été nombreuses : il avait eu peur de ne pas arriver à rendre Glynis heureuse, de la faire souffrir, peur aussi qu'elle lui vole son cœur. Ses craintes s'étaient réalisées, mais elles n'étaient rien comparées à ce qui lui arrivait à présent. Dans son orgueil, jamais il n'avait pensé qu'il faillirait à assurer la protection de son épouse et de son enfant. C'était pourtant le premier devoir d'un homme.

Duncan s'approcha d'Alex, qui était accoudé au bastingage, et lui posa une main sur l'épaule.

— Même si Hugh est allé à Dunfaileag, il n'a pas assez d'hommes pour réussir à prendre le château.

Du coin de l'œil, Glynis vit son dirk posé sur le lit, où elle l'avait laissé quand elle avait ouvert le coffre. Quand Magnus s'avança d'un pas vers elle, elle se précipita dessus et s'en empara. Puis, reprenant sa place, elle le brandit devant elle à deux mains.

— Ne t'approche pas, Magnus ! s'écria Glynis. Je t'ai déjà poignardé une fois, tu sais que je n'hésiterai pas à recommencer.

— J'étais ivre mort, et assez stupide pour ne pas envisager que ma propre femme oserait m'attaquer, dit Magnus. Mais, à présent, je ne suis ni l'un ni l'autre. Pose cette dague si tu ne veux pas que les choses se terminent mal pour toi.

Si Sorcha n'avait pas été dans la pièce, Glynis aurait lutté contre Magnus, même si c'était sans espoir. Mais elle n'avait pas envie que sa fille entende le combat.

— Je la poserai dès que tu m'auras dit pourquoi tu es ici et ce que tu as l'intention de faire de moi, dit Glynis.

— Tu m'appartiens. Je vais t'emmener, loin de ton faux mari.

— Pourquoi ? Tu ne m'as jamais appréciée.

— Quel est le rapport ? dit Magnus, dont le visage commençait à devenir rouge de colère. Tu es mon épouse et tu n'as pas le droit de me quitter, à moins que j'en décide ainsi.

Glynis avait agi par désespoir à l'époque, mais elle comprenait à présent qu'elle aurait dû faire une sortie plus discrète. Lui voler un bateau après lui avoir planté un couteau dans la hanche était aussi stupide que de taquiner un taureau furieux avec un bâton.

— Alex va partir à ma recherche et me ramener, dit-elle pour se redonner du courage.

— Personne ne nous a encore trouvés, rétorqua Magnus avec un sourire méprisant. Notre campement est caché derrière une île du loch Eyenort à South Uist.

— Laisse-moi ici. (Elle savait que Magnus ne cédait jamais aux supplications, mais elle ne put s'empêcher d'essayer.) Tu ne veux pas de moi pour épouse. Cela n'a jamais été le cas.

— C'est vrai, je ne te veux pas… Tu es trop sale pour moi maintenant. Mais je me réjouirai de regarder les autres hommes se partager ton corps.

Magnus ne plaisantait pas. Il éprouvait une véritable haine à son égard.

— Pose ce dirk, ou bien tu mourras dans cette chambre, menaça Magnus. Mais décide-toi vite, car je suis assez séduit par l'idée qu'Alex MacDonald te retrouve morte dans un bain de sang dans sa propre chambre.

Glynis frémit, et songea que, si Magnus la tuait, c'est Sorcha qui découvrirait son corps. Elle lâcha alors sa dague, qui tomba bruyamment sur le sol.

— Trop tard. (En deux grandes enjambées, Magnus fut près d'elle et posa sa botte sur la dague.) J'ai vu la façon dont Alex MacDonald te regardait, toi, mon épouse. Je veux qu'à son retour il soit accueilli par la vue de son lit gorgé de ton sang.

Glynis sentit son cœur se figer dans sa poitrine en voyant le venin dans les yeux noirs de Magnus.

— Il ne te reconnaîtra sans doute pas immédiatement, dit Magnus en caressant la lame du dirk. Mais il finira bien par savoir qui tu es en voyant l'anneau à ton doigt ou une boucle de tes cheveux. Et alors il passera le restant de ses nuits à imaginer les hurlements qui ont empli cette chambre.

Chapitre 51

Alex avait les yeux rivés sur la silhouette de Dunfaileag Castle qui se dessinait au loin. Un mince nuage de fumée s'élevait derrière les murailles, mais Alex s'efforça de se convaincre que le feu avait pu être déclenché par une lampe renversée dans l'écurie ou un feu de graisse dans la cuisine, choses courantes dans les châteaux. Et il n'y avait pas de bateaux en vue. C'était sûrement bon signe.

Mais, alors qu'ils s'approchaient, il remarqua le trou béant dans la porte du château. Les pirates étaient passés par là.

Duncan écarta l'homme qui était à la barre et guida d'une main sûre la galère à l'intérieur de la baie. Entouré de Connor et d'Ian, qui ne prononçaient pas un mot, Alex avait l'impression que le bateau mettait un temps interminable à parcourir la distance qui les séparait encore de la côte.

— Regardez, dit Ian en montrant le rivage du doigt. Il y a des femmes sur la plage.

Alex ressentit un tel soulagement que ses genoux se mirent à trembler. Tormond avait dû avoir le temps d'envoyer les femmes se cacher dans les collines. Lentement, il se remit à respirer.

Avant même que le bateau touche le fond, il se laissa tomber par-dessus bord et courut jusqu'au rivage. À peine l'eut-il atteint qu'il se retrouva encerclé par un groupe de femmes. Aucune d'entre elles ne semblait blessée, mais elles parlaient toutes à la fois :

— Des pirates ! Des pirates sont venus ici !

Glynis et Sorcha n'étaient pas parmi elles, et devaient donc se trouver au château. Alex aperçut plusieurs de ses hommes qui descendaient l'escalier de pierre. Tormond, qui était à leur tête, boitait fortement, sa joue était barrée d'une longue entaille et la manche de sa chemise ensanglantée.

— Tu as bien fait de faire sortir les femmes, dit Alex quand il arriva à sa hauteur. Avons-nous perdu beaucoup d'hommes ?

— Nous nous sommes battus aussi longtemps que possible, mais il était évident que nous n'arriverions pas à tenir le château, répondit Tormond. Quand j'ai estimé que les femmes étaient suffisamment loin, je me suis rendu dans l'espoir de sauver un maximum d'hommes.

— C'était la bonne décision à prendre.

Alex commença à monter précipitamment l'escalier. Il était impatient de constater de ses propres yeux qu'il n'était rien arrivé à son épouse et à sa fille.

Tormond lui emboîta le pas.

— Les pirates nous ont enfermés dans l'une des remises le long de la muraille pendant qu'ils pillaient le château.

En arrivant en haut, Alex vit la porte fracassée. Il faudrait trouver des planches de chêne pour la remplacer, ce qui prendrait du temps, mais ça n'était pas le plus grave. Il traversa le trou pour pénétrer dans la cour du château.

— Combien d'assaillants y avait-il ? demanda Alex, qui commençait à se demander pourquoi Glynis et Sorcha ne se précipitaient pas à sa rencontre.

— Il y avait trois bateaux, tous remplis d'hommes.

— Trois ? demanda Alex en se tournant vers Tormond. Qui étaient-ils ?

— Deux d'entre eux étaient à Hugh Dubh et ses frères, répondit Tormond. Et le troisième était celui de Magnus Clanranald.

Le bateau de Magnus ? Alex eut l'impression que le sol se dérobait sous ses pieds.

— Où est Glynis ? (Comme Tormond ne répondait pas immédiatement, Alex l'empoigna par sa chemise déchirée et le secoua.) Où est ma femme ?

— Nous avons cherché partout. (Tormond n'osait pas regarder Alex dans les yeux.) Mais nous n'avons pas réussi à la trouver, et votre fille non plus.

Plus le bateau s'enfonçait dans le loch Eyenort, plus Glynis voyait ses espoirs s'amenuiser. Que Dieu la protège ! car Alex mettrait peut-être des semaines à la trouver. Ce loch comptait tellement de baies et d'îles que, même si Alex la cherchait à cet endroit, il pourrait très bien la manquer.

Glynis essuya le sang qui coulait de son front avec sa manche. Au moins, elle n'était pas sur le même bateau que Magnus.

— Si tu laisses cette coupure tranquille, peut-être qu'elle cessera de saigner.

Glynis leva les yeux et aperçut Hugh Dubh qui l'observait. Son visage buriné le faisait paraître plus vieux que ses trente ans, mais il avait la carrure puissante d'un homme dans la force de l'âge.

— Si vous ne voulez pas vous retrouver avec un cadavre sur les bras, dit Glynis d'un ton sec, vous devriez me donner quelque chose pour la panser.

Elle s'en était tirée avec une entaille, malgré un long moment de terreur où elle avait bien cru que Magnus allait la tuer. Hugh était arrivé juste à temps pour s'interposer. Les deux hommes s'étaient violemment disputés, mais Hugh avait fini par faire entendre raison à Magnus, qui avait reconnu qu'un otage avait plus de valeur vivant que mort.

— Tu pourrais te montrer un peu plus reconnaissante envers l'homme qui t'a sauvé la vie, dit Hugh en lui adressant un sourire qu'il devait croire charmant.

— Vous ne l'avez pas fait pour moi, rétorqua-t-elle, mais pour l'or que mon mari et mon père vous donneront pour me faire revenir.

— Ce que j'obtiendrai grâce à toi vaut bien plus que de l'or, jeune fille, dit Hugh en se penchant sur le bastingage, les bras croisés sur la poitrine.

Hugh essayait de l'appâter. Glynis le savait, et pourtant elle ne put s'empêcher de mordre à l'hameçon :

— De quoi parlez-vous ?

— Tout comme Magnus, je désire me venger, répondit Hugh. Mais ton ex-époux manque cruellement de patience et d'ambition. Contrairement à lui, je savourerai le jeu, mais je finirai par avoir ma revanche sur mon neveu, et l'or en prime.

Hugh était orgueilleux. Si elle arrivait à le piquer au vif, peut-être qu'il lui dirait de quel jeu il parlait.

— Vous pensez vraiment pouvoir triompher de Connor ? demanda Glynis. Il est réputé pour son intelligence.

— Peut-être, mais Connor possède également une grande faiblesse, dit Hugh en hochant la tête, le regard vague. Il donnerait sa vie sans hésitation pour Alex, Ian ou Duncan.

C'était valable pour les quatre hommes. Glynis se demanda comment Hugh avait l'intention de retourner la loyauté de Connor contre lui.

— Aucun habitant des Hébrides extérieures n'ignorait qu'Alex refusait de se marier, poursuivit Hugh. Alors, quand j'ai appris qu'il avait trouvé une épouse, je me suis dit qu'il devait en être désespérément amoureux pour avoir changé d'avis.

— Cela ne s'est pas passé ainsi, dit Glynis en lui jetant un coup d'œil en coin. Alex avait besoin d'une mère pour sa fille, et j'étais à portée de main.

Hugh laissa échapper un rire sonore.

— Et moi qui pensais que c'étaient les hommes les plus stupides.

Glynis l'avait effectivement été, mais elle n'avait pas l'intention de l'admettre devant Hugh.

— L'opinion d'un pirate doublé d'un voleur n'a aucune valeur à mes yeux.

— Alex doit aimer les femmes au tempérament bien trempé, déclara Hugh en tambourinant sur le bastingage avec ses doigts, geste qui exaspérait Glynis. Je crois qu'il serait prêt à n'importe quoi pour te récupérer. Quant à mon neveu Connor, c'est pour Alex qu'il serait prêt à tout.

— Connor est un homme bon. Je n'arrive pas à comprendre comment vous pouvez être du même sang.

— Je reconnais que cela me surprend aussi, dit Hugh en se grattant la barbe. La loyauté est un défaut pour un chef dans les Highlands. Un défaut qui coûtera la vie à Connor.

Glynis se tourna pour faire face à Hugh.

— La vie ?

— Oui. (Hugh avait les yeux dorés d'un loup.) Et toi, jeune fille, tu es l'appât de mon piège. Les quatre compères vont partir à ta recherche ensemble, et je les attendrai.

Hugh avait tout planifié. Il avait attiré Connor et les autres vers les îles extérieures dans le seul dessein de les faire tomber dans son piège.

— C'est l'endroit idéal, poursuivit Hugh en désignant une petite île sur le loch alors qu'il empruntait l'étroit passage qui la séparait de la côte. Je cacherai la moitié de mes hommes sur cette île, ici, de l'autre côté du campement. Nous allons tendre deux chaînes sous l'eau entre l'île et la côte, que nous remonterons quand leur bateau passera pour le piéger au milieu.

— Ce sont des guerriers expérimentés. Ils se douteront de quelque chose, objecta-t-elle, espérant dire vrai.

— Quand ils te verront attachée à demi nue à un tronc d'arbre sur la plage, ils se précipiteront dans mon piège, affirma Hugh en se souriant à lui-même. C'est certain, cela va rendre Alex fou de rage.

— Vous perdez votre temps. Alex ne viendra pas me chercher, dit-elle en s'efforçant de prendre une voix assurée. Vous connaissez sa réputation. Il s'est déjà lassé de moi.

— Si c'est le cas, ma déception sera telle que je te laisserai à Magnus, une fois que mes frères se seront amusés avec toi, dit Hugh en riant. Mais, de toute façon, c'est ce qui est prévu à la fin quoi qu'il arrive.

Les mots étaient importants. Dans le noir, Sorcha s'entraîna à les répéter sans relâche dans sa tête pour ne pas les oublier. Puis elle les dit tout bas, expérimentant les sons avec sa bouche.

Elle avait presque oublié la chambre sombre et sale avec la grosse souris où elle habitait quand son père l'avait trouvée. Mais, dans ce petit endroit obscur, son souvenir resurgissait, menaçant de faire sortir de nouveau les mots de sa tête. Elle respira l'odeur de sa mère sur les vêtements qui l'entouraient.

Elle entendit des voix, mais ne reconnut pas celle de son père. Elle se boucha les oreilles et articula silencieusement les mots jusqu'à ce que les voix s'éloignent. Elle avait du mal à entendre les sons à cause des battements de son cœur.

Mais elle allait être forte, comme la reine guerrière, Scáthach.

Elle allait être forte comme sa mère.

Chapitre 52

— Ton épouse devait faire sortir les femmes par la porte de derrière, dit Tormond. Je pensais qu'elle était en sécurité avec les autres.

— Glynis est sûrement encore cachée dans les champs, ajouta Ian.

Tormond secoua la tête.

— La servante, Bessie, nous a raconté que Sorcha avait disparu et que sa mère était retournée dans le château pour la chercher.

Non. Je ne peux pas croire que je les ai perdues toutes les deux. Alex balaya la cour du regard mais ne vit que des hommes morts ou blessés, pas de femme ni d'enfant. Il essaya de réfléchir. Où pouvaient-elles être ?

— Nous avons cherché partout, dit Tormond.

— Eh bien continuez de chercher !

Alex courut vers les remises ouvertes le long de la muraille. Il ne trouva que des sacs de céréales éventrés, et constata que les tonneaux de vin et de bière avaient tous disparu.

— Glynis ! Sorcha ! criait-il sans cesse en regardant partout.

Il refusait d'envisager la possibilité qu'elles soient déjà mortes.

Marie, mère de Dieu, protégez-les. Prenez-moi, mais préservez-les du danger.

Les mains tremblantes, Alex pénétra dans le donjon. Il n'y avait plus aucune arme sur les murs. Les tables étaient retournées. La grande salle était étrangement calme, à l'exception des bruits de vaisselle brisée sous ses pas.

— Glynis ! Sorcha !

Seul le silence lui répondit.

Ses bottes résonnaient sur les marches en pierre tandis qu'il montait l'escalier menant aux chambres. Allait-il les retrouver mortes ? Le corps de son épouse, meurtri et souillé par les misérables qui avaient détruit leur maison ? Alex songea qu'il n'aurait pas la force de le supporter, mais continua malgré tout d'avancer.

Il poussa la porte de leur chambre à coucher, qui s'ouvrit lentement en grinçant, révélant la pièce petit à petit. Contrairement au reste du donjon, la chambre était encore bien rangée. On avait l'impression que Glynis venait juste d'en sortir.

À l'exception du dirk qui gisait par terre.

Alex tomba à genoux et le ramassa. Il n'y avait pas de sang dessus, Dieu soit loué ! Mais si Glynis et Sorcha n'étaient pas ici, cela signifiait que les pirates et Magnus les avaient emmenées. Et leurs intentions ne pouvaient être que mauvaises. Alex devait les retrouver avant qu'on leur fasse du mal, mais il n'avait aucune idée d'où chercher.

Alex tambourina sur le sol avec ses poings.

— Où vous ont-ils emmenées ? cria-t-il. Où ?

Il se redressa soudain en entendant un craquement près de lui. Quand il découvrit sa petite fille debout dans le coffre, tenant le couvercle au-dessus de sa tête, Alex la souleva dans ses bras et passa ses mains sur elle pour s'assurer que les fées ne lui jouaient pas un tour. Puis il la serra très fort contre lui. *Doux Jésus et tous les anges, merci !*

Il crut alors entendre une petite voix dans son oreille, qui disait :

— Aïe.

Il recula la tête.

— C'est toi qui as parlé, Sorcha ?

Elle le regarda de ses yeux clairs et hocha la tête. En ce jour de désespoir et de terreur, un miracle se produisait : il venait d'entendre la voix douce de sa petite fille pour la première fois.

— Qu'est-ce que tu as dit, *mo chroí* ? demanda Alex en dégageant le visage de Sorcha de ses cheveux.

— Aïe.

— Où as-tu mal ? demanda-t-il.

— C'est là que le méchant monsieur a emmené maman.

Sa fille s'exprimait dans un gaélique parfait, mais Alex n'avait aucune idée de ce qu'elle voulait dire.

— Aïe snort, dit Sorcha. Le méchant monsieur a dit qu'il allait l'emmener là-bas.

Aïe snort ? Au nom du ciel, qu'est-ce que…

— Le loch Eyenort ? demanda-t-il soudain. Sur l'île de South Uist ?

— South Uist, répéta Sorcha en hochant la tête.

Alex lui plaqua un baiser sonore sur le front.

— Tu es une bénédiction.

— Maman l'appelait Magnus, dit Sorcha. Elle ne l'aime pas.

— Tu m'es d'une grande aide, ma chérie, dit Alex, qui devait se faire violence pour parler calmement. Te souviens-tu d'autre chose ?

— Un autre homme méchant est arrivé, et ils se sont disputés.

— As-tu entendu le nom de ce deuxième homme ?

Sorcha hocha solennellement la tête.

— Hugh.

— Bravo, ma chérie ! s'écria Alex en commençant à descendre l'escalier avec elle. Maintenant, je dois te laisser avec Bessie pendant que je vais chercher ta maman.

— Ramène-la à la maison, dit Sorcha en se serrant contre lui.

— Je te le promets.

Un premier miracle s'était produit. Alex n'en avait plus besoin que d'un seul à présent.

Chapitre 53

— Je vais laisser ton mari se tourmenter pendant quelques jours, dit Hugh en lui attachant les poignets au mât. D'ici là, je vais te faire garder par un homme pour éviter que Magnus ne s'approche trop de toi. J'ai besoin de mon appât vivant. Tu t'es fait un ennemi à vie de ton ancien mari, jeune fille, bien que je ne te blâme pas de l'avoir poignardé. Magnus est un imbécile.

— « *Aithníonn ciaróg ciaróg eile* », dit Glynis. « Entre cafards, on se reconnaît. »

Hugh la frappa au visage avec une telle force que Glynis vit des étoiles et tituba.

— Tu devrais tenir ta langue si tu ne veux pas que je te la coupe, l'avertit-il.

Elle avait été stupide de le provoquer. Sa belle-mère avait raison quand elle lui reprochait de ne pas savoir se taire. Sous prétexte que Hugh l'avait protégée de Magnus, elle avait baissé sa garde. Elle ferait mieux de se rappeler que l'oncle de Connor était un homme sans pitié qui massacrait des innocents et ôtait la nourriture de la bouche des enfants.

— Si Magnus met le pied sur mon bateau alors que je le lui ai interdit, tue-le, ordonna Hugh à l'homme à côté de lui. Un bateau supplémentaire me serait bien utile.

Pendant que Hugh se hissait sur le bastingage pour sortir de la galère, Glynis observa le garde. C'était un homme à la carrure massive et aux cheveux hirsutes, qui avait le visage balafré et une oreille en moins. Il se tourna vers elle et lui lança un regard qui la fit frémir de terreur. Elle se sentait impuissante, attachée au mât comme un chien. Elle tira sur les cordes, mais elles étaient solidement fixées.

Quand la nuit tomba, une brume épaisse s'abattit sur la surface immobile du loch. La côte n'était pas visible, mais les quatre hommes entendaient clairement les rires retentissants qui s'élevaient du campement des pirates. Hugh faisait preuve de laxisme.

Derrière les voix, Alex distinguait le tintement des verres s'entrechoquant et le crépitement des feux de camp. Les hommes de Hugh et de Magnus étaient en surnombre, mais son camp avait l'avantage de la surprise. À en juger par le vacarme qu'ils faisaient, les pirates, qui devaient célébrer leur victoire avec le whisky et la bière d'Alex, étaient déjà considérablement éméchés.

Alex, Duncan, Ian et Connor se tenaient à l'avant de sa galère. Ils iraient en tête car, même si les autres étaient de bons guerriers, les quatre hommes avaient combattu ensemble pendant de longues années et restaient les meilleurs.

Sur un signe de tête d'Alex, ils se laissèrent tomber dans l'eau dans un léger bruit d'éclaboussures.

Alex s'immobilisa et tendit l'oreille, mais les pirates continuaient de festoyer bruyamment. Il imita alors doucement le roucoulement de la colombe, et les autres hommes commencèrent à descendre dans l'eau à leur suite. Tenant leurs boucliers et leurs claymores au-dessus de leurs têtes, ils progressèrent silencieusement dans l'eau qui leur arrivait à la poitrine. Alors qu'ils approchaient du rivage, Alex discerna la lueur des feux de camp à travers le brouillard.

Il se cacha avec Connor dans les broussailles près de la côte, tandis que Duncan et Ian menaient la plupart des hommes derrière le campement. Leur groupe attaquerait les pirates par-derrière pour qu'ils ne puissent pas s'échapper vers l'intérieur de l'île. Leur plan était de les encercler.

Avant de donner le signal de l'assaut, Alex et Connor devaient s'assurer que Glynis et d'autres otages éventuels ne se retrouveraient pas piégés au milieu de la bataille. Ils avancèrent en rampant, jusqu'à ce qu'ils soient assez proches pour distinguer les visages des hommes rassemblés autour du feu. Alex reconnut Hugh et les autres oncles de Connor, Angus et Torquil.

Mais il ne vit ni Magnus ni Glynis.

Alex sentit son sang se glacer en voyant l'un des hommes sortir d'une tente et un autre prendre sa place. Ou c'était l'endroit où se trouvait le whisky, ou les pirates abusaient d'une femme à tour de rôle. Lorsqu'un cri de femme retentit, Alex se leva avant même que Connor n'ait eu le temps de l'arrêter.

Non, articula silencieusement Connor en secouant la tête. Il fit un geste en direction de l'endroit où était parti Duncan pour faire comprendre à Alex qu'il était plus près et que c'était à lui de s'en occuper. Le sang d'Alex tambourinait à ses tempes. Il se représenta Duncan se glissant dans la tente par l'arrière puis couvrir la bouche de l'homme d'une main tout en lui tranchant la gorge de l'autre.

Le pirate ne ressortit pas de la tente. Oui, ils se connaissaient vraiment très bien tous les quatre.

Ce n'était pas Glynis qu'il avait entendu crier. Alex parcourut du regard le reste du campement, sans voir sa femme ni d'autres prisonniers qui risqueraient d'être blessés pendant leur attaque. Où était donc Glynis ? Se trouvait-elle aussi dans la tente, avait-elle été violée par une dizaine d'hommes ?

Était-elle morte ?

Alex s'interdit d'y penser et s'efforça de se concentrer sur la bataille qui s'annonçait. Quand Connor lui toucha le bras, Alex émit doucement un autre bruit d'oiseau pour alerter les hommes du groupe de Duncan et Ian qu'il était temps d'attaquer. Un instant plus tard, Connor et lui bondirent sur leurs pieds en hurlant le cri de guerre des MacDonald :

— *Fraoch Eilean !*

Leurs hommes de l'autre côté du feu leur firent écho :

— *Fraoch Eilean ! Fraoch Eilean ! Fraoch Eilean !*

Alex canalisa sa rage refoulée et la peur qu'il éprouvait pour sa femme dans son épée, faisant tomber un homme après l'autre. La fièvre du combat brûlait dans ses veines. Déchaîné, il tournoyait et valsait avec sa claymore, distribuant des coups de tous côtés, quand la voix de Duncan perça le tumulte de la bataille :

— Connor a besoin d'aide ! cria-t-il de l'autre côté du feu.

Alex se retourna et vit que Hugh et plusieurs de ses hommes se rapprochaient de Connor. Il courut à la rescousse de son chef, et ils luttèrent tous deux dos contre dos, comme cela leur était déjà si souvent arrivé. Malgré la situation, Alex commençait à s'amuser. Il était fait pour se battre. Personne ne pouvait égaler la paire qu'il formait avec Connor. Sauf peut-être Duncan et Ian.

Hugh était un guerrier puissant et rusé, mais il était toujours prêt à risquer la vie de ses hommes avant la sienne. Quand il devint évident qu'Alex et Connor prenaient le dessus, il disparut dans l'obscurité.

— Je m'occupe de Hugh ! cria Connor. Angus est parti chercher leurs bateaux. Attrape-le avant qu'il s'échappe.

Alex eut tout juste le temps de distinguer le dos de l'homme avant qu'il disparaisse dans le brouillard en direction du loch, et s'élança à sa poursuite. Dès qu'il fut assez proche, il se jeta sur lui, lui faisant mordre la poussière avec un bruit sourd.

— Où est-elle ? cria Alex en s'asseyant sur le torse d'Angus, son dirk collé contre sa gorge.

Comme Angus ne lui répondait pas assez vite à son goût, Alex accentua sa pression sur la lame, dessinant une ligne sanglante. Martelant chaque syllabe, il répéta :

— Où est ma femme ?

— Sur le bateau, répondit Angus dans un souffle.

— Quel bateau ?

— Celui de Hugh. Il a laissé Glynis là-bas pour la tenir éloignée de Magnus.

— Si je découvre que tu as posé ne serait-ce qu'un doigt sur elle, Angus, dit Alex, les dents serrées, je t'étriperai de mes propres mains.

Alex n'avait pas le temps d'attacher Angus. Ramassant une pierre, il l'assomma d'un coup brutal sur la tête.

Glynis avait les poignets à vif à force de lutter pour les libérer de la corde, mais elle persistait. Elle jeta un œil par-dessus son épaule vers l'homme revêche qui la surveillait, se demandant si elle pourrait réussir à s'emparer de son dirk. Une lampe à huile était posée à côté de lui, mais la brume était si épaisse qu'elle ne distinguait que le contour de sa silhouette. L'homme était assis, les jambes appuyées sur le bord du bateau.

Elle devait s'échapper d'une manière ou d'une autre pour prévenir Alex et les autres avant qu'ils ne tombent dans le piège de Hugh. Elle n'avait pas aperçu de village quand ils naviguaient en direction du campement, ni même la moindre chaumière. Une fois qu'elle se serait enfuie, il lui faudrait parcourir un long chemin avant de trouver quelqu'un qui pourrait l'aider, mais elle était prête à tout pour y arriver.

Soudain, des cris et le bruit d'une bataille sur la plage lui parvinrent aux oreilles, mais le brouillard l'empêchait de voir ce qui se passait. Elle n'avait pas entendu de bateau arriver, et songea que les pirates avaient dû commencer à se battre entre eux. Cela ne l'étonna pas, car Hugh et Magnus n'étaient pas des alliés unis. Ils ne se faisaient mutuellement pas confiance, et à raison.

—Arrgh…

Glynis sursauta en entendant cet horrible bruit, tout proche. Quelqu'un venait de se faire étrangler. Était-ce le garde ? Glynis se pencha en avant autant que la corde le lui permettait, et plissa des yeux dans l'obscurité pour essayer d'apercevoir l'autre extrémité du bateau.

La silhouette d'un homme émergea lentement de la brume. Il tenait une longue claymore devant lui. Avant même qu'elle ait pu voir son visage, elle sut de qui il s'agissait.

Elle était seule sur le bateau avec Magnus.

La bataille continuait de faire rage sur la plage, et Alex n'avait pas le temps d'attendre Connor, Duncan et Ian. Il courut à travers le brouillard épais en respirant profondément, sentant l'air humide entrer dans ses poumons. Quand il arriva au bord du loch, il aperçut une lumière vacillante sur l'eau.

Oh Dieu, non ! l'un des bateaux était en flammes.

Alex se précipita dans l'eau. Les silhouettes des trois galères des pirates se détachaient sur le loch à la façon de bateaux fantômes, faiblement éclairées par la lueur des flammes sur celle du milieu. Alex parvint tout juste à distinguer la tête de serpent sculptée sur sa proue. C'était le bateau de Hugh qui était en train de brûler.

Coinçant son dirk entre ses dents, Alex parcourut la distance qui le séparait encore de l'embarcation à la nage. Il aperçut une corde qui pendait près de la proue en feu, et commença à se hisser sur le bateau. Il tendit l'oreille, mais le crépitement des flammes et le bruit de la bataille sur la côte l'empêchaient d'entendre quoi que ce soit d'autre. Il se laissa tomber sur le pont et atterrit sur quelque chose de mou.

Un corps. Alex fut pris de sueurs froides tandis que les hypothèses se bousculaient dans sa tête. Magnus avait dû tuer le garde. À travers les flammes, il entrevit le dos d'un homme. Puis une voix grave et menaçante retentit. Celle de Magnus.

— Tu m'as fait passer pour un imbécile aux yeux de tout mon clan, dit Magnus. C'est pour cette raison qu'ils n'ont plus voulu de moi comme chef. Ils ont perdu le respect qu'ils avaient pour moi par ta faute.

— Si tu as perdu ta position de chef, c'est uniquement parce que tu étais cruel avec les membres de ton propre clan.

Il reconnaissait bien là son épouse. Même seule avec un homme vicieux armé d'une épée, elle ne pouvait s'empêcher de répondre.

Que Dieu lui vienne en aide ! Magnus était beaucoup trop près d'elle. Alex s'avança prudemment, sachant qu'il n'aurait qu'une seule chance. S'il l'entendait arriver, Magnus pourrait tuer Glynis avant qu'Alex n'arrive jusqu'à elle.

— Tu es la source de tous mes problèmes ! poursuivit Magnus en agitant furieusement sa claymore dans les airs. (Les flammes lui léchaient les pieds, mais il était dans une telle rage qu'il ne paraissait pas le remarquer.) J'aurais dû te ramener par les cheveux et te posséder jusqu'à ce que tu te retrouves grosse.

Alex continua de ramper, ne maîtrisant sa colère qu'à grand-peine.

— J'étais déjà la risée de tous après ce que tu m'as fait, dit Magnus. Alors quand j'ai su que tu t'étais enfuie de chez Shaggy avec un homme, je suis parti à ta recherche. Je ne pouvais pas laisser ma femme partir avec un autre.

— Je ne suis pas ta femme ! s'écria Glynis.

Alex sentit que Magnus était sur le point d'attaquer son épouse. La chaleur était désormais si intense que des gouttes de sueur roulaient sur son visage. Il allait devoir agir vite.

— C'était pendant que j'étais à ta recherche qu'ils ont désigné un autre chef à ma place ! cria Magnus. Ils n'auraient jamais eu le courage de le faire si j'avais été là. À cause de toi, ils m'ont tout pris !

Magnus leva son bras vers l'arrière, mais Alex traversait déjà les flammes en courant.

— Glynis !

Tout se passa très vite. Glynis entendit la voix d'Alex hurler son nom au moment où un dirk venait se planter au-dessus de sa tête et que Magnus se cambrait en écartant les bras dans un hurlement de douleur.

À travers les flammes, elle vit Alex traverser le bateau en courant dans leur direction, ses cheveux flottant derrière lui. Que Dieu soit loué ! Il ressemblait à l'un des héros glorieux de ses histoires.

Magnus, qui était également un guerrier habile, se remit à temps de sa surprise pour bloquer l'épée d'Alex, les bras tremblants et les genoux pliés sous le poids de l'effort. Quand il se retourna, elle aperçut le dirk planté dans son épaule. Se souvenant de celui qui était enfoncé au-dessus de sa tête, Glynis glissa sa main le long du mât et parvint à l'extraire du bois. Puis, faisant tourner la lame, elle commença à scier maladroitement les cordes qui lui entravaient les poignets. Elle eut l'impression de mettre un temps interminable, mais les cordes finirent par céder.

Glynis s'écarta des deux hommes qui se battaient dans un espace exigu en renversant les tonneaux de bière et en faisant couiner les cochons attachés non loin de là. Leurs épées s'entrechoquaient et raclaient le bois du bateau tandis que les flammes s'élevaient autour d'eux. Sentant la chaleur lui brûler violemment le visage, Glynis songea qu'ils allaient tous trois périr dans l'incendie.

Les mains tremblantes, elle prépara son dirk, attendant le bon moment pour attaquer Magnus. Mais les deux hommes bougeaient trop rapidement et elle risquait de toucher Alex par erreur. Soudain, Magnus se précipita droit sur elle, traversant les flammes, le visage tordu par une rage noire. Juste avant qu'il atteigne Glynis, Alex le tira violemment vers l'arrière par le dos de sa chemise.

Glynis ressentit une douleur aiguë dans les jambes, et se rendit compte que ses jupes étaient en feu. Elle se pencha pour étouffer les flammes avec ses mains, mais ses cheveux tombèrent en avant et prirent feu à leur tour. Glynis poussa un cri perçant.

Surgissant des flammes, Alex bondit sur elle.

Sans comprendre ce qui lui arrivait, Glynis se retrouva projetée dans les airs avec Alex. Elle eut la respiration coupée quand ils heurtèrent brutalement la surface de l'eau. La dernière chose qu'elle entendit avant qu'ils ne s'enfoncent dans le loch fut le grésillement des flammes au contact de l'eau.

Elle but la tasse et remonta à la surface en toussant. Lorsque Alex la porta vers la rive, son visage ruisselait d'eau et l'odeur calcinée de ses cheveux emplissait ses narines. Elle appuya sa joue sur son torse et écouta le son rassurant de son cœur tambourinant.

— *Mo chroí*, est-ce qu'il t'a fait du mal ? demanda-t-il anxieusement. Tu vas bien ?

— Maintenant, oui.

Alex s'arrêta.

— Je t'aime tellement. Je ne supporterais pas de te perdre.

Elle se laissa imprégner par ces mots. Alex l'aimait.

— Jamais tu ne me perdras, dit-elle. Jamais.

Chapitre 54

— Plus de whisky pour moi ! s'écria Glynis en repoussant le verre qu'Alex approchait de sa bouche.

Duncan, Ian et Connor, également aux petits soins, s'affairaient autour d'elle.

— Une brûlure est la pire des blessures, dit Alex. Tu n'as pas besoin d'être brave avec nous.

La veille au soir, elle avait laissé les hommes la resservir sans cesse en whisky – le remède à tous les maux selon eux –, mais elle n'avait pas envie d'arriver soûle à Dunfaileag.

— Je n'ai presque plus mal à la jambe, mentit Glynis. Je refuse que notre fille me voie sortir titubante du bateau.

— Ça n'arrivera pas puisque tu ne marcheras pas, dit Alex sur un ton péremptoire.

— Quel comité d'accueil ! s'exclama Ian en regardant la côte.

Sans tenir compte des protestations de son mari, Glynis se leva. Tous les gens du château et des chaumières alentour semblaient être descendus sur la plage pour leur retour. Elle regarda Alex en souriant et pressa sa main.

Un tonnerre d'acclamations retentit quand Glynis, submergée par l'émotion, descendit du bateau dans les bras d'Alex. Il la reposa sur le sable en voyant Sorcha se précipiter vers eux. Posant un genou à terre, Glynis attendit sa fille, les bras grands ouverts.

— Maman ! s'écria Sorcha en se jetant au cou de Glynis. Je savais que papa te ramènerait à la maison.

Serrant sa fille contre son cœur, Glynis essuya une larme. Jamais elle n'oublierait le moment où elle avait entendu pour la première fois la voix de sa fille, qui l'appelait maman.

— Ta mère a une blessure de guerre qui prouve son courage, dit Alex en aidant Glynis à se relever. (Il posa sa main sur la tête de sa fille.) Attends un peu de la voir ; elle est magnifique.

Glynis se mit à rire car elle le savait sincère.

— Il nous faut partir à présent et vous faire nos adieux. Nous allons rejoindre nos hommes qui nous attendent sur l'autre bateau, dit Connor.

— Vous ne pouvez pas rester ? demanda Glynis en regardant alternativement Connor, Ian et Duncan.

— Nous devons livrer Angus et Torquil au nouveau chef Clanranald pour qu'ils soient punis, répondit Connor. Au moins, les Clanranald obtiendront-ils justice.

— Je sais à quel point tu regrettes que Hugh nous ait échappé une fois de plus, dit Alex en serrant l'épaule de Connor. Mais je te suis vraiment reconnaissant pour ce que tu as fait.

Quand Alex était arrivé sur la plage avec Glynis dans ses bras, après avoir fui le bateau en flammes, ils avaient vu Connor courir avec une détermination farouche vers le loch. Ils avaient appris plus tard qu'il était en train de se battre contre Hugh, quand celui-ci lui avait révélé que Glynis se trouvait sur le bateau en feu.

— Tu n'avais même pas besoin de mon aide, dit Connor.

— Mais tu pensais que c'était le cas, répliqua Alex. Et tu as renoncé sans hésitation à Hugh pour venir au secours de ma femme.

— Tu aurais fait la même chose pour moi. (Connor s'arrêta un instant puis lui adressa un sourire en coin.) Si j'avais une femme.

— Il est d'ailleurs temps que tu en trouves une, déclara Alex. Dois-je te préparer une liste ?

Les autres hommes se mirent à rire de si bon cœur que Glynis se douta qu'elle ne comprenait pas toute la plaisanterie.

— Ce n'est pas encore nécessaire, affirma Ian en donnant un coup de coude dans les côtes de Duncan. Nous avons tout planifié, et c'est au tour de Duncan maintenant.

— N'en crois pas un mot, dit Duncan à l'oreille de Glynis quand il l'embrassa sur la joue pour lui dire au revoir.

— Quoi qu'il en soit, murmura-t-elle, je te conseillerais de ne pas parier cette galère que vous avez volée à Shaggy.

Alex éprouvait un immense soulagement d'être enfin de retour chez lui avec son épouse. Il espérait qu'elle allait y rester.

Glynis lui avait dit qu'elle ne le quitterait jamais, mais c'était juste après avoir failli être brûlée vive. Il lui était souvent arrivé d'entendre des hommes faire des promesses en voyant la mort de près, qu'ils oubliaient rapidement une fois le danger passé.

Il avait envie d'entendre Glynis lui répéter qu'elle resterait.

Sur le bateau, ils n'avaient pas eu une seule fois l'occasion de parler en tête à tête. Dès que la galère de Connor prit le large, Alex se retourna vers Glynis avec l'intention de la porter jusqu'au château. Il se figea en voyant Ùna qui arrivait sur la plage en courant vers lui. Glynis allait sûrement s'imaginer le pire. Mais, quand la jeune fille arriva près d'eux, elle prit les mains de son épouse.

Le cœur d'Alex se remit à battre. Apparemment, les deux femmes avaient fait connaissance pendant son absence.

— Je suis si heureuse que vous soyez hors de danger, dit Ùna à Glynis.

— Tu vois Peiter là-bas ? demanda Glynis en faisant un signe de tête en direction du jeune pêcheur qui, comme à son habitude, regardait Ùna avec des yeux transis d'amour.

— Oui, dit Ùna, dont les joues se mirent à rosir.

— Je sais que tu n'es pas prête. Mais le jour où tu le seras, sache que Peiter est un homme bon à qui tu pourras faire confiance. (Glynis saisit le bras d'Alex et s'appuya contre lui.) Comme mon mari.

Alex bomba le torse, amusé de constater que sa femme avait rapidement retrouvé ses bonnes habitudes.

— Elle a besoin de repos, déclara Alex en écartant d'un geste les gens qui venaient lui souhaiter un prompt rétablissement.

— Je vais bien, protesta Glynis alors qu'il la portait vers le château.

— Je te veux pour moi tout seul, répliqua Alex avec un clin d'œil. J'ai une surprise pour toi.

— Est-ce le genre de surprise qui implique généralement de devoir retirer ses vêtements ? demanda-t-elle sur un ton malicieux.

— Effectivement, tu as l'air bien rétablie, dit-il en riant.

En arrivant dans leur chambre, Alex déposa Glynis sur le lit et cala des oreillers derrière son dos et sous sa jambe blessée.

— Quand nous sommes passés sur l'île de Barra, à la recherche de Hugh et de ses frères, j'ai pu discuter avec ton père, dit Alex en s'asseyant sur le bord du lit. (Il regarda la jambe de Glynis et constata avec soulagement que la brûlure cicatrisait bien.) Je crois que je l'ai convaincu de faire la paix avec Colin Campbell et de se soumettre à la couronne.

— Oh, c'est une heureuse surprise ! s'écria Glynis en se penchant pour lui caresser la joue.

— Ce n'est pas celle dont je te parlais, dit-il en s'emparant d'un petit sac en cuir qu'il portait sur lui. Nous nous sommes mariés si rapidement que je n'ai même pas eu le temps de t'offrir une bague. J'ai demandé à Ilysa de m'aider, et elle a trouvé quelqu'un pour réaliser ce que je voulais. Duncan me l'a apportée.

Alex lui prit la main et glissa l'anneau en argent sur son doigt.

— Oh, Alex, elle est magnifique ! dit-elle. Ce sont deux cygnes gravés dessus ?

— Oui, dit-il. Les cygnes restent en couple pour la vie, et c'est ce que je désire avec toi.

Elle le regarda avec des yeux brillants de larmes.

— Je suis désolée de ne pas t'avoir fait confiance. C'est une erreur que je ne referai plus.

— Ne me quitte jamais, dit-il en la prenant dans ses bras, parce que je t'aime *gu sìorraidh.*

« Pour toujours. » Il lui était toujours difficile de le dire, même s'il le pensait depuis longtemps.

Quand il relâcha son étreinte, elle étendit sa main devant elle et sourit en admirant la bague.

— Je soupçonne Ilysa et Teàrlag de lui avoir jeté toutes sortes de sorts, dit Alex.

— Nul besoin de magie pour me garder. (Avec un immense sérieux, Glynis s'empara de ses mains et plongea ses yeux gris dans les siens.) Tu sais à quel point je suis têtue. Même si tu essayais, tu n'arriverais pas à te débarrasser de moi.

Alex se sentit soulagé. Glynis était la femme la plus déterminée qu'il ait jamais vue, et elle avait décidé de le garder.

Le visage de Glynis se radoucit quand elle déclara :

— Nos enfants vivront dans un foyer rempli d'amour, *mo shíorghrá*.

« Mon amour éternel. »

Alex prit le visage de sa femme dans ses mains et l'embrassa langoureusement.

Épilogue

Jour de la Sainte-Brigid (« Là fhèill Brìghde »)
1er février 1516

— Tu m'as manqué, dit Alex en déposant un baiser sur la joue de sa femme alors qu'ils remontaient la plage.

Il revenait tout juste d'un conseil de clan avec Connor et les autres à Dunscaith.

— Tu n'aurais pas dû traverser The Minch à cette période de l'année pour aller à Skye, le gronda-t-elle.

— Saint-Michel est là pour me protéger, répliqua-t-il en portant la main à son cœur, contre lequel reposait le médaillon. Et puis l'hiver est doux cette année.

Il resserra son plaid autour des épaules de Glynis. À en juger par les rafales de vent qui venaient de la mer, le temps n'allait pas tarder à se gâter.

— Il y a un peu de vacarme dans la grande salle, l'avertit Glynis. Alors raconte-moi les nouvelles maintenant, avant que nous entrions.

— Angus et Torquil sont morts, annonça Alex. Le chef Clanranald a immédiatement ligoté Angus dans un sac et l'a fait jeter à la mer, car c'était lui qui avait offensé la femme de leur clan.

— Et Torquil ?

— Ils l'ont gardé prisonnier pendant quelque temps. Mais, un jour, il s'est vanté de la vitesse à laquelle il savait courir. Les Clanranald ont voulu qu'il le leur prouve et l'ont laissé courir sur la plage, mais il a essayé de s'enfuir. Il a été touché à la jambe par une flèche.

— Et il en est mort ?

— Eh bien… ils ont décidé que la blessure était incurable et l'ont exécuté.

— Hmmph. Et comment va Connor ?

— Hugh a juré de venger dans le sang la mort de ses frères, répondit Alex. Et, comme si cela ne suffisait pas, les MacLeod et les MacLean ont, à en croire les rumeurs, secrètement informé la couronne qu'ils étaient prêts à changer de camp et à quitter la rébellion… mais pas à n'importe quel prix.

— Que désirent-ils ?

— Sans doute les terres d'un autre clan… Sinon, Connor a entendu dire que sa sœur Moira était maltraitée par son mari.

— Que va-t-il faire ?

— Il a envoyé Duncan en Irlande pour vérifier cela, dit Alex en lui lançant un regard en coin.

— C'est beaucoup demander de la part de Duncan.

— Je ne t'ai pas encore raconté la nouvelle la plus étonnante, dit Alex, encore lui-même incrédule. Mes parents vivent ensemble, et roucoulent comme des tourtereaux.

Glynis éclata de rire et serra le bras d'Alex alors qu'ils montaient les marches du donjon.

— Ils sont toujours aussi égoïstes, mais il est déjà plus agréable d'être dans leur entourage.

— Je suis heureuse que tu sois rentré à temps pour célébrer la Sainte-Brigid, déclara Glynis tandis qu'Alex lui ouvrait la porte.

Alex avait complètement oublié cette fête.

En entrant dans la grande salle, il vit Sorcha assise à la table avec les femmes et les enfants. Avec des gerbes de céréales, ils avaient fabriqué l'effigie traditionnelle de la sainte, et la décoraient à présent avec des rubans et des coquillages.

— Papa ! (Sorcha courut vers lui et lui prit la main.) Viens voir sainte Brigid.

Alex admira consciencieusement la poupée parée de ses plus beaux atours.

— Venez, les enfants ! appela son épouse. Je vais vous raconter l'histoire de sainte Brigid.

Alors que les enfants se rassemblaient autour d'elle près de l'âtre rougeoyant, Glynis posa la main sur son ventre arrondi et sourit à Alex. Ils se réjouissaient tous les deux de la venue du bébé.

— La Sainte-Brigid a lieu pendant la période où les mamelles des brebis se remplissent de lait, annonçant la naissance de nouveaux agneaux, commença-t-elle. Bien que l'hiver ne soit pas encore terminé, les premiers signes du printemps font leur apparition. Nous célébrons le renouveau de la vie, le réveil de la terre, et notre espoir d'une pêche fructueuse après la saison des orages. Aucun tissage ou autre travail nécessitant une roue n'est autorisé parce que la roue du temps tourne entre les saisons.

Alex pouffa dans sa barbe. Comme la plupart des fêtes dans les Highlands, il s'agissait d'une célébration païenne déguisée sous le nom d'une sainte chrétienne.

— Les pêcheurs rassemblent des algues pour la fertilisation, tandis que nous autres femmes passons la journée à faire le ménage, poursuivit Glynis. Puis nous plaçons des berniques vivantes à l'extérieur des quatre coins de nos maisons propres pour favoriser une bonne pêche.

Glynis croisa le regard d'Alex au-dessus des têtes des enfants et lui sourit avec chaleur.

— La Sainte-Brigid est aussi le jour où nous célébrons la maison, le feu et la famille.

C'était le genre de foyer dont Alex rêvait quand il était enfant. Il soupira d'aise en voyant les visages réjouis des gens qui s'étaient rassemblés dans le vieux donjon dont Glynis avait fait une maison. Il fit un petit signe de tête en direction de Tormond qui, s'il ne se trompait pas, avait la main posée sur la jambe de Bessie sous la table.

Glynis envoya Sorcha à la porte pour qu'elle appelle la sainte :

— Brigid, entre.

— Bienvenue, Brigid, chantèrent en cœur les autres femmes. Ton lit est prêt.

Glynis s'empara de la poupée sur la table et l'étendit sur le lit de joncs près du feu, autour duquel tout le monde s'était rassemblé.

— Voici ce qu'on appelle « la baguette de Brigid », expliqua-t-elle en enfonçant une baguette lisse et droite dans la poupée. La sainte l'utilise pour ramener la terre à la vie.

— Je crois que je sais ce que cette baguette est censée représenter, lui chuchota Alex à l'oreille.

Elle le regarda d'un air faussement sévère puis tendit à Ùna deux saladiers, l'un rempli d'eau et l'autre de sel.

— Mets-les dehors pour que la sainte les bénisse. Nous nous en servirons pendant toute l'année dans nos remèdes, car le jour de la Sainte-Brigid est également une journée de guérison.

Alex savait qu'elle avait choisi Ùna pour accomplir cette tâche parce que la jeune fille avait plus que quiconque besoin d'être guérie.

Glynis découpa ensuite une bande de tissu pour chaque membre de la maisonnée, en leur indiquant de la laisser devant la porte pour que sainte Brigid la bénisse :

— Elle assurera ainsi protection et guérison à chacun d'entre nous dans les mois à venir, expliqua Glynis.

Alex l'accepta pour lui faire plaisir, même si Glynis avait déjà pansé toutes ses blessures.

Après le banquet, c'était au chef de la maisonnée d'accomplir le dernier rituel de la soirée en étouffant le feu et en lissant la surface des cendres. Le lendemain matin, ils chercheraient des traces du passage de la sainte dans les cendres. Alex s'acquitta rapidement de sa tâche, car ensuite, enfin, il pourrait emmener sa femme dans leur chambre.

Un peu plus tard, alors qu'il était étendu dans leur lit, Glynis dans ses bras, Alex réfléchit à tous les bienfaits dont il avait été comblé et aux nombreux changements qui avaient eu lieu dans sa vie ces derniers mois. Comme Teàrlag l'avait prédit, Glynis avait exaucé ses désirs les plus profonds.

— Tu m'as donné tout ce à quoi j'aspirais mais que je ne pensais pas mériter, déclara-t-il. Et tu as fait de moi un homme bien meilleur que je pensais pouvoir être.

— Je suis impatiente de passer le restant de mes jours à ton côté, dit-elle en posant sa main sur le cœur d'Alex. Tu me rends si heureuse.

C'était vraiment le cas. Mais il était vrai que, depuis le début, Glynis ne lui avait réservé que des surprises.

Remarque historique

Lorsqu'on entreprend des recherches pour écrire un roman historique, on a la grande joie de découvrir des personnages et des événements si incroyables qu'ils peuvent paraître inventés. L'Écosse du XVIe siècle n'en manque pas, et je me suis servie de plusieurs de mes découvertes dans ce livre. Cinq cents ans après, un grand nombre de détails sont introuvables ou contestés, et la frontière entre faits historiques et légendes est souvent floue. Pour un écrivain de fiction, c'est bien évidemment l'occasion de faire appel à son imagination.

Shaggy MacLean et Catherine Campbell étaient véritablement mariés. L'incident du rocher, y compris la visite de Shaggy aux Campbell qui a suivi, est une histoire bien connue, même si j'ai avancé les événements de quelques années dans mon récit. En 1523, Shaggy fut assassiné à Édimbourg, sans doute poignardé dans son lit. Il est généralement admis que le responsable n'était autre que John Campbell, comte de Cawdor.

La femme de John Campbell, Muriel, est également un personnage historique. On raconte qu'elle fut enlevée très jeune par les Campbell, qui l'ont ensuite élevée puis mariée à John à l'âge de douze ans. J'ai eu la chance de visiter Cawdor Castle et d'admirer le manteau de cheminée sculpté commémorant le mariage de ce couple, que l'on disait heureux.

La mort de Jacques IV lors de la bataille de Flodden fut suivie du long règne en minorité de son fils, qui alimenta les luttes de pouvoir entre les factions. Dans son testament, le défunt roi stipulait que sa veuve, Marguerite Tudor, qui était aussi la sœur d'Henri VIII, devait devenir régente. Le chef du clan Douglas, qui fait une apparition dans le premier tome, *Le Gardien*, et est aussi mentionné dans ce livre, devint son amant dans une tentative de contrôler la couronne. Il ira cependant trop loin en l'épousant, faisant ainsi perdre la régence à Marguerite Tudor. Alors qu'elle trouve refuge en Angleterre, Douglas se sert dans les richesses de son épouse et fréquente une autre femme. Son mariage ne s'en est jamais remis mais, pendant trois ans, il tiendra son beau-fils, Jacques V, alors adolescent, pratiquement prisonnier et régnera en son nom.

Antoine d'Arcy, un aristocrate français mieux connu sous le nom de Chevalier Blanc, a réellement existé. Il s'installa en Écosse pour apporter son aide au nouveau régent, le duc d'Albany. D'après ce qu'on raconte, d'Arcy avait déjà visité l'Écosse par le passé pour participer à des tournois de joutes. Comme pour les autres personnages historiques, j'ai adapté sa personnalité à mon histoire.

Dans ce livre, les personnalités des oncles de Connor sont vaguement fondées sur celles des vrais fils de

Hugh, le premier chef des MacDonald de Sleat. Celui-ci avait nommé deux de ses fils Donald et deux autres Angus, j'ai donc changé la plupart des noms pour éviter la confusion. Ma version de la capture de ces deux hommes est entièrement fictive, mais celle de leur mort concorde avec les histoires racontées à leurs sujets.

J'ai créé le personnage de Magnus Clanranald en m'inspirant d'un chef Clanranald nommé Dougal, qui fut assassiné par les membres de son propre clan, et dont les fils furent exclus de la succession. J'ai adapté les durées de voyage ainsi que les dates de certains événements dans mon histoire. À l'exception de Dunfaileag, tous les châteaux évoqués dans ce livre ont existé, bien que certains soient aujourd'hui en ruine. Il y a bien un loch Eyenort sur l'île de South Uist, mais j'ignore s'il abrite des baies et des criques secrètes. J'espère que j'aurai un jour l'occasion de m'y rendre pour le découvrir.

Aubin
IMPRIMEUR

Achevé d'imprimer en avril 2014
N° d'impression 1402.0229
Dépôt légal, mai 2014
Imprimé en France
81120816-3